U0552143

李明春 著

天下国医

四川文艺出版社

图书在版编目（CIP）数据

天下国医 / 李明春著. —— 成都：四川文艺出版社，2024.10. —— ISBN 978-7-5411-7022-5

Ⅰ. I247.5

中国国家版本馆CIP数据核字第20248P5N49号

TIANXIA GUOYI
天 下 国 医

李明春 著

出 品 人　冯　静
责任编辑　周　轶
封面设计　张　军
内文制作　史小燕
责任校对　蓝　海
责任印制　崔　娜

出版发行	四川文艺出版社（成都市锦江区三色路238号）
网　　址	www.scwys.com
电　　话	028-86361802（发行部）　028-86361781（编辑部）
印　　刷	成都蜀通印务有限责任公司
成品尺寸	146mm×210mm　开　本　32开
印　　张	11.625　字　数　300千
版　　次	2024年10月第一版　印　次　2024年10月第一次印刷
书　　号	ISBN 978-7-5411-7022-5
定　　价	58.00元

版权所有·侵权必究。如有印装质量问题，请与出版社联系更换。028-86361795

在世人眼里，头痛医头，脚痛医脚，天经地义；
在中医先生耳朵里，那是骂人的话，
是嘲讽先生手艺差，治标不治本。

一

1

　　馅儿饼砸来，天缘一个踉跄，立定后才觉舒服。之后又来了第二次第三次，最近这是第九次，仿佛天赐天缘。病家自愿酬谢，十万百万不嫌多，十元百元不嫌少，最高捐款从十万，到五十万、一百万，雪化般飘洒。有人算过，若是天天这样翻番涨，别说再来五年，有五周这样下去，天缘不成为全球首富天理不容。

　　世人羡慕的眼光差点把人熔化，天缘酷热难当，扪心自问，隐隐不安。别人无知不可怕，就怕自己无知。天缘对天发誓，要离开天缘堂诊馆去游学，不求钱财但求心安。

　　游学的想法怎么来的？天缘好像从小就有，如同儿时的春游秋游，挠得人心痒痒的，几十年日夜生长，这几天突然蹦出地面。天缘刀砍斧劈向家里三代前辈宣布，自己要赓续龚家八百年世医传承，用几年时间仗剑出游，遍访天下名老中医。

　　这传承过去在龚家是铁板钉钉，而今时过境迁，有些缥缈虚无。得回去唤醒家人，告诉父亲、母亲、爷爷、奶奶、太姑奶奶，你们心心念念的门庭生辉、家学复兴，天缘今日全替你们寻找回来。

母亲任佳丽，是家乡中学的生物教师，五谷杂粮她吃了五十余年，书教了三十多年。她会说什么？她会说：天缘啊，知足吧！你本科毕业才四五年，已买上汽车住房，还有自己的诊馆，父亲母亲一辈子也没你挣得多。事业有了，只望你早点成家，趁妈还能动，帮你带带孩子。

父亲龚广泉，开一家私人诊所。出自中医世家，开中药房卖西药，有辱世家门风。他历来反感中医中药老的那一套。一个伤风感冒，街上摆地摊卖日杂的都知道是病毒感染，用抗生素消炎药。轮到老中医则阴啊阳、风啊火的半天说不清楚。他常对自己说要改弦更张，八百年中医世家的招牌不吃香了，要洗心革面，重新做人，高举降旗投入西医怀抱。若听说儿子要按老规矩游学三年，估计第一个反对的就是他。

奶奶魏老太婆，读《三字经》长大，没有三从四德至少有两从两德，从夫从旧苦得累得。历来听爷爷的，对天缘游学的事，顶多顺从爷爷说一句，年轻人说好就好。

爷爷的名字沾佛性，龚顺妙，不与人争只与人笑，紧皱眉头三天三夜憋不出一句狠话来，除治病外，遇事会不知说什么才好。老人家一出生就在中医西医的夹击下过日子。若论感情，中医世家的名号中听也受用，没了这顶帽子，他连乡医院的防疫医生都不如。对西医虽心存芥蒂，可还不得不服。遇上个头痛脑热的，什么病毒细菌，医生三言两语一说，病家就跟他家亲戚样黏糊信服，随手开两片药，注明用量吃法就成了。不像中药麻烦，还需再三叮嘱，分几次煎熬，文火还是猛火，忌生冷辛辣，忌房事……对孙子游学的态度，多半是会看看儿子眼神，再看看他姑姑的脸色，说上一句不关痛痒的话。

倒是那位叫龚杰的太姑奶奶，百零五岁的天山童姥，六十岁的心脏,三十岁的心劲。听说侄曾孙子要接续百年传承,肯定会乐坏。真担心她高兴起来止不住,一个哈哈笑背过气……

自曾祖父以上,龚家每代行医者的人生轨迹如楷书当中一竖,端正笔直。五岁启蒙,十岁入行,三年伺医,五年处方后,就得外出游学,遍访天下名医,博采众家之长,丰富家学。祖宗立下这规矩,就是担心祖传医术因闭塞落后失传,如同动物一样,因近亲繁殖退化被淘汰。这规矩代代相传至二十八代的爷爷那辈,因战乱中止。到了父亲手上,西医兴起,中医式微,俨然已成补充医学。父亲从省中医学院毕业,自信五年大学远胜三年游学,只当压根没有游学一说。眼见祖宗规矩平地蒸发,太姑奶奶拿后人打骂不得,闷气当口水吞。当下若是听说侄曾孙丢下诊馆去江湖游学,太姑奶奶一高兴,那个不争气的父亲又该挨骂。

到了天缘这一代人,因是独生子女格外受宠爱,三代前辈如江湖门派争抢着传授技艺,犹如一株花苗,个个争抢着浇水施肥修剪,岁月浸泡在宠爱中,差点没把苗子溺死。后来考上中医药大学,五年本科毕业后留在省城创业,不知哪来的胆量,竟鲁班门前抡大斧,在省城大医院对面开个人诊馆,亮出龚家八百年三十代世医的名头,竖一块"天缘堂"牌子,宣称专医有缘人。收治病家讲究"三不":别人能医治的不医,别人没医治过的不医,与自己无医缘的不医。宛如再婚一般,专挑有婚史的成熟伴侣,他是专挑资深病号。一旦收治,双方签约,生死由天。议定一个最后期限,期满后结费,按多活的天数,计算医生酬金,没活够的,医家分文不收,倒贴人工药本。如万一有治愈的按病家自愿预先设定捐款,少则几千元、上万元,多则十万、百万不论,充分体现什么才叫人命无价。都说全世界缺钱,唯有生死场上不缺钱,特别是那些被大医院判了死刑的大款,听说为治愈设奖,生怕少了诊馆不用心,喷一个数字出来吓死你。到账也快,左手签合同,右手划款,交给第三方，天天期盼诊馆去拿。

除了病家，当初没有一个同行看好这招数，都说是馊主意，专医别人没法医的，尽揽死人活儿，年纪轻轻的不怕触霉运？有人说这小子狂妄，也就一个噱头，别说侥幸碰巧万一的话，就是千分之一、百分之一也救不了他。要不了三个月，房租和护理人员工资开不出来，到时就得灰溜溜地收摊。几条街的同行一个个抄起双手，瞪大眼睛等着听天缘堂噼噼啪啪的关门声。

等啊等，小眼睛瞪肿，大眼睛瞅细，天缘堂那间小门面，不仅没关闭，仿佛戏剧开幕般越开越大，从一间增加到两间、三间，直到五间才停止宽度的增长，又开始朝高度扩充，顶上二楼买了整整一层，全摆满病床，有多少病床就有多少病人。这让看笑话的人大失所望，眼神由绿变红，开始琢磨其中奥妙。派人卧底打探，十五个护士收买了十个，还有五个据说迷上老板，图人不图钱；监听监视瞄准天缘堂，视频音频在每个老板手机上闪，免费为天缘值班。天缘堂的事，往往天缘本人尚不知道，这帮人早知道了。但天缘知道的事，这帮人永远不会知道，即使把天缘堂拆了，简单的还是简单，复杂的还是复杂。

终于有脑袋通透一点的，突然一天恍然大悟，这不就是街对面省城大医院临终关怀科那一套吗？消除死亡恐惧，减轻病人痛苦，尊重人格尊严……都懂！

于是几条街平地刮起一股旋风，餐厅药店纷纷改行，用开银行的热情，围绕省城大医院幻化出无数个私人诊馆，一个比一个高档豪华，争奇斗艳，蔚然成景。家家模仿天缘诊馆，有样学样，你是中医世家，他来个家学传承，甚至冠以正宗华佗本家、扁鹊一脉。你八百年，他千年打不住；你三十代传人，他五十代掌门；你有"三不医"，他来"一包揽"，大有医生赛华佗，死人能医活的气概。

天缘至今没明白，监视监听也安了，卧底也派了，合同也抄了,这些学生怎么就这样笨,一个个像礼仪公司彩排似的,今天这个开张,明天那个升级,后天又来个医疗大酬宾,没病的都拉进去体验一番。花样繁多,就没一家能从年初熬到年底。更不争气的还有钱没赚着,倒背一身债,出名出到失信人员榜上。前前后后二十多家,走马灯似的围绕天缘堂转。天缘堂岿然不动,转的人却头昏脑涨,一个个站立不住,纷纷被打回原形。原本开餐厅的张胖子仗着有点钱,乡下请个老中医来坐堂开诊馆,半年不到就收摊,还得回去炒菜。原是开药房卖医疗器械的侯兴,凭自己资质开个诊馆,比张胖子多干了几个月,还是回去抓药。只有一个叫何姝的女研究生矢志不渝,先在张胖子那儿当志愿者,诊馆散伙时,张胖子见她颜值高,招人关注,留她当餐厅大堂经理。她连说使不得,我学这行讲究一个"好",你那行讲究一个"饱",不挨边。后来到侯兴诊馆说是实习,散伙时侯兴同样留她,图她嘴儿讨人喜欢,安排她当药房销售部经理。她依然拒绝,本人收钱送钱都不在行,别到时分不清真钞假钞,既误了你的生意,还污了我的清名。

何姝现在跳槽来天缘堂,声称不计报酬,但求完成论文,标题拟好,叫《中西医临终关怀比较》。听说天缘又要出去游学,她成天愁眉苦脸恰似祥林嫂。天缘以为真病了,问她哪儿不对。

回答心里不舒服。

天缘给她把脉后笑她,人有生老三千疾,唯有相思不可医,恭喜你,肚子里有人了。

何姝惊奇不信,我的事他怎么知道?故意问,是大人还是小孩?
天缘板着脸说,现在还是大人,小孩嘛,等我游学回来再定。
何姝憋住笑,撇撇嘴说,等你回来定时,只怕是二胎三胎了。
天缘仍旧严肃,来得及。

何姝的男友杨靖在国外读博,医学专业,攻精准医学,约好毕业后完婚。两人正当生育年龄。何姝瞪圆眼睛给天缘看,到底是你瞎还是我瞎？

……

几年喧嚣后，这街上又回到老格局，鲁班关公照旧端坐街对面大医院，抡大斧耍大刀的江湖豪杰纷纷隐身，留下天缘堂供人琢磨。

眼下一家独大的局面，天上馅儿饼如导弹一样精准砸来，如此良机，世人会紧攥手心，唯恐错过。天缘此时却要抽身去游学，一时间，天缘堂如同没了菩萨的空庙，去留顿时成了大问题。天缘也纠结，即便如五大皆空的高僧大德，有视名利如粪土的胸襟，天缘堂依然在天缘心中恋人一样存在，四五年的经营，不是说丢开就能丢开的。纵然分手，还有几十位病人没出院，总想托付一个稳妥的人。天缘自然想到了老家古镇那五位老人，龚家老药房的先生与伙计们。

2

三汇古镇依山傍水，龚家老药房在中街，前门临街，后门近水，出前门一步上车，出后门十步上船。街上商家铺面，多为明清建筑，龚家老药房算古老的，八百年道行，随便拎一物都是古董。门前拴马石，北宋的；几个药瓶，元青花；药杵，乾隆年间的；几块匾额岁月斑驳，最年轻那块"天地岐黄"，是当年一位来此游学的世交真迹。现存的四代人横跨清末、民国、新中国三个时代。最老的太姑奶奶百零五岁，更老的是她肚子里的药方，足有千年。

天缘在家时最怕去宗堂，那里神龛上供着天地君亲师，四时威严散发。怕也得过。从街上大门到河边码头，从药房铺面到后院厨房，必经宗堂过。记忆里这儿最古板，是唯一不准哭也不准笑的地方。儿时每次过宗堂，总是忐忑不安，生怕被人叫住，不是磕头就是鞠躬。逢年过节,一家人在这儿祭祀,由活祖宗带领向老祖宗进香礼拜,祈福祈运。但凡大事正事,必搁这儿商议,彰显仪式感,吩咐与承诺犹如誓言,庄严神圣,分量比生命还重。天缘上小学、中学、大学,就是从这儿先磕头后出行。宗堂常年摆设六把太师椅,厚重肥大,正中两把,左右各两把。无论哪把,天缘至今一次也没坐过。有人无人都不敢,不知坐在上面什么滋味。有几次全家人议事,天缘与木椅挨得很近,扶着椅靠依然站着,恭恭敬敬回答坐着的人问话。

　　这次游学的事又在宗堂商议,天缘准备站着说到底。

　　天缘搀扶太姑奶奶上首坐定,待爷爷奶奶右边落座,父亲母亲左边落座,他挨着父亲站好,静听太姑奶奶发话。

　　曾祖父生前积劳成疾,体弱多病,在世时就是太姑奶奶当家,死后更是她里外操持,抚养祖父,并授予家学,给他娶妻成家。太姑奶奶一生未谈婚配。听说年轻时美貌在十里八乡闻名,医术更是龚家上下三代难得的圣手,提亲的人先是踏破门槛,后来踏断姻缘,终生未出龚家。其中缘由,众说纷纭。天缘知道的就有不同说法。爷爷、父亲口中,太姑奶奶是为娘家的孤儿寡母,为龚家八百年家学牺牲了个人幸福。奶奶和母亲口中,太姑奶奶是个有情有义的烈女子,为龚家世医门风守节,是龚家老规矩毁了她一生幸福。无论是感恩还是崇敬,在天缘心里,太姑奶奶就是神一样的存在,尤其她传授的中医绝学,神秘难测。若非太姑奶奶在背后支撑,给天缘一百个胆子也不敢在省城大医院门前开私人诊馆。这次出去游学,就是要对太姑奶奶所传家学寻根求源,以求开枝散叶,枝繁叶茂。

　　太姑奶奶看看这一家子,特别是面前的天缘,自觉百年心血付出终归有了回报。对天缘她寄予厚望,人前人后常说,这是龚家五百年才出一个的奇才,八百年世医家族兴旺就寄托他身上。听说他要出门游学,重启已中止两代的传承,更是欣喜异常,是成大事者应有的气象。她笑眯眯问道,天缘呀,我老了,承蒙你孝顺,不忘祖宗传承,别的帮不了你,替你掂量掂量还行。

不待天缘答话,当父亲的龚广泉开口,说天缘想效法祖宗出外游学,拿不定主意,特回来禀告太姑奶奶,当做不当做?

太姑奶奶打小不看好这个侄孙,恨他荒废了家学。见他抢了话头,很有几分不悦,打断他的话,让天缘自己说,又不是你出去,你急什么?伸手招呼天缘,你过来,坐我旁边慢慢说。

天缘不敢迟疑,过去在老人旁边坐下。第一次坐太师椅不踏实,欠起身子回话,太姑奶奶,就是父亲说的,我想出去游学。

老人问,好好的诊馆不开了?怎么想的?明显是赞许的口吻。

天缘将自己想法逐一说来,这几年在省城闯荡,时时处处感受到中医中药沦为补充医学的尴尬,当可有可无的配盘菜滋味不好受。过去总觉中医技不如人也就认了,可总有股气憋着。物极必反,方生方死,方死方生,中医中药触底反弹,大显身手也许就在今后百年内。这几年我尝试用家学触碰一些绝症,收获真还让人心动。感受中医中药源远流长、博大精深的同时,也深感中医中药有许多生荒地没开拓,隐隐约约感到出路就在其中。可读遍古书典籍,疑窦重重,想学前人遍访天下名老中医,求得高人指点,以赓续家学传承,济世救人。

太姑奶奶颔首称是,难得,难得。说时还朝当父亲的广泉努努嘴,意思是你听听,不无将军的意味,故意问天缘,你父亲同意吗?

龚广泉听出话里有因,忙出面表白,姑奶奶,在你和父亲眼里,我就是一个不孝的子孙,无非恨我学中医开西药。我还是认为,管他中医生西医生,能治病就是好医生。中医学院教我的教授一样看机器拍的片子。

龚顺妙要儿子别多嘴,说远了讨骂,抓住天缘游学的事说,一句话，该不该去？按龚广泉说的，这些年天缘在省城开诊馆，没想到中医中药还派上用场了，替中医龚家长了脸，我是自愧不如。眼下若是我的话，既然赚钱，就这样把诊馆继续开下去。可天缘与我们老一辈不同，有他的想法。我们把行医当职业，他把行医当事业，想效仿祖宗游学。依天缘脾性，原本理直气壮去做就是，就像过去在省城开诊馆一样。这次没有擅自做主，专程回来商量，肯定遇上难处了。天缘，你就明说，要我们当长辈的做点什么？是缺钱还是缺别的什么？

天缘笑了，我都近三十的人了，早该挣钱孝敬你们，哪敢伸手问你们要。只是游学是大事，祖宗有什么规矩，还得问清楚。省城里的天缘堂也想请你们时常关注，不图赚钱，只因还有一些病家的协议正在履行中，不能撒手不管。

当爷爷的龚顺妙终于听明白，不就是替你顶几天的事，叫你父亲去就是了。

龚广泉连忙摆手，他那儿不缺开西药的，街对面大医院多的是，我还是管好自己这小摊摊。他那天缘堂场面大，我去坐着会头昏，弄得不好会给他惹祸。父亲，你也别去管，那碗饭不好吃。这家里除了天缘本人，就只有姑奶奶的生辰八字才合适。

天缘把眼神搁在太姑奶奶脸上探寻答案。太姑奶奶仿佛老僧入定，虚眯双眼，似睡非睡。听见点到她，两眼一下放光，大声说，天缘不能走！

出乎所有人意外，老人家最心爱的人干她最心爱的事，她竟不同意？天缘不能走！太姑奶奶掷地有声，将所有疑惑封上透明胶，清楚确定，天缘不能走！

为什么呀？天缘从小倔强，他要做的事八头牛也拉不回，没人管就不要人管，大不了回去把病人放了就是。他从来办事心里敞亮明白，存不得一丁点疑惑，若这事弄不明白，出去了也会嘀咕着赶回来。

太姑奶奶说，不是我不管，是天缘不能走。游学是祖宗定的规矩，未娶妻生子者不得出外游学，也是祖宗规矩。

一句话让所有人恍然大悟，不能只顾事业不顾子孙。是有这规矩，不是大家忘了，是这规矩早就过时了。过去世道艰难，江湖凶险，出门在外担惊受怕，老祖宗才立下这规矩，确保龚家香火不断。而今太平世界，交通发达，通信方便，出门旅游享福不尽。时过境迁，这规矩也到了废止的时候。

天缘打着哈哈说，老祖宗吔，这是哪年的皇历你还在翻。现在通信发达，交通方便，即便孙儿远在天边，你老人家一个电话，我坐飞机半天就能赶回来。

其余人都附和道，是啊！你把饭煮好，端上桌，再发微信叫天缘回来摆筷子都来得及。

太姑奶奶嘴唇翕动，隐隐约约一句话出来，不行，我要看着天缘收亲结缘，养儿育女才放他出去。随即起身离去，话多了就不是菩萨。天缘的奶奶和母亲赶紧上前，如金童玉女相跟着去了后院。

三个女人走了，留下决定给三个男人落实。没了女人，男人的豪情壮志就没了陪衬和依托，兀自软了几分。龚顺妙先退却，对孙子说，你太姑奶奶说的没错，成家立业，先成家后立业。我像你这么大时，你父亲都这么高了。

那你的事业呢？天缘从小不怕爷爷，冲口一句。

爷爷无语。广泉训斥儿子，你怎么说话的？龚家老药房还在，诊馆还在，怎么说事业就没了？见儿子语塞被镇住，换个说法，我看你的事业也不错，年收入上百万，隔三岔五还有巨额奖金，应知足。游学不去算了。

天缘回话，父亲，这些年钱是收了不少，可钱捏在手心硌肉。前后收了百几十名病人，活下来的不多，治愈的就那么几个，其他都死在我手里。我收的是人家活命的钱,却没给人家一条活命,无异谋财害命,你叫我怎么能心安知足?我现在恨不得一把火将诊馆烧了,自己跳进火里自焚谢罪!

天缘因自责竟有死了的想法?两位长辈一脸愕然。从小教育孩子医者仁心,济世救人,他心善自然。天下众生无一不是生于医家之手,死于医家之手,若都像天缘这样自责,没有一位医家有理由活下去。龚顺妙开导孙子,从来医家医得了病,医不了命,谁也不能包医百病不死人。何况你收的还是绝症病人,能有几个活出来已是不错了,大可不必自责如此。

广泉话更硬气,给儿子壮胆,听说都签了协议的,没定保证治愈这一条。先说断后不乱,按协议办事,不骗不诈,不偷不抢,合理合法,他愿给我们就敢收。若依我的,你那诊馆还可扩大,再弄百十个床位不算多。

天缘听两位老人的话不沾边,当初开办诊馆的想法就如他们所说,与病家说清生死由命,医家尽心尽力,病家无怨无悔,两不亏欠。可越往后走压力越大,死者进院时求生的眼神刻骨铭心,眼巴巴望着医生,纵使铁石心肠也肝肠寸断。病人活鲜鲜进来,白生生裹着离开,人财两空,出院时还强忍眼泪给医家致谢,没有医家不流泪的。每张钞票都沁透血泪,你还敢说他愿给你就敢收?天缘静静心,尽量放慢节奏,说,恕孙儿愚笨无能,我远不及你们豁达,同是遇上绝症病人,你们会劝病家准备后事吧,别空花钱了。可到了我这儿,我得说希望还有,我会为百分之一的希望,做百分之百的努力,也许有奇迹发生。就为这个"也许",病家大把花钱,一家人眼巴巴望着奇迹发生,可结果呢……

天缘哽咽着没法说下去,两位老人呆坐着,好一会儿,龚顺妙说,那就把天缘堂关了吧,昧心的钱不要也好。

龚广泉一时回不过神来,细细品味儿子的话,那意思是天缘堂压根不该开，定为绝症就该死，犹如判了死刑，缓期执行都有毛病。这哪是医者的思维，更不是病家的思维，是死神的眼光，阎王要你三更死，活到五更都不行。话到嘴边破口而出，既然这样，你还安排我们去诊馆给你帮什么忙？

唉！天缘长叹一声，就那九个治愈的，大家都盯着，仿佛第十个就轮到自己。其中竟有过了合同期病情稳定的，医生再三劝导也不愿出院，声称一回家病就会复发，还是在天缘堂稳当。协议没到期的态度更坚决，说要退钱解除协议，没一个愿意。总之剩下的几十个无论如何不走，除非死了躺着出去，你敢撒手不管，他横竖是死，就在医馆面前自杀总会有人管。你说，我不找你们找谁？

两位长辈摊开双手，无奈表示，照你的说法，我们也无法帮你。

天缘说，你们是无法，但太姑奶奶有法。

3

天缘眼里的太姑奶奶是一位女汉子，一家人的刚强坚韧全在她身上，外挡风雨，内撑家业。她话不多，搁在龚家院子句句如同圣旨，令行禁止已有七八十年了。天缘爷那辈长幼有序，从启蒙到成家再到立业，任由太姑奶奶导引，遵循龚家世医的足迹跌撞前行几十年。轮到天缘父亲这辈变了，凭借大学、西医两只翅膀，飘飘然如当年两榜进士，俯视中医，自然俯视姑奶奶。进的是大的医学院，学的是打针输液，气得姑奶奶跺脚，长叹老龚家完了。

到了天缘这儿，事情好像有了转机，天缘的呱呱哭声，仿佛龚家世医传承复兴的宣言。小时再哭再闹，推进药房就不吭声。满周岁时抓周，花花绿绿的钞票、玩具、铅笔不要，一把抓住药书不放，乐得太姑奶奶连喊龚家世医后继有人了，抱去祖宗牌位前磕了好几个头。自此孩子就浸泡在中医中药里，有时大人不空，扔个针灸铜人给他，玩一整天不烦。

天缘出生时，人尚未落地，先落入太姑奶奶手中。产妇眼睁睁看着太姑奶奶将初生婴儿浸泡在浑浊的药汤中清洗，用核桃捣汁合奶水喂下。几次想挣扎起来阻止，终因生产耗尽体力，躺在床上干着急。心里暗骂这个老巫婆折磨孩子，若有个三长两短，非拉她去跳河。孩子的爷爷很淡定，说这是祖宗的秘方，这样做了，孩子会排除胎毒，以后胃口特好。孩子的父亲劝妻子，用秘制的药水泡洗孩子，以后不生疔疮，不畏风寒，祖祖辈辈都这样过来的，从未有过闪失，这才把产妇的嘴儿封住。

待到孩子满三岁，当教师的母亲和行医的太姑奶奶斗气，因孩子的教育终于爆发了冷战，连续几个月拔河掰手腕，就为孩子上不上幼儿园的事。当教师的母亲认定孩子必须去幼儿园，学会交往，养成好习惯，不然惯成怪模怪样的一身坏毛病。太姑奶奶则认定这是天赐良机，必须严格按祖宗的规矩修炼童子功，再不能如两位上辈那样失之大意，将一代传人毁在嬉戏玩耍上。

按祖宗的要求，后人不做良相则做良医，识四季时便学识文字，作文先学做人。《三字经》启蒙，进而选《幼学》，可惜这些书现在学校不教。假如真有做良相的命，应交由学堂老师去培养。可太姑奶奶认定龚家不是做良相的料，家学得家教，亲人要亲传，自己还是先就家学的八百味药性教起。教材在心中，实物在药房，每天哄着小天缘望起头背诵：犀角解乎心热，羚羊清乎肺肝，甘菊花清心明目……

眼瞧两个女人角顶角互不相让，当爷爷和当父亲的为难了。爷爷劝自己的姑姑说，老祖宗，不要作践小娃娃了。老规矩好是好，可年代不同了，没多大用处。就你来说吧，手把手管教我和广泉两代人，结果如何？我还不就是一个摸手杆讨饭吃的乡下郎中。广泉更不令你满意，学中医开西药，让你徒生一肚子闲气。天缘还是由他父母来管,去学校老师那儿受教育,你也省去多少烦恼。

太姑奶奶气不打一处来,你这个不争气的蠢货,竟拿自身的平庸来验证姑奶奶的无能,指着白发比她还多的侄儿顺妙说,若是你父子俩能光宗耀祖,何须我操这份闲心。天缘这孩子悟性高,不似你俩蠢笨,将来定会有大出息。你趁早别来胡说,耽误了孩子学业我饶不了你。

龚广泉劝自己的妻子任佳丽让一让,姑奶奶也是为孩子好,祖祖辈辈就这样过来的,没出过坏人,你有什么担心害怕的?

任佳丽不让步,事关儿子的健康成长,天王老子也不行,儿子必须上幼儿园!

双方僵持,互不相让,久了也累,妥协不紧不慢出来。太姑奶奶退一大步,天缘白天去幼儿园。任佳丽退一小步,放学回来去后院听太姑奶奶训导家学。天缘人小不懂事,该玩玩,该学学。玩和学,对天缘来说都新鲜,天赋在那儿摆着,怎样弄都轻松,还乐得两个大人争着哄他,稍不如意,两边都不理睬。

到了上学的年龄,天缘成了班上的学霸,识字量爆棚,而且大多带有一股中药味。开口不离医家病家,特别讨校医阿姨喜欢,见了他总要逗一逗,天缘,你给阿姨把把脉,看阿姨有没有病。开初几次,天缘认真伸出小手,按住阿姨的脉搏,煞有其事斟酌一番,再换另一只手,再琢磨一番,然后认真回答,没病。引起周围的老师一片笑声。久了,天缘知道是逗他取乐,再不上当。直到有一天,校医阿姨计划内怀孕到了围产期,休假前一天闲暇无聊,把他叫到校医室,怕他不上当,支开闲人,一脸认真叫他把脉。小家伙把脉许久,突然问了一句,阿姨,你结婚了吗?校医阿姨闻言乐了,我孩子比你还大呢。小家伙一脸老成,恭喜阿姨,你有喜了。阿姨一惊,微笑着给了一块糖。第二天,教师中就传遍了,低年级出了个小神医,能把出喜脉来。

这件奇事由学校传遍全镇，十里八乡都知道了。邻近镇南乡快活村刘支书与天缘家有点挂角亲，打上他的主意，带他去计划生育小分队打工。每月一次育龄妇女检查，先由小天缘把脉，犹如一个缉毒犬，把头关。他说有喜了，立即动员去镇上医院复查，他说没有就当场通过，一下省了好多事。这好处一经传出去，天缘成了香饽饽，每逢星期天或节假日，附近的乡村干部一早就来家里候起，管吃管喝外，每天另发五元钱跑路费。钱不钱是小事，天缘只图下乡好玩，有时家里不准，自个儿会偷偷摸摸跑去。父亲开始不准，既怕儿子耽误了学业，又怕天缘把脉不准坏了计划生育大事。太姑奶奶听说了乐呵呵的，还嫌广泉瞎操心，这有什么好怕的？即使天缘把脉错了，还有镇上医院在后面呢。

到了上初中的年龄，经这小子把脉的育龄妇女已有成千上万人次，比起太姑奶奶和爷爷一生把过的还多。到后来一说一个准，先是大月份，然后是小月份，甚至一个多月怀孕初期都不会漏掉。不知什么时候从太姑奶奶那儿学来绝活，仅凭把脉竟能断出男女，这一下请他的人更多了，不仅是村社干部，连一些计划生育对象也悄悄找上门来，以一个是男是女的准信。后来，这小屁孩也纳入计划生育管理对象，警告他不得妄断男女。

4

可眼前事出意料，太姑奶奶不在意他游学，不在乎诊馆，她在乎一个还没影子的侄曾孙媳妇。不孝有三，无后为大，百年前的旧观念，存储在百年后的旧脑筋里。想来也理所当然，不足为奇，一个百多岁的老单身狗就是要与二十多岁的小单身狗过不去！

或许是百十年单身积累下的苦闷，让太姑奶奶痛恨单身，发誓要晚辈代代比翼双飞。听说当年爷爷才十五六岁，搁眼下就一高中生，被她老人家一巴掌从药房拍进洞房，郎中瞬间成了新郎，未成人先成家。奶奶是哪的人？长得怎么样？爷爷事先一点不知，从小只知姑奶奶为他选了一个姑娘，储存在遥远的一户世医家。千幸万幸奶奶长相俊俏，山上药农家的女子自带一股灵气，不然，以死相拼的不单是女方。天缘不止一次听太姑奶奶夸爷爷奶奶听话，二十岁前就为龚家续上香火。

太姑奶奶这话，一半说给天缘听，另一半说给父亲听。父母亲在大学相识相爱，二十岁时别说续香火，面还没见过。到结婚时，新娘家在哪？模样如何？这次轮到太姑奶奶一点不知。也是千幸万幸，母亲不仅人好看，而且与医沾边，虽不是医生，但毕竟是学生物的，本草上的药物多数认识。现今轮到天缘，别说二十岁早过了，差几年三十岁快到了，新娘家住哪？模样怎么样？不仅太姑奶奶不知，连天缘本人也不知。

这事不能全怪天缘。二十岁以前续香火的好事，而今太姑奶奶也别想，《婚姻法》摆在那儿，国法大于家法，谁也不敢沾惹。到了谈婚论嫁的年龄，太姑奶奶手上没了人才储备，世交的滇南白家、关东朱家、沪上吴家、中原史家好多年没来往，就算天缘全听太姑奶奶的，太姑奶奶也哭不出一个合适的姑娘来。

也不怨太姑奶奶操心，婚姻自由再好，也得靠自觉呀，不能老辈少辈指靠媒婆。为了游学获准，天缘认真检视了自己的婚姻问题。自己不算憨痴，幼儿园学会分男女界限，小学初中接触计划生育，高中有了女朋友，大学期间有了失恋体验。

失恋那滋味邪恶，犹如生死场上走一遭，若非太姑奶奶那天醒得早，自己差一点殉情。太姑奶奶短信上说她睡不着，祖上先人托梦给她，要她快去学校救救天缘，慢了会被妖精收了做上门女婿，龚家会从此断了香火。天缘回短信纠正说不是妖精是仙女，不是他要上天，是仙女不愿下凡。后来父亲专程去了大学，弄清不是仙女也不是妖精，是位叫乔柳梦的女生，曾以游玩的名义随天缘来过龚家大院，当时一家人相亲样横看竖看，没发觉魔力在哪。太姑奶奶甚至认为配不上天缘，凭脉象阴气太重，阳寿不高，论体型面相会子孙不旺。可天缘就是被迷住久醉不醒。毕业后各奔东西，断了联系断不了念想。天缘曾辗转托人打听，好容易从柳梦闺蜜那里得知，柳梦毕业回家后成天被家人催逼相亲。只因从她爷爷的爷爷那辈开始，家族中的姑娘就没活过三十岁，家里人生怕嫁不出去砸在手上。闺蜜婉转告诉天缘，柳梦要他不要再等，有合适的成家最好。天缘闻讯气得跺脚，恨不得马上去寻她当面了断，无奈不知地址，过去的电话早已销号，现在的电话号码闺蜜死活不透露，到后来连闺蜜也联系不上。分明是柳梦不愿见他，十之八九已做他人妇，恐婆家人察觉不好。天缘终于明白，柳梦爱他却不嫁他，原来是爱到极处成了怕，担心悲剧重演，到时无母亲的孩子没人疼，没妻的光棍太凄凉。既然这样，那夜的缠绵……天缘后来得知，离校那天柳梦最早来告别，却最后出校门……从此，他眼里的每个女人背后总有柳梦的身影，至今还没有一个女人能遮蔽掩盖，仿佛嵌在瞳孔里。

到而今，黄山归来不看山，说不清是心无系留还是心无旁骛，总之是忌情忌爱，享受无奈下的无情无爱的单身快乐。当然，万事皆有可能，真把天缘逼急了或者缘分到了，明天结婚也不是不可能。

看来，个人问题而今成了家庭问题，太姑奶奶这次下了决心，天缘不交出个姑娘来，别说游学，恐怕脱身都难。

天缘身边姑娘不少，依爷爷奶奶传宗接代要求，个个不错。若是父亲母亲挑选，模样俊俏，心地善良，也有选择余地。唯独自己心仪的没有，符合太姑奶奶标准的更没有。虽说一老一少都没中意的，绝不能因此以为两人的选人标准一样。如同绘画一样，太姑奶奶是工笔画，标准条分缕析，理想的侄曾孙媳妇应该是：第一，中医世家，最好十代以上，起码也得五代；第二，心思敏捷，动作灵巧，眼耳鼻舌身感觉敏锐，尤其双手的触感，搭上病家手腕能感觉到皮肤肌理最好——这一条特重要，直接关系下一代龚家传人质量；第三，医者仁心，五代之内没有出过作奸犯科之人……与之相反，天缘是大写意，没有那么多条条款款，首先得让他心动才可以。遗憾的是，众里寻她这些年，几度灯火阑珊，终缺蓦然回首。

一老一少为此没少斗法。每次见面，太姑奶奶总拉着手问他要侄曾孙媳妇，弄得天缘怕回家。逼急了，天缘要么撒谎，拣太姑奶奶不喜欢的缺点，往虚拟的女朋友身上栽，不是缺这就是缺那，总之没遇上符合老祖宗心意的。还为老祖宗着想，生怕找差了会气坏她身子。开始几次老人还信以为真，直夸天缘孝顺，比他爷爷比他父亲强。次数多了，老人开始怀疑，非逼他把姑娘带回来看看，既是顺从老祖宗，那就由老祖宗我按自个要求挑选，合不合格让我来定。这下天缘没招了，索性耍赖，自个不找啦，就问你老祖宗要，看当今还有没有你要求的那样的姑娘？

轮到太姑奶奶为难了，手中无人选，心中无底气，只好自找台阶下，说，若不是我那老哥哥死得早，我才不操这份闲心。那意思很明白，别嫌我多事，我是在替龚家世医传承着想。

祖孙三代的婚姻，最有争议的是侄儿顺妙的媳妇魏氏。据说出自世医之家，却不在世交之列，说是大户人家千金，却唯唯诺诺犹如丫鬟。心灵手巧、五官灵敏不假，可遗传不到位，儿子广泉大手大脚，如金刚罗汉般威武，若非五官酷似姑奶奶，纵然姓龚也不令人信服。倒是广泉自个领回来一位任佳丽，与自身优缺点互补，从内到外文静细腻，手脚虽慢却步步到位，事事谦让却处处固执，是龚家老院唯一对抗老祖宗能全身而退的人。其中内情，只因老祖宗虽不喜欢任佳丽，却格外喜欢任佳丽的儿子天缘，从形到神犹如先祖降临，为龚家在遗传上扳回一城。

老祖宗最无奈的是天缘，差两年三十啦，婚姻不明不白，本人还不慌不忙，这次非得逼出个原形来。

还是老办法。天缘去后院，细声细气给老祖宗赔礼道歉，怨自己没把话说清，女朋友已是有了，物色了十多个，都摄了像在手机上，任由老祖宗挑选，看中哪个是哪个。眼见太姑奶奶笑颜露出，忙打开手机，将诊馆的十几位护士的值班录像找出来，让老人家选妃子样逐一瞅。这些姑娘是天缘精挑细选才留下的。当初挑选护士，天缘要的是养眼顺心，不仅颜值高，而且多才多艺，一定要让绝症病人从护士身上看到世界美好。一个年轻单身狗的眼光，远非太姑奶奶的老眼昏花可比，既然他看中的，几位长辈只有点头的份。

太姑奶奶眼看花了，个个俊俏可人，看一位姑娘再看一下天缘的表情，不见丝毫变化，脸上表情犹如女人化妆样揉抹均匀。过了一遍，太姑奶奶手指始终没法伸出来。再来二遍，现一个要天缘介绍一个。天缘老办法，比照老人家的标准说缺点，第二遍过完仍不见老人家动手指。天缘就要这效果，选累了自然会罢手。

第三遍，太姑奶奶突然仙人指路，问，她是谁？天缘忍不住扑哧一下笑出声来。太姑奶奶以为选对了，天缘却说选反了，这人叫何姝，是位来实习的研究生。太姑奶奶不嫌弃，侄曾孙的婚事让她渴望已久，有点饥不择食，管他什么生，只要她早点生就行。天缘慌了，叫声老祖宗呃，你若想晚年幸福，笑口常开，千万别去招惹她。太姑奶奶不信邪，难不成她是个妖精？天缘苦涩一笑，真是妖精倒好，你老人家用祝由术收她。她是我的克星冤家对头，躲还来不及，你还敢让我娶她进屋？何况，人家早有男朋友了，在国外读书。

太姑奶奶一下警觉起来，被蒙哄的记忆突然唤醒，犹如叛逆期的少男少女，逆反心理上来，板着脸说，你小子滑，正缺一个降得住你的管家婆。就是她，定了！太姑奶奶难得见有天缘畏惧的人，索性再挤对一下。

轮到天缘着急。以前行骗老人,最怕老人要见姑娘本人,今天慌不择路,自个儿奉上,老祖宗,你先别说定,我把她叫来你看看好不?

不看了,就是她!太姑奶奶的话硬邦邦的,一杵地下一个印。

你看看嘛,不是中医世家出身,说话比脚杆硬,手像抹布片,你要的一样不沾。

太姑奶奶心虚了,真如他说的,娶个煞星回来也不行。点点头,好吧,你把人叫来我看看。

二

1

何姝接到微信颇感蹊跷,天缘邀请她去古镇家里做什么?但毕竟还在天缘堂谋事,家乡一位老人患病还望他收治。何姝马不停蹄前往古镇,一路上猜想随车辘轳不停转换。两个单身狗之间,首先想到是婚姻,差一点想到是天缘家人要她去相亲,这念头如电光石火一闪即灭。何姝来天缘堂作对,天缘心里雪亮,何姝心里也雪亮。除非天缘脑子进水,才会打自己的主意。自己不是和亲的王昭君,他也不是临阵招亲的杨宗保,不会有化敌为友的好事。从天缘离开诊馆时的情形看,脑子还清醒正常,别说相亲,连单相思的可能都应该排除。

何姝想到天缘要出外游学的打算,最大可能是商量诊馆的去留善后事宜。自从天缘有了游学的想法,天缘堂就停止收治新病人,原在天缘堂的老病人,也逐个试着动员回去,天缘堂愿按违约责任,免去以前的一切费用。病家情绪反应激烈,宁愿躺着抬出去,不愿被赶着走回家。背后少不了不愿散伙的员工暗中打气。前几天一个外地慕名而来的大款病人，又是坐车又是坐船，一大群人陪护，千里迢迢来成都寻天缘堂求医，被一张告示挡在门外。大款财大气粗，以天缘堂没发布预告为由，扬言要起诉到法院，要求赔偿来去的路费，承担延误医治的责任和令病家沮丧绝望的精神损害补偿。还是何姝出面解释，作揖打躬，赔礼道歉好一阵子才了结。事后，赶紧去报社补了个启事，声明主治医生外出游学期间不再收治新的病人。

天缘堂的停诊让何姝对自己的去留茫然，竟一时拿不定主意。天缘堂若是关门就成全了龚天缘游学，以后能不能见着他难说，如同猎人放走了猎物样可惜。替他将天缘堂守住，让他心有系留，又担心自己万一把持不住，对手变成了对象，别人不笑话，自己都感到好笑。这份纠结怎么来的？恩爱情仇好像都不沾。当初表叔要她来省城，就一个目的，凭高学历碾压龚天缘，独占鳌头。

那个叫张胖子的餐厅老板，她该叫表叔，有一手好厨艺，在省城大医院旁边的一个小巷子开餐厅。有十多张桌子的大厅，平常没见满过，也没见空过。设几间雅座，供商谈私密的人进餐。天缘堂开办之初，龚天缘是这儿常客，好多事儿就在这雅间敲定。胖子张老板自忖对天缘和天缘堂知根知底。当天缘获得第一笔奖金时，张胖子坐不住了，自觉个头、口才不比龚天缘差，他能办到自己也能办到，蓦然回首，巨额奖金已在灯火阑珊处。毅然改换门庭，用福康诊馆招牌换下怡味餐厅招牌，实现厨师到医师的升华。胖子厨师哪来的胆子，敢把菜谱换成药方，因为他妈有个从医的娘家，何姝的父亲是他的表哥，不仅还健在，而且也在老家把脉行医。

何家在老家也算世医，等级最低的那种乡下郎中，靠祖传的单方偏方验方讨生计。每逢赶场天，去街上放一张小桌子，与人把脉，靠笑脸和低诊费招徕病家。集体生产时，赶场日子少，与生产队签订副业合同，在临近方圆十里地游走行医，挎一个药箱，摇一个响铃，挣几个现钱。包产到户后去镇上开一个诊所，也学会开抗生素打点滴。张胖子一声召唤，当表哥的赶紧去了省城。当听张胖子说专治绝症病人，表哥傻眼了，这医一个死一个，当真只有鬼上门。

瞧把你吓的。对表哥的惊讶，张胖子感到不可理喻，你就没有医死过人？一惊一乍的。

表哥告诉胖子，医者仁心，若遇死脉，一般不再下药。医者名声是其次，为病家着想不花冤枉钱，方保医德不亏。父亲生前千叮万嘱，明知不可治却妄加诊治，徒费病家钱财，与强盗无异。

胖子不信，凭手摸就能断人生死？

表哥说，那可不是？学中医入门就得把死脉熟记在心。随即背诵死脉口诀：雀啄连来三五啄，屋漏半日一滴落。弹石硬来寻即散，搭指散乱真解索。鱼翔似有又似无，虾游静中跃一跃。更有釜沸涌如羹，旦占夕死不须药。从来医者大忌，你活人无数不敌死人一个。

胖子笑表哥想多了，我这诊馆与你说的正好相反，收治的病人个个身患绝症，医死没人怪罪，医不死有人赞喜。张胖子叫表哥尽管放心，在我这儿，人们关心的不是谁医死了谁，而是谁把谁医好了。瞧人家天缘堂，死那么多个没人过问，治好了几个满世界都知道。

表哥又一次惊讶，谁那么牛？绝症都能医好！我看其中有假，要么医生的医治有假，要么病人的绝症有假。

哪来那么多假的，专家用机器看过多少遍，即使假的都被看成真的了。纵然有一个两个看走眼的，正是我们求之不得的机会，撞上一个就发了，名管一生，利管十年。

表哥更添疑惑，若此说来，你自个儿撞运就是，拉上我有何用？

表哥呃！这赌人命的话你也敢说，我这是拯救性命于万一。要你来，不仅要借重你的名头，还要借重你的手艺，要签协议，白纸黑字掺不得半点虚假，到时候真金白银要兑现，病家信了才肯上门，我才有生意。

越听越玄乎，表哥头皮发麻，心想真有这本事，坐地等花开，我还用来你这里？对表弟明说，我吃不了你这碗饭，你还是另请高明。

眼见表哥要溜，张胖子岂能撒手？明白告诉他，以前你还欠我八万元，说好在工钱里抵扣。我这餐厅改成诊馆花了几十万，若说不干了，改回去还得几十万，这算谁的？另请别人，说得轻巧，这执照上写着你的名字，门外广告上有你的照片，换谁来也不行。还有句话告诉你，不仅是你，你那读研究生的女儿何姝也要来，这事没她支持我还不得干。

表哥赶紧去微信问清楚，何姝的确要来诊馆主持大计，还给父亲壮胆，大一点的医院都有专门的科室干这事，叫临终关怀科。除非医生下毒药，再无责任担当。风险是有的，那就是钱，有可能血本无归，那是表叔的事，你只管对症下药就是。

何姝帮表叔的信心是男友杨靖给的。杨靖对天缘堂不屑一顾，给女友打气，就临终关怀那一套，难道你西医研究生搞不过一个中医本科生？何姝就这样来了，带着一股傲气。在何姝眼里，同样的合同，都以大医院的预后为准，到期计费，超期计奖，痊愈重奖，就一个运气好坏的事，上帝不会偏袒谁。

谁知刚过半年，上帝开始翻白眼，天缘堂的病家百分之百活满期限，药本医酬奖金一样不少。更气人的是稀少的痊愈病人，竟被天缘堂一家抢去，一阵掌声后百万重奖砸下来。同样的力度，张胖子的福康诊馆却被上帝狠狠踩了一脚，五个病人不打招呼提前谢世，带着药本医酬一起走了，留下沮丧挂在胖子脸上。好不容易有一位多活了十天，收几个钱还不够支付抢救费用，全上交给街对面省城大医院了。

这次不用表哥推辞,何姝她父亲被胖子老表直接给开了。对何姝给足了面子,只要她愿意,可留下来当餐厅大堂经理。医学研究生不开处方开菜单,这份信任堪比羞辱,何姝实在无法领受。不怨表叔愚笨,只怨龚天缘奸诈,怀揣心不甘和气不服去了侯兴的诊馆,开始又一轮无形较量。

与侯兴见面,实在不好说帮他,求他也不好说,何姝只说是写论文,借他回春诊馆实习考察。侯兴则是大喜过望,一直琢磨,张胖子福康诊馆开着开着怎么就关门了?失败是成功之母,何姝从失败中走过来,犹如亲妈过来一般,能说清坑在哪,败在哪,成功会不久诞生。

据何姝事后反思,张胖子对外吹得天花乱坠,古方秘方有几大箱,仿佛地狱大门他在看守,他不答应谁想死都不行。背地里就想学古董商捡漏,日思夜盼街对面来一个误诊的病人,不治自愈获重奖,压根没对病人的治疗上心,还用"旦占夕死不须药"堵塞,说能为病家省几个是几个。何姝最后对侯兴气愤说,这样的诊馆不关门天理不容。

侯兴的回春诊馆该怎么做?何姝一字一顿给出三字真诀,"学、天、缘"。

有了福康的亏本惨案,侯兴的回春自得小心,照何姝给出的药方复制天缘堂,翻拍模仿,精心做到一丝不苟。两家合同内容除了抬头甲方不同,下面连标点也不动。主治医生也要中医世家,本省没有到外省高薪请来,声望比龚天缘高,岁数够龚天缘叫爷。护士也照搬天缘用人标准,空姐身材,演员颜值,科班出身。看似周全,侯兴终归心里不踏实,毕竟他姓侯,天缘姓龚,总会有些地方学不到手,如天缘堂老板当主治医生,自己就不行;又如龚天缘是单身,他招的护士一律单身,自己不仅不是单身,也不知道为什么护士定要单身，而且也找不到那么多的单身护士……不懂的地方还多，合同上写明无缘的病人不收治，有缘无缘怎么知道？经高价从天缘堂内部获得消息，与天缘堂无缘的病人好像很多，每一天都有拿着高价，说尽好话，进不了天缘堂的病人，询问为什么？无缘。一句话大得无边，足够屏蔽大多数病家。据买来的情报说，有人观察总结，但凡摘除了器官，哪怕是胆囊脾脏阑尾的都算无缘；靠机器维持生命的算无缘，如搭桥、安支架、人工起搏器或机器透析的……何姝与杨靖微信上分析后告诉侯兴，极有可能无缘就是无奈，中医自古没有摘除器官案例，天缘治疗无章可循；中医更没有靠机器维持生命的先例，对方担心治疗中无法辨明治疗障碍是物理的还是生理的。另有许多既没摘除器官，又没安装机器的，不知为什么也不收治。何姝摇摇头表示她也猜不透，不过先按天缘的路子走，这两种人我们也不收。

就这样踏着天缘的足迹，亦步亦趋，大半年后仍然掉进了沟里，当天缘堂又一次获百万重奖时，回春诊馆在病家强烈抗议下清算关门。

何姝又一次失业，心里又一次失落。同样的病人，同样的病况，甚至更差的预后，在天缘堂就能活到合同期满，在回春诊馆总是差个十天半月就带着期盼走了，哪怕送到街对面省城大医院抢救，挽救了生命也挽救不了财务亏损。

侯兴谁也不怪，大家都尽心尽力了，只怨自己不该吃这碗饭。外省请来的老中医也弄不明白，天缘的处方一张不漏都复制到了他手上，反复琢磨过，都是能背得下来的药方，凭手摸都能叫出名来的中药，那边的病人服了就对，这边的病人吃了怎么就不对呢？

侯兴希望何姝留下来帮帮他。回春诊馆关闭了，回春药房还可重新开张。何姝去意已决，她实在咽不下这口气，一个西医研究生输给一个中医本科生，还不知输在哪，但凡有口气的人都会气死。

人得明明白白活着，只知吃喝那是猪。何姝表示，等她把天缘堂的内幕搞清楚后再来弥补过去的损失。

何姝在天缘堂有两位线人，护士晓月是何姝在福康时张胖子安插的，会计冯成是回春诊馆老板侯兴收买的。通过两人介绍，天缘答应接收她，而且参加管理。天缘回答太爽快，好像她早就该来了，倒让何姝隐隐不安，怀疑对方察觉了什么，挖好坑只等自己往下跳。后来的事印证她的担忧不是多余的，第一天上班，龚天缘见面第一句话问，听说你在福康和回春干过？

何姝料定他已知情，略显尴尬，说，让你见笑了，干一家垮一家。你不介意我会给你带来不吉利？

天缘微微一笑，我早就不想干了，正缺个接盘的，你不会为这来天缘吧？

何姝不傻，摆明天缘知道内情，只是不知天缘为什么还要接纳她，索性把话亮开说，仰慕龚老师已久，早想就近讨教，苦无机会。接盘不敢，若你不愿干，这世上恐怕再没有人干得了。

天缘淡淡一笑，未必，比我能干的人多，你就算一个。

何姝霎时脸红，暗想，真能干又不来投你了，说，你别拿我开涮，不欢迎说在明处，我趁早死了这条心。

天缘适时而止，说，怎么会不欢迎呢，求还求不到。你想了解什么尽管说，我已吩咐了，天缘堂不对你保密，想看什么看什么，想问什么问什么，只要不打探个人隐私就行。若有不清楚的地方，还可直接找我。俨然把她当成接盘的下家，生怕得罪了砸在手上。

2

何姝到三汇古镇时太阳已坐正身子，人间一切了无遮蔽。龚家老药房更是格外好找，用不着寻那从右到左书写的老牌匾，老远瞧见一家门前屋檐下一大群人排队，职业眼光告诉她，病人排队取号候诊，必是龚家无疑。

分开众人进去，一眼瞧见天缘在把脉，顿时才知他不来接站的缘由。两人会过眼神，天缘朝药橱努努嘴，何姝明白，要她去帮忙。里面已有三个人在忙碌，见何姝到来，换下天缘的奶奶去后院弄饭。何姝站在柜台外面，清点核实好的药包，连同处方熟练包裹起来。

客人与主人寒暄已是华灯初上，在后院太姑奶奶屋内，一家子围定饭桌歇气。爷爷连连赞叹，今天这景象我还是小时候见过……

一切皆因天缘而起。听说神医回家探亲，一时四邻八乡传遍，天还未亮就有人在门外候诊，到何姝来时已少了许多，个个指名要天缘把脉，连太姑奶奶、老爷子都不让瞧，更别说中西混杂的广泉。病人站在面前不让你碰，但凡是医生都无法忍受，好在是自家后人，龚家长辈不气反乐，自觉给龚家、给中医长了脸，乐呵呵地去抓药打下手。

何姝问天缘，你这忙七慌八的，有多大效果？

一旁的父亲代为回话，信则灵，药未下肚，先已好了三分。

天缘说，多数还是常见病，多发病，老年病。父亲和爷爷一样能瞧好，可人家就冲着名气来。城里人不也一样，伤风感冒非得上大医院才放心。

何姝问天缘，叫我来干什么？不会是大老远来看你炫耀医术？就为帮你抓药？天缘朝太姑奶奶努努嘴，她要见你。何姝平日里常听天缘说起会祝由术的太姑奶奶，有意无意给天缘堂罩上一层神秘光环，今日有幸见着实物，兴奋之余越加迷惑，她找我干吗？从不信邪的她，此时竟生出些莫名恐惧，实在想不到眼前慈眉善目的太姑奶奶会是擅长巫术的异人。

此时，厨房给每人上了一碗热茶。何姝怕烫，埋下头边吹边呡吸。天缘见太姑奶奶眉头微皱,在桌下扯了扯何姝衣角。何姝偏起头想问究竟,见天缘朝她努嘴,环顾众人,都端着茶碗,唯独自己猫狗一样就着食盆舔舐,顿时脸红。记起老话"手不扶碗穷一世,抖腿耸肩霉三代",赶紧端起茶碗低头不敢见人。

太姑奶奶看出她的窘态,用言语岔开,从你是哪儿人开始,查户口般问个底朝天。家常话问出平常心,何姝渐渐有了几分明白,确实不是相亲是挑选。顿生恼怒,好你个龚天缘,把我当宠物买卖,任由你家挑来选去。回话开始有了顶牛的意味。当问她家行医有多少代?回话少了些许恭敬,口气大到能活吞一只象,安心吓死一个少一个,嘴角流出一句话,我家代代御医,专门侍候万岁爷。

龚家人惊呆了!龚家出过御医,也就间杂有四五代人,可人家代代都是!天缘回过神来,听出是气话,远的不说,她爷爷、她父亲、她本人这三代就不是,出生前皇帝就没了。天缘不轻不重说,有些生前不是,死后追封的。

太姑奶奶莫名喜欢上何姝,像极了自己年轻时脾性,帮忙圆场,先祖传下的说法哪会有错,大不了后人记忆有误。我们龚家也出过御医,到底几个?不也没个准数。

何姝不领情,反倒说出个天大的理由,我可不是吹牛。在你们看来,只有皇帝才能称万岁,普通老百姓就不行。到底凡夫俗子,跪着呼万岁习惯了。还是毛主席伟大,他老人家挺直腰板高呼人民万岁!

如此说来也有道理,你把老百姓当皇帝,自然就是御医。可太宽泛了,凡给老百姓看病的个个都是御医,人数海量一般,说了跟没说一样。天缘懂了,何姝要说的是,医生眼里病家平等,没有高低贵贱之分,要是郎中都是郎中,要是御医都是御医。于是讥讽道,当真是,庸医司性命,俗子议文章。

何姝脸一下绯红,像是狠狠地挨了一耳光。天缘分明说她是庸医，帮一家诊馆垮一家诊馆。轻蔑说，从来人贵自知之明，张胖子、侯兴尚知进退，良知未泯，不像有些人专干捡漏取巧、欺世盗名的事。说着便要起身离去，被挨坐的任佳丽死死按住。

太姑奶奶第一个发飙，训斥龚天缘，你当真缺少家教不是，要不要现在揍你几下提醒提醒。龚家几十代传承，医术有高有低，但就没一个像你这样目中无人。我看何姑娘虚怀若谷，求学若渴，似这等胸襟，早晚必然胜你十倍。转身换一张笑脸对何姝说，何姑娘别生气，天缘是自小被宠坏了，说话没个轻重，稍后容他赔个礼，道个歉也就算了。医者仁心，都是为病家着想，没有什么放不下的。

何姝见天缘耷拉着头一声不敢吭，平日里横空出世的气势瞬时不见，很是解气，暗笑你也有吃瘪的时候。打个抿笑，借太姑奶奶的台阶，软下调门说，太姑奶奶，他是欺负我们当手下的习惯了，若见他的气，怕是死过千百十回了。听那口吻，哪是什么老板与员工的关系，倒像是小两口斗嘴，不逗几句不正常。

任佳丽赶紧说，累了一天，现在晚了，大家都去休息，有话明天再说。说完叫上何姝先走。

天缘最后懒懒起身，搞不懂这一家人怎么想的，分不清亲疏，竟把自己当成是外人。若非我天缘，哪来她何姝？一个个是害错了病还是吃错了药……

3

夜走向深处，梦迟迟不来，何姝习惯性失眠，不知心上的朦胧是因自己闭着眼睛没有看，还是睁着眼睛没看明白。天缘身上有太多的神秘，包括他说不保密的那句话。他如真想出去游学，自然望着自己去接盘，不保密就有几分真实。可游学本身很可疑，放着上百万的年收入不要，倒贴钱出去遭受车马劳累，寻求什么中医中药的真谛，高尚一如云霞，辉煌灿烂接近虚无缥缈。

就眼下诊馆而言，摆明一个好兆头，几十个病人，人人过了协议的生存期，余下的治疗不担丁点儿风险，全是按时收钱的事儿。其中有几位还向痊愈好转，有望再获得几笔百万大奖。这样的好事说声转让，人们会排着队来争抢，搁谁身上也不会转手谦让，即使要出手也得换个好价钱。可姓龚的独独看中自己，图什么？仅仅因为自己有过两次失败需要安慰，或者他还嫌教训不够，非得再来一次，寻一个事不过三的理由？

天缘找上自己的缘由似乎不是那么简单，从白天他家人一言一行中，傻子也会看出端倪，转让天缘堂不过是一个诱饵，要引诱上钩的是一条叫何姝的鱼儿。几位长辈分明是在为天缘挑选媳妇，那眼神，那温馨着实让人心热，只可惜男当事人出卖了他们。瞧龚天缘那架势，如同扔一个宠物在众人面前，任凭众人品头论足，看似炫耀的是展品，实质是在显摆商家的本事。

最不能容忍龚天缘说话那口气，就算是女友，也没有当众揭短的，而且说话刻薄尖酸，什么庸医，什么死后追封，全是当作仇家在挖苦诅咒。你既是看不上，又火急火燎催人来你家干什么？就为了你讽刺挖苦显能耐？

回忆到这，突然一个急刹，何姝一个激灵坐起来，怎么啦，这不单相思吗？谁给你提亲来着？别想多了，一个经营多年的天缘堂转手，家里人要看看接盘的人实力如何，多正常的事！老人家的问话句句不离一个医字，可见担心的不单是经济实力，更担心下家的医术实力。真要接手，谁也得有个选择，是买过来还是租过来或者叫承包，自己和杨靖尚未商量，何况对方。

终归还是龚天缘不对，纵然谈事不谈情，就事论事要商量，事先也该说一声，至少该问一下姓何的有没有这个意思。扪心自问，

031

自己来天缘堂,原本不在乎天缘堂的钱,更不在乎天缘这个人。在乎什么?在乎天缘堂经营的秘密。今天弄清楚今天离开,明天弄清楚明天离开,实在弄不清楚也会离开,没心思去算计什么人或钱的。就如去电影院看电影,没人在乎电影院的产权,更没人在乎老板人品如何,电影散场就走人。

不知晓月冯成怎么向天缘说的,导致他竟把自己当作下家,又是委以管理重任,又是请到家里面试,却始终没有一句明白话。在诊馆里东一句西一句也提到过诊馆易手的事,终归一张纸没捅破,没正经坐下来谈过,却无缘无故被他叫到家里奚落一通。

越想越生气,顿觉口干,记起门外桌上有茶水。即刻披衣起身,摁灯开房门,倒一杯凉茶,还未送进嘴里,隔壁房门开了。任佳丽出来关心问道,病了?哪儿不舒服?

何姝只觉好笑,这行医人家的臭毛病,开口闭口离不了一个病字,好像除开病就找不到话说。放下茶水回道,没哪不舒服,口渴,起来找口水喝。

桌上水凉了,我给你热去。任佳丽几步过来,接过凉茶倒进电热壶里,继续套近乎,说这把脉行医家里,就一个药味重,怎么弄都去不了,我刚来时总觉不舒服,久了也习惯了。

何姝笑着回答,我家也是行医的,闻惯了药味。只不过我家是草药,就一股清鲜味,比不上阿姨家大药房官味浓。

任佳丽听起有股酸味,道是昨晚的事还梗在心里,替儿子赔礼道歉,这老龚家的男人有个职业病,成天望闻问切,看谁都是毛病,除了病情,没几句话靠谱。末了不忘补一句,以后相处久了就没事。

何姝听来仿佛是在说自己。龚天缘若真是荒腔走板,自己却处处较真,不靠谱的岂不是本人。龚天缘昨晚的话可是字斟句酌,他那一丝不苟的表情,哪来半点率性随意,绝非词不达意,而是精准伤人。接过任佳丽递来的茶水杯，道声谢谢，抿一口茶水，说，我与天缘共事也快一年，据我了解他的为人处事，虽说赶不上阿姨你们前辈老道，却也并非稚嫩呆萌，若论圆滑精到，全诊馆没有一个是他对手。

哦！任佳丽故作惊奇，儿子打小是个人精，为上幼儿园，自己与姑奶奶斗气，这小子居然两边通吃，哄得两位大人围着他团团转。眼下在外人面前不好泄露半点，仍是装傻道，你不说我们真还不知道，这小子什么时候学坏了，竟敢欺负何姑娘。没事，在何姑娘面前，他那点小儿科值不得计较，瞅准时机给他怼回去，如同昨晚上那样，呛他三天打不出喷嚏来。

何姝一下想起昨晚龚天缘发愣的憨态，忍不住笑了。阿姨说的虽是趣话，倒也不假，别看龚天缘一副高深莫测的样子，时不时想占自己口头便宜，就没有一次得手，总是铩羽而归，灰头土脸收场。但阿姨面前不敢放肆，故作委屈说，那是你们在场他不敢过分逞强，凶起来也是六亲不认，炸雷都要生吞活吃的样子，佛见佛愁，鬼见鬼怕。

任佳丽忍不住笑了，小姑娘的话用在天缘父亲身上再合适不过，儿子嘛，永远是个乖孩子。说，凭你这口舌，别说生吞活吃，就是蒸熟煮烂了，他闻着气味也要远避三十里。见何姝放下茶杯，说，不提他了，免得生气睡不着。

两间房门重新关上，月光从天井拐弯进来，将先前的种种不悦，溶解在一片温柔里。

何姝莫名其妙笑了，只为梦里结婚遇见了真爱。婚礼是在哪？好像是华夏酒店。来这里好多次了，几位闺蜜都在这儿结百年之好，一切熟悉。彩色拱门，进去时是女友，出来就成了夫人。主持人仍是"牵手"婚纱店那两位帅男靓女，主持婚礼无数，而他俩自己的婚姻却心底无数。一个剩男，一个剩女，为了别人的婚姻误了自己青春。

曼妙的乐声渐起。父亲来了，一身喜庆的着装，满面的喜悦。径直向她走来。她问父亲怎么来了？父亲惊讶地看着女儿，不认识似的，我嫁女儿，我怎么会不来呢？不由分说，父亲拉着她的手，离开了嘉宾席，来到拱门前等候。何姝依稀记起，今天好像是她出嫁的日子，十年前与郝家定下的婚约，后来说是解除了，郝家也是答应了的。父亲手攥得更紧，指指前面，说新郎来了，快挽住我，我会亲手将你交给我未来的女婿。

新郎走过来了，天哪！不是婚约上的郝青，也不是国外的杨靖，来的竟是龚天缘，一脸坏笑。何姝赔着笑脸，心里暗骂，自有你哭的时候。父亲将何姝的手送过去，深情地嘱托，郝青，我将妹妹托付给你了，要好好地善待她……何姝低声纠正，爸，你说错了，是龚天缘，不是郝青。父亲生气女儿胡说，你好好看看，怎么不是郝青呢？何姝定眼瞧去，龚天缘不见了，分明是郝青一脸憨笑立在面前。何姝一声大叫，奋力挣脱两个男人的手，从梦的边缘跌到床上，浑身汗津津的。

何姝起身去卫生间冲洗，擦干身子，躺在床上，再也无法回到梦里，种种念想带出丝丝酸楚。

4

那年她考上城里重点高中，弟弟何杰也考进镇上初中，父母为学费愁得差点撞墙。这些年，父亲的收入大不如前，不是父亲的医术退化，也不是药价走高，是村里人走空了，病人少了，嫌弃中医的人却多了。父亲为了挣钱，像一只疲惫的大鸟，为了孩子，不得不将觅食的范围扩大了一轮又一轮，起早贪黑，实在无法凑齐日渐增多的学费。母亲找到何姝，一个弱者劝说另一个弱者让步，为了弟弟,她得辍学。劝她不要怨恨父亲,除了把脉他再不会别的。父亲何尝不想女儿有出息跃出农门,但凡有一点办法都不会出此下策。你爸觉得不能对不住你,这些日子一直在想法筹学费,每次回来都唉声叹气,真担心他万一急出什么来,这一家人怎么办?说到这,母亲开始抽泣,声音断断续续,像一把锯子在何姝心里来回切割。

那夜月光惨白,父亲到了该回家的时候,家里的大黄狗已去大路边上迎接。久久不闻狗的叫声,一家人好生着急。想去寻找,又不知他去了何方。母女俩煮好夜饭,谁也没动筷子。见她俩不吃,弟弟何杰扒了几口也放下碗早早睡去。母女俩面对面呆坐,不说话不是没话说,是说了没用,或是说了太刺激会无法收场。何姝此刻最想说,我要父亲,我更要读书,若有一样非得要舍去,那就是自己这条命。

突然,外面隐隐约约传来狗叫声,何杰第一个从房间里冲出,喊声,快去看爸。发疯一般朝大路冲去。狗叫声渐渐逼近,急促,惶恐,母女俩一下被惊醒,跟着奔出门。

大路那头转弯处,一个熟悉的身影跟跟跄跄过来,走几步,跌下去,爬起来再走几步,再跌倒,像一个磕长头的信徒在向命运叩拜!大黄狗围着他悲切叫喊,当他跌倒,大黄狗用头拱他起来,当他跌撞前行,大黄狗朝天高叫,像是喝彩,又像是呼救。

母子三个赶到时,狗和人都趴在地上,一样喘息,一般无助。何杰由狗引领去找药箱取药,母女俩扶着老人回家。一路上酒气熏天,何郎中不停呢喃,姝妹可以读书了……何姝一阵心痛,哭着说,爸!你不要这样,我,我不去读书了,爸,你不要这样!何郎中依然自顾自地念叨,姝妹可以读书了……何姝的母亲意识到什么,停下脚步,问,你是说借到钱了?那钱呢?母女俩去他浑身上下摸遍,除了几张零钞,再无多的,急忙喊叫何杰,药箱找到没有？快看看里面钱在不在？听说没有钱，再问父亲时，父亲已睡着了。

何郎中被阳光摇醒已是第二天上午，睁眼便是一阵哈哈大笑，我家何姝可以读书了。一家人赶紧问他，钱在哪？幸好脏衣服没来得及洗，他摸摸索索从里面找出一纸婚约，何姝与郝青的订婚协议。何姝急忙去抢，他一把揣进怀里，生怕女儿一气之下撕了。

在女儿逼迫下，何郎中念了两遍，一家人才得知一向不喜饮酒的何郎中酒醉的缘由，他代女儿定亲了。男方是山上郝家沟老队长的儿子郝青，张胖子的老婆保的媒，郝队长的父亲是她娘家的舅舅。小伙子长得倒是不错，大何姝三岁，在外打工多年。听说何姝上高中缺钱，郝家满口答应成全，只是不要借条要婚约。郝家承诺，订婚之后，郝家视何姝为自家人，吃穿读书所有费用均由郝家承担，高考不中即过门成婚。若女方考上大学，不愿毁弃婚约，男方继续承担女方所有读书费用，直到毕业成婚。其间，女方若是悔婚，则加倍赔偿男方费用。若男方毁约，女方不给任何赔偿。

这分明是一个傻子和一个骗子的约定。当骗子的何姝心里过意不去，这不是明抢吗？传出去我今后怎么见人？当弟弟的劝姐姐，人家都不担心你有什么担心的？考上大学你就读，考不上大学你就嫁给他，也不失为一段好姻缘，人品脾性也还般配。何姝心想，可万一考上大学了还哄人家履行婚约……谎话自己都不好开口说。

不久，郝青来何家送学费，傻子和骗子第一次见面。郝青脸红到脖子才把钱递过去，拣重要的话说了三遍，我会按时给你打钱的……何姝本来白白净净的脸生生给染红了，未接钱先问了一句，万一我考上大学了……

不等话落地，郝青就回道，我继续供你。傻子是个真傻子。

你真不怕我大学读了……那意思谁都清楚，骗子不像一个真骗子。

没事，你还钱我再找一个。傻子露出憨厚的本质。

我会永远记住你的好，不会对不起你。原来骗子也有不情愿的清纯。

十年过去，结果不出所料，该来的都来了，不该来的也来了，恰似预定好的。三年高中毕业，何姝如愿考上大学，也曾几次下决心来个了断，终究未说出口。不是郝青不松手，他还数次提出结束这场情感游戏，反倒是何姝不好意思张嘴，实在不愿伤对方的心，越是憨厚的人怄气越是伤身子。直到五年本科读完，研究生又上了一年，眼见双方差距由一条缝变成一道深渊，郝青主动提出，家里父母要人照顾，想娶个乡下媳妇。郝家就在那年办的喜事，新娘是邻近乡的一位村小教师。婚礼那天何家去人朝贺，还送了个厚礼。郝家没说什么，越是这样何姝心里越是愧疚，总觉耽误了郝青。

照婚约何家补偿了郝家一个整数，足足十万元，其中八万是胖子老表那儿借的。胖子老表不要何家还钱，他正筹办福康诊馆，指名要何家父女给他撑起，工钱抵债。

前年底，胖子福康诊馆摇摇欲坠时，郝青的父亲郝仁病了，将以前所有的病聚成绝症，胃癌中晚期，省城大医院预后最多活两年。没钱做手术，就近去了福康诊馆，指望依靠老表张胖子度过最后日子。哪料没两个月，郝仁没死诊馆先死了。看着郝家绝望的眼神，何姝带他去了侯兴的回春诊馆，用自己的报酬担保，侯兴想拒绝也不好开口。眼看郝仁一天天消瘦下去，在他躺在病床上动弹不得时，回春诊馆倒闭了。

为了郝家，何姝腆着脸皮去了天缘堂。龚天缘接纳何姝很爽快，接纳郝仁却一直摇头，像是他的冤家一样见死不救。何姝以为是钱的事，老办法用自己报酬担保，不信你会比侯兴还抠门。龚天缘把把脉，说病人与诊馆无缘。何姝知道病人已与阎王约了期，没指望你医好，大大方方挑明，可以不签合同，死活都据实缴费，只要病人心态平和度过最后的日子。龚天缘说不是钱的事，理由换成他要出去游学，已登启事宣布新的病人一个不收。要来的病人太多，不能因郝仁破例。不知何姝哪来的蛮劲，硬邦邦地说，这个人你收了，算我欠你一个人情，以后尽心尽力还你情。实在不行算我私人收治，死活与诊馆无关，按月给你结床位费。一向硬气的龚天缘没松口，也没拒绝，头一扭走了。郝仁就这样荤不荤素不素进了天缘堂诊馆。

天缘堂收治最多的是胃癌患者，天缘说龚家与此病有缘。古镇老家的人爱犯胃病，现在叫胃癌，龚家祖祖辈辈擅长治胃病。方圆百里有个说法，哪怕是滴水不沾的胃病患者，闻了龚家的药香就想吃东西。天缘来省城闯荡，靠的就是祖传的药方，九个治愈的病例中，六个是胃癌。按说郝仁当收治，可天缘刚登启事说了不收治新病人，若是破例则怕后面挡不住，尤其怕何姝乱开口，惹出麻烦来不好收场。

天缘说是不管，每天巡房还是去郝仁床前坐坐，把把脉，说几句安慰话，就是不开药方，你何姝能干你治去。

何姝压根没想求他，开安慰药用不着欠他人情，自个从小闻着中草药香气长大，多少知道一些，拣那不碍事的中药开几味，由药房煎好送去。开始还不时换几味药，到后来干脆免了，一剂方子吃到底。没想到，命悬一线的日子被这铅封的药方越吃越长，越吃越亮，郝仁竟从床上坐起来自己吃饭。

何姝成了创造奇迹的又一位神医，那些被龚天缘挡在门外的病人，转弯抹角人托人来求何姝，不能进诊馆求一剂方子也好。何姝何尝不明白，自己那方子有屁作用，可郝仁病情就是一天天好转，自己也感觉奇怪。这次到龚家来，除了诊馆的事，这也算一件奇事，得好好找龚天缘问个究竟，是帮我还是在戏耍我？

三

1

龚家前后院天井如一双慧眼，永远没有闭上的时候，阅尽人间疾苦。今天急匆匆醒来，眼见病家人来人往差点把药房的大门挤破，候诊的长队和渴望的眼神让龚家的早餐没了往日的从容。队伍里没人说话，所有的话全留着把脉时对医家说。

何姝把龚天缘从忙碌中拉到空闲处，问，你叫我来到底干什么？天缘指指太姑奶奶，一会儿她要找你，有什么不明白的问她去。何姝闻言像被人骗婚样着急，更不松手，我和老人家素无往来，定是你在其中捣鬼，你要不说清楚，我马上走人。无奈，天缘拉她去更清净处，一五一十说清缘由，求她行行好，帮忙哄哄老人家开心，助自己一把。何姝听了哭笑不得，板着脸要挟他，马上与郝仁签合同给收治了，不然不帮。天缘叫声姑奶奶，你还要我怎么样？他每天吃那药都是我开的处方。何姝破颜笑了，我就猜到是你捣的鬼，说，要我怎么配合？

众人都去了外面药房，后院留下最老和最小的两位女人。老人取出自制的药茶，何姝动手用沸水泡上，一阵异香氤氲，仿佛菩萨降临，心境怡然如至灵山。一口茶水下肚，太姑奶奶反复端详何姝，宛若菩萨引渡样审视一个凡间叛逆，终于看出了慧根所在，缓缓道，你们与中原史家是什么关系？

何姝家代代相传的家史记载，明末清初入川，到何杰这是第三十代，与中原史家……再三回忆，回话，没听说有什么关系。

那你家医术谁传的？

家传的，最早来自哪？不知道。

那你弟弟多大学医？

何姝哑然失笑，老先生都快找不到饭吃了，哪会让儿子当小先生。初中毕业后就去广东打工了。

太姑奶奶眉毛微微一皱，稍做停顿，问，你又为什么选择学医？

毕业后好找碗饭吃。何姝不经意说出实话，当初就为好就业填报的医科大学。

太姑奶奶眉毛又是微微一皱，问，那你怎么不学中医？

何姝生就率性，仿佛对中医有深仇大恨，撸起衣袖，亮出手腕，一只手把住另一只手腕，做出一个把脉的姿势，你看，就这么长点动脉血管，这根指头按的是心，那根指头按的是肝，还有一根指头按的是肺，世人说是神奇，我看就是荒唐……越说越起劲，竟暗暗拿天缘说事，还有更吹牛的，声称四十五天就能把出喜脉，还能断出男女……噼噼啪啪对中医中药好一阵数落，从理论上是玄学，到临床上是草药，简言之，中医中药不行了，学了没前途。眼见得太姑奶奶眉头越皱越紧，快扭成一疙瘩，何姝才意识到坏事了，方才记起天缘托她哄太姑奶奶开心。这下可好了，中医世家面前糟践别人家学，岂不是自讨无趣。如激流上掌舵赶紧往回扳正，忙说那是从前的想法，自从遇见天缘和他的诊馆，亲眼见一个个濒临死亡的病人被他妙手回春，这才发觉先前那些想法都是胡说，祖国医学博大精深，源远流长，自此皈依传统医学，远学扁鹊，近学太婆，结识天缘只图复兴中医中药……言之凿凿，情深意切，直说得自己冒汗，太婆动情，两道眉毛如蝴蝶展翅般舒展开来。

太姑奶奶由恼到喜，如坐了一回过山车，只不知何姝的话几分是真几分是假。欣赏这姑娘口才不错，饶有兴致听她说完，说，你把手伸过来。太姑奶奶手往她手腕上一搭，稍许，换另一只手，徐徐道来，身子骨还可以，大毛病没有，小毛病不少。心虚弱，做事总感乏力；肝经旺，气盛易冲动；脾经不畅，常觉郁闷；肾亏水壅，夜不能寐，经期错乱；病根在胃，饮食淤积，为三焦阻隔，虚火不能下泄……

何姝不以为然，病是医生诊断出来的，不说点毛病出来医生凭什么吃饭？她说那些毛病是个人多多少少都会有点。出于礼貌，恭维道，太姑奶奶真神，我这一身的毛病让太姑奶奶瞧个齐全，没有一样漏掉。

太姑奶奶没笑，正经劝道，中医讲究平衡，一脉不和，周身不适。你得注重饮食调理才是。又自叹一声，病从口入，过去的病多是世人缺吃的饿出来的，现在年轻人的病多是吃饱了撑的。随即拿出纸笔，边开处方边说，你这病症状轻微，不吃药也无大碍，我还是开一张方子，吃不吃由你。老人家原本是想把把脉，断出点毛病让这小丫头看看中医的本事，没想小丫头除了湿气重一点，没大毛病，让她有些小失望。将药方交何姝收好，招呼她床上躺好，问，睡眠好不好？

何姝长期失眠，点点头说，就是睡不安稳。

太姑奶奶取出一个精致的雕花小竹筒，里面有一个锦绣针包，从中抽出银针，选几个穴位扎入，没一会儿，将这口齿伶俐的小丫头送入梦乡。太姑奶奶取出薄棉被给她盖上，自己坐在一旁慢慢品评，眼前这小丫头脾性、做派，甚至举手投足恰像自己年轻时的样子，很对自己口味。可惜小丫头瞧不上中医，又是一个任佳丽来了，龚家的女主人可不能只传承香火，还指望她养育后代，生养一个小天缘，传承家学，光耀门第。想到此，太姑奶奶颇感失望，摇摇头，外面的医学院不知怎么教育的，教出的学生尽与中医中药作对。天缘怎么遇上这么个洋腔洋调的女子？这小子，别是又来蒙骗老辈子。

2

终于病人散了，天缘回到后院，见太姑奶奶无事一般。可明明有事，先成家后立业的大事，是喜或者是悲怎么会没迹象？天缘没敢去叨扰老人，径直寻何姝去，他俩而今才是一路的。遍寻不见，只得壮起胆量问太姑奶奶，人呢？太姑奶奶背着身子不咸不淡回道，睡了。天缘觉得有点怪，深更半夜睁大眼睛数星星盼天明的夜游神，突然成了大白天睡懒觉的瞌睡虫，想必是太姑奶奶动了手脚。不放心，天缘从门缝里看看，人睡得很香甜，正在梦乡途中，那享受的模样，似乎在花轿中晃悠。

天缘仍觉不踏实，忍不住问太姑奶奶，看上没有？

太姑奶奶平淡一句，人家没看上我们，你把她叫来做什么？

嘿，天缘感觉天大委屈，我就知道你不会满意，是你不信，非得见她不可，我可没夸过她。想想不对呀，听太姑奶奶的意思，是人家没看上。这不可能吧？问，没看上人还是没看上家？

太姑奶奶话里再不平淡，人家是没看上你龚家的手艺，说全是没良心骗人的玩意儿。

天缘觉得这不像是何姝的说法，她死皮赖脸来天缘堂不就是被中医中药吸引来的？若非龚氏家学彰显，看不上怎么会把前男友的父亲送来求我医治？这人和家在她眼里不可能被轻看，问太姑奶奶,你怎么看出来的?

太姑奶奶露出失望,她说的,学何姝的口气,就这么长点动脉血管,这根指头按的是心,那根指头按的是肝,还有一根指头按的是肺,世人说是神奇,我看就是荒唐……

天缘替她开脱,不只是她,现在的年轻人都一样,对中医的营卫气血表里阴阳五行理解不了。

太姑奶奶微微一笑,你还替她说话,知道她怎么说你的?说你就是一个吹牛匠,声称四十五天就能把出喜脉,还能断出男女……

天缘心里暗喜,太姑奶奶显然没看中她,省了订婚成亲许多啰唆事。庆幸地说,太姑奶奶别怄气,天涯无处不芳草,太姑奶奶在中医世家里再精挑细选一个,胜过姓何的十倍百倍。

几句话差点噎住老人,若有合适的姑娘还会等到现在?太姑奶奶盯紧天缘,别又是你小子使坏,演双簧戏给老辈子看。

天缘赶紧辩解,不敢,不敢,有那心也没那胆。这位不行也好,正好借游学的机会,遍访天下名老中医世家,不定缘分到了,赶巧有那俊俏可心的姑娘等着,到时医术也学了,媳妇也娶了,回来叫双喜临门。

太姑奶奶咧开嘴儿笑了,虽然笑得有些勉强。说,话得先说好,能找一个满意的回来更好,找不着的话,就这姓何的你也得娶了。

我的太姑奶奶哎,天缘大声叫屈,像一个屁小孩样装萌,你说话得讲个天理良心,是你看不上她,她看不上我,你一味逼我有什么用?

你个小崽子,太姑奶奶嘴儿咧得更大,又来蒙我,你不喜欢她怎么走到一起的?她不喜欢你又到这儿来干什么?

天缘收起嬉皮脸,正经对太姑奶奶说,我若成心要哄你开心,她就不会满口西药味熏你。你又忘了你说过的话,她到这儿来是你非要见她，是来看你这个神仙婆婆，不是来看我。

老人仍是不信，这之前你俩就在一起的。我就想不通，一个开中药房的怎么会跟一个学西医的搅到一起？

中西医结合嘛！天缘又是一张嬉皮脸。老祖宗，你同意不娶了？

不同意有什么法？老人一脸无奈无望无助样。

不要祖宗规矩了？天缘还嫌不够逗，补一句凑个趣。

谁说不要了？老人像执法的门神样庄严，自己去祖宗面前说清楚，如何想的？如何去做？

3

太姑奶奶口中的祖宗，就是供在神龛上一块木牌，无论多少代祖先，全挤在一起，用列祖列宗四字标明，要与谁对话得点名恭请。当然也可用木牌上现成的列祖列宗四字，全体都有了。

今天，太姑奶奶选择点名恭请跟她最亲近的父亲通白，手奉三炷香祷告：父亲在上，女儿向你禀报。你走后不几年长兄谢世，为孤儿寡母生计，为家学传承，女儿再没离开娘家半步。而今你的孙子顺妙步入耄耋之年，曾孙广泉也提前退休多年，来孙天缘已近立志之年。遵循你的意愿，后辈子孙皆秉持祖业，悬壶济世，虽未成良相，终成良医。医术不敢言精，已然尽心尽力。无奈世风日下，西医东渐，药房日渐冷清。幸喜你来孙天缘幼小聪慧，矢志祖业，大学毕业后，去省城数年拼搏，声名远播。而今天缘要出外游学，更上一层楼。父亲，你可要庇佑天缘路途平安，早遇高人，悟得岐黄真谛，学成归来，光耀门庭。话毕，将三炷香插于香炉中，在任佳丽和天缘的搀扶下匍匐磕头，起身回上首坐下，端看晚辈依次叩拜。

轮到天缘叩拜，选择统称，跪下三磕头，叫声列祖列宗在上，不孝子孙天缘禀告，天缘有幸生于中医世家，自小浸淫岐黄之术，受先辈鞭策，时时渴望中兴祖业，不辱家门。大学毕业在省城初展抱负，小有所得，距前辈希冀尚远。痛感学艺不精，欲效仿祖先游学天下，遍访名家大师，吸纳百家精华，夯筑龚家祖业。这一去山高路远，学业艰辛，得失未卜。但愿列祖列宗护佑，了却心愿。话毕又是三磕头，起身去太姑奶奶背后立定。

　　太姑奶奶要他身旁坐下，就游学规矩娓娓道来：我说的是早些年的旧规矩，有不合时宜的，你自个斟酌取舍。旧时游学之人，须是学有所成，志存高远的人。出门不图钱财，只图技艺精进。因而身上银两不多，仅够不时之需，既避免小人见财起意，又防止不思进取，落个技不养家让人耻笑，由此与别的求学以示区别。所到之处，拜访的必是业内翘楚或民间高人。为防江湖骗子，头三日持弟子礼，伺医身份出现，主人把脉后不言语，客人再把脉处方，交主人签押后抓药，除非大错，主人一般不做修改。其酬金归主人，食宿主人安排。第二个三日，若主人认可，主人停诊，由客人自主把脉处方，酬金对半分，食宿自理。第三个三日，主人复诊，与客人同台竞技，酬金自得。九日满，再视水平高低，低者宴请高者。此时，双方才有切磋交流。所以，游学是带艺拜师，没有三板斧只有讨口的份。以天缘眼下的医术，吃饭和拜师入门应该不成问题。

　　就治疗常见病而言，医生之间大差不差，伤风感冒用的都是同样的方子。区别在于分量增减，主佐易位，医术高低重在疑难杂症的诊断处置。名家之所以叫名家，就是有他的独到之处，或独到的见解，或秘方，或独特的诊断方式……这就是各自的看家本领，一般秘不示人。对游学的客人而言，太愚笨，主人懒得搭理，太逞能斗狠，主人必生疑心，客客气气敷衍塞责了事。就这一点上，天缘为人处事得把握分寸，进退讲究法度，小心可无大碍。

　　只是……太姑奶奶欲言又止。

广泉与姑奶奶一起生活几十年，从未听她说起医学江湖的事。当然，广泉也从未请教游学的事，一直认为那是民间传说，是江湖郎中骗人用的套路，而今听来分外新鲜神奇。正听得兴起，姑奶奶突然中断，让他心痒痒难受，催促道，只是什么嘛？对自家后人还拿捏个什么？

顺妙小时候常听姑姑训导，不听还会受姑姑责罚，说你不听，等你以后出去上当受骗才知后悔。眼下姑姑中断话头，不是拿捏，不比当年说评书的，每到紧要处戛然而止，吊胃口收茶钱。她只是想看看听的人用心不，着急表示用心，姑姑自然会讲下去。

果然，见广泉着急，太姑奶奶会心一笑，你不会问问，人家凭什么要把自家的宝贝传授给你？弄得广泉这半白胡子老头怪不好意思，这把年纪还急哄哄的沉不住气，干咳两下，再不吭声。太姑奶奶继续往下讲，要想得到人家的真传，学到人家的绝活，不是那么容易。当年许多中医才俊，出去多大本事回来多大本事，不见一斤一两增加。我那老实哥哥还染一身病回家，没几年扔下顺妙母子俩走了。见天缘用心在听，没停顿，说，多少人日思夜想，终于想出一个换宝的办法。俗话说，要得宝中宝，珍珠换玛瑙，用绝招换绝招。这换宝也有规矩，要立据为凭。人命关天的事，来不得半点虚假，双方把绝招的内容尽可能详尽写进去，一旦临床出了问题凭此打官司。广泉不信，绝招保密，谁会写出来给人保存。太姑奶奶笑孙子缺见识，正是为了保密，双方需载明此绝招传授范围，谁也不能任意外传。见天缘沉思，故意问道，天缘呀，你有什么绝招呀？

天缘回过神来，很是尴尬，我有什么绝招，不就跟爷爷太姑奶奶学的放血止血、催眠止痛几招小儿科，大针通脉还生疏，再就是家传的治胃病药方，用了十多代人，不知人家看得上不？

太姑奶奶说，不要小看这几招，可都是先祖们几十代人传承下来的，不少还是游学时千辛万苦学回来的，只因你是龚家传人学来容易，千万别因此小瞧了。

顺妙插话，就为学会白家正骨术中的烫水止痛，你太姑奶奶差点丢了性命。说这话时，旁边的魏氏止不住扯他衣袖，暗示他不提这事。可顺妙忍不住还是补了一句，白家的正骨术不得了，你太姑奶奶差点学到手。

太姑奶奶不愿提那些伤心事，打断顺妙，过了的事不再提。天缘你可要珍惜，不要随意显摆，非万不得已不用。

天缘仍是沉思，广泉替儿子回答，他没有那样傻。只是怎么知道别人有绝招？除了用绝招交换还有其他办法不？

太姑奶奶说，还有一个办法，用人人都有的宝贝换，就是，心！一颗赤诚的心。将心换心，其义千金。当年白家来人游学……突然见天缘没反应，疑心他心不在焉，赶紧打住道，这样的例子从古到今太多了，三天三夜讲不完。问天缘，你在想什么？

天缘没走神，老人的话句句在耳，只是他想的不同。回老人道，太姑奶奶，我这次出去游学，不学一招一式，要学做上医。古往今来，祖先传下多少神奇妙招绝活，可会的人多，懂的人少，只知其然，不知其所以然。即便是现代科学发达的今天，中医仍有多少神奇无法解释，致使将中医中药纳入现代科学体系的尝试备感艰难。一个简单的把脉，左右手，寸关尺，对应五脏六腑，一个中医学徒都会的事，几千年屡试不爽，三百年前全世界的医学顶峰，当今却没有一个人能用现代科学合理解答。就我来说，从小得益于家学传承，十岁伺医，十五岁独立处方，能把喜脉，断男女，我会可我不懂。我这次出去，就是要在大山大川之中，大师大家那里获得启迪，以图在科学的层面得到诠释，能在哲理上寻找到中医西医的交会点，哪怕只有一点，我就不虚此行。至于绝招，有当然好，但它只能是印证医论的依据，不是我追求的结果。

一番话叫众人吃惊，不仅要会而且要懂，方才明白这就是他要的上医。

　　不知何时，何姝从梦中回来，四处寻人说话。至宗堂外听里面说得闹热，不想打搅，索性坐在外面旁听。先是太姑奶奶纵论江湖，何姝暗暗发笑，这哪是谈医学，是在谈早期文学、寓言、神话、传奇……天缘生在这样的家庭，难怪身上总有股妖气，常年与一窝巫师邪神做伴，会一些旁门左道不足为奇。想到这里一下恍然大悟，所有天缘堂的神奇不过一些江湖术士的障眼法而已，不仅龚家大院，就是省城天缘堂再也不必逗留。起身伸伸腰，仿佛即刻离别最好。正好里面也说到离别，天缘要学上医的豪言壮语吓她一跳，重新坐下来。待天缘一番海阔天空后，这群巫师邪神又个个口吐莲花，一个激灵全回到祭坛上，再不是狐仙得道而是山神降临。这可是一家人议家事，句句轻描淡写，却句句惊心动魄。天缘说自己从小能把喜脉，断男女，那口气之平淡如同家常，何姝不禁咂咂舌。揣摩我会但我不懂……认定此谦逊是因为后面更值得骄傲。

　　会不会是骗人？不像！一家人不会骗自己。我倒是外人，可骗我有意思吗？人能骗人，可理不骗人。无论中医中药如何玄幻让外国人质疑，中国人几千年用它治病救人却不容置疑。天缘如没这志向，反倒不好解释他游学的举动，每年一百多万干干净净的收入不要，除了神经病就只有志在高远这么一个可能。天缘可是正常人，正常到会哄骗自己来相亲，他哪点傻呀！

　　不过，何姝还是觉得天缘有点那个，客气说是好高骛远，不客气说，是一个古灵精怪终于原形毕露。何姝开始端详心中的龚天缘，慢慢提级，从一个凡夫俗子到一身妖气的江湖术士，而今慎重考虑，天缘是该划入哪一类？是天上降临的神？是应运而生的人中龙凤？还是地下冒出来的欲撑长天的栋梁之材？

　　何姝忽然想到天缘要做上医。孙思邈的《备急千金要方·诊候》中有：古之善为医者，上医医国，中医医人，下医医病。意即，上医者，或医论，或药物，或临床经验集大成者，福泽天下，如《伤寒论》作者张仲景，《备急千金要方》作者孙思邈，《本草纲目》作者李时珍。中医者即在某一地域、某一领域有独特贡献，进而推动中医药发展的医之中坚。如同天缘经常提到的滇南白家的正骨术、关东朱家的人参汤、沪上吴家的医论、中原史家的针灸、川东龚家治癌验方。下医者即凭借医术祛除病人疾苦，说的就是自家父亲，自然包括本人……

4

说好第二天回省城，对诊馆略做安排后天缘动身出游。路线图由太姑奶奶确定，先去滇南白家，太姑奶奶和奶奶在那儿有太多的牵挂，急切想知道那儿的变化。然后是关东朱家，有明确的地址，当地出名的朱参王，好找。接下来去沪上吴家，城市大，乡镇上的人容易迷路，搁在后面。最难的是洛阳史家，自打最后一位来川游学的史铭章离去，再无音讯往来，能否联系上难说，放在最后。几家均是中医世家，均是世交，百年前在上海结盟，反对南京政府取缔中医药。后来抗战避乱，重聚四川，生死之交，情深义重。只是时过境迁，多年未有过交往，不知当下的境况如何。也许人都见不着。若时间宽裕或上面几家没见着，还有漠北康家、岭南姚家、湘西施家、黔东杨家……都与龚家药房世代有生意上的往来，也可试试。

一家人正帮天缘收拾行李，太姑奶奶拿出一些能证明龚家身份和世交情谊的老物件，指点何姝和任佳丽精心包裹，搁行李箱中间，里外再用衣服塞紧。搁一件太姑奶奶叮嘱一番，好好顾惜，千万记住别遗失损坏。最后放上一个小巧的雕花针筒，扁圆状，楠竹的，外面雕有灵芝、人参、雪莲，里面衬有貂皮，貂皮上别满银针。天缘知道这是老人家的至爱,笑问太姑奶奶,你把宝贝给我了,你用什么?太姑奶奶抿抿嘴唇,你父亲那儿多的是,眼神却始终不转,仿佛是身上卸下的骨肉,心痛不已。

天缘躺在床上将几家世交的信物来历、传闻绝学逐一对应,铭记在心。交沪上吴家是一张旧合影照片,有些泛黄,照片上一排年轻的前辈,着长衫的是外省来沪上的客人,沪上做主人的西装革履者,便是吴家老先生,紧挨着的小姑娘是他女友,后来入川时是妻子,现在该叫吴老太太,不知还在不?太姑奶奶说当年中医结盟沪上反对南京政府取缔中医药,吴家是盟主。他家医论临床了得,学贯中西。还有一张在四川古镇照的,也是众人合影,太姑奶奶与吴家少奶奶紧挨一起。

给关东朱家是一叠手抄的药方和一张老照片。当年来川避难的朱家少爷手抄的汤头医案,照片上少奶奶怀里抱着的孩子叫望北,盼望北归的意思,应该还健在。朱家号称参王,鉴别人参和临床使用人参堪称一绝。

中原洛阳史家,见面信物是换宝协议,当年一位叫铭章的史家传人来川游学留下的。史家以善用针灸中的芒针见长,前辈应召入职太医院,因医术高明获皇上奖赏龙凤金针一对,成为天下闻名的"金针王"。史家绝招是用银针打通任督二脉,其打通督脉的银针号称芒针,足足四尺,足有普通银针三枚粗,太姑奶奶亲眼见他从病人颈后扎入自尾椎出,让一位瘫痪多年的病人站立起来。龚家硬是用秘方同史家交换到手。可惜,龚家传到广泉这儿中断了,他坚决不学,看见都心里发毛,别说治病,医生自己拿着大针手都发抖。

数来数去少一件,独缺滇南白家。翻身去后院找太姑奶奶索取。太姑奶奶没睡,与奶奶菩萨样相对静坐。见天缘说明来意,太姑奶奶不愿多说,一向沉默寡言的奶奶却话多起来,傻娃娃,那雕花针筒就是给白家见面用的。滇南白家是你奶奶的娘家,你这次去也许还能见着你太姥爷……

眼看奶奶滔滔不绝说家乡,说童年,太姑奶奶生气了,就你话多。奶奶仍是抱怨,天缘都这么大了,你不让他知情,见面不知哪该说哪不该说,不定伤了谁还不怪你当长辈的交代不清。

天缘越听越糊涂,想问清楚,为何太姥爷姓白,奶奶姓魏?见太姑奶奶训斥奶奶,知趣打住,留待太姑奶奶不在场时再问。

两位老人要天缘这次去滇南,一定要去太姥爷身前问安,若已谢世必去坟前敬香,再看看白家的境况,当年的老人还有活着的请代问一声好。听老人说来,这次去滇南主要是了却老人心愿,医术上也要多多请教。太姑奶奶特意说了一句,你太姥爷当年有句话,"治顽疾须用猛药",你可以和白家商讨,我认为还是很有道理。奶奶悄悄嘱托天缘,老家的柿饼好,还是小时候吃过,回来时记住带点给我。

5

车是墨绿色,红旗新款,是第三位痊愈出院的万老板赠送。天缘坐车的时间多,开车的时间少,但有何姝同行除外。何姝的观点是同有钱人坐车不能开车,得有骨气;同自己上司坐车不能开车,得有志气;同男性觊觎者坐车不能开车,得有正气。所有这些是从妇联的自珍自重自爱演化而来,一直在那帮小护士中兜售。天缘三样都占,何姝铁定不能给他开车,不然今后怎么在天缘堂混,纵有博士帽子罩着也不行。

今天同车回省城,天缘知趣照老规矩打开驾驶员这边车门。屁股尚未放稳,何姝过来招呼,长途,我来。师傅对徒弟的口气,不容抗拒。天缘人下来了,心还悬起,暗自嘀咕,她那骨气志气正气怎么变成这口气?小姐抢着做丫头。甚至怀疑她中了太姑奶奶的招?可太姑奶奶的绝招自己都会,没有蛊惑人心的。戏谑道,呵!今天不端架子了?

架子没有命重要。车在前行,何姝眼盯着前面,话说给后面人听,这次出去带车不?

没想好,天缘说,不知那边路况如何?

现在到处脱贫了,公路村村通,何姝说。

那就带车吧!

你想过安全不?何姝态度异常恳切,你随时都在琢磨事,长途容易分神。

那就不带车吧,天缘一如既往,除治病外万事随和。

汽车微微一愣,何姝喷着笑说,你还是个男人不?说话两边滑,没个主见。

天缘陪她笑了,妈说我从小是屋顶上的冬瓜两边滚,我就这毛病舍不得改。

何姝咂咂舌,你还知道这是个缺点,不得了!

说话时,后面一阵阵喇叭声传来,何姝喊一声妈耶,后视镜里一连串小车跟着,赶紧踩一脚油门,随即让出快车道。前面一辆重载车悠悠闲闲行驶,何姝索性就跟在后面慢慢聊。不一会前面车子鸣笛了,像是受不了他俩亲热。何姝嘟哝道,什么意思?天缘凑上,叫你好好开车,不要分神。何姝仍是不解,我在他后面,不碍他的事。前面车上伸出一只手挥挥,意思很明白,要超你就超,别老跟在后面。何姝嘀咕声,毛病,一脚油门超过去,见后面有车要超,又转回慢车道,继续边开边聊。不久重载车上来又鸣笛了,接连几声,带着几分情绪。何姝情绪也高扬几分,真遇上你了,在后面你不舒服,在前面你又不舒服,你想怎么的?天缘说人家烦你黏他。何姝不信,边加速边回话,就你全知道。天缘笑她不知趣,像膏药样前后甩不掉,是个司机都会发毛。

何姝把住方向盘,将话题朝着需要的方向导引,你喜欢孩子不?

喜欢呀,儿孙满堂多好!天缘回答。

那你还不快些播种?

没有合适的土壤。

快找啊。

这是找的事吗?

不找?去青楼好了。

我是说,此事可遇不可求。

你遇上过吗?

大学遇上过,可惜缘分没到。

单相思,你还是她?

都不是,两情相悦。

法海和尚阻拦?

是病魔。

婚后也可以治呀。

她要病好才嫁,不知她病好没好?也不知她嫁没嫁?

何姝觉得不可理喻,嘟哝一句,两个都有病。

车到天缘堂,下车关好车门,天缘仍没忘提醒何姝,看来,你也不宜开长途。

6

最先来办公室说事的是财务冯成,说郭老板去对面省城大医院复查了,回来后笑得嘴都合不上。天缘板着脸说,通知他来见我。冯成要天缘保密,郭老板是单独告诉他的。

郭老板来了，果然满面春风。见面明知故问，龚医生找我有事？天缘不冷不热告诉他，我看见你老婆了，与别人在一起逛商场。郭老板兀自笑了，龚医生你真逗，明知我老婆天天在诊馆监督我，怎么会在商场遇见她。天缘说不是身边这个，是那位年轻的。郭老板摆出更不在乎的面孔，自打确诊是绝症，生死靠前，风流搁后，情人的事等本人活过来后再说。面对龚医生，一口气背出天缘的医嘱：心态平和，生死看淡，信医信药，心安则安。天缘转入正题，忘是没忘，可你没做到。郭老板知道说他私自去复查的事，挠挠头皮，急忙解释，没去复查，只是去对面找熟人看看。找人看看，还拍片子？郭老板解释，不是他要拍片子，是看病的医生要看片子。天缘双手合掌掩住嘴唇，郭老板看不清他松没松口，只听他说，这有区别吗？既然做不到，还是去财务上按合同把账结了，彼此无挂碍好。郭老板听说赶他出院，急了，双手将天缘嘴边的双手抱住不停摇晃，龚医生息怒，你才说了我受不得刺激，你这一生气，我又会睡不着觉，好人一下变回病人，又要麻烦你费心费力医治。天缘明显感到他手在颤抖，知道不能过分刺激他，分开他双手，软下来开导，你的病刚刚才向好转，经不住大喜大悲刺激。不是医生要求过分，病人知道多了徒增焦虑，别无好处。郭老板收回双手捂住胸部保证，下不为例，今后就是阎王老子立在面前，只当是情人她老公假装认不到，怕尿的个死不死的。说话时拿眼瞟天缘医生，见他笑了，自己一下轻松，抓紧作揖告辞，天缘医生没什么事的话，我就回去吃药啦。

天缘用手压压，定住郭老板的脚步，我听说你那熟人很关心天缘堂？郭老板在心里扇了自己一耳光，这破嘴该打，脸上堆出笑来，这你也听说了？郑教授好夸你……本想说聪明，嘴一顺溜说成狡猾，手一扬，当真给自己一嘴巴，你看我这没文化的气人不？天缘懒得计较，你学学他的原话，好话孬话不要紧，只要是真话就行。郭老板竖起四根指头，代表郑教授说了很多，而且突然记住了原话，他说一个小小的诊馆开在大医院门前，专治大医院不能治的绝症病人，看似荒唐，实则太聪明，失败了理所当然，成功一个便是奇迹。说到这，郭老板倒下一根指头，看看天缘脸色晴朗，继续鼓吹，郑教授还说，你不收初诊病人又是一聪明，他敢保证，只要你收初诊病人，你断定的死脉病人，至少一半在他们那儿能抢救过来。可你不收，说到此，郭老板两手一摊，表示别人无可奈何。郭老板收回双手，连同先前的共扳下两根指头，右手拈住左手第三根指头往下传达，郑教授说你还有一个聪明是设置门槛，你认为没希望的绝不收治，不仅提升了治愈比例，还把常识变成了高深。郭老板终于倒下第三根指头。郑教授听说你要出去游学，夸这是你最大的聪明，如同写文章，行于所当行，止于所不可不止，聪明得很。剩下一根指头没倒下，而是所有指头张开，表示郑教授大开大合，他还听说有许多人在专门研究你，边盗窃秘方，边收集证据，你及时离开大聪明呀！

　　天缘哭笑不得，叮嘱郭老板，下次遇上郑教授别忘了告诉他，那个专门研究龚天缘的人已找到了，叫何姝，医科大学研究生。这不是告密吗？郭老板尴尬地表白，我不是那种人，稍稍停顿说，何姝也不是那种人。

　　接着是护士晓月来了，问回去相亲如何，婚期定了可要吱一声，我们这些落选的好凑份子钱。天缘警告她不要乱说，谨防别人也照样说你，叫你嫁不出去。晓月才不怕，头一扬，真有那说法是高抬我，得请客祝贺，以后嫁谁都是下嫁。天缘不愿耽误时间，要她说正事。晓月仍是一副媚态，老板，何姝前男友的父亲你还管不管？天缘好生奇怪，问你怎么管起这事来了？问何姝去！晓月撒娇，你别生气嘛，生气样子不好看。要问呀，你去问。就是何姝叫我来的。天缘想不明白，合着你两人商量好的，行，对她就说我的意思，以前怎么样今后还是怎么样。晓月不认可，以前你在家呀，现在你不要出远门吗？能一样吗？天缘问晓月，这次给你不少钱吧，你这样卖力打听。我看你对自己前男友的父亲都没这样关心。

唔—— 一串上滑音，晓月开始撒娇，你真坏，知道别人没有男友，故意来恶心我。天缘催她快去找一个，别说父亲，就是孩子都有人管。晓月较起真来，老板呔，可是你说的，我如实转告何姝，别说前男友的父亲，就是前男友的儿子老板照样管。天缘怪晓月胡扯，要他儿子来干什么？晓月说随女友叫你父亲呀，三世同堂多好！天缘气得直赶她走，去去，再不走我扣你奖金。

晓月无奈转身离去，腰胯一扭一扭晃动不满，没两步又回头问，老板呀，天缘堂还收病人不？我也好去找个父亲来让你治一治。

话毕，丢下一个媚眼满世界寻情。

四

1

　　到底没带车去，命终归比舒服更重要。

　　晓月力主带车去，反复向天缘灌输浪漫，手儿朝左上边晃一个手花表示自驾云游，朝右上边晃一个手花表示彩云之南，手儿收回来拓住胸脯，表示发自肺腑，啊！想想都心醉。然后端坐天缘对面表示认真，别信何姝瞎说，狐狸吃不到葡萄就说葡萄是酸的。又不着急赶路，慢慢悠悠如闲云野鹤，不抢时间不抢道，哪来安全危险？站起来，手掌握成拳头，自告奋勇义务开车，食宿自贴都行。

　　何姝听说后着实吓得不轻，把天缘捧在手心尽力抬高，说，你可是要振兴龚家中医世家门庭的，龚家世医延续指望你，普通话你得念准，是交流不是郊游！切不可贪舒服冒风险。说时眼盯住天缘不让他丝毫偏移，语气诚恳近乎死谏，你在家里走路都撞电杆，出外开车还没风险？正因为不赶路，更不需要图方便带车去。别信晓月那狐狸精的，她巴不得你开个房车去度蜜月，满世界逛一辈子不回来。

天缘左思右想，何姝占道理多一些。开车是有风险，若带上晓月去滇南，说是游学，说不定到时只剩下游会忘了学。晓月的话也不是全没道理，现在出门必然坐车，不坐自己的就坐别人的车，捆住绑住一样危险。两人都说穷家富路，出门要多带点钱，虽说手机支付，万一走到没有网络的地方，或缺了电怎么办？这话要让太姑奶奶听见了非挨一顿臭骂不可，医生出门还担心挣不到钱，那是什么手艺？羞都羞死人。

天缘临走时再三叮嘱何姝，天缘堂微信群要时刻关注，不要在上面乱发言，尤其不要当王婆自卖自夸，那是给自己树敌。特别是不要贬损西医，惹恼了对面大医院，我们一天也活不下去。

你的求学行程发不发？何姝问。

发！天缘回答干脆，就是要让人知道我不在家，免得成天有人介绍病人。晓月那儿你要看紧点，她那张嘴儿管不住，指不定哪天冒出惊天"妙语"，会捅出娄子。

你直接对她说呀！何姝不愿当传声筒。

我对她说不方便，她会看作特殊交代产生格外想法。

何姝随口一句，只要你别乱想她就不会乱想。

2

天缘先坐飞机到昆明，再坐火车到县城。刚出车站，被一位跑客运的司机拦住揽客，说古镇白家老药房他太熟悉了，闭着眼睛都不会开错。

白家老药房主人单名术，源自一味中药名，有补脾健胃、燥湿利水、止汗安胎的作用。据说以此区别于先祖白芨，那味药的功效是收敛止血，消肿生肌。一个刚猛，一个柔和。白术得知天缘来自巴蜀龚家，十分热情地迎进客厅，连说世交，世交。祖父游学曾去过那里，论辈分天缘该管自己叫世叔。天缘说明来此游学，让接待的白家世叔大吃一惊，什么年代了，还有人学医术不进学校进药房？面对中医后学世交晚辈不远千里来求教，白术面露羞愧，虽说自己是白氏中医世家又一代传人，可挡不住中医日渐式微，老祖宗的医术眼看在自己手上不受人待见，心里五味杂陈，口里拉长声调蹦出两个字，难啊！随后，白家世叔苦水哗哗流淌，指着面前的药房，你都看见了，药房还在，一大半卖的是西药。白家先生也还在，可镇上的人不大信中医了，小病图方便快捷，自己随便去哪家药房买一盒药吞下了事。遇上稍大一点的病，招一辆车直接去城里大医院看，反正住院有新农合报销。留给中医诊所的尽是一年半载治不好、一时半会也死不了的几个老病号，若不是卖药找几个钱，吃饭都成问题。

路过药房时天缘留心看过，与龚家药房比较，白家药房时尚许多，一色洁白的地板砖，玻璃货柜，一盒盒中西药摆放整齐，电子秤，自动显示重量药价，代客熬药自动封装……

龚家药房有太姑奶奶盯着，仍是青石地板，老药柜，小巧的戥子秤，开片的小侧刀，研磨的铁约杆，脚推的铁碾子……即使不用，都得搁在原处，就如太姑奶奶本人。其他事可以不管，老物件和老物件背后的老规矩得好好盯紧，别一不小心让后人给弄丢了。若非任佳丽强力抗争用上药袋，药包还得棉线捆绑成方方正正递给病家，至今棉线架子还悬在屋梁上，虽是不用，地位还高高在上。龚家的老人在家风在，白家的老人呢？

天缘想起太姑奶奶的嘱托，小心拿出雕花针筒，送到白术面前，谦恭地说，白世叔，临来时，我家老祖宗托我带上这宝贝，不知还能见到他的主人不？白术眼前一亮，将针筒捧在手上抚摸，如多年的宝贝回归，许久才问，你哪来的？你可得实说，这可是我家先辈遗物，已是多年不见。幸喜先辈善终，不然今天你会摊上大麻烦。天缘只得说是太姥爷与太姑奶奶定情物，受老人家所托，要我凭此物向太姥爷请安！

天缘的回答让白世叔大惊。至此，白术方知天缘还有个目的是来认亲。他隐约记得父母说过，爷爷年轻时曾去四川游学，与主人家千金私定终身，后来不知什么原因终成遗憾。他小时曾问过爷爷此事，爷爷总是有意无意岔开话题，既不说有也不说无，那神情淡定如经千年修为才有的道行，是非荣辱早已看透。问奶奶，奶奶更是一顿呵斥，小孩子家不学好，问这些干什么？而今听天缘说起，一段情缘困惑方才释疑。

3

走之前，奶奶将从太姑奶奶处听来的话告诉天缘。那年，龚家来了一位叫白芨的年轻人游学，自称滇南名医世家第十九代传人。身材魁梧，言谈举止孔武刚劲，不禁让人感叹他选错了行，可惜了他当镖师侠客好身板。白芨本是一味中药名，小时父母指望药名给他带来好体质，没料想随个子猛长脾气也猛长，只得逼他出来游学历练，磨磨脾性。当时龚家老先生已离世，太姑奶奶的大哥当家，人称龚大先生。龚大先生在客人小时见过面，私下对家人说，白家先祖原是随军出征的医中圣手，生就高大勇猛的骨骼。别小瞧白家，也是世代相传的名医，因世居边地，尤其擅长诊治跌打损伤时疫瘟症。大先生亲眼见过白家绝活，任意捉一只活鸡，白家人用手随意抚摸，鲜活的鸡顿时醉死如泥，任凭鞭炮耳边震响，纹丝不动。而且，解脱随意，随手扔在地上，瞬间活蹦乱跳，完好如初。

龚大先生按老规矩安排白芨挂牌出诊。第一个三日，病家只当是求学的龚家远方学徒，借老师的名声招揽病人。三天过后，龚大先生对其刮目相看，其诊断精准，用药大胆，乍看用药生猛，初以为边地医生手重，碍于规矩，龚大先生未做大的改动。没承想，几个老病号服后效果奇佳，个个前来复诊续方，指名要远处来的大个子医生把脉。再看其处方，不得不佩服年轻人大胆，符合治顽疾用猛药的古训。

九日过后，白芨声名渐起，引起龚大先生警觉，此人不像是一个求学拜师的初出道者，来古镇莫非另有所图。恰逢关东朱家公子在此避难行医，亦是高手，两人一时抢了风头，招来古镇同行嫉妒，讥讽是外来的和尚会念经。大先生放下身段，借缓和同行关系，以白芨的名义宴请古镇同行，同是客居龚家的关东朱先生作陪。三杯酒后，同为客人的朱先生代主人试探白芨，白老弟此番来古镇，欲待多久？

白芨放下酒杯，恭敬回答，家父说本人生性暴烈，适宜做一个军中效力的勇士，可上天偏偏送到医家。为此，家父未教会我妙手回春，先教会我手下留情，特命游学四海，磨软脾性，培育仁善，以全医德。来贵地数日，深感民风宽厚，受益匪浅。而今自觉心中舒坦，手脚向软，欲多住一些时日，待心地沉静，笔生敬畏，弟子定会叩谢诸位师长，辞别病家，移步别处。

朱先生点头，如此甚好。恕我冒昧，敢问老弟可否有其他要事须办？

白芨拱拱手，临行前家父再三告诫，医者仁心，悬壶济世为重，此外别无要事。

朱先生再次点头，话是那样说，医家也有七情六欲，婚丧嫁娶，如一并皆无，岂不成病家了。

白芨闻言，脸泛羞涩，话竟略带迟疑，说，弟子尚未婚娶。家父告诫本人，此次出门，求学为主，若有贤惠般配姑娘，可禀告父母同意，托媒求婚，不得擅自做主。

行医人家虽无做官威风，亦少富绅之豪气，却三教九流，皆有求助，行走各界，俱得尊奉。虽不敢说富甲一方，绝不至于娶不上媳妇。看小伙子已过弱冠之年，莫非有难言之隐？众人不便细问。倒是白芨酒后坦言，只因他生性顽劣，父母为了镇住他，从幼年开始物色儿媳妇，要找一枚天上的陨铁打造的钉子将他牢牢钉在医者座位上。十年寻觅，方圆百里，至今没有一个合适的人选。问什么叫合适？白芨用他父母的话说，这儿媳须是女中豪杰，业界精英，要么白芨打不过她，要么白芨不敢打她，要么白芨舍不得打她。

几句话惹得众人哈哈大笑。

要怨还得怨我哥，太姑奶奶回忆说，他不该把这事当笑话在家里摆谈。太姑奶奶当年正值豆蔻年华，闻听这人这事十分好奇，每天有事无事总要去前面药房逛逛，一来二去竟与白芨混熟了。一时闲言淡语传到龚大先生耳中，令白芨再也待不下去，只得匆匆辞别离去。

后来的结局怨不了谁，太姑奶奶说，事情早晚家里人都会知道。那天，恰逢一个病家骨折复位，痛得直叫唤，太姑奶奶实在听不惯，叫上一盆烫水，手沾烫水，就着热气揉捏，顿时止痛，令众人瞠目结舌。龚大先生深感震惊，一看便知不是家学，也知道来自何处。当晚，龚大先生对夫人好一阵责怪，长兄如父，长嫂如母，怨夫人放任不管。嫂子替小姑开脱，原本流言，劝做大哥的不必当真。龚大先生跺着脚说，白家祖传秘技都教她了，还会有假？嫂子正在病中，全靠小姑伺候，不仅不责怪小姑，反劝丈夫，小姑终归是别家人，尚未过门便得真传，龚家也添了一门绝技，有何不好？

白芨走后几个月了，不见白家人来提亲，龚家大哥去了一趟滇南，原来白家父母不答应，推辞说太姑奶奶太文弱秀气，恐镇不住白家混世魔王。长兄回来不久，太姑奶奶失踪了。兄长知情，龚家不便声张，只说是去远方拜访亲戚了，可有人亲眼所见龚家妹子和前日来的大个子先生私奔了，羞得龚家大半年不好意思见人，老嫂子一口气咽不下驾鹤西行，龚家长兄接着一病不起，相伴而去。梁柱既倒，药房将倾时，太姑奶奶回来了，面容憔悴，自兄嫂坟前叩头归来，即宗堂禀告列祖列宗，言明心迹，挂牌行医，撑起龚家老药房门面。后来白家数次来人接太姑奶奶去云南，太姑奶奶却再也迈不开脚，说，龚家人死的死，病的病，事情皆因我而起，天塌下来，我也得顶起。

据天缘奶奶说，太姑奶奶前次去白家，白家父母因未婚先孕拒绝接纳，只得去了山上一个姓魏的药农家。天缘奶奶就在那儿出生，随魏家姓，直到十多年后被太姑奶奶娶做侄媳妇，母女俩才在龚家大院重逢。奶奶的嫁妆里，就有一袋柿饼。

4

眼下，白术告诉天缘，针筒是他爷爷的，针筒上有爷爷的名号，人已过世三十多年了。白家男子命里多舛，高寿的少。说时眼里诸多无奈，中医世家自身短寿终归难以启齿。父母也在十年前去世，现在是他在经营白家老药房。有一独生女儿白薇，中医大学毕业，先行医，后改行回来在乡政府上班，每天早晚在家吃饭。

白薇在乡政府接到母亲打来电话，要她下班后抓紧回家，家里来了四川的稀客，一位姓龚的年轻小伙。白薇眉头皱皱，估计又是骗她回去相亲。自己才二十五六，怎么就成了嫁不出去的老姑娘，非得父母隔三岔五给自己介绍对象。喔喔虚应几声，挂了电话仍忙自己的事。不一会儿，父亲电话来了，怕她想偏了责怪老人多事，特地给女儿解释，四川龚家与我们白家是世交，这次来滇南是游学拜师。

白薇去网上查实，四川还真有这么一个中医世家。最新的帖子里有消息，天缘馆馆主叫龚天缘，离开火爆的诊馆出外游学，停止收治新的病人，差点惹上官司。白薇由此心生敬意，想见见这位有钱不挣，偏要游学自讨苦吃的年轻人。

白薇出身中医世家，自小受人喜爱。有时闯了祸，听说是药房白先生的闺女，不但没人责怪，反倒哄她不哭。这待遇令小伙伴们羡慕不已，令她自小有了习医的志向。她有一位小时的玩伴与她同年考入医学院，同是骨科专业，一个西医，一个中医，毕业后同在镇上医院上班。后来学中医的白薇转行去了乡政府，不做良医想，改做良相梦。白薇本不愿，闹过，父母以学医没前途没依她。学西医的留下来了，现在的情况令白薇一家尴尬，人家一年收治的跌打损伤病人远远超过白家老号。

眼下正当气馁时，来了一位志存高远的中医世家传人，而且是位网传高人。白薇倍感高兴，仿佛是收她当徒弟的药王菩萨到了。爽快答应父亲回家吃饭，特意去市场买了鲜肉、竹笋，准备亲自下厨，好好招待一下这位替自己出气的外乡人。

尚未进门，白薇老远瞧见屋内两人对坐闲聊。待进门眼神相对，白薇一笑，算是打了招呼。客人起身回应，也是一笑。白薇心里一热，脸色泛红，急忙转身，如同快门一闪，客人笑容已然刻在心上。较比父亲的魁梧身躯，客人更像中医先生，清瘦儒雅。就那一个起身，不急不缓，犹如先生处方，分寸分量拿捏恰到好处。

现在的年轻人交往不同，白薇很快加上天缘微信，进天缘堂聊天群试了试，手机上打过招呼后才去厨房安下心来做饭。

天缘第一眼见着白薇，好眼熟，模样简直是奶奶的翻版，高挑，五官精致，一笑一颦大方得体。天缘得知白薇在乡政府上班，随口附和一句，我们龚家也是，不做良相必做良医。白术闻言淡淡一笑，女孩子有个稳定的职业该知足，只是白家祖业从此失传了。半是得意半是愧疚说，我听爷爷在世时说过，你们龚家治不孕不育有祖传秘籍，不仅包生育，还能把喜脉，断男女。爷爷从你们那学了回来后,成了这方圆十里八乡的送子公公,治一个乐一家。天缘听了微微一笑,暗想这算什么本事,手熟而已,自己打小就会。天缘眼神让白术察觉,疑是笑他怎么也就一个女儿,若有那本事祖业就不会缺传人了。随即自嘲自解,老爷子去世早,到我结婚时,这本事早还给你们龚家了,虽虚名白术,送子安胎的本事大不如先辈。天缘赶紧解释,世叔多心了,而今儿女都是传承人,我们家就太姑奶奶最厉害。我刚才笑的是龚家哪有什么秘籍,不过代代相传的经验积累,真是秘籍你们怎么会知道?白术说,爷爷用白家的正骨术交换的,宝换宝。就为这事爷爷回来受罚,太爷爷骂他是败家子,龚家奶奶也是……可能原话不雅,话到嘴边咽回去了。天缘终于明白太姑奶奶的婚事受阻的原因,更为先辈们当年举止唏嘘,笑着说,白世叔,这下你们可亏大了,白家太姥爷给我们的宝贝可没有丢,记得好好的。双方哈哈一笑。

  天缘收回针筒,再问世叔可知有一位姓魏的姑奶奶?白术摇摇头。又隔了一代人,有些不便启齿的事再没往下传,不知道也自然。天缘不便直说,可不问清楚回去也不好交代,毕竟这是奶奶的娘家,有她的童年记忆,有魏家的抚育之恩。遂委婉问道,你们这儿可有一位姓魏的老药农?白术立即应承,有啊!他早过世了,儿子孙子还在,前几天还送药来,你与他们熟吗?天缘回话,老一辈有些生意往来。这次来,想见见他们,白家太姥爷坟前也要去敬敬香,尽尽晚辈的礼节。

  说话间午饭端上桌,四个人来个四方纳财。白术开一瓶当地老酒,两位女性不沾酒,仅两位同行将就几样家常菜对饮。三杯酒下肚,白术说话,照老规矩这接风酒该选个体面的馆子,像模像样办几桌,把本地同行都请来,既是捧场也是见证。地点我都想好了,就在你来时路过的那家"滇味鲜"中餐馆。白薇提醒我还是不张扬的好,而今信奉中医的人本来不多,加上白家老药房历代当家的寿龄不高，世人质疑心重，别到时成了宴席闹热，药房冷清，看病的没有坐席的多，惹人笑话，也就作罢。来，喝酒。

天缘心里一凉，看来这里的中医处境不妙，礼貌地保持微笑，脸从白术转向白薇，似乎询问真假。白薇微微脸红，稍显迟疑。母亲接过话去，我家白薇爱说实话，也就一个担心，生怕冷落了客人，若有不周，权当她没说。话锋一转，说，以世侄的医术肯定妙手回春，治一个好一个，要不了几天声名远播，四乡八邻求医的自会慕名而来，到时挂号都会忙不过来。来，吃菜！

天缘心里像被人捏了一把，更是紧绷绷的。中医原本冷清，加之这儿人生地不熟，天时地利人和一样不占，别求学未成先逃课，灰溜溜就此打道回府。此时白薇开口了，妈咄，瞧你说的什么话，我是为父亲担心。先祖军医出身，医治的都是军中汉子，传下的方子性猛，历来诊治妇幼老人疗效不尽如人意。而今留在老家的偏偏不是老就是小，自个都没病人上门却摆酒席收徒，岂不惹人发笑。龚家哥哥一看就是有本事的人，给几天时间名声自然会出来，到时再摆酒席招待同行，无论谁跟谁拜师都不迟。

说来是这个理，可要猴还敲几声锣，不言不语谁知道药房来了个远方好医生？只见药房多了位年轻人，还以为是走亲访友的，哪来的病家上门？天缘正暗自嘀咕，白薇又说话了，我已在网上搜索过，龚家哥哥和他的天缘堂名气爆棚，我在朋友圈里转发了，药王菩萨降临不愁没人上香。快吃饭，别想那么多。

天缘冲她笑笑，算是回应。心里夸这小丫头口舌伶俐，横竖都有你说的。依白薇话里的意思，接下来无论发生什么，都该由我独自去表演，白家一旁观看就是。世上哪有这样待客的？转念一想，这样也好，自己出来凭真诚求学，凭真本事吃饭，纵有羞辱委屈也得坦然相对，与一个小丫头计较未免太小气。

白薇的母亲察觉出什么，奉一只鸡腿到天缘碗里，说，我家白薇脾气直随她父亲，说话不会取巧。久了就知道她心是好的，生怕别人吃了亏。她呀，从小就想当医生，丁点大个娃娃拿根牙签学给人扎针，见有客人来家里，非要缠着跟人把脉。大学学医的，可她父亲逼她考公务员，说女孩子家有个稳定的工作好，至今还与她父亲生闷气。若是生在你们家里多好……旁边的白薇嫌她话多，赶紧夹一筷子菜放母亲碗里，嘟起嘴喊声，吃菜。

天缘一门心思在医术上，虽说自己进退荣辱早有心理准备，但白家如此境况实出意外。白家的无奈他也能理解，说，你们一家能接待我就知足了，以后的事谁也料不定，走到那一步再说。若药房不方便，我可自己去外面租房住，待挣几个钱给白爷爷敬香表表心意，了却家里老人心愿后就走。

白术只道天缘缺钱，江湖道义混杂世医大家的豪气凸现，酒杯一搁，说，到了这儿别提钱的事。敬的是我们白家老祖宗，理应白家负责开销，世侄，提钱就见外了。

天缘知道他误会了，说，既不是钱的关系，也不是白家与龚家的关系，是龚家传下来的老规矩，凡出外求学的子孙，须靠医术诚息取信于人。用现在的话说就是要自己挣学费，倘若医术不能糊口，何来养家。不是缺钱，是有钱不能用，一分一厘必须靠本事挣，非万不得已不准借贷，不准赊欠。现在还没到万不得已的时候，让我试试看，先挣钱后敬香再学艺。

白薇笑他父亲什么眼神，一个年收入上百万的网红大财神被你看作要饭的乞丐。人家是家规大，要传承家学，振兴祖业。不觉替父亲抱歉，转向天缘，你怎么想的，说出来我们照办就是。听那口气，天缘倒像是老师，直接吩咐就是。

球被一脚踢回来，把天缘逼到墙角，堵得一句话说不出来。出门时太姑奶奶再三交代，客随主便，白家怎么安排你怎么做，不能喧宾夺主，目中无人。特别担心天缘年轻气盛，恃才傲物，举无数例子告诫他,山外有山人外有人,往往高手在民间。眼下别说天缘心中没数,就是有也不能说,堆起笑说,我听你们安排。

不等白术回话,白薇抢先道,你别客气,想做什么直说,能办的我们尽量办。见天缘还在推辞,说出一句硬话,非要我们安排的话,从明天起你就给我们上课,我们给讲课费,除了我们一家人,还有全镇的同行来听,这样行不行?

天缘连连摆手,学徒成老师怎么行,再不敢推辞,说,还是照老规矩行不?

照老规矩,白家安排他在药房坐诊。白薇将网上有关天缘与天缘堂的信息下载发在朋友圈里,去打印店制作一幅广告摆在门前,再去农贸市场买好鲜肉鲜菜预备招待。临上班还叮嘱,若是病人来多了忙不过来,别忘了发微信给她,她到时好回来帮忙抓药。另外对母亲交代,饭菜做宽裕点,万一多几个客人……

5

第二天,艳阳高照,白术开铺面门时喊了一声,好兆头!

头一个小时过去,没见一个人来,病人没有,闲人也没有。白术安慰道,没这么早。又一个小时过去,店里开始有人光顾,陆陆续续也有几十号人,多是买药的,来得快去得也快,甚至没来得及停下来看看广告。第三个小时终于来个病人,手指砸破了,消毒敷药包扎很快结束,粗看天缘一眼就离去。渐渐街上有了放学回家的学生,病人没来白薇的微信来了,听说病家无影,她不信,马上要赶回来看个究竟。

看看冷冷清清的药房,再看看手机上的朋友圈网评爆棚,白薇真不知道怎么会冰火两重天。自从天缘进门那刻起,白薇将他从网上拽出来牢牢抓紧,为这网红菩萨降临心跳不已。最新一条消息还是她发的，四川天缘堂诊馆馆主赴滇南古镇求学。川东龚家与滇南白家系世交，五百年来从未中断。白家自先祖随军戍边，医道家传，尤以正骨术享誉西南……三百字的内容白家至少占了多半。上班先给乡上头儿说好，药房来了位中医高手，等会要回家帮忙。头儿听说有这等好事，点头不说，还叮嘱他要登门拜访。不料等来的却是冰凉冷清。如此再有两个时辰，网上那红火冲天瞬间会变成风雪漫天。

白薇的救援队是她那帮闺蜜，不能在朋友圈里声张，只有挨个私聊。除了不相信中医大家出诊竟没人上门，闺蜜们更多表示无奈无助。引荐病人得有病人呀！总不能挨家挨户动员人生病。有闺蜜说话朴实无华，白薇，你这样上心，恐怕莫非也许是……气得白薇要绝交。闺蜜们又经过私聊，邀约下午一定去白家药房，有病看病，无病看小伙子，替白薇掌掌眼。

下午，一大群姑娘嘻哈打笑拥进药房，交钱挂号，喷着香气围着天缘候诊。天缘看病人，她们看天缘。天缘瞧这群人身形神态，不是来看病倒像来赶场相亲的。可无论哪样，人家伸出手腕你就得把脉处方。

众人没忙着排队，公推一位留运动头姓黄的假小子先来。假小子手腕平放，冷眼环顾，仿佛一位进庙的游客，消遣大于虔诚。天缘平心静气把脉，把完一只手换另一只手，再看看舌苔，问，你哪儿不舒服？假小子一句实话吓人，我就是来请你看看我有什么病。天缘慢吞吞吐出，哦，来体检的。接下来突兀一句，快满两个月了吧？故意含混，仿佛一道填空题，让对方在结婚、同居、耍朋友的选项中作答，当然也有怀孕一项。假小子有点坐不住，冷眼中一丝慌乱闪现，你说什么哟？天缘匀速回道，我问你身体症状。

众人为天缘先前突兀一问虚惊一场，真担心触碰到假小子的隐私弄得双方尴尬。可天缘的话实在宽泛，容得下火车掉头，谁都清楚问的什么，又谁都接受他的措辞，妊娠反应也是症状呀！假小子含混回答，差不多吧。

厉害不？

厉害。

什么厉害？他两人固然心知肚明，可给旁人的理解是假小子服气了，不得不服天缘厉害。

没关系，过一段时间就好了，无须吃药。天缘接着喊，下一位。

剩下的人你推我让好一会儿，一位姓洪的马尾辫坐上来。天缘仍旧是两只手交换把完脉看舌苔，接着问哪儿不舒服。马尾辫不敢含糊，明白无误说，胃胀，不吃不饿。又问平日干什么活？做财务。天缘用"哦"结束，写完一个方子，奉送旁边的白术老先生审核。自己与马尾辫说道，久坐伤肾，郁闷失眠才是大问题。心放开点，胃口才开。我这几味药还有个讲究，须得你亲自找一位信得过的人细心煎熬，吃了才能见效。

一旁的白术先生看了方子暗自发笑，大枣，百合，枸杞，莲米，山药，无忧草，粳米……只差老腊肉凑成腊八粥。药引子是最亲的人用文火煎熬，这哪是安神，倒像是安胎。此方子治失恋厌食倒是最好不过，好人病人放心用。白术先生随即对马尾辫把脉复诊，没察觉什么异常，含糊应一声好，交柜上照方抓药。

第三位姓蓝，挽个道姑发髻，手脚轻灵，一看就知练过，不知练的是舞蹈还是武术？两者实在不好区分，而今的武术观赏性太强，舞蹈呢又太劲道，眼前这位估计两者兼修，动作婉约，声音豪放。天缘将手搭上，眉头微微一皱，换只手仍未松开眉头。再换一次，看过舌苔后，小心问，你最近吃过什么？道姑咯咯一笑，吃，每顿两大碗，天上飞的，地下跑的，水里游的都有。天缘又问，最近做过什么吗？仍是咯咯一笑，女人该做的我都做。再问有什么不舒服？回道，除了看老公不舒服哪儿都舒服。众人哈哈笑了，天缘没笑，他实在笑不出来，脉象告诉他这位与前两位不同，她是真病人。身体如一栋大厦将倾，柱和梁出现了爆裂声，可里面的住户尚不自知，西医称为潜伏期。这些年自己收治的不少是癌症病人，对诊断治疗有自己独到的心得体会。这次游学就是深感不足才毅然出门，哪知第一天竟遇上。按说病家这年龄这体质是不会患上的，十之八九是食物或环境出了问题，初始往往病人不觉察，病症一旦自己察觉就是中晚期。

眼下怎么对她说呢？时下的年轻人信机器不信医生，特别是对中医先生的诊断意见，要么不信没当回事，要么怀疑你为招徕病家吓唬人的。思忖再三，微笑对她说，你怀孕了，胎位不正，我给你开服药理理胎气。见对方忍不住要笑，只得改口，这样，我先不开药，等你去大医院照个片后再来找我，十天内我不会走。

对方到底忍不住笑了，你真会逗，有没有怀上你比我还清楚？真是那样，我家老公会找你拼命。天缘挤出笑容，说，就怕你老公没胆量来单独找我，他要来的话，我敢打赌他一定会办起宴席请我。

或因有趣，或因神秘，自第三位开始，再没谦让，你争我抢上。此时起，医生才是医生，病家才是病家。无论对方吃药与不吃药，天缘对症处方，白术复核后照方抓药，一群人嘻嘻哈哈来又嘻嘻哈哈去。

送走闺蜜，白薇问天缘，我那个姓蓝的闺蜜怎么回事？她对我说她大姨妈才来几天，只是晚了些日子，照顾你面子没当时戳穿。天缘照实说，她哪来的孩子，是我怀疑她得了重症。我的话她不会相信，用话激她去检查，准不准检查了就知道。没说穿是怕她受不了。

晚上，白术白薇陪天缘品尝古镇名小吃后，逛街欣赏古镇夜景。白术提到下午的诊治,对天缘说,这些女孩子是白薇请来捧场的,如有不恭敬处,你大可不必当真。天缘何尝不知道,这些人就是来看热闹,顺便打探白薇虚实,若真是动了情,也好替她把把关。可在天缘眼里,来的都是客,病家可以随便,医家不能随便。年轻人本不信中医,你再去应付了事,第二天就会传出闲话,说白家来了个饭桶医生,坐诊全靠拉关系。再有人来药房肯定不是来看病,一定是来看笑话。天缘感谢白薇一番苦心,但请人来看病毕竟不是长久之计,行医到底不是经商办企业,不可以打折,不可以搞优惠活动,终归要靠真本事才行,要靠病家的口碑相传。

天缘主张不妨搞几天义诊,由白家引路去看看熟悉的老病人,免费开几服药试试。效果好,自然就会传开,效果不好,自己好好向白老师学习,综合白龚两家的经验,直到取得好效果为止。

白薇自以为今天开端不错,虽说来的是冒牌病人,但她们的反应还是真实。那位姓黄的假小子一路嘀咕要回去找她男友算账,说好不忙要孩子的。那位留马尾辫的洪姑娘,才与男友分手,正怄气发昏,成天茶不思饭不想,连夸龚医生看得准。白薇安慰天缘说,总会有人回去煎药喝,效果很快就会出来。遇事不要太着急。

白术认为两位年轻人想法都对,先去拜访几位熟悉的病家也无妨,药钱算我的。今天来的年轻人虽说不信中医,据我观察还是很佩服你的诊断,回去肯定四处传名。

天缘不在乎姑娘们小嘴怎么说,就她们现在的年龄和身体素质,吃不吃药无所谓,只是那位绾道姑发髻的蓝女士真得注意,别把我的提醒当笑话听了。

白薇有些不信,替她闺蜜感到不服,虽说有些不适,装修新房累的,休息几天就会好,哪有你看的那么严重。你这说了,我会悄悄发个微信给她男友,提醒他注意就是。不过,单凭脉象你确定她有大病?你不会是个智能机器人吧?

天缘自信不会看走眼。中医与西医不同，西医诊断借助仪器直观具体准确，懂了就会了。中医全靠医者临床经验积累，直到会了你才懂，甚至会了也不懂。比如我自小会把喜脉，大了才知道，孕妇脉象不同，是因为多了一个小孩的心脏跳动。我家就是治胃癌出名的，从小耳闻目睹，稍大一点替人把脉，见过治过的癌症病人不少，这点自信还是有的。加之这些年开天缘堂诊馆，所收治的病人中癌症居多。她这脉象已很明显，不信你看，一旦查出来多半会是中晚期。

白术实在憋不住，说，不怕你笑话，我也把了脉，没发觉什么，你真有把握？

天缘说，在我的记忆中，蓝姑娘这种脉象遇见过好多位，年纪轻轻的身体又好，平常不注意，吃不得的要吃，摸不得的要摸，得了病自己都不相信。

白薇暗暗吃惊，真不知此人是口气大还是本事大。一本正经对天缘说，若我是有你这本事就不出来了，在省城开专科医院，继续积累经验，然后著书立说，流芳百世。

天缘露出一丝苦笑，我也想青史留名，就是缺本事，视青史犹如青石，太滑，站不住。我苦苦思索多年，中医药之所以日渐式微，沦落成补充医学，原因很多，其中之一就是传承不到位。西医的传承犹如一棵大树生长，在前辈的基础上日积月累地提升，树干越长越高。一位现代医科大学的学生掌握的知识，远远超过他的师祖师爷，借助仪器设备，一代强过一代是必然的。中医药是什么？是灌木，每位从医者都得从几千年前《黄帝内经》《伤寒论》学起，其间大量的成功经验无法用书本文字传下来，全靠个人体验积累，因此后代很难超过前代。你们白家、我们龚家也出过御医，可现在怎么样？我也在医学院混过几年，中西医传承虽说各有千秋，不敢妄加评价，但中医这种丛生蔓延的传承弊端一眼观尽。就以癌症为例，同一个病人的片子，有病无病，一百个西医医生会做出一样的定论，但同一病人的脉象，一百个中医先生会有一百个不同的说法，其中有对有错，是长处也是短处。

白术深有感触，应和道，有道理。拿我们白家来说，正骨是独门绝技。祖上是军医，经他们诊治的跌打损伤病人岂止成千上万，手上仿佛长了眼睛，骨头哪怕碎成渣渣，用手捏几捏就能还原，没有几十年的功夫哪行。轮到后人哪有这经历，没了经验积累这本事怎么能传下来。现在的西医治骨折简单，就如白薇的同学，一个胡子没长齐的小年轻治骨折，片子上一目了然，再直接把肉划开，拼凑拼凑，打夹板上螺丝，完了几针缝上就了事。

白薇不赞同，还是中医太玄了，越来越不被人理解。天缘哥你算是有大出息的，你都感到缺本事，天底下怕没人敢学中医了。

天缘听见恭维就发怵，自己也就是一个不甘心，没你说的那么神奇。看眼前情形，能不能学点东西回去难说。

古镇的夜景在小镇上的白家看来值得炫耀，足够客人赞叹。霓虹灯下，彩虹桥在水中结成一个亮晶晶的圆，一只渔船在波光中撒网，仿佛要将这圆圆的绚丽五彩打捞回家。

天缘心思无法随渔网散开，紧紧黏在游学上，明知白天的冷清不是他个人的原因，心里也有过遭受冷清的准备，想不到这冷清寒彻透骨，怀疑出门第一步就错了。还好，一个熟悉的声音及时来了，何姝每天准时点名查询，问今天情形怎么样，是不是像老家那样一个人看脉三个人抓药，成了网红可别忘了还有个天缘堂，还有个替你看庙的小女子。天缘不想让她看笑话，借口旁边有人不方便，等一会发微信给你，啪，挂了。

白薇全看在眼里，故意逗他，你妈打来的？儿走千里母担忧啊！

天缘吃不透白薇的用意，妈来过微信，那是每天起床时候，母爱总是伴随第一缕阳光出现。可白薇眼神里分明有一根尖刺，瞬间刺穿或挑开天缘的心房,看看除了搏动还有没有牵挂。天缘不想瞒她,也没有什么需要瞒的,坦然回应,天缘堂管事的。

是位姑娘吧?

天缘点点头,可能是天缘堂有事拿不定主意要问。

白薇抿嘴一笑,别是拿不定人吧?姓何,中医世家,进天缘堂打假的。

天缘眼睛瞪圆,你怎么知道这些?话一出口就知是废话,偌大一张互联网,还有什么会漏掉。白薇咯咯笑了,瞧你急的,没人跟你抢。天缘堂群里就她话最多,怼这个怼那个,仿佛你与她相依为命几十年了。天缘肠子悔青,真不该加白薇的微信,再等几天恐怕自己几斤几两重她都知道。转念一想,知道就知道吧,自己又不是逃犯,没什么见不得人的。

白薇又说,你呀,心太硬,人家想出来走走,你就该把她带出来,省得两头牵挂。

天缘觉得冤枉了何姝,马上纠正,想出来的不是她,是护士晓月,一个死贪玩的小姑娘。白薇眼珠向上努力回忆网上传闻,终于确认,好像是另外一个人。

白术听不下去了,我们山上的人不能跟海边的人比,别管得太宽。时候不早啦,回去休息吧!

6

回到住处,天缘无法休息,自以为走之前交代十分清楚,可架不住何姝心眼太细,总有问题发掘出来,逼天缘细细微微解答。这才出来没几天,作息时间表就自然形成,母亲安排他早上,何姝挤占他夜晚。明知少不了闲聊,天缘还得发微信回去,一则天缘堂还有几十位病人,二则嘛这微信是省不了的,若等何姝发微信过来,要解答的问题则会从诊馆扯到图书馆。

挑中何姝代管天缘堂,实在与她是男是女无关,看重的是她那股孤傲劲,但凡成大事者少了这股劲不行。天缘要重整家学,振兴中医,需要志同道合的知音,更需要一位合格的对手,与自己作对执着,挑毛病精心,下手带点仇恨,唱对台戏还不失水准。从何姝在张胖子福康诊馆露面,天缘就注意她了。福康垮了又去回春诊馆,依然牛皮哄哄不见退缩。待回春垮了,无论脸面心智斗志照理都是致命一击,世人不倒即蒙,唯这死女子竟想得出来,要打进天缘堂内部拼命见个高低。就冲这打不死的小强,天缘认定她是自己成就事业少不了的磨刀石,是发现自己弱点缺点的一面镜子。

天缘压根不怕她偷师学艺超过自己。在天缘眼里,中医没有秘籍,没有绝招,只有摸索积累体验和不倦不悔。前人有诗道:"古人学问无遗力,少壮功夫老始成,纸上得来终觉浅,绝知此事要躬行。"用来形容中医传承,太好不过。自己游学就是思路四处碰壁,出来寻求出路,留一个刁钻古怪的何姝在家搜寻过错,有益无害。

每当想到何姝,天缘就会想到杨靖,两个男人有个共同的担忧,怕只怕何姝看不上中医却看上了人,或只顾看人忘记了看中医。

手机有了回音,天缘一看是何姝,问什么事。何姝回话晓月怎么办?晓月护理的病人离开天缘堂径直去了天堂,如不收治新病人,晓月就有去留的问题。按事先交代,护理对象没了,护理人员就该辞退,无须多问。何姝的本事颇有道家意味,擅长无中生有。她说这不是别人,这是晓月,是天缘堂诊馆开馆功臣,肚子里满是天缘堂的故事,贸然放出去,若有泄密、造谣生事……还说事关老板声誉和留下来的员工情绪,她不敢擅自做主。

天缘初以为纯属姓何的多事,私人诊馆因事设岗,有岗才用人,护理对象走了辞退护理人员天经地义,哪来那么多顾虑?何姝不以为然,她说护理对象走了旧的还有新的,护理设施在,撵护理人员走有点卸磨杀驴的意味,于情于理抹不过去。此时天缘才明白,是何姝想收治新病人,极有可能是因收治了她前男友的父亲,使她在天缘堂搁不平。先前就考虑到有人会跟风搭便车,何姝嘴硬,说有事她顶着。现在顶不住了,想好事人情一下做了。

天缘能走到今天,就靠收治病人有门槛,若来者不拒,定垮无疑。他告诉何姝,可利用天缘堂闲置的设施人员,以你的名义另办一处诊馆,收多少都可以。我龚天缘只有这点本事,做不到来者不拒,若有那本事我就不出来游学了。

何姝尽管对天缘堂专治有缘人不懂,可她知道这里面自有讲究,受人之托,忠人之事,她不愿多揽闲事。无奈求她的是晓月,曾给她当过探子,更重要的是留下来的护士都盯着,她得虚晃一下,不然会寒了众人的心。她当然知道留了晓月就不愁没有下一个,是自找麻烦。其实,她还有个小心眼,平日里晓月总是老板前老板后叫得香,这次差点随天缘浪迹天涯,不妨借此机会试试天缘心思,看看晓月在天缘心里的位置,到底相信她,还是戒备她?若晓月真是天缘心腹,那晓月的话就可信,值得下功夫结交打探。

得知天缘态度,何姝暗喜,晓月在天缘心里终归还是一个护士。自己呢?她还得试试,问天缘,郝伯的病有些起色,能不能签合同转为正式的,费用同别人一样,只是奖金无钱给。

天缘略微迟疑,回道,可以,下不为例,交给晓月护理。

何姝没料到会这个答复,让晓月白捡便宜,好生后悔,还不如不问的好。

7

太阳还是昨天那个太阳,过了一夜,似乎新鲜精神许多。

按头晚约定，白术要带天缘去义诊。门才咧开嘴，几个人影砸进来，今天要来的和要去看的竟都来了。而今的绝症病人有医保，留在家里没去大医院的，要么无望，要么不舍故土，生怕百多斤出门十来斤回家。听说四川来了位专治疑难杂症的名医，犹如菩萨降临，家人一早就来排队候诊。问消息哪来的？全是那帮凑热闹看医生的女子招来的。

头位是退休工人，直肠癌动过手术，化疗后头发没了，面容枯槁。照天缘堂规矩属无缘之人，无法诊治。这会儿不同，好不容易来了，断不能随便打发走。天缘把脉无疑是死脉，命如悬丝，若隐若现。换只手，感觉脉象略有不同，同样微弱，却不绝如缕。换白术把脉，也只是默默摇头。天缘要病家张嘴，还好，尚无异味，看看舌苔，还有几分血色，心里有了几分希望。取过笔来，用家传的攻癌延寿汤加减，理气补血，扶正祛邪。方子给白术看过，交柜上照单抓药。临走时，特叮嘱病家，要多年的老丝瓜瓢做药引子。病人家属略显为难，而今种菜都不留种，全是街上买，到哪去找这多年的丝瓜瓢。病人听得真切，用微弱的声音说，乡下你舅舅家有……

第二位是老病号，镇上医院说是糖尿病。原在乡下无事，去年才来镇上女儿家住高楼。后来食量暴涨，初以为是女儿家饮食可口，不料血脂血压血糖相伴到达高层，下肢现水肿，手脚无力，用药无效。正说去大医院检查，知道来了位名医，特来看看。天缘把脉，不像消渴症，倒是肾水滞塞、肠胃不畅所致。换白术诊脉，看法相同，只是病家有意去大医院。若是保险起见，依了病家最好。天缘试探病家意见，吃一剂药试试？待病家点头，开一剂利尿排毒的方子，病家抓了一服走了。

第三位也是位老者，自称慢性咽炎，久治不愈，自己怀疑是癌症，又怕去医院检查，讳疾忌医，想来这吃几服中药试试。天缘把脉，病在肠胃，微微一笑，让白术验证后，开了一剂消胀去积的方子。白术边审边加分量，如同卖菜的添加财喜，图个今后往来。

……

客人走了，白术问天缘，那位退休工人已病入膏肓，吃药亦希望不大，你为何还那么认真交代药引？多年丝瓜瓤真有那么神奇？天缘认认真真说，尽管希望不大，也要尽力而为。丝瓜瓤药效不大，鼓舞安慰的作用大，不是可有可无，而是非它不可。白薇担心万一找不着不陷病家于绝望状态？天缘笑了，乡下人节俭，总会有人舍不得买高价种，留有老丝瓜瓤。即使多年的没有，一两年的总会有。真没有他一定会来找我，到时再跟他换一种药引，就说吃了更有效。

白术仍有不解，第二位患糖尿病，那可是有检验报告的，以前用药也是有根有据，你用三根指头给人否了，不怕出错？天缘微微一笑，若检查是对的，用药也是对的，病家就不会再来找我诊治。复诊本身就是对初诊进行校正，以前要么诊断有误，要么用药有误。我还是有信心，若明天病人不进城去大医院，肯定会来找我续医。

对第三位咽炎患者的诊治，白术佩服天缘胆大，若是自己一定保险起见，劝病家去大医院查了再说。天缘一脸憨笑，真没想那么多，以为一个常见病，一服药见效，若病家再来复诊说不见起色，再劝她去检查不迟。

……

三天现成饭吃完，轮到自己挣饭钱了，天缘担心没人来，去银行取了钱备作饭钱。暗自庆幸，不带钱的话没对外说，幸亏这滇南古镇不缺网络不缺电，真要凭把脉吃饭差点挨饿。

钱还没用，病家来了。先是那位姓蓝的女子去镇上医院检查，医生没说什么，只是要她尽快去大医院复查，别再耽误。姓蓝的女子吓坏了，死活不去，就怕担心成了事实。整天骂老公成心害死她好娶新欢，装潢材料全是便宜货，致癌化学成分超标。她老公无奈，找了白薇一大帮闺蜜劝说去复查，一天一夜的谈判结果，她要先吃两服中药再说，指名要白薇家那位外地郎中看看。

那位直肠癌患者来换了一次药，患者精神好多了，说药好只是药引不好找，好不容易找到一块洗碗用过的丝瓜瓤，全用了。天缘新开了一服药，说这服药的药引好找，生姜三片。太好找了，不稀奇就不珍贵，病家怀疑这药引行吗？天缘只得又加点难度，要五年以上的老姜。病家说那不空成一张皮了。天缘说就要这张皮，越空越好，效果更佳。

喜剧的是那位初孕的黄女子，回去用验孕棒一测试，真怀上了，揪住男友好一顿爆发，雷霆万钧，排山倒海……又是白薇带领闺蜜协会去哄劝，说怀都怀上了，不妨将错就错，负负得正，生下来皆大欢喜。双方父母生怕有闪失，私下一商量，为感谢医生早通信息，成全一桩美满姻缘，要白薇出面与天缘接风，再把脉讨个是男是女的准信，约定日子把婚事办了，免得成天为小年轻婚事担惊受怕。

天缘第一次在古镇接受宴请，杯杯敬酒，句句赞扬，天缘只觉苦涩难咽。自己从小被人称奇的中医绝技竟不如一根小小的验孕棒，几十年练就的绝招就值几元钱。

五

1

何姝想天缘了，吃饭走路都在想，想天缘这个馆长如何当的。老是走神，不是撞人就是撞墙。每天迈进天缘堂玻璃门，她就在想往日天缘怎样迈第一步的？见人打招呼了，她在想往日天缘是回以点头还是说你好？晓月笑她，你哪是新馆长，就一个龚天缘二世。何姝心想，你懂什么？成天就知老板长老板短，老板到底是个什么你知道吗？当然她自己也不知道，要不然怎么一个研究生会去高仿一个本科生。这与崇拜不沾边，压根看不起他和他那三根指头定生死的中医。这是在琢磨他，是在研究对手，目的是戳穿是揭露。就为这才学孙悟空钻进铁扇公主肚子里的方法，来天缘堂卧底。气恼的是龚天缘不是铁扇公主，他是孙悟空，无所畏惧，敞开胸怀，进来就进来吧，不喊痛，不着急，既不喝药酒，也不催你出来，甚至一点不舒服的表示都没有，一副愿住多久住多久，白头到老也行的样子。龚天缘这姿态，摆明知道何姝来天缘堂的用意。知道了还让你来，不设防，就让你管理。如同两军对阵，让对方过来一人观战,看着我怎样打你。伤害性不大,侮辱性极强。

越是这样,何姝越是憋住气往幽深处探寻,从处方到财务,从病人到员工,从药材到食材,里里外外不放过任何细小的异常之处。令她气恼的是,一切正常,甚至天缘不在诊馆也正常,仿佛一场戏,导演排练好离开,一切按剧本演出。她原本是来捣乱的,结果也未离开剧本说错一句台词。

不仅当局者迷,旁观者如怡味餐厅张胖子、回春药房侯兴也疑惑,看不懂何姝在干什么。几次问打探出什么了?何姝摇摇头。两人说,我们倒是瞧出来了。以你的学历和智商竟瞧不出点什么来,只有一个答案,你一开始就被龚天缘收买了。何姝没法解释,索性给他们一个背影,是又怎么样?气死你,跳楼上吊随你便。

天缘走了有些时日,天缘堂一切正常,病家的病情、医家的医术、食堂的香气、药房的药味感觉不到变化。姓郭的大款病家不出意料办理了出院手续,兑现一百万元奖金。一切似乎印证杨靖的结论,离了龚天缘后你何姝照样行。

天缘堂的玻璃门开始晃动,想进来的如浪潮涌来。员工收治新病人的愿望强烈,天缘原本咬紧的牙关松开一条缝,你们要收你们收。

大家一起期盼何姝开口。

何姝嘴唇紧闭,不怕憋屈只怕泄露。何姝微信告诉杨靖,天缘同意收治的话摆明是气话,你们要收你们收,与他无关他也不管。何姝凭自己的西医学识,再加上全体员工,有把握干的事很多,如入院出院的手续、购药抓药的程序、病人护理、员工管理、娱乐活动、伙食安排……唯独病人的收和治没有把握。依天缘所言,讲缘分。何姝感觉医缘比自己的姻缘更难捕捉,就如眼下与杨靖,中间虽隔着太平洋尚有音讯可寻,而天缘的医缘无影无形。治,眼下都是旧人用旧方子,如遇病情稍有变化,天缘会在微信上加以调整,一切稳中向好。收治新的病家,别说她何姝,就是天缘本人也不敢在微信里下处方。嚷嚷归嚷嚷,何姝心里雪亮,天缘堂离开天缘就是一个堂。而今能一切如常,就是因为她何姝一切严格照旧。

何姝心里的旧态并非姑娘家的昔日美好,是龚天缘的尘封,是天缘堂的神圣不可触犯。一切照旧意味着她何姝的作用为零,特别是她对龚天缘和天缘堂的认识还是照旧,这实在不能容忍。谜还是谜,过去尚有不知情做托词,而今全是亲力亲为仍没弄明白,这算什么?杨靖说,除了无能、失败,找不到更合适的字眼。男友的话明显有股怨气,怨她太倔,说好两人一同去国外发展,却迟迟不动身。男友在大洋彼岸翘首相望,心上人却将目光滞留在一个叫天缘的男人身上,理由好笑,就为这个男人治好了几个危重病人,她要弄清其中缘由,进而揭开中医中药的神秘面纱。

还在几十年前,医学界掀起一场探索中医中药何去何从的争论。当年杨靖和何姝的导师主张壮士断腕,剑指中医理论,断定中医中药必须交由西医统率才有前途;主要由名老中医组成的另一方则主张培本壮干,整理发掘才是正道。杨靖与何姝是断腕派中的少壮派。杨靖读博选择的研究方向是现代医学前沿——精准医疗,导师是当下精准医疗的权威汉斯教授,"基因决定论"的创导者,主张一切疾病背后都隐藏着基因突变,均可在基因层面诊断、治疗。尤其是肿瘤,可望在基因层面寻找到形成原因和治疗方法,也许在某一天,癌症治疗就是一个小小的基因修复编辑手术。何姝的课题狭仄一点,是中西医临终关怀比较。两人对龚天缘的看法原本一张黑脸一个鼻孔,不屑一顾。几个回合下来,原以为打败龚天缘动动手指就行,却不料是老虎当作兔子打了,不仅十个指头全上,还加上吃奶的力气,却未曾撼动天缘堂半分。一不留神,这对小恋人起了内讧。

杨靖发微信视频:姝姝,你几时来美国我这里?

何姝：靖，我这儿还没了结，一时走不了。

杨靖记不清这话是第几十遍了，有些烦躁：一个小诊馆，值不得你那么较真。

何姝：这是我的课题呀！你不也是为了课题出国跑那么远去。

杨靖：总得有个头吧？

何姝：快了，现天缘堂全交给我料理，里里外外我有权查个遍，不信查不出个水落石出。

这话已听过好多次，杨靖耳朵听起茧子：你能吗？真能的话，你胖子表叔，还有那个侯老板就不会关门了。

何姝被埋怨疲了，不见气，说：这次不同，不仅药方、管理，还有他这个人都要研究。

杨靖长长一声哦——仿佛如梦方醒：从药到人了，难怪缠缠绵绵。

何姝不接受男友的讥讽：还不是你说的，医药医家要全面考察……

杨靖一句话挑明：姝姝，你变了，每次与你通话，开口闭口不是天缘就是天缘堂。

何姝不认为有什么不妥：我在琢磨对手，这有错吗？

没错！杨靖说，只是不公平，你在姓龚的面前也是开口闭口说到我吗？

何姝承认：那倒没有。我这不是在对阵吗？我又不是小孩，在对手面前有事无事搬出后台炫耀，我有个男朋友叫杨靖，比你高比你狠，我不怕你……

视频里人影恍惚若山水流云，相看两不厌，只有敬亭山。

2

檐口上的麻雀近日来牢骚满腹,再不能随意进出白家老药房,叽叽喳喳对天缘发泄不满,好像天缘在同它们抢饭吃。天缘笑笑,早着呢,这才开始。银行取出的一千元钱一张没用,同身份证一起挤在钱包里。饭钱开始有了着落,从一天挣一碗面钱起,而今一天下来的收入可以请人吃桌餐了。这点收入当然不能与天缘堂比,也不能与龚家老药房比。不过钱少也有好处,闲暇时间多,好同白术世叔切磋医术。

天缘有些不解,以白家中医世家身份,为什么没在公家医院执业?在一般人眼里,行医从来有正宗和补充之分,正宗比补充要高一个档次。过去中医中药是正宗,草药医生是补充;后来西医成正宗,中医成了补充;现在是公家医院是正宗,私人诊馆是补充;医学院毕业是正宗,拜师学艺是补充。龚家虽是私人诊馆,可太姑奶奶、爷爷都是公家医院退休下来的,父亲是大学毕业后自主择业,诊馆不正宗人正宗。何况龚家老药房正宗了几百年,沦落补充才几十年,不算太久。白家眼前败象都如气数已尽一般,从滇南古镇医界泰斗沦落成乡下郎中,这里面莫非与白家医术跌落有关?

白术的回答让天缘长见识,说生辰八字命生成,在劫难逃。过去药店有副对联,上联是,但愿世间人无病,下联是,宁可架上药生尘。医者仁心啊!现在哪家医院真要是架上生尘,上面不说,自己都要主动关门。效益可比人心实在具体,以致有私家药房卖保健药要送鸡蛋促销。要讲来钱,西药胜过中药十倍。一个有实力的中医先生坐在那儿开廉价中药,不知会断了多少人的财路。白术唯恐天缘不信,还举例说明,一个骨折病人到医院求诊,中医正骨医生将断骨接好,用木夹板固定,开点活血化瘀的吃药,一两百元完事。若是西医外科医生，首先得照片，西医医生治疗得靠眼睛看清了伤势才能下手治疗，特别是一些看重名义的医生借片子好忽悠病人如何如何严重。接下来麻醉开刀接骨，再用钢板螺丝固定，万恶的还要问你钢板用进口的还是国产的。接下来又是照片，让病家知道医生医术如何如何高明。后面是住院观察，每天打针吃药，消炎止痛。出院后约定时间来取钢板，接着又是术后照片复查。没几大千元休想走路。

如此说来，白家是被挤压出来的，还找不到谁在使坏。天缘知情后叹口气安慰道，开私人诊所也可以，各得其所，乐得自在。

白术笑他到底是大城市待惯了，不知下面情形。现在看病离不开医保，私人诊所的许多药费不能报销。不怕你医术再好，若非不得已的疑难杂症，病家轻易不会来私人诊所瞧病的。这下你该知道了，为什么我这儿病人来得少。

好像是有意证明他说假话，正说着，电话响了，有老人骨折，请他出急诊。有点远，在山上。白术发微信要白薇开车送他去伤者家。

不一会儿喇叭响了，白术向天缘拱拱手，拎起药包急匆匆出门。天缘仰起头看看远去的浮云，品味白术先前一番话，不知几分是私怨，几分是公愤……

喇叭又一次响起，天缘伸出头探望，白薇正向他招手，快！一同去。天缘不容细想，抓起钱包和针筒赶过去。车里除前排白家父女，后排还有一男一女两位中年人，前几天刚认识，正是奶奶娘家侄儿夫妇，药农魏家的后人。伤者正是天缘奶奶的老嫂子。天缘挨着他们坐下，歉意说道，正说要去看望老人家，没想到老人家伤着了，不知伤得重不重？中年男子该天缘叫表叔，说，还不清楚，电话上说挂腊肉从凳子上跌下来，伤了手腕，不知伤成什么样子。白术一旁安慰，没事，接好后休息个把月就行了。那位该天缘叫表婶的插话，你表叔叫送医院，我就不同意。白先生知道的，两位老年人最是相信白家脉理好，从来生病不吃别人家的药。白术有些小庆幸，不为人家夸他手艺好，只为这样从骨子里信奉中医正骨术的人，眼下好比稀有动物，实在难找。

魏家老爷子早已将水烧开，眼巴巴在门外等候。众人没多说话，请出老太婆堂屋坐好，魏家表婶拿一个枕头垫住手腕。白术审了审伤情，连说还好，无大碍。天缘近前看了，老人手腕凸凹明显，是骨折不是撕裂，伤得不轻，病人不住口喊痛。白术说轻微是与破碎比，故作轻松安慰病家。天缘问需用银针止痛不？我带有针筒。白术微微一笑，不用。招呼表叔端来一盆水，热气腾腾，仿佛仙气缭绕。天缘猜想，不像是洗手，烫脚都嫌热，恐怕是调药用？

白术将水盆挪在顺手处，撸起衣袖，双手在盆里轻轻浸湿，带出一团热气几滴水珠，往太婆伤处拍打，由远至近，直到断骨处。手法不断变化，或舒缓如化解疏导，或急促如斥责规劝，仿佛调解一家骨肉分裂的纠纷，促使平和，回归以往。就这样不停换热水，不停拍打，慢慢地皮肤泛红，断骨处凸凹消失，老人渐渐停止呻吟。此时，白术不再拍打，换作捋。双手在老人伤处来回捋，如同安抚，如同追忆，直至老人脸上平静下来，渐渐有了笑容。白术这才住手，喊声，药包。白薇应声拎药包过来。天缘见白术满头热汗，上前接过药包，说声你累了，休息休息，让我来吧，有什么不对，你随时指点就是。

白术抬头看看天缘，目光迟疑，想说什么。未及开口，女儿已将药包交到天缘手里，待听到天缘下句话，有什么不对，自己随时指点。他只得点点头，接过毛巾擦汗，眼睛却一直挂在天缘身上。药包里的药粉，是祖传秘制的外敷用药，有活血化瘀，生肌拔毒功效，需用自家配制的药酒调兑均匀，再用独特手法一层一层揉敷伤处。不看着点真还不行。

天缘不是逞能，而是按龚家规矩，这收尾的活儿理应由打下手的徒弟干，是对师父的尊敬。先前白术一番操作，天缘逐一看在眼里，边看边同龚家治疗手法对比，由疑惑到惊奇再到似曾相识。待白薇拎药包进来时，他已醒悟下面该做什么了。加之白薇有意无意配合，不等天缘示意，已将下一步要用物品备在手中提示天缘，如同考试作弊，天缘想出错都难。

轮到上药了，白薇赶紧打手势做示范，惹得白术差点忍不住笑。天缘只当没看见，按自己的理解，将药薄薄上匀，不单是揉，还用手点、叩、捏、推、揉、拿。白术先是心里一紧，担心坏事，见病人神态平稳，强按住性子往下看，越看越觉得有名堂。他指头用力处全是穴位，有的叫得上名字，有的自己竟叫不上名来，目的一样，助推药力渗透。自己是大水漫灌，他是精准点击。细细想来，他的手法似乎更妙。自己用热水让其肌肉放松，再轻轻拍打促使断骨归位，外用敷药渗透促进生肌愈合。而他在穴位用力，不仅药效快，更有疏通经络、调理气血的作用。两相比较，他是治本，自己治标，高下立见。抬眼看女儿形影不离龚天缘，老人会心一笑。

天缘所想没这么复杂，家学所传原本就有正骨一科，接骨斗榫在当地也颇负盛名。以前只是听说过热水止痛，拍打复位，可从未见过。较之龚家，白家手法犹显精微奇特，算得上白家一绝。后面的穴位用药，舒经活血，在龚家看来属常见做法，尤其是老人气血干枯，更应注重经络畅通。

一阵忙碌后，老人手腕用夹板固定，一方毛巾吊在胸前。众人洗罢手，稍事休息，由白术引荐，天缘与两位老人相见，把原本用作饭钱的一千元悉数奉上。听说是当年魏幺妹的后人，专程来寻根问祖，两位老人拉住天缘不松手，上上下下打量，直说，像，恰像幺妹，俊俏文静。接连一串问话，魏幺妹还好吗？扳起指头算算，该上八十了吧？住城里还是乡下？这次为什么没有来？天缘一一回答。两位老人听说一切安好，开心笑了，你说这幺妹子记忆才好，这么多年还记得魏家沟，还记得派后人来看望她老哥哥老嫂子。转向白术，你们老白家的人也是代代重情重义，只有你白薇装大瞧不起乡下人，下乡路过都不过来坐坐，生怕我们攀扯上她甩不掉。

白薇先听见夸天缘，浑身痒痒，犹如在夸自己一般，正偷乐着，不提防话头落在自己头上。魏家太婆许是忘了手痛，竟拿她作比照，听似埋怨，实是喜欢。白薇像小丫头样，噘起嘴儿叫屈，魏姑婆吔！死恨你，见面就要吃喜糖，八辈子没吃过样。众人禁不住笑了。魏太婆没笑，看看天缘，再看看白薇，故意说，我就好吃糖，这次带了没有？别只带个人来忘了带糖吧？话完，生怕别人没听明白，又用眼线将两个年轻人拴在一起。天缘装作没听懂。白薇见天缘没反应，有点小尴尬，好你个魏姑婆，早知你这样，真不该上来救你。

魏家表叔见状解围，说自家老人，你就别笑话白薇了，这次多亏白薇开车，不然哪有这么快。指着天缘说，这位年轻人姓龚，一是来看望他奶奶娘家人，更主要是来白家老药房拜师学医的，妈，你可别乱说。

魏老太婆算是有了几分明白，嘴上仍不忘打趣，说，拜师好哇！当年若不是白老爷子去四川拜师，还没有幺妹子吔。说时举手去拉天缘，竟忘了手痛动不得，痛得嘴儿一咧，倒吸一口冷气。

眼见两位小年轻脸现尴尬，白术出面打圆场，说年轻人不要介意，老年人也是好心，望晚辈成家立业。转脸对魏老太婆说，现在的年轻人不喜欢人管，缘分到了自然成，我们当长辈的不用操那份闲心。

3

白苿老爷子坟前，众人分成两排，如四周翠柏肃穆庄严。来时救人走得急，没买纸钱香烛。好在白薇手巧，用柏枝野花编制的花环摆放坟头，也算晚辈守了规矩。众人接着逐个跪下同先辈通白，告慰先人，家族香火连绵，祖业传承有望。

天缘今天算是主祭，不知如何向前辈通白，白家先祖坟前说龚家的事自觉不合适，说白家的事自己不沾边，那就当个信使吧。天缘朝前一步，奉上针筒和一束野花，再退后一步，深深一鞠躬，直起身子道，太姥爷，晚辈从四川来看你了。太姑奶奶还在，身子骨健朗，你给她的针筒保存好好的，让我带来给你看看。她让我给你说，她不再恨你了。以前恨你没担当，自己女儿不敢认，自己婚姻做不了主。自从有了天缘不再恨了，这全是命数。针筒他要我带回去，说等以后她来见你时再带来。奶奶身体也好，时常念叨你，要我代她给你磕头。说罢，跪下去结结实实磕三个头，立直身子继续说，你的针灸催眠术，太姑奶奶已传给我，白世叔今天也将白家正骨术演示我看，我代表龚家向你老人家致谢！话毕，又是深深一个鞠躬。

白术上前五体投地，三个响头磕完，没起身，向先人告白，爷爷，请宽恕孙儿不孝，泄露祖传秘技。实在是世道变了，秘技不值价。家传的针灸催眠再好，不抵小小的一片安眠药；家传正骨术再神奇没人相信，不及一张照片看得明白；热水止痛赶不上一剂麻醉药效果好。何况龚家天缘身上留有你的血脉，年少志高，日后必有大作为。你当年传了催眠术，今天我学你，传他正骨术，他日后必发扬光大，不辱白家门楣……

轮到白薇，双手合十，声音压低，太爷爷，当年你亏欠白太奶奶和魏姑婆母女俩，今天天缘表哥不计前嫌，千里游学来白家看你，无论是不是你有意安排，你可不能再干傻事，只能成全，不能拆台。曾孙女有心继承家学，悬壶济世，你如保佑曾孙女成全好事，日后我无论走多远，每年带着后人必来看你，给你上香培土。

车上，天缘问白术，世叔每年看多少正骨病人？白术说最多时有一百多个吧，过去多些，现在少多了。

现在有多少？

也就一二十个吧。

天缘愈发不解，说，白家正骨术高超无比，照理说病家不会越来越少。

白术露出百般无奈，这样说吧，人们拿骨肉之情比喻亲情，我也拿骨肉当一家人看。骨折如同一家人闹矛盾动手伤害了对方，双方都很痛苦，求人解决。西医如同警察，首先要划一刀剖析案情，弄清是非，到底是肌肉没有保护好骨头，还是骨头没有支撑好肌肉？然后，照章办事，各归原位，对不服者带上钢板刑具，再缝上，禁闭期满了再划开取出刑具，再缝上。中医如同街道大妈，这边忧慰一番，那边抚慰一番，用热心肠装糊涂，双方憕憕懂懂重归旧好。这下你明白不？世人喜欢明白，有事找警察不找大妈。

白术见天缘慢慢品味，似乎懂了，又问道，我看你手法娴熟，跟谁学的？

从小练的，见白术不信，说，我们家有专门的针灸铜人，空心，上面依穴位布满针眼。练针法时，用蜡封住小眼，外面蒙皮，再注满水。练习者扎对穴位，水就破洞流出，错了重新来。直到闭着眼都能扎对。指法、手法都是它。从小当玩具玩，我读书后不知放在哪了，表叔需要的话，我发微信叫家里找出寄来。

白术摇头一笑，你白薇表妹现在从政，用不着。

白薇赶紧回话，用得着呀！马上发微信寄来。眼下只要与医学沾边，她没有不愿意的。

天缘略略思忖，说，世叔家的正骨术手法奇妙，用我们家的布人恐怕练不出来。这样，我抽时间新设计一种，网上找厂家定制两个乳胶智能的，我们一家一个。

白薇差点把自己当龚家人，心想若是自己练手，龚家有了就够了，心直口快说，要不了那么多，一个就够了。

白术无限感慨，依我看呐，手法再娴熟也没用，得有人信才行。

天缘深有同感，这几天来看病的人是多了不少，可年轻人一个没有，初诊病人也没有，全是别处诊治后不满意才来这里碰运气的老病号。

白薇直截了当说，前几天我才问过，周围的闺蜜中，活到现在没有几个煎过中药喝，包括你前不久的处方药，多数出门就扔了。也是看在闺蜜情分上，她们总算给你介绍了几位信服中医的老头老耄来。

白术说，这犹如一个死结难解，要病家瞧中医，他得信服中医，要他信服中医，得病家来瞧中医。现在的人从生到死，西医全程陪伴，知不知道有中医都难说。

天缘说我想过这事，中医会不会被西医取代，关键是病家信不信中医药。随即拿中医把脉举例，左右手，寸关尺，对应心肝脾肺肾三焦，信中医的觉得天经地义，可不信的无论如何想不通。说时举起三根指头，就这么长点血管，你说这根指头按着的是心，那根指头按着的是肝，他能信吗？别说普通老百姓，我那儿有位研究生就硬说是荒唐。

白薇知道说的是谁，那位每天晚上发微信纠缠天缘的女子。想也没想径自怼过去，她才荒唐，中医把脉，用三根指头在短短的动脉血管上断生死，犹如指头在短笛上叩问，演奏出各种各样的歌曲一样，有什么不好理解的。

天缘眼前一亮，惊呼，妙！中医常用的援物比类方法，竹管血管同样是管，不同部位不同感受，这有什么不好理解的？看不出来，白薇妹子还是一位民间高手，不搞艺术可惜了。

4

本是天缘一句不经意的赞赏话被白薇当作颁奖词，绘声绘色在闺蜜面前朗诵了好多遍。害失眠症的洪姑娘感觉到了睡意，不得不甩着马尾辫调侃她，白薇姐，我可是第一次见你出神，看来你这次是安了心要下嫁，再不比高低了。动作够快的！

对方有女朋友没有？姓黄的假小子听说可能是位学医的女研究生，用歌词揶揄白薇，喔喔，她比你先到……

白薇有点气馁，自认除身高外，对手的学历、本事、收入都比自己高。

马尾辫及时提醒她，别再提你那身高了，多少帅哥被你身高吓跑了。听说龚大缘只高你一公分，难怪这些日子没见你穿高跟鞋。帅哥与高跟鞋二选一，你舍得哪一样？

而今的年轻人开放，谈恋爱不像前辈羞羞答答，生怕别人知道，现在是唯恐别人不知道。白薇好容易有了自己心仪的人，憋不住要与人分享，两位的酸话全然没往心里去。依当下闺蜜们的择偶标准，白薇活该嫁不出去。别说有车有房，员工过百人，存款上百万，单是身高过一百八十公分的适龄男性就不多，尤其是云贵高原上。偶有身高达标的，收入颜值又不行。她成了云霞般灿烂的闺蜜群中一朵孤云，飘逸晃荡无所羁留的不仅是高挑的身影，还有高冷的心灵。过了二十四岁她开始务实，悄悄将男友身高标准逐年降低一公分，今年已是第三个年头，底线已挨着发髻了。恰好遇上了天缘，那条件足够闺蜜眼馋，暗暗将身高标准狠心再降低一公分，将天缘自报身高提升一公分，生拉活拽达标，心中凑成天赐之缘。白薇眼下没见闺蜜喜庆露脸，有些小失望，揪住马尾辫说，人家可是有什么都对你们说，你们却拿我开涮，好嘛，不跟你们说了。

马尾辫拦住她，你怎么不经逗？我们正跟你把关呢，不想听，到时别后悔。

白薇没想走，做做样子而已，脚压根没动。听黄闺蜜正经解说，爱情好比天平，你这头已心事重重，他那里还五大皆空，有点悬。这事呀，说起香口可以，往心里去纯属自找烦恼。不是姓龚的不好，是太好了，光鲜刺眼，让你看不清自己了。说句迷信的话，当年你白家先祖坑了龚家姑娘，这次，不定是来讨孽债专坑你的，你不小点心嘛。

洪闺蜜微微甩动马尾辫，显出不屑，怀疑黄姑娘看悬疑小说多了疑心重，真要讨孽债也该龚家修炼百年的太婆出面，没听说拿自己后人婚姻大事去报仇雪恨的。爱情原本就是说不清道不明，见面恨，离开想的恩爱冤家古往今来多了去。马尾辫指着黄闺蜜对白薇说，她没见过，你就创出个奇迹给她长长见识。

两人的话白薇都不爱听。黄闺蜜拿天平比爱情，能对称吗？爱情是心心相印，是共同语言的合奏。就凭热爱中医药这一点，自己足以碾压那位女研究生。洪闺蜜的话更不着调，用恩爱冤家作比喻，岂不是隐隐约约在说那位女研究生同天缘是一对恩爱冤家。白薇头一扬，质问两位，你们今天是来上庙，还是来践踏老道？说黄闺蜜，亏你想得出，天缘是来了结百年恩怨情仇，你缺传奇故事的素材怎么的？转脸对洪闺蜜说，你也是，什么恩爱冤家？你是在说那位研究生不是？我告诉你，正是道不同不相与谋，天缘才外出游学。就拿中医把脉这事来说，天缘的赞赏跟你们说了好几遍，那是有情有爱的肺腑之言，就如贾宝玉对林黛玉说的那样。找你们是听听他这份真情我该领受不，不是请你们来笑话我自作多情。

两位闺蜜默默无语，热脸贴了冷屁股，活该！自嘲道，我们母爱泛滥，怕白姐你拜堂心切上错了花轿。

白薇自信满满，白姐婚姻一如既往，不急，不迁就。

过了一段时间，三人又约在一起，旁观者问当事者，爱情大戏演到哪一出了？白薇怨气滔天，别说那个渣男，活脱脱一个流氓、变态、伪君子！两位闺蜜蒙了，往日的香饽饽在她嘴里转眼成了豆腐渣，劝她先别骂行不？说说看，姓龚的怎么啦？他，欺负人！白薇含泪述说。听者似乎明白，他动手了？白薇呜呜点头。听的人哭笑不得，洪闺蜜说，你还小吗？两情相悦的事，过了就过了，别往心里去。就算有点粗野，男人不都这样，至于吗？白薇摇摇头，不是的。黄闺蜜自以为懂了，扑哧一声笑，莫非你急了点，他没懂起冷落了你？白薇仍是摇头，比这更坏！

事儿是白薇无意中发现的。自天缘来后，白薇爱一个人去后院逛逛，悄悄观察他在做什么，希望窥探出神秘背后的真相。越窥探越神秘。见他皮肤白净，总想知道用的什么护肤品或秘制药膏，结果是什么都没有，香皂都少动，还是个十天半月不洗澡的懒家伙。说与闺蜜们听，惹来一堆笑话，笑她想偷窥男子洗澡，不然怎么知道人家没洗澡。气得白薇想掐人，浴巾一直没动过还不知道？白薇生活在云贵高原，见惯了本地人的黝黑和高原红，突然间一位叫天缘的男人出现在面前，皮肤白白净净的，比用了护肤品的还好，身上还没有异味，免不了心生疑虑，以为他天生一个不生油不生汗的品种。

自从白家药房来了位四川好医生，经病家口口相传，白家药房渐渐热闹起来，天缘成天忙个不停。白薇担心他受累，饮食上格外用心，早有早点，夜有夜宵，都是她亲手做好端去，连她妈也不许插手。事情变化是在那个快递大件送来后，里面有一个乳胶女娃娃,模样大小触感与真人一样,要什么有什么。据说是天缘花了好几万从网上买回来研究。此后,天缘眼里只有乳胶娃娃,疏远了白薇。就在昨天晚上,白薇送夜宵去,隔层门听见里面天缘用力声。白家院子的老木门透光,白薇从门缝里看见天缘正从背后抱着乳胶娃娃用力。白薇一下愣住,真想一脚踹开门进去给他两耳光。没想脚一晃,碗里汤溢出烫着手指,才觉不妥,转身端回去,当着妈的面哗的一声倒进狗食盆里。当妈的好诧异,不等问出声,白薇抛下一句,喂狗也不给他吃,掉头跑回房间,蒙头哭了一夜。

　　白薇自以为说得再明白不过,两闺蜜却越听越糊涂,不就搂抱个乳胶女娃娃,与欺负你不挨边呀,值得你生这么大的气?白薇哇地哭出声来,我对他那么好,他从来没有搂抱过我,嘴儿嘟起送到他嘴边都不亲,对个胶娃娃那么用心,这还不欺负人?黄闺蜜自恃颜值排名居前,露出愤愤不平,我去与你报复回来,让他尝尝什么叫欲罢不能的滋味!白薇一下止住哭声,你敢!

　　白薇郁闷让白术老两口瞧出来了,叫女儿到跟前,头挨着父亲肩膀,手却交给母亲抚摸,让她尽情倾诉。直到太阳落坡,月亮过河,女儿怨恨稍微平息。当妈的心痛女儿,责怪龚天缘没眼光,不接受白薇是他福分浅薄,他注定没这个命。白术神色凝重,语气迟缓,仿佛一切早知道,只是今天才说,知道你爱他,这人也不错,不嫖不赌不吸烟不酗酒,凭一身医术衣食无忧……父亲也曾想过,他若是我女婿多好……时间长了才发觉,他不适合你……

　　听见这话,白薇从父亲肩膀上昂起头,不信也是不服。

　　白术不看女儿脸色变化,只顾说下去,这些日子我一直琢磨他,越琢磨越糊涂,只觉得与你相距越远,他跟你跟我不是一路人。

　　他不坏!白薇不容别人指责天缘,这是她的权利,谁也不能侵犯。

　　白术回道,我从来不认为他坏,包括你说他搂抱胶娃娃的事,不用查我都知道他在干什么。看下女儿疑惑的眼神，说，他在练白家的正骨术，遇上腰椎骨受伤的病人就得那样治。见女儿破涕一笑，白术反倒皱了皱眉头，说，我以为你恨他，会放弃他，所以没说破。哪知你嘴里恨得凶，心里爱得深，不得不将做父亲的忧虑告诉你。他呀，不是一个安本分过日子的人，没事他会生出些事来，跟着他你会一辈子不清静。白薇瘪瘪嘴，你瞎猜！白术让女儿想想，放着年收入过百万的诊馆不顾，独自出来游学，这不就是个不知足的人才干的事。白薇替他解释，人家出来学绝招，如白家的正骨术，长本事。白术笑女儿天真，白家的绝招神奇是神奇，没多大用，他来学这个？见女儿仍是不信，摇摇头说，就如同放着打火机不用，来学钻木取火一样费力不讨好。

那你说说，白薇逼问父亲，他来做什么？

白术好无奈，我若知道，又不会来劝你放弃了。正是心里不踏实，莫名惊愕，把你交给他，我们实在不放心。

白薇不以为然，他又不是妖精，会把我吃了不成？

白术说，真是妖精好说，我们躲远点。瞧你眼前这丢魂失魄的样子，已是迷上心窍。他是什么样的人？心里有没有你？你浑然不知。照此下去，受伤的只会是你。

我就不明白，白薇说父亲，你哪来这些怪模怪样的想法？

女儿的催逼下，白术说出自己的猜测，我一直在琢磨，龚天缘来白家做什么？说是拜师学艺，我看不完全是，他的医术除正骨术外均不在我之下。也曾以为来学绝招，见你一心向他，我有意露一手，不让他小瞧了白家。你看见的，他还用学吗？一眼观尽，你一出手他什么都知道。平日里摆谈医学，看似他毫无城府，口无遮拦，却处处显露心机。不管你问什么，他张口就来，仿佛早有准备。轮到他问你，看似随便，却让你一句答不上。说是游学交流，我看他倒像是来巡回讲学。女儿要他说具体点。白术举例，一次摆谈中说到看病,他没头没脑问我,白世叔,你说什么是病?这世上的人吃五谷生百病,症状各种各样,我怎么知道他问的什么。弄得好尴尬。白薇点醒父亲,你反问他呀!白术说问过,他说就是不知道才出来游学。还有就是把脉的事,你用吹笛子作比,若非你回答得好,当时会弄我一个大花脸。女儿啊!这不像一个安本分的中医先生。你可要想仔细了,若是把握不住趁早断了念想最好。

白薇傻了,父亲,你是什么意思?你把天缘说成高深莫测,遥不可及,名义上是劝阻,可听起来倒像是在激励,这念想如何能断?

5

女人能否守住心中秘密?得分什么事,对什么人。对自己心仪的人,别说有话瞒住不说,就是没话也会赊些话说。父母找白薇谈了不到天黑,天缘什么都知道了。白薇向他转告父母的意思,就是要天缘自证清白,来白家到底要做什么?面对白薇的追问,天缘本想一笑了之,耐不住白薇无休止地缠问,天缘只得明确作答,我没有你父母说的那样复杂,来拜师学艺的目的,就是不想当庸医而已。就这样简单,是你父母想多了。

就这样简单?我问你,什么是病?这个问题算简单还是复杂?白薇一针见血。

天缘说查字典就简单,病,是人生理上或心理上发生的不正常状态。说复杂,这个问题真还复杂。首先什么是正常?城里人喝生水拉肚子,乡下人喝生水不拉肚子,你说谁正常谁不正常?遇上瘟疫,一个村的人死了剩一人,是活着的人正常还是死了的人正常?医者是为人看病的,许多人行医终身不知病是什么,这就是庸医,我答不出来也是庸医,只是我不想一辈子当庸医。

白薇以为没那么复杂，是个医生都知道问病人，你哪儿不舒服。摆明的事，不舒服就是病。天缘说她胆子大，什么话都敢说，不舒服就是病？孕妇不舒服想吐，是病？见了龌龊的东西恶心不舒服，是病？别把心理反应当生理反应好不好？

天缘哥，我只是随便说说，你生那么大的气干吗？

天缘也觉奇怪，每当有人提及这个问题，自己心里莫名火起。大约是百思不解产生的焦虑，转而对白薇道歉，你也别介意，我就这点出息，找不到答案心里有气。是对自己，与你无关。

白薇本想问，这个问题重要吗？恐自讨无趣，换一个话题说，天缘哥，你不找女朋友，家里的人不催逼吗？

天缘哈哈大笑，惬意舒坦，他们呀！三顿饭都在催，要孙子心切，恰像小孩要玩具样，巴不得不结婚就生一个给他们玩。

哈哈，白薇也觉有意思，把孙子当玩具，哈哈。那就抓紧呀！白薇故作焦急，你还等什么呀？

天缘瞧瞧面前的白家小师妹，揣摩再三，说，缺缘分，没碰上合适的。

那姓何的研究生多好！高学历，对你又痴情，我看很合适。

天缘扑哧笑出声，拿银针的与拿手术刀的各是一路人，做梦也不会在一起。

那？你们还那样聊得热乎？白薇追问。

不是聊得热乎，是交锋激烈。天缘认真纠正。我在中医药上有许多困惑，需要一个西医专家从相反的角度给予解答。

终于，心灵的窗户裂开了缝隙，白薇抓住机会往里挤，故作不经意问，你要个什么样的七仙女？

问到心里痛处，天缘沉思一会说，话句敞亮，实话说，我也不知道要找一个什么样的人。从高中到大学到天缘堂，身边不缺女性，可就没有动过念头。想不想？想！可总没有合适的，我想也没用。梦中不知与人多少次结婚拜堂,可醒来一见实物,发觉不对,眼里总觉缺点什么,在下一场梦中补圆满了,醒来又不对。这婚姻大事全被这梦中情人给耽误了。

在白薇听来,天缘的话貌似轻松,内涵沉重,未必不是他的心里话。看天缘脸色,似乎该岔开话题,可白薇欲罢不能,小心试探,说,人生也就几十年光景,少了爱情伴随毕竟缺少生活情趣。

天缘没急着回答,微笑着朝门外努努嘴,街上门面辉煌,百业兴旺,路人行色匆匆。天缘说,我老家也是古镇,爷爷常对我说,他们小时候街上老店老铺多,什么廖汤圆、魏油茶、张裁缝、王铁匠……我们家当然是龚先生。小伙伴在一起议论大了干什么,首先想到的是祖传的手艺。铁匠的儿子说,大了当铁匠。为什么当铁匠?挣钱呀!挣了钱干什么?娶老婆!娶老婆干什么?生儿子。生儿子干什么?当铁匠……天缘话完,意味深长说,我们龚家因此有了三十代把脉先生。

白薇猜到他要说什么,插话道,那是以前的老话,现在的年轻人不信这些,要读书、考大学,闯天下去干一番事业。

天缘突然笑了,这你也知道啊!

白薇才知道上了当,被人当傻子看了,噘起嘴儿,不理你,头一扭走了。

六

1

　　天缘要离开滇南古镇，转道别处游学了。临分手才觉出好多牵挂来，不是说走就能走的，应了一句古诗，相见时难别亦难。靠病家口口相传，临近乡镇的老病号邀邀约约结伴而至，甚至有坐小车几百里路赶来瞧病，油钱远比药钱贵。老话虽说是宁可药生尘，但愿人无病，可行医之人无人问津也不是滋味。几个月来，白家老药房网下拥挤一堂，网上火成一片，惹得镇上同行见面免不了调侃几句，白家来了千手观音，五百只手抓药，五百只手抓钱。有好事的街道大妈前来打听，小伙子可是白家女婿？少不了夸几句白薇姑娘眼光毒，千挑万选终成好姻缘。听说尚未婚配，一个二个兜里掏出红线，东南西北抛撒，弄得天缘离开白家时竟像逃婚一样窘迫。

　　是夜月圆，月光将这些日子的情谊铺陈，天井当中搁一小方桌，老的和小的两两对坐话别。

　　天缘将诊治记录拷成U盘交白术，算是大半年拜师学艺的回馈。白薇的礼物之前已悄悄给了天缘，一个针筒，出自同一非物

101

质文化遗产的当代传人之手，与太爷爷的样式相同，上面的图案变了，由灵芝、人参、雪莲换成玫瑰、鸳鸯、并蒂莲，药味淡了情味浓了。上面"天缘"两字是白薇手写。同白术话别，天缘说不尽满满的谢意，医术上指导，生活上关照，该谢的地方太多，说一千遍谢谢也不缺理由。没敢提白薇的名字，生怕黏稠了脱不了身，旁生出意外枝节。

白术夫妇百感交集，天缘来也突然，走也突然，一切好像才开始却又戛然而止。日久生情，天缘带来的不仅是白龚两家世交之情、姻缘、血脉之情，加深的还有同行的仰慕，家学传承的珍惜。天缘犹如高僧大德到来，给蒙尘的白家老药房开光添彩，给心灰意懒的白家人打气鼓劲。越是恋恋不舍，越是愧疚不安，自觉天缘给白家太多，未见白家回馈天缘什么。白术歉意满满说，这些日子多亏世侄给中医长脸，我们白家跟着沾光。可白某才疏学浅，无以回报，耽误你游学的行程，惭愧，惭愧！

天缘只当是白前辈考他，要问他游学的收获，心满意足回话，晚辈我这次收获不少，只恨来迟了。

哦？白术看天缘神色不像虚情假意，有些吃惊，不知他发现了什么？你说你有新收获？

是的，天缘肯定地说，你们知道的，就是白薇妹子提醒我把脉如吹笛一样的道理，神奇贴切，医者病者都好懂。由此我想到，无论医者病者，对传统中医药不仅要理解，更要神往。都说兄弟如骨肉，你们白家却视骨肉如兄弟，正骨如同调解家庭矛盾，创立调和、安抚、骨平气和的白家正骨术。此外，我还有一个收获。起身回房间抱出一个真人大小的乳胶娃娃，笑嘻嘻说，我这些日子花不少的心血，经厂家九次返工终于成了，定制两个，四川寄一个，这个留给你们。

听话的三个人好奇地立起身，欣赏天缘给他们的演示。

天缘将转换开关调到针灸麻醉,开启电源,乳胶娃娃发出哎哟的呻吟声,病痛区泛红。天缘一枚银针在手,左手找准穴位,右手一针下去,瞬间呻吟停止,泛红褪去。两位老人惊奇不已,独有白薇表情淡定,嘴儿不说,心里暗想,这算不了什么,无非是穴位处安设开关,找穴位扎针就是找准开关。

当天缘将乳胶娃娃变成站姿,摆正,放稳,转换开关调到白家正骨术,开启电源,绿色指示灯闪烁。当天缘手握一根木棍,给双臂双脚……凡有骨头的地方不分轻重敲上一棍,乳胶娃娃轰然倒地,被敲的地方发肿,凸起,呻吟声随即响起,指示灯转红,活脱脱一个骨折病人再现。白薇无法淡定了,知道这是智能机器人,可给医者带来的感受与真人一般无二。

接下来是医治。先由白术试验,搭手直呼,妙!简直就是一个活生生的病人。沾热水拍打,伤处皮肤泛红,指示灯红色由深变浅。当白术拍打改为捋,指示灯由暗变亮,颜色由红变绿,呻吟声由大变小,最后,白术忍不住竟在乳胶娃娃伤处使劲一拍,高叫"好",乳胶娃娃的呻吟应声而止,绿色指示灯不再闪烁,皮肤红色褪尽,光滑如初。

白术竖起大拇指,妙!白薇好一阵才回过神来,惊讶问天缘,你怎么想出来的?瞧两人惊叹崇拜的神色,天缘脸上得意消失,遗憾顿现,就白薇问话回道,你该问问你们白家怎么做到的。面对白家疑惑的眼神,天缘仿佛找到了中医白家传人不自信的病根在哪,略带失望解释,市面上乳胶娃娃早已有了,医学实验用的智能仿真乳胶娃娃连血管分布、神经分布都齐全完备,随指令做出相对反应。可面前这个智能娃娃只有你白家才会有,上面增加了经络分布,有白家正骨术的理念,是你们的专利,没有你们世世代代的临床经验,没有你们的治疗理念,世界上谁也造不出来。我们不能只服机器不服人……这恐怕是我这次游学的最大收获。

白术颔首称是。白薇眼睁睁望着乳胶娃娃，这个前几天的情敌，若有所思。

白术收过乳胶娃娃，问天缘下一步去哪。听说天缘打算出山海关去关东朱家。已几十年没联系，还不知在不在老地方住。白术说，但凡中医世家中途挪窝的少，哪里生根哪里结果，即使因故迁徙，老地方必定留人。

我也要去！白薇冷不丁冒出一句话，让另外三人一愣。

白术没过分在意，只当是女儿与天缘商量好的。自己也喜欢天缘，虽觉与女儿有些不合适，但年轻人的事大人不宜过分干预，好歹由命。拿目光瞧着天缘，观察他的态度。天缘更觉突然，对老人摇摇头，一脸懵惑，转脸在白薇眼里找答案。白薇脸上淡定如同说要去逛商店一样。老太婆以为女儿图新鲜，要陪天缘出去游山玩水，叮嘱，别只顾玩，早点回来上班才是。白薇感觉先前说的不够明白，继续认真惊吓众人，我已打了报告，辞职出去游学。白术顿觉严重，你疯了？你哪来本事去游学？你可不能与天缘比，人家带艺拜师，衣食无忧。你凭什么？白薇竟又冒出一句，我跟他一路去，他有吃的我就有吃的，他讨口我给他挎提篮。越说越不叫话，两位老人拿眼死盯着天缘，逼他表态，希望从他嘴里露出一句我们商量好的，哪怕什么也不说，有个模棱两可的笑意也好。结果两样都没有，天缘神态明明白白告诉老人，他也不知情，什么都不知道。两位老人左右为难，同意，天缘没开口应允；不同意，女儿怎么个下台？无论如何，抛掉一份稳定的工作去闯江湖冒风险，总觉不妥。白术起身，说，天色不早啦，我们进屋休息，你们的事你们商量好。话完，领着老伴走了。

天缘暗暗喊冤，自己躲还来不及，哪还敢去沾惹？待老人进屋关上门，天缘也起身说，天色不早啦，我也要休息。才要抬脚离去，白薇早已拦在面前，这事你得说好，在外面还是在屋里说，由你定。

天缘怕进屋说不清，重新坐下，你说吧！

白薇，我已说了，该你表态。

天缘以为道理明摆着，我到朱家是游学，你去搅和干什么？

白薇的道理照样明白无疑，朱家是你龚家的世交，也是我们白家的世交，凭什么你去得我去不得？

天缘说，你要去，你尽管独自去，别跟着我行不？

白薇笑他梦做颠倒了，到时还不知谁先到朱家都难说，谁跟着谁还不一定。

天缘直说，白薇姑娘，我俩不合适。

白薇羞他脸厚，事还不知在哪，别你俩我俩的。

天缘头一犟，我不去关东了，我回四川老家该可以吧？

白薇顺水推舟，可以呀，礼尚往来，我正好去回访，看望我那龚太婆和魏姑婆。

天缘心里不由得一紧，真让她一路回老家，会更说不清，那几位日夜盼望抱孙子的活先人，恐怕一刻也等不得，会马上催办婚礼入洞房。无奈问道，你到底要干什么？

白薇说，你我都老大不小了，你是该娶的年龄没娶，我是该嫁的年龄没嫁，我想干什么你未必不知道？

天缘近乎告饶，男婚女嫁总得讲自愿吧？

白薇说他自作多情，问谁强迫谁了？我的意思是，你不娶的原因就是我不嫁的理由。

天缘不知相距十万八千里的娶和嫁怎么连在一起的，赌气说，我这辈子就只有中医药没有老婆，任何人不娶。

这就对了，白薇说，我也是任何人不嫁，要嫁就嫁中医药。

……

2

分手那天早上,不见白薇前来送行,天缘深感愧疚,只当是头晚话不投机伤了她,再三要老人转达歉意。可上了飞机天缘才发现,白薇早早就商务舱前排落座,自己是经济舱,反倒成了跟班。

天缘顾不上同白薇较劲,而今到哪儿只看身份证无须看人脸色。脚长在她身上,摊粘上这么个牛皮糖只得认命。

眼前最要紧的是朱家能不能找到。听太姑奶奶说,最后一次同朱家人在一起是日本人投降那年,至今七十多年。1931年"九一八"后,朱家夫妇流亡入川投靠龚家时,小儿子朱望北还在他母亲怀里吃奶,走时已成半大小伙子,个子比他父亲矮不了多少,现在应是鲐背老人了。虽时隔多年断了音讯,太姑奶奶仍说,其实朱家很好找,关东出名的"参王"。朱家鉴别人参真假优劣的本事了得,一言九鼎,偌大一个关东,朱家说了算。朱家用参更是了得,独步天下。坊间流传"见参则生",指的就是朱家。

朱家当年入川实属不得已。

在医者眼里,人不分高低贵贱,美丑善恶,来就医的都是患者,医者只有一个目的——治病救人。作为中医世家,朱家因医术高明,医德高尚,为人谦和,声名远播,家境殷实。朱望北虽出生内忧外患、世道艰辛之时,但上至张家大帅,下到黎民百姓,甚至江湖黑道,均对朱家十分尊敬,一年四季没半句怨声入耳。

但就在朱望北的父辈手上,朱家第一次结了怨仇,沾上两条人命案,里外不是人。

一日。朱家药房来了一位客人,奉上一锦盒,打开露出一支老山参,要价两千大洋。朱家老掌柜接过手,眼前一亮,全须全尾,品相上乘,心里约了约,八两不少。行话说"七两参,八两宝",

稀罕！老掌柜摘下眼镜用衣袖擦了擦，再戴上，在亮处仔细瞅了瞅，嘴角一丝笑意转瞬即逝。老掌柜盖上锦盒，奉还客人，平静地说："货太金贵，敝店无缘，请收好。"

客人不解，问："你不称一下？莫非怀疑我这货有假？"

老掌柜解释："货到这份上，轻重已不重要。恕我眼拙，真假不敢妄论。只是如此老货，搁在以往，也只有京城宫里才配享用。就是眼下，享用者非富即贵，绝非平常人家有这福气。这宝贝一露面，必会招来众人关顾，说什么的都会有，到时钱是小事，惹上人命官司可是大事，药房担待不起。"

客人二话没说走了，祸根却留下。没隔几天这位客人忽然被人谋害在客栈，其身份原来是日本侨民。坊间传说是朱家泄露了风声，招致祸端。不久又传出假人参断送人命的新闻，死者的儿子在张大帅军队任职，力主抗日。朱家药房莫名其妙牵连其中，办案的来药房取证，老掌柜怎么说都脱不了干系。实话说当初就看出是假货，因此断然拒绝。可先前杀害客人的凶手一口咬定，是听说朱家药房认定为真货才动的手。谁告诉他的？凶手已死无对证。若说是真货，后来假人参误人性命案中岂不成了杀人帮凶？要命的是，日本人对案子特别上心，扬言涉案者一个也不会放过。恰在此时，战争爆发，日本人占领东北，朱家只得命儿子带儿媳孙子入川避祸，一住十余年。

为此，朱家感激龚家收留，龚家感激朱家扶持。当时龚家的当家人是天缘的曾祖父，夫妇俩疾病缠身，太姑奶奶还是待字闺中的大姑娘，里外勉力支撑。多亏避难客居的朱、吴、史、白几家中医高手坐堂，以精湛的医术维持药房生意。白芨游学龚家时，朱望北已开始懂事，应该见过面，所以白薇说与朱家是世交也有道理。

下了飞机，天缘打开手机，一片红色，全是何姝的未接电话，赶紧拨过去。才说几句，一旁的白薇有些不耐烦，你干妈又来电话了？"干妈"是白薇给何姝取的外号，嘲讽她又瘦又像妈一样爱管天缘的闲事。眼下天缘对白薇问话不太在意，胡乱点点头，惹得白薇撇撇嘴，气冲冲往前走了。天缘边追白薇边在电话上问，联系上没有？她在哪？

电话里何姝的口气平静，你那位高人在旁边吗？"高人"是何姝对白薇的传神回馈。两人总觉天缘特别关注对方，格外珍惜网上窥探来的信息，哪怕是高矮胖瘦，也要不失时机回传给天缘，旨在提醒天缘不要听对方摆布，哪怕对方是干妈是高人也不行。

在前边跑得无影了，我正在追。天缘知道指的是白薇，气喘吁吁回道。

追到手了吗？

哪里的事，天缘辩解，同路不失伴。

这个旅伴称职不？

人家不是旅游是游学。滇南白家与关东朱家也是世交。她还是我奶奶娘家的侄孙女，能不能别乱想。

哦！原来是表哥表妹，天生一对，不作乱想，宝黛情缘。

别乱说，我爷爷奶奶才是表兄表妹，又隔了两代。唉！你哪来这么多闲话，昨晚那个电话联系上没有？

昨晚，何姝打电话来，问天缘，真的不收治新病人？天缘烦她明知故问，说了多少次，半个也不收！

电话那头咯咯笑了，何姝慢条斯理说正事，今儿个有人来电话，问遗传性绝症收治不？

不早就说好了，我游学在外，一律不收新病人。话说到此，天缘怀疑何姝自己要收人，有意试探他，赌气说道，要收你自己收，别来问我。正说关机，电话里一句话让他一哆嗦，手机差点掉地上。何姝说，对方自称是柳梦的叔叔，病人正是柳梦。天缘毫不犹豫，收！病人来了没有？仿佛说不收新病人是另外一个人。听何姝说病人没来，只是问问情况。天缘愣了一会儿，问症状有些什么。何姝告诉他，对方自述病人突然消瘦，血压血糖体重下降，走了好几家大医院没下结论，还说家族里代代女性都这样。

天缘急忙回道，快给对方回话，我们收，请马上把病人送过来。自那后，天缘一直在等何姝回话。

何姝回道，一直联系不上，先前是正在通话，现在变成了空号。天缘依据何姝告诉的号码，边走边拨过去，依然一样。

白薇已叫好出租车，两人上车坐稳，见天缘脸色不好，问，你干妈说了什么？把你吓成这样。

闷了好一会儿，天缘露一句出来，我大学时的初恋女友得绝症了，要来天缘堂医治。

白薇不愿相信这是真的，你不一直说没有合适的人吗？怎么忽然钻出个初恋女友？还自作聪明说，肯定是你干妈给你找的麻烦，明知你在外游学不收新病人，有意让你为难。天缘摇摇头，我那女友有意躲着我，一直联系不上，我还以为再也见不着了。若不是对方主动问上门，何姝编也编不出来，拿什么来为难我。白薇想法简单，既然这样，那就收了呗！我们马上飞回四川。话完就要司机掉头回机场。天缘要司机继续进城，说到朱家求学的事还缓不得。听天缘解释断了联系，白薇方知个中难处。即使联系上了，病人收下不难，一句话的事。可怎么医治却是大难事。还在大学时，天缘就听柳梦本人说过病症，为此专门询问过太姑奶奶，回答没见过，甚至没听说过。请教导师，查遍古籍，终不得要领。出外游学的动因之一，就是寻求救治的妙方。没有确切的治疗方案，盲目让人滞留天缘堂，会延误医治。此前听说朱家是妙用人参的圣手，此次来抱有莫大希望。

3

　　站在城市十字路口，面对眼前的车水马龙，两人傻眼了，才知道什么叫大海捞针。朱家留下的地址就八个字，通辽县朱家老药房。可朱家老药房在哪？不是太姑奶奶交代那样，随便叫上一个娃娃都会带你去。从机场出租车司机开始，酒店保安、服务员，到岗亭里的警察、店里的老板、街上的行人，逐个打听朱家老药房在哪，除了摇头还是摇头。问114不知道，网上查本市医疗机构目录没登……两天过去，毫无头绪，天缘甚至感觉新办一个药房都没这么难。第三天在广场的城市建设成就展览的介绍中，朱家老药房没找到，原因却找到了。通辽从县城到县级市，人口由2万增加到30万，面积由0.3平方千米增加到5平方千米……什么都变了，别说老药房，连老居民都很难找了。朱家老药房搁当时在小城算得上个地标，搁当下就一缕云烟消散，时过境迁，如雁过觅声。

　　白薇指着天缘的脑袋说笑，问题在你这儿，仅凭一个旧信封来找一个八九十年从未谋面的老人，只怕电影也不敢这样拍。天缘恼她幸灾乐祸，心里无由头暗怪是不是她带来的霉运，从来游学忌讳女人同行的。板起脸说，明天再找一天，不行就此分手，你回你的滇南，我去我的沪上吴家。我这有吴家电话号码，再不会扑空。

　　白薇才不管他爱不爱，说，我也要去沪上吴家，你到哪我到哪！

　　天缘好气又好笑，说，来朱家算是你拜访世交，这沪上吴家可跟你白家没半毛钱关系，人家问起你是谁，你脸往哪儿搁？

　　我是你身边的高人啊！别不爱听，这可是你干妈封的。

　　天缘脸气歪了，你算哪门子高人，除了耍小脾气，你能干什么？有本事把朱家老药房找出来，那才算高人。

　　白薇仍是笑嘻嘻，我没找到，你不也没找到吗？见天缘生闷气的样子，扑哧一声笑了，别生气，我明天保证给你找到朱家老药房，怎么样？笑一个！

天缘实在憋不住，打个抿笑，说，明天找不到再跟你算账。

第二天吃早餐，天缘板着脸问白薇，主意想好没有？不行趁早收拾行李回你滇南古镇去。

白薇不慌不忙将两人的早点端过来，摆放好，在天缘对面坐下，喝一口牛奶，再放下杯子，用餐巾纸擦擦嘴角，说道，你小看高人了。

对白薇的话，天缘此刻信也得信，不信也得信，此外再无别的选择。当听她说去人参交易市场时，天缘忍不住提醒白薇别弄错了，我们是找人不是找药，人参以后有的是时间买。白薇笑笑，我们就是去那儿找人，那儿若是找不着，不用你赶我自己会回去，也好顺便买点人参回滇南做礼品送人。

人参交易市场很大，人参成堆，顾客稀少，许多铺面摊位空置。见有外地口音的人进来，许多老板打起精神迎客。白薇找近处的老板打探，人参博物馆在哪？老板指指门外，出门右边一百米即是。从人参交易市场到人参博物馆途中，望着天缘疑惑的眼光，白薇说，若朱家在此地声望高，博物馆一定有他家相关的讲述。若博物馆里没有朱家出现，那朱家也值不得我们拜访，趁早打道回府，用不着再耽误时间。

天缘不得不佩服这个点子好。在号称"中国人参之乡"的小城历史概述里，朱家老药房出现了，最近一代传人正是朱望北。通过馆长终于联系上老人家，他刚从外面回到家里。听说是川东龚家、滇南白家的后人来访，老人一迭声喊欢迎，要馆长一定把客人留住，他马上让人开车过来接。

老人住长白路九号"参苑"小区，6栋2单元202号，大平层，两套合一套，朱家老药房的拆迁补偿款买的。朱家老药房呢，早成了通辽市中医院,地点变了,名称变了,人也变了。别说你们,老人说就是自己偶尔回医院看看,医院的同事中好多人见面相互不认识。怪不了谁,离开医院二十多年了。

接过天缘送来他当年手抄的"疑难病案例",从视频里看了当年的龚家老药房还在,当年的姑姑和顺妙小朋友均已白发苍苍,老人眼眶湿了,国难、家仇、童年、世交,一直在心里缠绕,今天一下汹涌而出,眼泪止不汪汪下流。不知高兴还是悲伤,也许都有。天缘说明来意,让老人既吃惊又钦佩。老规矩他懂,从内心赞赏。可眼下自己赋闲在家,这个东家如何当?

老人几位退下来的弟子闻讯赶来,行医的两个儿子朱启盛、朱启茂和在市档案馆谋事的孙子朱斟忙前忙后接待。匆匆吃过午饭,老人安排,由孙子朱斟陪客人去山里野山参生产基地参观,其他人留下来就客人游学安排的事合计合计。

4

小车像一条鱼儿游进林海,不时与旅游大巴相遇。朱斟告诉客人,这要是过去,徒步得走十多天。进山的人个个身上背一个鼓鼓的大包,吃的用的指南针猎枪匕首一样不能少,进一次山,如同去阎王殿闯一回。经这几十年封山育林,林子恢复快,过去的林业工人转行搞旅游了。说话间,车在一个岔路口停下,路边竖着大牌子,"通辽市野山参自然保护区"。一个大胡子中年男子迎上来,据介绍姓孙,是这儿的主人。他将车子带往一段土路,摇摇晃晃两个多小时,终于出现一间木房,一条大黑狗冲上前来,与车子似老相识,腰胯扭得如跳拉丁舞。车子点点头停下,男子从后备厢搬下一大包东西,招呼客人随他进屋。

房子全是圆木搭建,门旁一块招牌,"通辽市野山参自然生长试验基地",房子又矮又小,八九个平方米,直白点说,就是一看守房,准确点说,看守房都算不上。没有值得看守的东西,除了吃住用具,没有仪器设备,没有大棚温室,地地道道一山神庙,住一活山神,专管方圆十里的野山参滋生繁衍,确保无人偷采,无人打扰。

两位客人,床沿上端坐。朱斟属半主半客,自个儿从床下拖出马扎屈就。主人手脚没空,给每人倒一碗热水,水里有客人疑惑的眼睛晃悠,仿佛在问,基地在哪?

朱斟代为回答,你没见外面招牌,就在这儿,待会指给你们细看。

白薇越发感觉玄妙,偌大一个基地,身在其中却毫无觉察,好奇心陡涨,放下碗立即出门,生怕慢了会看不见。天缘显得平静,大千世界,无奇不有。游学本就奔着奇妙而来,哪能遇事一惊一乍沉不住气。眼见朱斟起身后,随即站起来,谦恭地跟在后面。

主人领着踏上一条小道,歪歪扭扭在林间穿行。没有介绍,甚至没有多看旁边一眼,仿佛约会直奔情感所在。不一会儿,白薇觉察不对,脚下的路曲折坎坷得没道理,一个字,绕,而且绕得蹊跷,像是有意要避开顺畅。白薇心里想,嘴里就说出来了,你这是路吗?

这话问得唐突,出于礼貌,同是客人的天缘替主人打圆场,搬出一句名言,世上原本没有路,走的人多,路也就有了。

主人终于开口,不是走的人多了,是我走的次数多了。

朱斟为他解释,脚下是主人的工作小道,天天要走的,无法与先前的观光车走的大道比。

白薇回头指着来路,你们看,就这么近,非得一上一下绕一大圈,天天都这样,不是为难自己吗?

天缘意识到什么,主人要为难的不仅是自己,肯定还有别的人。这样绕,自然有他的苦衷。说,我猜想,不怕贼偷,就怕贼惦记。

主人第一次停下来,要大家回头看,就在绕开的那段路的中间林子里,从这两棵树缝中看过去,正中那颗大树下就有一株。众人围过来,顺着他的指引什么也没看见。主人笑了,忘了给家伙。说着掏出望远镜,调好镜头,递给白薇,要她看树下面,有支十年参。白薇皱起眉头看了好一会儿,突然惊叫起来,我看见了,真的野山参,天缘,快来看,真的野山参。

天缘从小认得人参根须,大了看图册认得人参叶,但原生态的野山参第一次见着。惊喜过望,仿佛看美女出浴,心怦怦跳。看后将望远镜递给朱尃,朱尃略微看看,还给主人。主人一脸得意,笑眯眯等候夸奖。一切明了,什么叫自然生长,是把野山参看作大山的闺女,藏在深闺,就是要避开好色之徒色眯眯的贼眼。为这良苦用心,主人宁可天天绕道,引开觊觎者的视线,远远呵护,默默祝福。

白薇开玩笑,你指给我们看了,不怕我们说出去?

主人笑笑,这支参已有人给了两千元定金,明天来取货。

天缘揶揄白薇,要偷你得现在动手,不然没机会了。继而暗自盘算,货地道,价格不算贵,有心买几支回去。早在机场,天缘心里隐隐感到柳梦的病要用到人参,决意买到好人参,找到好的用参方法。问主人,这样的野山参你有多少?

主人回道,不好说。若有买家,可谈好价,付了定金,现场采挖。

天缘暗自赞赏,是个打假的好办法,不知品质怎样?试探道,采挖时我们想来看看,方便不?

欢迎呀!孙家主人满口答应。

长见识了,这与天缘想象中的生产基地不同,不是白茫茫一片大棚，不是洁净无尘的实验室，这里的规模宏大是群山，这里管理的科学性是尊重自然，是对古老中医的敬畏。敬意油然而生，天缘对主人感叹，亏你想得出这样的好主意，哪位菩萨指点的？

主人指指朱斟，说，他们家老爷子。

20世纪80到90年代，人参火爆大江南北，一瓶价值几元的普通白酒，泡上一支种植参，身价顿时飙升十倍以上，请客送情面子十足，拿着钱还找不到货源。也就在那个时候，望北老先生隐隐感到一种危机逼近，大量种植参泛滥，收益上去，药效下降，人参有病治病，无病养身的神话总有破灭的时候。人们清醒之时，就是人参烂市之日。药是用来治病的，不是用来赚钱的，无论天南海北姓张姓王，天下药房敬奉一句话，但愿世上无疾病，宁可架上药生尘，决不可为几张钞票毁了野山参的清名。望北先生和众弟子拿出个人积蓄，扶持一位叫孙老头的药农，按传统古法养参。

古法养参，按现在的说法叫自然养参。孙家先祖在清朝代代为王爷养参。由王爷划一块区域，由孙家管理，外人不得入内采挖。孙家到季节播下人参籽，此后一切托付给自然，远远地祝福，以保证王府不时之需。到了民国以后，王爷倒了，没了禁令，野山参谁发现谁得，采挖的人名正言顺，发现一支挖一支，养参的人倒像贼一样一切都在暗地里进行。待望北老人找上门，孙家自然乐意，可谁来保证谁养谁得？望北老人说有政府负责，你只管养参。而后望北老人发动同行四方奔走呼吁，终于感动了政府，设立野山参自然保护区，此区域内，除了经批准的养参人，任何人不得入内采挖。禁令有了，孙家将全家拖上山，一家人为此干一生，一生为一参，至今已是第三代。

话到这儿，朱斟替孙家主人表功，说，现在人工养参一般分园参和林下参。园参好理解，就如菜园子种萝卜大白菜一样，选择适宜土地，依据人参脾性，填鸭样催生催长，凭萝卜般产量，打野山参名号赚钱。林下参则是模仿野山参生长环境，选择适宜的林子，能种尽种，如同老虎圈养，品相好，却少了野性，药性只能说较园参好。这自然养参较前两种不同，养参人在前人采参后留下的参窝子下种，然后再不干预，任凭参苗风霜雨雪磨炼，从生死煎熬中积攒药性，所以叫野山参自然保护区。看似简单，个中艰辛付出非常人可知。单是选窝，什么地方适宜种参，不靠仪器，不靠人工分析，只靠人参的老祖宗指示，在以前出过野山参的参窝子里下种，百分之百的原产地，百分之百的保证水质、土壤、气候甚至伴生植物、光照、温差、年限一点不走样。过去哪些地方出过人参，从无文字记载，非得几代人经验积累才行。参籽也有讲究，孙家祖上用的是精心选留的参母上的野生籽，抗逆力强，长出的参苗成活率高，药性足。养参人花在参苗管理上的精力不多，可花在守护上的精力超前者十倍百倍，不仅用心，还得用命，同野兽、同盗采者斗智斗力。

听朱斟一番讲解带夸奖，孙家主人不知如何回答是好。面对客人求证的目光，露出一丝苦笑，深叹一口气，唉！都早些年的事，提不得。

照他说来，而今养参别是一番光景，苦乐颠倒。野兽少了，想见个老虎豹子都难。盗采者也成了稀有动物，一年四季难得见上一面。不是盗采者学好了，是改行了，风餐露宿盗采野山参，还不如坐在家里倒卖林下参来钱。而且现在的买主变了，再不是以前见了人参抓住不松手的参贩子，而今买家一个个仿佛肉吃腻了乏味，哪怕是真资格的老山参搁他面前，也是爱理不理的样子。孙家过去与朱家打交道，从不讨价还价，谁开口都是定价。现在的药房，越是好山参越怕沾手，生怕砸在手里亏本。过去的药房谁都有几支顶级山参压在箱底，还生怕别人不知道小瞧了自己。就是一些富贵人家也少不了贮备几支山参以备急需。现在吃山参的病人少了，用山参的医生少了，遇上园参、林下参堆山似海涌来，谁还拿高价买野山参？过去孙家人进城，药房的人寻亲一样亲热，开口一句话，孙把头，手上有货没有？而今见面是孙家觍着脸问，老板，要货不？资格的老山参。再熟的人也是笑笑摊开手，爱莫能助。孙家主人表示，如此长期下去，几十年养支野山参还不如半年养头肥猪卖钱，自己可能是孙家最后一代养参的了。

城里朱家，望北老人与众弟子正热议中。客人千里来求学，行规家规，世家世交，大恩大德，全摆在桌面上，如何接待却成了难事，远非一个热情能搪塞过去。费用不是问题，愁吃愁穿的年代和愁吃愁穿的人都成以往。活着的人活到今天，即使在座的各位医家，早把饥饿从致病因素挪到治病要素的位置，经常把"忌住嘴，迈开腿"挂在口上。为难不在吃好玩好，为难在老规矩还要不要？对远道而来求学的客人，有吃有喝没说的，拿什么跟人家交流才是大问题。自己屁股还在流血，怎么好去给人医痔疮？

5

望北老人依大儿子主意，将客人支到山上看野山参，空出时间商量。大儿子朱启盛退休不久，在外面一家私人药房坐诊。依旧俗，有风吹大坡，有事问大哥，老人年纪大了，家里有事该大哥拿主意。大哥认为没多大个事，不就接待一个客人，既然是龚家对朱家恩深义重，接待热情加隆重就是了。老人说，不行，老人在，老规矩就在，必须按老规矩来，由老药房接待安排。可老药房不在了，老药房成了纪念馆，老朱家的人去了市中医院。作为院长的小儿子朱启茂为难了，去我那儿……大哥刚从那儿出来，知道难在哪儿，是客人的声望不合适，要么再高点，譬如大学的教授什么专家类的，来医院撑门面聚人气，大事大办，热烈而隆重；要么名气全无，譬如一个大学实习生，任选哪个科室，启茂这个权力还是有的。偏偏客人的名望高不成低不就，不是专家就不是公事，公家开支一毛钱难，院长批了员工不服。索性是个实习生也好安排，指定一个科室就行。偏偏按老规矩客人要凭本事挣钱。挣少了，客人脸上难看，主人脸上无光，挣多了，医院员工脸上无光，会说外来的和尚会念经，主人难看员工脸色。

老人盯住大儿子，那就随你坐诊，跟老板说说，加把椅子就成。

启盛颇感为难。他坐诊那家药房老板姓金，两人合作快一年，启盛自我感觉还可以，只是感觉金老板脸色不正，尤其近些日子，老是在他面前说生意不好做，某某卖了多少参，某某一服药酒多少钱……隐约感觉一股铜臭味。启盛刚从公立医院退下来，替病家打量的习惯一时半会改不过来，没学会开高价药。他去坐诊后，虽说病家增加不少，但药房营业额涨幅不大。姓金的多次开导启盛，要学会开高价药，现在的中药不值钱，多开几包又何妨。若说用不了那么多，他会开导，病家不是傻子，病好了自己会停药，用不了的扔了就是。可启盛听懂了却做不来，每每到处方时又忘了。遇上头痛脑热小毛病，直接不开药，让病家回去煮碗姜辣面发发汗就行，气得药房老板嘴儿噘起能挂酒壶。启盛正想挪个地方，这时候增加个学徒，是自讨无趣。

大弟子钟清有自家的药房，就是地方偏僻一点，铺面小，生意清淡，说若是不嫌弃，食宿都可以包了。只是，略为顿了顿说，自家的医术老师知道的，到时候让客人失望甚至见笑了，大家别责怪他。

老人已近鲐背之年，身体不适，坐不久的，近年开始在家休养。对天缘的到来，百感交集。童年的记忆，对龚家的感激，对白龚两家老人的敬仰，尤其听说天缘、白薇来此游学，一位老中医的职业荣誉感油然而生。无论如何，他要尽全力帮帮两位晚辈。不仅是感恩,他要借此激励朱家的后辈,让朱家医术更上一层楼。对众人叫难很是失望,可又恨铁不成钢。思来想去,一个不放过,启茂、启盛、钟清,包括自己都准备好,由客人挑选拜师,谁也不准推辞。老人喘口气说,若是朱家老药房在,若是我年轻十年,我决不会求你们。歇口气又说,要是你们也像人家那样,老朱家医术再传几百年也没问题……

众人屏住气听老人一字一顿教训,空气沉闷得心慌。此时,一声爷爷传来,众人长长地舒一口气,救星到了。朱斟的媳妇秦亦下班回来,急着要见客人。朋友圈里叽叽喳喳闹成一片,说朱家来了一对网红,帅哥靓妹,年入百万不挣,慕名来朱家求学。听说还是两位未婚青年,网上有人提醒本市未婚青年男女切勿错过好机缘。

火是朱斟在网上点的,最先燃烧的竟是自家老婆秦亦,市网管办负责人。虽是已婚,禁不住对帅哥靓妹的好奇心不分年龄段,未进门就喊爷爷,客人在哪?待进门细看,没有客人,全是熟人。得知老公领进山看野山参去了,抢了先睹的快感,暗暗抱怨好事不先告诉她。再看眼前几位老人神色严谨,如同定夺军机大事,正为接待安排犯难。忍不住哑然失笑,故弄玄虚问几位老人,你们想过没有,这事难在哪?不等回答,一句话点明,难在小看了人家。然后,将网上信息一网打尽,又是展示手机视频,又是口头解说,添盐加醋给老人上课。几分钟不到,众人眼中的龚天缘再不是来求学的晚辈,俨然成了巡游天下的药王菩萨。

局势一下倒转,认识变了,困难跟着变,仍是不好安排。世上的事,最难得适得体,眼下秦亦把天缘捧高了,几百年出一个,弄得几位老人怀疑自己接待资质不够,行规接待的困难成了正规接待的困难。要不要请卫生局的领导?要不要举行个欢迎仪式?哪些人参加?连带讲课、巡诊……较之先前的难度还多了三分,由办不好变成不敢办。启盛后知后觉,如梦方醒,我是说,都什么年代了,还会有人干那老掉牙的游学那一套。

老人们办事的认真劲,把鼓吹的秦亦自己也搞糊涂了,到底该怎样办?拿不定。担心老人们急出毛病,赶紧推给朱斟身上,别着急,等他们从山上回来再说。

七

1

　　天缘听说老人们为接待犯难，愧疚不安，怨自己没说清楚，给老人们带来这么多麻烦，着实不该。按理有规矩照规矩来就是，可世上没有千年不变的规矩，须得与时俱进。从白家出来，天缘就想在朱家变一变，得说明游学目的，不单是长本事，学几个绝招回去，更应寻求突破，为打破当下中医药困境寻找途径。天缘心里有太多疑惑，什么是病？中医的核心理念是什么？同西医的本质区别在哪？……

　　正因为书上没有现成答案才出来游学。在白家有一些体悟，仍无满意的答案。照白术老人回答时的情形，估计没有哪位中医前辈已经想好答案等着传授给后辈，难道非得靠机缘巧合获得点悟？点拨的人最大可能是名师高人，也有可能是普通病家医者，就如白薇拿吹短笛比喻把脉一样，让人豁然开朗。

　　总不能把游学如同游方看待，一味随缘。应该是有心人做有心事。凡事预则立，不预则废，想捡钱总得盯住地面才行。在朱家，天缘的准备是什么？游学为主，游医为辅，拜访为主，坐诊为辅。不拘泥自挣学费的古训，花钱买见识也值。

当望北老人问及打算时，天缘说，来时家里再三叮嘱，一切由主人家安排。望北老人直爽，将众人的顾虑一一说出，为先前低看了天缘表示歉意。天缘立即起身，恭恭敬敬向老人致歉，说，网上的话就如菜市场的吵闹声，不必细细分清。我若真有那本事，还出来游学干什么？恰好相反，就是感到力不从心，深恐误人性命，才出来求学，长本事，长见识。游学有老规矩，依规矩来就行。若嫌老规矩过于陈旧，不妨修改也可以。伺医在哪都行，尽可随意。要说方便的话，我想改一改在白家的做法，少一点坐诊，多一点拜访，劳驾望北师爷出面引举推荐，以后拜访时请人家不吝指教。

客人的要求实出意外，主人觉得过意不去，如此简单，那世交情义体现在哪？毕竟年轻人理解年轻人，朱斟从旁圆场，说天缘老弟谋大事者不拘小节，不愿在繁文缛节上耗时间，我们就主随客便，依客人的。我们尽力当好向导和做好后勤的事。白天由我和秦亦陪伴，晚上回我们家住，有不清楚的再和爷爷聊聊。

这样最好，全部主人和一位客人欢喜，另一位客人有些不高兴，脸上乌云朵朵，心里嘀嘀咕咕。

2

秦亦最先察觉白薇神色不对，告诉朱斟。朱斟以为是冷淡了她，询问天缘。天缘挠挠头皮，似乎悟到什么，说，有点小误会，是我大意，忘了她小气。朱斟马上要去解释，天缘赶紧拦住，别，她若知道你猜透她的心思，会更生气。朱斟问那怎么办？有误会总得消除才好。天缘笑笑，得绕一绕。

当夜，望北老人睡下后，四位年轻人聚在客厅神聊。说到当下年轻人不相信中医药，朱尌心生感慨，中国人不信中医，想来都是悲哀。这话秦亦不爱听，她就不信中医，人长这么大，从未喝过那苦药水。天缘笑话他俩当初怎么走到一块的。白薇讥讽道，你干妈不也厌恶中医，你不照样喜欢。话里明显带气。天缘借话头发挥，说来也怪，不仅中医药，连汉语也不例外，中国人也曾一度想改成拉丁语。白薇嘲讽他嫌医学界出名不够，还想在语言学界创造奇迹。天缘没计较，仍顺自己思路说下去，20世纪五四运动中，那时同中医药一样处境尴尬的还有汉字。一句话引起同感，汉字与中医都是国学，在当时都不受年轻人待见，都是改革呼声铺天盖地。而今汉字闯过来了，中医药还没有缓过劲来。三人紧盯着天缘，你想说什么？天缘看似随意，却听得出来思考已久，说，就如眼下的中医，有主张全面改革的，也有主张全面继承的。白薇调侃他，你算哪一种？天缘坦率承认，读古籍，学绝招，自然算全面继承。但是，经白家一行后，我感觉有些不对头，想改一改。

　　白薇正为此生气，见他主动挑明，自然不客气怼过去，你后悔了不是？嫌弃白家正骨术不灵，让你白跑一次。你早说呀！我们可没请你去。你今天贬低白家，明天是不是要贬低朱家？你想掉头来得及，你干妈正合适，发微信叫她来呀……

　　天缘微笑着听她说，直到白薇闭了嘴，天缘才开口，郑重其事请白薇再说一遍，谁说白家正骨术不灵了？

　　谁？就是你！你不是要改白家的做法吗？敢说不敢认了。

　　知道误会在哪，三人都笑了。不用天缘开口，秦亦替他解释，你误解了。天缘兄说他感觉不对头，压根没提正骨术三个字。白薇仍是不依不饶，那你重新说一遍，你感觉白家哪些做法不对头？

　　天缘好无奈，这死丫头真会胡搅蛮缠，若是打得过她，真想揍她一顿。好在天缘说那句话的确有所指，轻言细语给她解释，我恰恰是想说白家正骨术好，不开刀，省事省钱，康复快，特别对粉碎性骨折有奇效。过去我认为这样神奇的绝招……

不待天缘说完，白薇打断他的话，质问道，过去你认为神奇，现在你感觉狗屁不值是不是？你说，是不是！

一旁的朱斟夫妇眼见白薇生气了，赶紧打圆场，白妹妹，天缘兄过去对你家正骨术感到神奇，现在感觉有些变化，是说变得更神奇了。天缘兄，你说对不？

天缘听朱斟夫妇劝导，正琢磨字眼下台阶。可白薇又没头没脑冲一句，有什么了不起，不就是个研究生，把你迷成这样。祖宗的东西瞧不起，干脆跟她屁股后面出国去，何必假惺惺来游学……

朱斟夫妇一脸懵懂，天缘明白，又把何姝拉扯上。这逻辑哪来的？估计是这样换算的，看不上白家医术，就是看不上我白薇，看不上白薇就是舍不得何姝，对一个学西医的女子舍不得，出来游学中医就是假惺惺的。天缘又气又恼，暗自庆幸自己没摊上这疯女子，索性恭请她回去算了，有她这一路不会清净。天缘想好，对朱斟夫妇也是对白薇说，我们两个分别代表龚白两家出来游学，只是偶然走到一起，原说好今天找不到你们家就分手，她回滇南，我去沪上吴家，因我打赌输了，同意她留下来做伴。既然她认定我游学是假惺惺的，不愿与我为伍，我们还是按原约定分手。要么她留下来我去沪上吴家，要么她回滇南我留下来，免得你们操心。

你混蛋！输了还赖账。白薇嚷完再也说不出别的话，只顾呜呜哭，弄得秦亦不住哄劝。朱斟递眼色给天缘，事得适可而止，别让主人为难。天缘见不得女人哭，马上改口说，你先别哭，听我把先前的话说完，只要你不打断我的话，我就同意一路走。白薇立即止声，呜咽着，答应，你说呀。

天缘尽量放慢语速，一个字一个字尽力吐清楚，生怕再生误会。我原先认为，世人不信中医是医疗效果不如西医，因此以为你们白家正骨术如此神奇，当地骨伤病人会全部找你家医治。可结果大多数病家依然相信西医，宁愿挨一刀也要请西医看，图个明白放心。后来在滇南魏家给老太太治疗，白家老叔告诉我，西医正骨如警察办案力大劲猛，高效明快。中医正骨如街道大妈劝和，和风细雨，两不相伤。世人自然有事找警察不找大妈。之所以说出"要改一改在白家的做法"，意思正是白家老叔改变了我过去的看法。可你想到哪去了，连干妈都牵扯进来。见白薇破涕一笑。天缘一脸正色表示不满，你还好意思笑！

3

　　第二天应约去了养参基地。一行人去了现场，这次没绕路，果然省时省力。已有一辆豪华越野先到，估计是买主。买主很紧张，在参苗旁蹲着一动不动，仿佛一只猎犬蹲伏，随时准备扑上去抓住逃跑的山参。孙家卖主则俯贴地上，用一根竹签掏耳屎样一点点掏土，神态专注，地下埋的好像不是山参，是古董，是破案的线索，是命根子。天缘见状，顿觉机不可失，全然不顾地上的鸟粪污泥，一下趴在旁边，睁大眼睛，小孩看稀奇样专注。他见过野山参和园参，野生的和家养的没法比，一个胡须飘飘，满脸沧桑；一个娇嫩欲滴，萌态浑圆。市价更是一个天上，一个地下，一个论支数，一个论斤数。

　　慢慢地，山参露出了身形，不错，拇指粗细，一脸皱褶，好品相。接下来，卖主的动作越发精微，小心翼翼剔除泥沙，理顺根须，婴儿一般捧放在面前的绒布上，再爬起来，长长地舒一口气。

　　天缘跟着爬起来，衣服上满是鸟粪污泥。白薇一边替他打整一边抱怨，你好歹是个医生，怎么小孩子样不讲卫生。天缘真还笑出小孩样，医生就不能怕脏，病人哪怕一身脓血污秽，还得照样搭脉问诊。白薇一下停住手，你还得意了！想想又打整，嘟起嘴儿道，谁嫁你谁倒霉，不累死都会气死。

买主打开一个木匣，里面衬有红色金丝绒，卖主替他搁放好，买主关上木匣，塞进包里，急匆匆告别走了。天缘不解，就这样给他鲜货？孙家主人苦涩地摇摇头，他怕掉包。

离开之前，卖主再将新土回填，掏出小刀，在临近树上做好记号。众人重新回到木屋喝茶，天缘准备洽谈买参的事。孙家主人看不出欢喜，好像卖掉的不是山参是儿女，转账来的不是钱是罚款，呆坐着，竟忘了烧水沏茶。秦亦主动烧水。朱斟挑起话来，孙老叔，天缘兄也想买点山参，你给他聊聊。孙老叔机械地回道，行。天缘摸不准孙老叔为何郁闷，以为是卖便宜了，暗暗提醒自己等会别压价。见朱斟提起买参，忙问孙老叔，先前的山参有多少年？听说有十多年，问有没有更好的，想买几支。见对方点点头，天缘赶紧说只要货好，价格贵点没关系。

你给多少？孙老叔小心试探。天缘怕给低了，将话弹回去，你要多少？对方略微迟疑，生怕要高了吓着客人。仔细看天缘没变脸色，举起手张开五指，意思是五千。天缘在药房长大，知道千年人参值万金，大大方方说，只要货硬，五万、五十万我也要。心想，五十万有，你拿得出那样品质贵重的野山参吗？说完，瞟了瞟众人眼神，担心笑话他赌气吹牛，又补一句，真的，我有个病家用得上。听话的四个人没人笑，白薇知道他不缺钱，甚至知道病家是谁，自然会出高价。朱斟夫妇很平静，见惯不惊的神态，似乎这价格还没到位。

孙老叔的表情出人意料，没高兴，竟伤伤心心抽泣。弄得天缘惊慌失措，不知哪句话错了，拿眼神祈求朱斟解围。朱斟没理会天缘，反去劝导孙老叔，钱少了你不卖就是，用不着自己生气。

天缘一愣，给五十万原本是撑面子的赌气话，隐含的意思是钱我有，货你有吗？殊不知天价掉下来砸了自己脚，僵在脸上痛在心里。

好在朱斟没有嘲笑的意味,是在认真撮合这笔生意,要天缘考虑再加点。二十年前曾有人给这个数,朱斟竖起一根指头。

白薇眼睛和嘴儿瞬时扩张到极致,一百万,这数额,得什么样的人参才配?怀疑说话的人昨晚没睡醒。

天缘深吸一口气,东北人出了名的胆子大,当年一盆君子兰可以要价百万,更别说人参。定定心,说,请拿出来看看,参的品质如何?

朱斟说,还在林子里蹲着,转脸示意孙老叔,带他去看看。

孙老叔喉头急速蠕动,我不卖!话没落地,抽搐得更厉害。

一百万还不卖?不卖,你哭什么?天缘实在不懂。

是啊,秦亦随声附和,没有人强迫你卖,犯不着伤心动气。

不卖,我也保不住!爹啊!我该怎么办?说着竟呜呜哭出声来。

朱斟明显知道内情,到他面前俯下身子说,我陪你出去走走。说是走走,孙老叔泪眼模糊,哪还走得动,就在外面一棵树下立定,朱斟扶着劝导他。

丈夫离开了,秦亦主持屋内闲谈,尝试解析孙老叔的痛因。孙老叔的失态,你们不理解,他为难啊!这支老参,是他祖上发现的,密传下来一直留作参母产籽用。据孙家说有千年了,爷爷说千年没有三两百年不止。孙家代代谨守祖训,穷不卖身,富不离根。看似说人,实则说的就是这支老参,告诫后人再穷不卖它,再富不动它。孙老叔说得直白,哪怕穷得揭不开锅,皇帝求上门也不行,横竖一个生死不管,六亲不认。为了这支参,孙家历代后人日夜守护,即使搭上性命在所不惜。前那些年,买野山参的人多,参价高,尤其是野山参珍贵,孙家出手一支野山参足够一家人一年日常开销。可眼下不行啰,今天看见的,那么好的野山参还不如一只肥猪贵,而且一年卖不了几支,没人买呀!用参的人少多了。收入少了，子女再不愿跟他待在山里苦守，一个个立下保密毒誓后进城，留下一个孤老头子恪守祖训。

朱斟陪孙老叔回屋来。朱斟说，老参决意不卖，他在一天守一天，他不在了子孙愿守则守，不愿守则捐献给国家。不收一分钱，条件只有一个，老参不挪地方。若是天缘兄确实需要，他有几支好参，是成立基地养的第一批参，也快满四十年了，原准备留种，可以分一支。你什么时间要什么时间来现场拿鲜货。

天缘压根不知老参的事，有四十年的老参已很满足了。双方商定四十年老参一万，另要了二十年老参十支，比照先前买主的价格加到五千。天缘要多给，孙老叔坚决不收，说你买得多理应便宜才是，哪能多要。天缘说现场采挖就不必了，信得过孙老叔，拜托后期加工好，我离开时来取货。

4

北方的太阳醒得早，豆浆的热气在阳光下婀娜多姿。白薇打着呵欠坐上餐桌，同大家一起等天缘聊完微信共进早餐。

朱斟昨夜向爷爷提白天的事，说孙老叔哭了，五十万不卖老山参。启茂替孙家惋惜，当年一百万没卖，可惜了！而今五十万有人要该卖了，越往后越卖不起价。望北老人为天缘着想，五十万给高了。过去传说千年人参能起死回生、返老还童，有人愿出高价。现在没人信，又不能收藏，再不可能卖出高价来。指天缘，他不知情。又指朱斟，你该拦住他。朱斟知道老人耳背没听清，误以为天缘买吃亏了，大声解释，没有买，孙大叔不卖。老人终于听清了，说，他遵守家训。那年我好容易说动政府收购，讲好十万，搁博物馆展出。可老孙家死活不同意挪动，事没办成。白薇在乡上工作过，主张老人再去找找政府，开设一个千年人参的景点，保证参观的人多。

天缘来了，笑嘻嘻的，不知是笑自己还是笑别人。坐下不待人问，忍不住先对白薇说起来，你猜猜，谁发微信来了？白薇想，一般来讲，早上发微信一定是太姑奶奶或龚家阿姨，晚上一定是龚家奶奶。真是这几位，天缘一般不会笑得这样灿烂。今天笑得不一般，事出异常必有妖，肯定是那妖精，轻蔑回道，还有谁？你干妈呗。天缘正兴致上，没计较，急于分享。说好笑不？何姝要我开中药给她喝。这事够新鲜吧！有点新鲜。白薇好奇心陡生，真的吗？众人更是困惑，一个人吃中药有什么大惊小怪的。当了解到何姝是个医学研究生，一向看不起中医，来天缘堂就是与中医作对，眼下竟因肚子痛一个小毛病改变成见，发微信问天缘吃什么中药好。众人兴趣来了，打听怎么回事。

天缘说昨天下午在山上接到何姝微信，说急性肠胃炎犯了，肚子痛得厉害，要我开个方子给她。当时忙，心想她自己说的病情不会错，说了一个方子给她。晚上通微信时忽然记起这个事，问药吃没有？她说方子不错，药到病除。我调侃她，你不是看不起中医吗？她说实在痛得厉害，天缘堂没有止痛药，迫不得已求你一回。天缘仍是想不明白，街对面就是省城大医院。若是嫌省城大医院人多，周围还有几所正规医院，止痛消炎分分钟的事，何必隔着几个省、低三下四求我一个中医先生。提到那几所正规医院何姝来气了，别提了，上次把我和晓月害得苦。问为什么，何姝不愿说，就怕说了笑话她。我发微信问晓月，才知好笑在哪。说到这天缘先兀自笑了。

众人越听越糊涂，一个医学研究生、一个科班护士去正规医院看病，会有什么笑话？白薇最想听何姝的笑话，催逼天缘，你先别笑，说出来我们一起笑。

原来晓月告诉天缘，这之前也是何姝肚子痛得厉害，晓月陪她上医院。省城大医院人多去了另一家正规医院。分诊台问哪不舒服？听说是肚子痛，引领去挂了普外科的号。秦亦是外行，马上打断话，肚子痛找外科，这不瞎整。天缘笑笑不置可否，连望北老爷子也是疑惑。启茂是正规医院副院长，认真说，这没错，一般医院都是这样规定，肚子痛归外科管。

天缘继续说，到了外科，医生问腹部哪里痛？然后用手压痛的地方，又问痛不痛？说不痛。然后突然手放开，再问痛不痛？仍说不痛。医生说，外科没问题，女同志腹部疼痛，你去妇产科看看。何姝忍住痛说，不是妇科问题。大夫生气了，你是医生还是我是医生？晓月说，她真还是医生。大夫更生气了，真是医生，还来医院看医生？两人怕耽误时间，不敢争论，乖乖去了妇产科。检查没有发现异常，建议去骨科看一看，因为脊柱问题也会表现为腹痛。骨科大夫安排去拍个CT，没发现问题，再安排去内科看一看。到了内科，医生让她去消化内科，消化内科医生看了看，让她去做个心电图，排除一下有无心脏病，因为心肌缺血也会出现肚子痛。心电图做了，很复杂，请了心内科医生来会诊，最终确诊为急性肠胃炎，开了一大堆药。晓月搀扶着她去注射室，路上一个响屁放了，顿时人感到轻松，腹痛也没了。她在过道椅子上小坐一会儿，起身说，不打针了，回天缘堂。有了上次教训，这次变聪明了，直接找我开中药……

天缘没说完，白薇秦亦笑弯了腰，一个学医的研究生怎么搞的？如同一个街道大妈发蒙，着实令人哭笑不得。朱斟不觉好笑，哪个行业没有几个老鼠屎？中医西医都有，这个锅西医不背。天缘止住笑，附和道，也是，中医也有闹笑话的时候。我笑的是何姝，一个研究生为点小痛就慌了神，任由人家摆布，当真医不自治？

5

天缘没去启茂的中医院，嫌不地道，中医不归中，B超、X光机、CT……一样不少，医生满嘴高血压糖尿病……同其他医院唯一不同是招牌上有中医两个字。反倒不如私人的中医馆单纯，一张桌子两把椅子足矣。

钟清药房地处偏僻，来的病人不多。眼下兼当社区签约医生，有一批签约病家，负责日常调理，健康咨询，小病小痛治疗……原本没设单独的诊室，大堂靠边摆一张条桌两把椅子，简单实用。天缘白薇来了，钟清把候诊的长椅撤了，添了一套桌椅，多加一把椅子给白薇。朱斟请人做了一个活动广告，网上下载的：八百年中医世家传人，九大州疑难杂症克星。旁边的钟清自己的招贴显得朴实厚道：望北老人嫡传弟子，妇科养生独有心得。点明自己的长处，以免误导别人。钟清的广告在药房橱窗上，天缘的活动广告随人走，打算天缘到哪就摆在哪。朱斟每天把天缘白薇送到钟清药房，广告摆好，然后自个儿忙去，晚上再来接回家。天缘要来望北老人的医案，相比白家薄薄一本，朱家犹若富豪人家，医书医案满满几大柜。天缘白天带去钟清家药房，有病家来则看病，没有则看医案。

天缘在中医网站上红火，是网上关注的人多，许多人未必相信中医，打酱油看热闹的不少。眼下诊所冷清，过路的人多，停下来看广告的人少，看了广告进屋看医生的人更少。钟清时不时有些老病人光顾，天缘按规矩先去把脉处方，由钟清审核后交柜上抓药。

钟清待天缘很客气，欣喜溢于言表，当着病家说是四川来交流的，明眼人一看就明白他在带徒弟。千里之外投到自己名下那是很长脸的事，尤其还是一个网红。最初来的多是老病人，钟清的熟人，不用把脉都可处方抓药。其中一位太婆姓张，是钟清的老街坊，后因拆迁搬走了，有病还是回来找钟清，信得过。一看是位年轻人把脉，不乐意，起身说我有事，改天再来。钟清送她出门，悄悄对她说，这是老师介绍的客人，专门从四川来拜师，你这一走我怎么下台？你信不过他还信不过我？我要审药方的，出事我负责。两人重新回来，张老太婆老来还小，将钟清的话照直说出，年轻人，说了你别多心，也是钟老师劝我，来都来了，还是看了回去，省得明天再来。天缘笑笑，没事，太婆，你可吃一服药试试。照常伸手把脉处方。

钟清审核天缘的处方多了，发觉张张不同，不像自己妇科以逍遥散为主，理气清心，老人以培元固本为主，辅以三七活血。钟清心想杀猪杀屁股，各有各的杀法，量无大碍，签名爽快，亲自抓药。闲暇时，自己的医案也提供给天缘，说是供参考，带有三分提醒，自己的临床经验不会错，年轻人学着点。

三天中唯一受广告指引前来就医的是一年轻姑娘，症状是呃逆，每隔半个小时发作，一连七八个，生硬响亮，足可让会场肃静。不打还不行，哽在心里发慌，涌上来时生死不顾。四处求医，去了不少大医院，看了不少医生，过了不少机器，没给药，也没给结论。病急乱投医，误打误撞来了。

天缘把脉，感觉脉象平稳，胃气略显郁结，看面色红润，舌苔正常，若非神态焦虑，找不出一丝生病迹象。天缘见她不停诉说，拿起笔又放下，神情专注，像听自家小妹妹撒娇样耐心，不时点头回应。姑娘真能说，直到她将去过的医院，见过的医生，检查的机器，机器是哪儿制造的，各自的结论干净彻底倾吐完，最后急切地问，医生，我这是什么病？能治吗？

白薇实在听不下去，自小在药房长大，见过太多的病人，就没见过这样碎的嘴，有病说病，你说医生干什么？说医生就说医生，又扯上机器是哪个国家生产做什么？说完机器该休止了，又带出大医院专家号难挂……不敢去阻拦，天缘没开口，他正听得津津有味，不时点点头给个赞许，鼓励病家说下去，生怕错过了什么有用的信息。白薇没那耐心，频频起身倒开水，示意病人适可而止，被天缘狠狠瞪了几眼才重新在椅子上坐实在。

一旁的钟清听不下去了，他关心的是天缘的诊断和处方以及自己如何指导。几次要去拦话，见天缘饶有兴致在听，话在嘴边又咽下去。好在病人少，医生有时间闲聊。终于等到病人住口，天缘又开始提问，仿佛没听够似的继续交谈。

天缘问她，有男朋友吗？

姑娘一脸沮丧，说了一个，见我这样子，一个月不到就分手了。话完一连七八个气嗝，犹如提供证据一样。

前男友有了新的女朋友？

唉，上个月已结婚了。

哦，是有些气人。天缘俨然当事人的口吻，同情中夹杂少许怨恨，边说边开处方。

钟清接过处方看，与自己降气安神的想法不同，天缘大胆采用回阳破阴，开冰解冻的方子，可否？自己也没底。横竖是试一试，没多想，签字抓药。正当病家取药要走，病又犯了，紧皱眉头打了几个响嗝。天缘见她难受，又叫她过去重新坐下，问她吸烟不？姑娘以为查病因，回道，我从不吸烟，家里也没有人吸烟，肯定与吸烟无关。天缘说，不会吸烟正好。我见你难受，教你一个单方试试，回去准备一包烟，手上指甲油洗干净，将指甲剪成很小的细丝，病发时，把指甲丝加在烟里，点上狠吸几口，烟不要吐出来，要吞下去，立马见效。

姑娘有点犹豫，那多难受。

天缘说，要的就是难受，尤其是你这样不吸烟的人，效果更好。记住,一定要照我说的办。

待病家出门后,钟清问天缘,预计效果怎么样?白薇一口接过去,没说的,药到病除!若是这样都治不好,岂不说的白说,听的白听了。话的味道略带酸辣,算是对天缘瞪她几眼的报答。天缘没计较,指指白薇,她真还说对了,病家这一通倾诉发泄,比什么药还起作用。钟清点头认可。白薇没刺痛人不甘心,故作小心问,你那指甲丝当烟抽,没见你念咒语画符,灵吗?天缘安心不生气,微笑着说家传单方,灵验几百年了。钟清听两位年轻人斗嘴有意思,不仅不劝,反而饶有兴致听白薇说下文。白薇讥讽道,立马见效,就在药房治了多好,还用开什么药回去吃?天缘安心不给她出气的机会,话回得轻飘飘的,绝招好是好,就是让人难受,别说病家,就是旁人听了都难受。白薇抓住不放,用一种难受代替另一种难受,缺德,你好意思说出口。天缘仍是风轻云淡回答,原本不想用,实在是这几天病人太少了,好不容易来一个,若是不见效,又得你打电话回去请闺蜜来捧场,我可不愿说低头话,被迫用绝招了。见天缘神态严肃,言语真诚,钟清信以为真,只是不知哪儿去找闺蜜捧场。白薇见天缘终于低头了,虽是半真半假,毕竟矮了身段,忍不住扑哧笑出声来,这话差不多。

6

三天伺医过了,应该给望北老人一个交代,是继续待下去还是换一个地方。当天药房关门后,钟清和天缘一同去见望北老人。老人的生活很有规律,晚饭后由人陪着去外面随意走走。钟清说三天伺医时间满了,下一步听师爷安排。望北老人的意思由天缘自己确定,若是有收获,不妨多待些时日,收获不大挪一下也行。钟清歉意满满,自己那药房,地小冷清,没几个病家光顾,久了怕耽误天缘学业。天缘表示来的病家是少,把脉的机会不多,尚不知效果如何,若急着离开,这几天就白待了。想再待几天,听听病家反映再说。望北老人点头称是。又问两人交流的情况如何?钟清先是猛夸天缘年轻好学,功底厚实,见多识广,用药大胆,有担当。后面话锋一转,说在我这儿都是老熟人,老病号,纵然有什么,有我在,谅无大碍。老人知道自己这弟子心气高,不会轻易服人。转眼看天缘语气谦恭,暗地喜欢。天缘打心里感激钟清师叔热情接待,自然随声应和。可毕竟年轻,藏不住话,对钟清医案存疑的地方竟当面提出来。他发现师叔给女病人处方,多以逍遥散为主,鲜有变化。钟清面露得意,这一点自以为高明,天缘不提自己都会教他。眼下当着老师面提出来,就由老师指点他。

  望北老人指钟清,他那儿都是熟人,知道对方有哪些心结,边看病边劝导,对方也听得进去,信得过,所以效果好。不信,同样是这些病人,你开逍遥散就不灵。看钟清有些小得意,对他说,你别笑,同样是逍遥散,你用到四川天缘那儿也不灵。

  白薇生怕忘了她,抢问,到滇南我那儿灵不灵?

  老人笑着回道,到你那儿,逍遥散治骨折,摆摆手,更不灵。众人抬起一笑,白薇闹个大花脸。

  钟清提到那位女子的呃逆,很是蹊跷少见,再将天缘的处置一并说了,请老师点评。老人欣喜异常,问天缘,冲着你来的?天缘不好意思,指朱斟说,冲这老弟来的。朱斟说不认识。白薇点明,人家不认识你,人家认识字。秦亦回过神,哈哈大笑,你那对联招来的。听了对联内容,八百年中医世家传人,九大州疑难杂症克星,老人品品也笑了,还摇头晃脑点评,八百年,龚家只多不少,中医世家传人也能承受,上联没问题。九大州泛指中国,有点大了,疑难杂症意指中医先生专长,有点小了,克星,过了,不妥、不妥。不过,酒好也怕巷子深,到底也招来一个病家。后一句用作努力目标也可以，勉强可以，用在当下天缘头上压力是大了点，若是天缘努力，指不定这帽子或许还有用。对朱斟夫妇说，你们呀，多向天缘学，哪天也做顶帽子自己戴戴。朱斟夫妇学电脑软件设计，毕业后也没行医。为孙子不继承家学，老人一直耿耿于怀，时常唠叨。听爷爷又来了，朱斟忙说，爷爷，你那书还想不想出？望北老人怨气稍减，你小子别偷懒，抓紧啊！天缘一头雾水，档案馆与中医何时联姻？朱斟对天缘说，自己正整理朱家医案，准备出一本书——《关东朱家五百年急危疑难杂症经验集》。

天缘见说远了，提醒望北老人指点，自己的处方妥当不？

老人略做思考，我没见过病家，照你们说来，思路是对的。古人那时条件没现在好，治病常用方法是催吐催泻发汗放血饥饿，所谓的排毒。与天缘让病家倾吐心事，将郁气排出来，是一个道理。指甲丝做烟吸，小时候在你们家见过，很灵的。不过，老人故作严肃说，你太姑奶奶用这招时一定要念咒语画符，你现在不念咒语不画符，到底灵不灵就不知道了。

众人又是一阵笑声。

白薇仍是不放心，问老人，你估计这个病人能治好不？她是替天缘操心，这可是诸多大医院放弃的病人，又是天缘在这儿第一个初诊病人，好了，名声大振，不好，只有打道回府。

老人回以微笑，这不好说定，即使我亲自诊治也不能打包票。有时候，呃逆是病人危重的症状。我相信天缘不会误诊。

钟清急忙说不会，我细细看过的。

老人接着说，一般来讲，四处投医无果的病家感恩心切，稍有缓解，明天定会来报喜。若是没来，稍做停顿，提醒天缘说，医家一定得去找病家，一则看看病人的病况，二则寻找我们诊治的得失。不知你们留她联系方式没有？

天缘脸上顿时发热，当时以为既是疑难病，病家没抱多大希望,有效果自会来报喜,无效果自会转投别家,哪会想到留联系方式。红着脸向老人认错,我一时糊涂,竟忘了这事。

钟清把责任揽过来,这事怨我,只顾看处方,大意了。不过,医案上有地址,我来想法联系。

天缘突然想起什么,没来得及开口,白薇抢先说了,那人在市中医院看过病,请启茂院长打声招呼,准能查到。

查到了告诉我一声,老人最后叮嘱。

第二天该天缘独自处方,一大早赶到钟清药房查登记,他没记错,病人的确是外地人。估计市中医院也只有暂住地址,不知启茂会不会找到其他办法,譬如知道介绍来就医的人……一夜懊悔,平素在家里总嫌老人们絮叨,说过千百回要留联系方式,到时还是忘记了。

来看病的人依然不多,较前几天略有增加。可喜的是前几天的那些老病号带来好消息,程度不一都有好转,今天专门来找四川医生续医。其中一位还把家中老人都带来了,说四川来的好医生难得遇上,千万别错过了。

直到关门,那位病人一直没出现。夜饭后,天缘陪老人散步,一直沉默寡言。老人安慰他,以后留心就是。我看了你的处方,即使治不好病也无大碍,真出大事,病家早找上门了。

白薇劝道,说不定病早好了,正跟男朋友约会,忘了你这医生。你不常说医者不图回报,怎么心心念念丢不开呢?

天缘还是自责不已,我再三回忆,病家郁气中结,阳气不能上达,我用回阳破阴方剂,断不会有危险。我气自己人虽年轻,行医多年,却忘了做医生的根本,医者仁心。平日里常常笑话别人势利,拿行医之人心存杂念为庸俗去说别人,轮到自己,照样庸俗。当时那位病人进门就找四川医生,见一位年轻姑娘这样急迫,我差点以为是替别人请医生。待她说明病情,口中有异味,打嗝频繁,

137

我心里已有几分把握。照理说，应该及时施治，正如白薇说的，本来可以不开药的，当场用指甲丝合烟吸止嗝。可我没这样做，心里夹有杂念，轻而易举治好了会让病家当儿戏轻看，心想吃几服药慢慢来，让她记得住医生的艰辛不易。正好病家少，多来几次也好凑些人气。所以压根就没想留联系方式。说完，低下头摇了摇。神态像极了过去乡下私塾先生有了过失，感叹自己修为不够，没经受住物欲考验。

　　白薇没想到自己几句戏谑的话，竟被天缘当金玉良言，不知他这是迂腐还是真诚。反正自己没他那样好的医术，也用不着操那些闲心去谦虚，累人。

　　望北老人点点头，凝思许久，自言自语，破山中贼易，破心中贼难。就凭这一点，再好的医疗机器也取代不了乡下郎中。

八

1

那位病家来的时候，天缘正好出诊去了。姑娘的情绪告诉大家，人笑得多开心，病就好得多彻底。白薇由喜生怨，说，你这姑娘也是，病好没好你该有个回音，让医生好担心！姑娘脸绯红，像变了一个人似的，话痨成了口拙，半天挤出三个字，对不起！同来的父母也是喜笑颜开，替姑娘开脱，这位医生你不知道，病好了，第一个想到就是报喜，赶紧去了男朋友那儿，竟忘了医生这头也该来。你是过来人，得原谅小姑娘不懂事。白薇气糊涂了，自己什么时候成了过来人，回了一句，你男朋友不是结婚了吗？她妈说，新介绍的，就为她有病没答应，正犹豫。这下病好了，婚事也成了。说时连连对白薇道歉，谢谢四川医生！钟清见白薇尴尬，替她回话，四川医生没在，她是云南医生。

这位病家带来的人多，本人外，还有她父母和亲友中几位老病号。陆续有前几天的病人来续医，进门就打听四川医生在哪。一向冷清的药房竟热闹起来，钟清赶紧把撤了的条椅找出来，招呼大家坐好，递上茶水，连说马上回来。

天缘正在病家问诊，这家是个老病号，患消渴症，而今说是糖尿病，久病虚弱，开了一剂培元固本散。听说那姑娘来报喜，急忙赶回来，病人给他道歉，他给病人说对不起。

人再多，天缘仍是不急，眼里始终只有对面这一个病人。问得很细，吃了什么？做了什么？想了什么？病家不同，问的也不同。张老太婆排在最后。钟清见她一个人闲坐，招呼她过去，压低声音说，今天我可以给你看。张老太婆手往回缩，我在他那再吃一服药，下次找你。钟清一愣，马上回过神来，行，就坐这里候诊。

两位老街坊闲聊，钟清明知故问，药吃了怎样？张老太婆情不自禁夸道，好多了。转念一想这不犯忌吗，哪能当医生的面夸另一位医生，话一转，跟你差不多，立马见效。钟清是位老医生，本不在乎，见张老太婆笨拙地掩饰，索性再刺激一下，装作神秘打探，到底差多少？张老太婆认认真真为难了，沉思一会儿，字斟句酌回话，你的药我信得过，人再怎样郁闷，药喝下去如暑天喝凉水顿时清爽。这年轻人的药另有一番好处，不仅心里清爽，连手脚都轻快许多。钟清听明白了，照张老太婆说的意思，年轻人还强那么一点点。

钟清知道张老太婆的毛病，与儿媳合不来，一生闷气就头晕心慌，每次来他这里，先是一番开导，然后一剂逍遥散，屡试不爽。上次天缘的药方里有泻药大黄，自己还担心老太婆受得了不。没想让他歪打正着。钟清有些懊悔，我怎么没想到老年性便秘须清宿便，死抱住逍遥散不放。看来用药跟用人一样，太熟了抹不开情面。

白薇瞧眼前情形不惊不喜，仿佛一切尽在她的掌控中。

白薇自己也弄不懂这自信哪来的。来自中医世家百年老匾？来自从小在药房里翻箱倒柜？仿佛是，又仿佛不是。见过绝处逢生，见过回光返照，自家药房有过春意盎然，也有过秋风萧瑟。中医西医相争如同两个大人打架，自己一个小孩既听不懂又说不上话。头脑发热时，多么希望中医打倒西医再踏上一只脚，冷静时又觉中医老了有些不堪重用。闺蜜嫌她古董，父母气她娇嫩，让她一时鹤立鸡群，一时虎落平阳。大学回来躲进乡政府，与闺蜜一起聊时尚，聊白富美，生活一直在舒适惬意与遗憾懊悔间徘徊不前。

一切皆因天缘改变，仿佛前世注定的情感大劫降临，火焰一样的天缘让白薇心燥热，眼缭乱。自天缘来后，闺蜜协会震荡不已，已婚的，未婚的，有男友和无男友的，个高的和个矮的，有心的或无意的，没人沉默，反响如一锅粥沸腾，噗噗不停冒泡，不停破灭。从企图开始审视，这小子来白家图什么？游学似一朵浮云，高尚而游移，令人敬慕而玄疑。过了一段时日，疑惑稀释，这小子就是来学医的，少了一些猜测多了一些预测。这人另类，车子房子票子，有，他却视作无，妻子情人女友，无，他却视作有，这样一个没有烟火气的大傻子，若是天意不在人意在，他该对标闺蜜协会哪位会员？白薇荣任首选，众人认定天造地设，自当珍惜。

白薇看天缘，物以稀为贵。拿他同以前交往的男友比较，真还独特。个子没第一个男友高，也没他帅，更没他体贴人。同天缘比较第一个男友更像一个玩伴，适合办家家，揉一个泥娃娃，他当父亲我当妈。第一位男友大学毕业到现在，据说还没找到正式工作，泥娃娃还在，本人怕当父亲，没人敢当妈。

第二个男友是父母亲托人介绍，学医的，省城有房子，县城有房子，乡下老家还有一个四合院。父母亲加他，三个人两部车，还可随时添加。本人高职高薪高情商，唯独个子不高。白薇婉拒，理由是自己离不开高跟鞋。

还有一位，好像没有天缘他就是第三位，至今在朋友圈里等待确认。与他朋友圈里邂逅，谈天谈地谈空气，谈出爱是前世注定，恨是相见太晚。就是现在看来，那位叫温军的也算不错，个子与天缘差不多，婚后奋斗目标是进入上流社会，实现时间是下一代，空间是省城繁华地段。相对而言，天缘的奋斗目标仍滞留在三教九流的中九流行医，时间占优是当下，空间占优是天下。

这两人的取舍，白薇提到闺蜜协会的议事日程上。讨论激烈，争论集中一点，当事人白薇需在确定别人之前先确定自己，是想过日子，还是想建功立业？白薇被问糊涂了，留名子孙不用讨论，留名青史讨论也没用，我是选郎不是入行，别混淆了。蓝闺蜜抱病前来，憔悴面孔更具仙风道骨，用世外高人的腔调说几句不知哪捡来的话，若要相濡以沫，温军如顾窝的鸡婆，若想比翼齐飞，天缘便是天上的鹰隼。假小子黄闺蜜说白薇，选什么选，天缘好不好人家已选过了，趁四川研究生疏忽大意，赶紧下手，到手就是财。洪闺蜜摇摇马尾辫，我们还是该问问白薇的想法，你到底喜欢天缘什么？白薇自己也说不清楚，翻过来手心说一套，翻过去手背说一套，长得棱角分明，遇事处处柔和；用药温和，效果绝佳；绝招看不上，平常奉为宝；言谈风趣，生活无趣；举止儒雅，生活邋遢。假小子嫌啰唆，直白点，你见这两个男人的感受有什么区别？

白薇仰起头想，低下头说，温军善解人意。有次过幼儿园，见家长排长队接孩子，我皱了皱眉头，他赶紧说带孩子累，其实家庭幸福就两个人的事。后来我们去商场路过童装店，想起小时候穿裙子的样子，多看了看，他马上改口说，以后有个女儿也不错。说到以后的小日子，温军咬紧牙关发誓会努力挣钱，让妻子过最舒心的生活，让女儿享受最好的教育。

闺蜜都夸道，多好哇！

白薇也一直认为好，心里暗暗打算，真到那一天，一定当个贤妻良母，平平安安相扶到老。可鬼使神差天缘来了，感觉陡然一变。

被四川小子忽悠了？闺蜜们替她叹息。

白薇说不是，是我发觉天缘与温军各是一个人。

这不废话，本来就各是一个人。

白薇说，同样是未婚大龄男青年，温军生怕女友飞了，除了女友不知道他还有别的不？天缘心里有没有那个研究生不确定，但他至少除了女人还有中医药。

假小子闺蜜不解，你刚刚才说，你是选郎，不是入行，男友对你忠诚专一有担当负责任，这就足够了，你还想要什么？你该不会是图姓龚的有钱，告诉你，男人有钱就变坏，还是小心点好！

我哪会不知道？但天缘与其他有钱人不同，挣钱和花钱他都不费心思，不在四川赚大钱偏要出来游学挣饭钱就是例子。另一点与温军不同，他是钱在手里不在心里，温军是钱在心里不在手里。若论爱情忠诚专一，你们都说温军感情专一，那是他没有选择。我在想，假如温军处在天缘的位置，他能做到天缘那样身在花丛中，不沾半片叶？再说责任担当，天缘现在的诊馆每年亏四五万，可病人一个没赶走，员工一个没辞退，若是温军……想也不敢想。

众人默然，为她与温军的情缘致哀！蓝闺蜜刚做了化疗，一直感激天缘提醒她去检查。此时用低沉的声音替白薇天缘打量，当初我们拿龚医生取笑你，没想竟好事成真，好在你与温军没确定恋爱关系。你给温军好好解释，说声对不起。洪闺蜜的马尾辫荡起来，这边也要抓紧，在他离开白家前把婚事定下来，也让温军死了心。黄闺蜜极力赞成，怂恿白薇，既是这样，你犹豫什么，冲上去抓活的。

可是——白薇还是犹豫，不知人家看不看得上我。

追呀！众口一词。

于是，白薇尾随天缘浪迹天涯，即使不为天缘，为儿时当中医先生的梦想，她也该来游学天下。眼前钟清药房名声提升，在白薇

143

看来早迟的事，若依她的想法，最好药房再冷清十天半月，让天缘那小子急一急，有空多看本姑娘几眼。

2

天缘急在心里。药房冷清不在乎，再冷清十天半月也无所谓，出来游学原本不是看闹热。天缘急的是中医声誉下降，虽说来看病的人天天增多，但多的是老面孔、老病号，初诊病人少，年轻人更少。病家议论也抠门，顶多夸这个中医先生好，很难听见夸中医好的，如同夸厨师味道不错，但餐饮这个行业不行。病人疾苦祛除了，天缘心里苦涩反而加重。

天缘想挪动一下，去启茂叔的中医院看看，也许那儿能找到解答。钟清有些不舍，当初接纳天缘是替老师分忧，而今不舍是为药房着想。眼下药房名气日升，人气渐旺，忽一日菩萨走了，庙子又会冷清。依当初说的天缘去留自主，想挽留找不到好理由。好在启茂那儿没回复，公家的事烦琐，不知又卡在哪？估计启茂那儿难进门，即使天缘矮下身段去当学徒，那些员工未必容得下他。

正如钟清所预料，启茂非常为难，答应难，不答应也难，毕竟不是他个人说了算。望北老人实在不明白，一个年轻医生去医院实习交流几天有什么为难的？正规中医大学毕业，有行医资格证，医术有钟清药房行医实践证明，报酬由你医院定，按天算可以，按处方算也可以。问儿子，你到底难在哪？

启茂向父亲诉苦，现在的中医院早已不是你当年在的样子，都成了综合医院，B超CT买齐，病人离开机器不相信医生，医生离开机器不放心病人，好像离开机器谁也活不下去。

望北老人还是不明白，这与天缘去医院有什么关系？

启茂喊一声，我的老父亲吔！只要发生医患纠纷，有病无病病人说了不算，医生说了也不算，是机器说了算，检验结果就是依据。说是中西医结合，实际就是照搬西医那一套，不然活不下去。天缘去了医院，他用三根指头定生死，别人用机器，叫病家信谁的？让天缘用机器绝不会答应，不用机器医院不答应。别说酬金的话，一分钱不要，大家也怕他搞乱了秩序。现在天缘人没有去，议论已遍布医院，昨天还有病人拿天缘同医院的医生作比较，说医院的药开多了要求退费。若不是公费医疗定点医院可以报销，真不知要挨多少骂。

那就帮他联系一家私人医院。老人退一步。

大家笑了，真是老还小，孩子一样天真，私人医院更厉害。公立医院好歹有国家补贴，当院长的背后还有人时常敲打。办私人医院的靠钱生存，若不获利谁愿干这费力不讨好的事。

天缘开了几年诊馆，可他那诊馆不用机器，国产的医生，国产的医术，国产的情怀，综合医院个中情景只是大致知晓。可心中疑惑不解又欲罢不能，总要看看中医中药到底如何失宠的。为了不为难启茂院长，答应不开处方，不要报酬，指定一位老师带几周行不？

白薇生怕忘了她，还有我一个，正骨术我还说得过去。

启茂好无奈，勉强点点头，那就试试看。

3

四川医生要来上班了，消息如一阵风在中医院吹遍。听说就是那两位把一个冷清的私人诊所弄得风生水起，候诊得排队的年轻人。院长说了，两位来是实习，不要报酬不处方，挤对不了任何人。这还差不多，许多人放心了，尤其是药房检验科室松了一口气。

启茂给天缘指定了师父,是退休返聘的沈老师。白薇派到骨科,给一位个子刚好盖过她一头的主治医生打下手。

每天上班前,天缘按家里老药房规矩早早去打扫卫生,打好开水,调试好电脑,恭恭敬敬等沈老师到来。沈医生带过许多实习生,也带过下面来进修的医生,都是冲着文凭来的,像这种真心学医的私人医生还是头一回。听说前些日子在私人诊所坐诊,名声响亮,不知还来这儿做什么?一切照规矩,病人来了,先由沈医生把脉,再由天缘把脉,沈医生口授,天缘开检查单,检查回来,由沈医生指导看结论,口授药方,天缘抄好,沈医生签名。

这样平静过了一周,天缘明显感觉公家医院与中医私人小诊馆不同,不仅仅是使用机器齐全,用药量大,更在于配方药少,中成药多,开整盒不拆零。病人仍以老人居多,初诊病人少,与中医私人小诊馆不同,熟人不多,续医的病人不多。这些好理解,令人费解的是医生,无论声望、学历还是临床经验,公立医院的医生明显高出私人诊馆的医生一筹,可自信心却相反。给病人看病,私人诊馆医生凭脉象处方,即使病人有检查照片,医生也很少查看,而公立医生则有片必看,没有片则去照一张来,不看会担心病家怀疑看不懂。最初天缘认为,私人的中医诊馆医生无知无畏,买不起机器当然不用机器,看不懂照片当然不看照片。

久了,天缘发现事情不全然如此。沈医生的处方大都依脉象用药,检查不检查没多大区别,可仍旧要病人去照一张片才算数。天缘怀疑检查就是走过场。父亲曾说过,中医本事再好,你能超过机器?常常有这样的情况,病家没自觉症状,中医凭脉象没有病,可体检出大病,而且很快病人就没了,中医先生落个医术差、延误医治的庸医名声。

当初在白家与白薇的蓝闺蜜把脉,诊出有癌症迹象,要她去检查确诊,其中有显能的因素,不自信的因素也有。若以中医脉理,当时用中医汤剂调理即可,并非一定要去检查动手术。看来,信机器不信人,不仅是西医的毛病,中医也感染上了。

白薇在骨科坐不住,没有天缘那份静气,看得多想得少,横看竖看不如白家医术。仍是照片上螺丝那一套,还收费高,态度差。若不是天缘在这,她早就抬脚走人了。她气在心里露在脸上,见谁也爱理不理。高个子医生姓袁,原本没心思带她,碍于启茂院长情面不好拒绝,见她成天气呼呼的样子,干脆给一个背影让她看到下班。

事儿终于当面爆发。这天,救护车拉回来一个伤员,装卸时被砸伤了腿,照片显示,骨头碎成一包渣。袁医生意见截肢。听说腿保不住,一家老小呼天喊地给袁医生跪下求情,无论如何要保住腿,整个家就在他肩上扛着,腿没了,家就塌了。袁医生赶紧来扶,没人起来,就要他一句话保住腿。袁医生一脸无奈,连连解释,医院只有这条件,实在是无法答应你。整个科室的人都来劝,病家谁说也不听,死活不签字,人跪在地下不起来。白薇实在忍不住,当着病家的面对袁医生说,你就试试吧,万一能保住多好!

袁医生受不了,心想你这话什么意思?好像我有办法不愿用,蓄意残害病人不是?没见过你这样不守行业规矩的人,遇事不是来解围,反倒是看热闹不嫌事大,唯恐天下不乱。袁医生一急气话随即出口,你有本事,你来。

白薇早就受不了,嫌袁医生冷酷,一点努力尝试没有,开口便是截肢,当真腿脚没长在你身上。也是气头上,袁医生来者不轻,白薇答者不重,我不行,总有人行。

谁行,你给我找来。袁医生相信自己的见识和临床经验,更对本医院同行了解,自己说不行,谅没第二个人敢说行。

病家听说有希望,齐刷刷转向这位穿白大褂的年轻女天使,求求你,把那位先生请来,救救我们一家。

白薇心里有底，这种伤情父亲治好过，只是他远在云南。怎么治她知道，只担心自己功力不够，总有人行的话中这个人指的是天缘，不指望他保证治好，指望他尽一位医者的本分职责。眼下头一扬，掏出手机打给天缘，要他马上立刻到骨科来。

天缘急匆匆赶来，容不得他细问，伤者亲属团团围住他，磕头作揖喊救人。天缘大致知道是救人而且要保住腿的难事，可这儿有医生呀？天缘用眼神问旁边的袁医生。袁医生朝白薇努努嘴，用轻蔑的口气说，她叫你来的，说你既能保住命又能保住腿。白薇不管不顾替病家代言，对天缘说，你看这一大家子全指靠他两条腿过日子，没了腿这一家子怎么活？话没完，自己先泪眼模糊了。

天缘进去看了伤者的伤势，出来对家属说，伤很严重，我也不敢说有把握保住腿，但可以试一试。

亲属们赶紧拉住天缘，要救救他们一家人。

听天缘也说可以试一试，袁医生心里不是滋味，如同说他医术不行样打脸，羞辱尚可忍受，毕竟谁也不是菩萨下凡。说可以试一试，不就印证先前白薇所说的"一点努力尝试没有，开口便是截肢……"这可是医德缺失，这就不仅仅是打脸，简直是挖祖坟。袁医生立即起身，大声对外面盲吼，要试请到外面找地方去试，这是正规医院，不是试手的地方。

亲属们刚刚在绝望的黑暗中看见一点亮光，容不得任何人把它掐灭，听见这话，个个如同深仇大恨扑向袁医生，场面一下混乱。天缘赶紧护住袁医生，生怕因他伤了同行。

启茂院长很快赶来，很容易平息了事态，毕竟病家渴求医院救人，医院不赶他们走什么都好说。启茂院长问清情况，拉天缘一旁问他有几分把握。天缘说，我审了审伤情，骨头破碎厉害，庆幸的是撞击后没有碾压踩躏，若用白家正骨术施救，不敢担保痊愈，但至少比截肢强。经这段日子接触，启茂对天缘心怀敬意，知他不是信口开河的人，只是白家正骨术为何白薇不施救？看两人关系，不问也无妨。

回头问袁医生，由四川医生先施救怎样？

袁医生一肚子委屈，我也是个医生，医者仁心，我何尝不愿保住腿。先前说截肢实出无奈，现在四川来的——启茂院长及时提醒他姓龚——哦，龚医生施援手，我与病家一样求之不得。只是，当着院长的面说清楚，外面的医生在医院动手术，万一有什么意外，责任算谁的？一番话明显是推卸责任，但说得有理有据，信也得考虑，不信也得考虑。

启茂院长把亲属代表请进来商量，因伤情不能耽误，仍由袁医生做截肢术前准备，家属也按截肢签字缴费。先由四川龚医生按中医正骨术救治，成功，病家不另外缴费，不成功，仍由袁医生做截肢手术，也不另外增加费用。

病家同意。

启茂院长示意天缘表个态。

天缘心领神会，应给袁医生台阶下，说，伤者亲属一定要明白，我姓龚的并不比袁医生高明，可能胆大一点。丑话说前面，腿保住了是病家的福气，保不住是医生医术有待提高，别怨这怨那。

袁医生脸色一下变黑，对启茂院长说，你听听，保不住腿的就是医术不行，这在说谁？院长你听不出来吗？这个病人的事我不掺和，你还是另请高明。说完起身要走。

不待病人亲属发声，启茂院长脸黑得比袁还厚重，厉声说道，你走！走了别再回来。见袁医生乖乖坐下，启茂院长降低声调说，你想想，我们挂着中医院的牌子，却不会中医的正骨术，本就不是一件体面的事。好容易有了学习观摩的机会，你却负气离开，传出去岂不成了大笑话。又对在座医生说，等会都去看着点，虚心学习，即使不成功都有你们借鉴的地方。

白薇打下手，开水是现成的，天缘挽起衣袖，开始一家骨肉分裂的调解。天缘用几枚银针镇住痛，用手蘸上烫水，带着热气，在伤处慢慢地、轻轻地来回抚摸，小心揉捏，心里牢记白术老人的告诫，骨肉相争，其痛万分。手如一个探头，几个月用在乳胶娃娃上的功夫没白花，手到之处，用心体验伤情，仿佛调解一个家庭纠纷，将爱心、责任关注手指，反复糅合一番。

有院长的要求和好奇心驱使，袁医生和其他骨科医生围在旁边观看。神奇从一盆水引起，冒着热气的水，经天缘的手掌不停地带到伤处，起什么作用？消毒还是镇痛？心中纵有再多疑惑，挡不住眼前奇迹诱人，几根银针，一阵抚摸，伤者呻吟声渐渐变小，伤处瘀青边沿开始泛红。此时天缘手法有了变化，或手指、或手背、或掌心时急时缓，时重时轻，不断叩击，伤处表面凹凸悄悄消失……

别人怎么看？天缘不在乎，一心排解伤者腿上的骨肉纠缠。按白氏正骨术施治，经一番安抚，病人放松，骨肉放松，骨和肉有了调和余地。接下来的叩击，是对逞强的一方敲打纠正，劝导骨肉双方各自退回本位，此后进入核实纠偏，一遍又一遍来回捋，理顺经脉，理顺气血。最后，天缘双手合抱伤腿，精心感受骨和肉相处状态，手掌用微力调整，如劝如哄，入情入骨，反反复复……

待各方安抚到位，白薇早已电话告诉朱尉，从她行囊里取来药酒药粉，望北老人找来闲放多年的夹板，一切早已准备妥当。天缘有了上次经验，不用白薇提示，先用药酒轻搓细揉，再上药粉，一遍药酒一层药粉一阵按摩，三层以后用纱布包裹，夹板固定。

做完这些，天缘直起身子，长长出一口气，周围的人啪啪鼓掌。袁医生情不自禁拉过一张椅子请他坐下。白薇用一张毛巾替他擦汗，朱尉递来茶水，他仰头喝一大口，吐出一句，腿应该保得住。

此后二十四小时观察，每隔两小时天缘用手审验，防止移位。

最初由天缘亲自动手,后来白薇单独来,再后来骨科的医生挨个来体验,无不惊叹。袁医生体验后发微信给启茂院长,要求把天缘请到他科室来,收徒授艺。

应亲属要求,第二天拍片检查,效果好得出奇。几周后,肿胀逐渐消退,伤者要求出院。结费时又吵起来。收费室要按协议收费,亲属不干,没开刀,没打麻醉药……所有没做的都不该收费。启茂把白薇请去找病家谈。白薇责怪病家不知足,腿保住了多花几个钱算什么?亲属们七嘴八舌说,谢谢两位外地医生大恩大德,钱不是不愿给,是不愿给他们,要给直接给你们。

天缘哪敢接受。最终双方各让一步,由三万多谈到两万。病家私下给天缘白薇各五千,两人打死不要,要给你给医院。医院给两人各一千,两人照样不要,说好不要工资来实习的。

启茂为难了,回家说给老爷子听。老爷子说,多大个事,他收是本分,不收是人情,你能看得起中医,人家就满足了。

启茂诉苦,爸,你说得有理,可我为难不在这儿。我为难的是留不住天缘白薇,有了这个病例,骨科今后的日子难过。别说医术赶不上,就是他俩留下来亲自收治伤者,医院也养不活。说时扳起手指,没有检查费、麻醉费、器材费……只有少得多的药费,一点手术费,恐怕工资都发不起。

老爷子瞪大眼睛看着儿子,仿佛不认识似的,你还是中医院的院长不是?

启茂不敢正视,低下头解释,爸,中医早已不是你心里的样子……依启茂说来,中医已是苦不堪言。医院一开门,看病的人不少,看中医的没几个。药房共五个窗口,西药房占四个还排队,中药房一个还空闲。每天看中医的就七八十个病号,沈老师占一半。余下的由几个诊室分,平均没几个人。不好意思对外说,那些刚分来的大学生更尴尬,有时一天一个病人也看不上。

怎么越发展越倒退？老爷子生气说，不是没人来，是没好中医。沈医生不是要预约吗？

启茂顺着老人的话说，我经常以沈老师为例教育年轻医生。他们不服，说沈老师的本事哪来的？还不是一个一个病人诊断处方积累得来的。现在病人都不愿找年轻医生看，哪来的机会积累？

龚天缘、白薇也是年轻人啦。

启茂连连摇头，不可比，中医世家子弟，闻着药香长大，临床经验不是一般人可比的。

你的意思？老爷子望着面前这个人，既是儿子，又是给他挣退休工资的单位领导。

启茂鼓足勇气说，下周还是让他们回钟师兄的药房吧，把机会留给我那儿的年轻医生。

最后一天上班，天缘打不起精神，仿佛做了多大一件对不起人的错事。打开水、抹桌子照样做了，完成质量太差，暖水瓶忘了加塞，倒脏水时连抹布一下倾了。沈老师喜欢上天缘，不全是因他会白家正骨术，而是看中这个年轻人稳重，有志向。年纪轻轻，医术这么好，放着大钱不挣，贴钱出来学艺。这么久，恭恭敬敬伺医，从不多嘴逞能，默默看，细心揣摩。若不是中医世家之后，朱老爷子在先，自己都想收作关门弟子。眼瞧天缘心事重重，以为他在计较医院不留他的事，劝解道，医院也有医院的难处，你又不靠这儿安排工作，离开也许更好些，比这强的地方多的是。

天缘面带愧疚，说与医院无关，是白薇那位姓蓝的闺蜜离世了，三十岁不到，从检查到去世不满一年。白薇很伤心，大骂了天缘一通。

沈老师听说是这事，不理解，白姑娘也是，她闺蜜去世怎么冲你发气？

天缘说，不怨她，怨自己不小心说错话。

哦？沈医生越发不明白。

天缘解释，自己当时正为离开医院后去哪闷想，遇上白薇来说闺蜜去世了，自己心不在焉回道，好，好。招来一顿痛骂，直接骂我是冷血动物，是谋害闺蜜的元凶。

沈医生还是不明白，就算你说话不慎，也算不得元凶呀？

天缘痛心疾首，说，怪就怪自己逞能。白薇几个闺蜜当时来把脉，自己不知她们是闹着玩，竟凭脉象建议姓蓝的闺蜜去大医院检查，果真查出癌症，不到一年就去世了。白薇怪自己瞎嚷嚷，不是我多嘴，至少再活几年没问题。咬定人就是给我吓死的，因此封我元凶。

沈医生安慰天缘，这样的事我也遇着过，你记得张老太婆带个病人来找你把脉，后来是我开的单子去检查，还不是查出癌症，听说也快不行了。这怨不得医生呀。

可我总觉得白薇骂得有些道理。天缘态度诚恳，说，若非我催命样催促检查，她那个闺蜜至少现在还活着，还少遭罪，少花钱。当时只想到逞能，显本事，竟害人一命。

沈医生默然，心里一阵隐痛。

4

白薇要回滇南奔丧，送闺蜜最后一程。问天缘要不要随她一路去，当面向死者忏悔。天缘摇摇头，我去见她只能说声对不起，其他无法说，真不知道有病早查早治是对还是错？再遇上同样的病人，我真不知道该怎样做。拜托你转达了。这次出来游学就是要去掉这些疑惑，决不能浑浑噩噩出来又浑浑噩噩回去。

白薇第二天离开，第三天又回来了，理由与天缘一样，不能莫名其妙出来又莫名其妙回去。第四天，天缘犹豫了，他在考虑回不回四川去。天缘堂何姝来微信称，男朋友那儿出了急事，她必须亲自去美国解决，要天缘自己回去料理。

天缘堂现在还有三十多个病人，前段日子又走了两位，一个活着回了老家，一个死后回了老家。晓月告诉他，员工还是那些人，至今没有一个人愿意离开。冯成说，以前亏损的窟窿被新近这位出院的奖金填平了。越是人少，外面要挤进来的人越多，一切都需天缘回去定夺。

天缘竭力挽留何姝，到哪都是研究，何必非得去美国。你等我这次回来，一定给你提供祖宗十八代秘方，保证你的论文不上《柳叶刀》杂志就上《科学》《自然》杂志，甚至三家杂志争着刊登都有可能。留下来，有什么损失我赔偿。

男朋友飞了，你赔不了。何姝的语气不像开玩笑。

天缘仍是不信，赔得起，国产男友多的是，你别要洋货就行。

不是我要洋货，是杨靖要了个洋货。听得出来，何姝喉头发硬。

天缘这下信了，问，你去了美国准备怎么办？能挽回吗？

我也不知道。何姝说，就是想当面问明白，他为什么要分手？想亲眼看看那个洋妞到底比我哪点强。

能比吗？一万个人有一万个标准。天缘劝解。

就依他的标准，照他过去夸我那些话验收。何姝执着近乎偏激。

万一他标准变了？天缘好像是说给自己听。

我也要去，看看他还值不值得我爱！

天缘没再说什么，到处都有南墙，何必非得去美国撞了才回头。只是说，你放心去吧！天缘堂我知道安排。

那夜，天缘少有的失眠，总觉得有责任帮何姝找到失恋原因，想出挽回办法，甚至动员白薇一起来找。白薇感觉好笑，你与何姝到底什么关系？如此操心不怕人误会。说不定就是因为你不放手，引起了人家男友怀疑才分手。正经告诫他，你先管好自己。若是因为你才分手,就算你长再多嘴儿也说不清。白薇边说边观察天缘神态,若心里有邪念,一定会跳起来申辩,极力撇开关系才对。殊不知,天缘屁股都没挪一下,稳稳坐着,继续替何姝着急。倒是白薇坐不住了,天缘什么意思?又着急,又稳坐,真当何姝是他干妈样。白薇用话去试探,你也有责任,不该留人家替你当差,她男朋友若不知情会怎么想?十之八九会认为是你早就在打主意。你真有那心,借此把喜事办了。若没有,今后当真得注意点,对你对她都有好处。

天缘像不认识样看着白薇,你从哪只眼睛看出来我在打她主意?白薇见他心急情不急,心里反而一阵高兴,嘟起嘴儿说,看你着急要吃人的样子,我还不是为你着想。

天缘此时一肚子话要说,有人听无人听他都要说。何姝失恋到底与自己有无关系?他得扪心自问。从何姝在张胖子的诊馆露面,他就知道对手来了。何姝经侯兴的诊馆转道来天缘堂,他为何姝屡败屡战的执着折服,他需要一位对手用现代科学来解剖中医药,解剖自己,说服病家,说服自己。经游学滇南白家、关东朱家,有一个感受愈发强烈,越来越多的年轻人不信中医药,是因为阴阳五行学说与他们学的物理化学格格不入。中医药复兴,不仅要靠疗效,更要靠沟通,中医药的天下也靠人心维持。这就是他容纳何姝的全部理由。可眼下好像有些变化,何姝失恋了,留她的理由似乎与初心若即若离,真会误了别人害了自己。难怪白薇说闲话,就是自己也感到有违初心。天缘认真向白薇求证,你说说,你怎么看出我在打她的注意?

白薇被他一本正经的圣人面孔吓住了,再不敢嬉笑,说,没有就没有嘛,装那么正经做什么?

天缘依然正经,明确告诉白薇,两个单身狗摇头摆尾在一起,爱和不爱都用不着装。你说得有理,真因我的原因让别人失恋,我的确该剖腹自尽以证清白。

白薇信了，说，其实我也没别的意思，只是有点不理解。按理说搞事业要选志同道合的人为伴，可你偏偏选一个处处与你作对的何姝，你图什么？傻子也能猜得到。

天缘想想也是，索性敞开与白薇说明白，你也看出来了，我是真心想传承家学，不说光宗耀祖，至少不想成为不肖子孙。

白薇提醒他跑题了，你想振兴家学没错，是你选伴选错了。

天缘一时收不回来，继续一条道走到底，说，若是世上只有中医药，自然与同道者为伍互证。可眼下是中西医相争百年，西医意欲掀中医下台，虽说一时半会还不成，但已把中医药排挤到边沿，成了配角和补充。中医现在是求生存。

白薇不解，这与何姝有关系吗？

天缘自觉已尽力在往何姝身上靠，说，有！中医药要生存就得病家相信才行。眼下病家变了，不认同你的阴阳五行，有病不找中医。中医为了求生存，只得迎合病家，不得不借助西医的理念、诊断手段，长此以往，中医不中，必然一代不如一代。

白薇不耐烦了，要求直接说，为什么选择何姝做伴？

天缘被逼到墙角，干脆说具体点。前些日子，沈医生诊治一位病家，自称患糖尿病十个月，用胰岛素不能控制，消瘦、乏力、厌食、尿多、畏寒，被人背进诊室。脉象右微细，左沉滑。证属肾气肾阳两虚……

白薇打断话，这病例你说过好几次了，沈医生用引火汤加油桂，另用猪胰脏蒸熟，连汤带肉食之，调理月余，用去猪胰脏四十个，痊愈。你说这么多，与何姝到底有什么关系？

天缘理直气壮说，怎么没有关系？我问过你，西医会怎么看这个病例？你头差点摇掉，说不知道。

白薇说，不知道就是不知道，不像有些人不懂装懂忽悠你。

天缘声音加重，说，人家何姝知道。西医治糖尿病人绝不会用猪胰脏，所有动物内脏都是忌食的，打死不相信猪胰脏能入药。我告诉她，这是我亲眼所见，而且我们龚家治糖尿病人有时也会这样，问她从西医的角度怎样看？

白薇以为抓住了话柄，对呀！我还相信，她连信都不信。明摆着与你不是一路人。

天缘进一步说，何姝为此翻书查资料请教导师，半个月后告诉我，这在西医看来是不可能的。我追问她，你怎样看？她说正如你和你的天缘堂一样，我正在努力弄懂。

白薇大呼，这不跟我一样的傻大姐！

大不一样，天缘说，人家经过半个月研究思考，能代表西医的观点，你是随口就答，除了你，什么都不能代表。她说中医她不懂而不是说中医不行，医家病家听了服气。你说了有谁服气？若有人以此嘲笑中医用药是吃什么补什么，她的反驳比任何人有力。她现在试图用现代科学驳倒中医药，总有一天她会用现代科学诠释中医药。见白薇默然无语，他加重语气说出最后一句话，这就是选择她做伴的理由，用另一个眼光看中医药，不为子孙为苍生！

九

1

何姝拿护照的手有点麻木，几次拉不开手包，拉开了又滑掉在地上。她看了看，竟为捡不捡起来犹豫。正如天缘所说，她去了美国又能怎么样？与洋妞较劲纯属赌气话，价值标准不一，赌气都无法定输赢，只会自讨气受。

这段恋情会夭折，从她与龚天缘作对时就注定这个结局。都怪那时与杨靖正热恋中，误把影视剧的台词当信条，坚信爱情威力超过原子弹。鲁迅的书算白读了，百年前大先生就给出娜拉出走后的结局，全忘了。世上没有脱离现实的真爱，恋爱有时就像一次情醉，需用柴米油盐酱醋茶来清醒。

当时杨靖出国，两人约好她随后也去，结果与龚天缘斗气滞留至今。与龚天缘斗气还是杨靖的主意，知道何姝心气高，用话激她，说不信研究生干不过本科生。她真就赌上了，心想不说像龚天缘那样挣个几百万，挣个几十万应该没问题。杨靖出国太需要钱了，而杨靖出国又是她撺掇去的，无论从感情还是从责任上，她都该抓住机会挣钱资助男友。

谁知天缘堂竟成了爱情沼泽地，陷进去出不来。开始时杨靖全靠她按时寄钱资助，她因此一再失败不言放弃。后来杨靖的团队有了收入，要人不要钱，何姝在天缘堂再干一天都是多余的，催她尽快出国团聚。这时的何姝欲罢不能，无论是对天缘还是天缘堂，以及对天缘心心念念的中医药都有了一种说不清道不明的恋战。几次说到出国，天缘说声挽留就迈不开步，也怨不得杨靖心生变异。

现在怎么办？就算杨靖回心转意，自己能丢下天缘堂，放弃课题研究去国外伴读？难！毕竟这纠结在心上，不是在包里，说丢就能丢的。

心上纠结的是什么东西？是人？是物？是情？好像是又好像不是。天缘这个人对她来讲，不是舍不得而是离不开。她的研究方向是中西医药比较，据她掌握的资料，当下能代表中医药传承的前一百名医家行列中，论声望排名，还看不见龚天缘的身影，但若论执着天赋格局，明天的龚天缘不可限量。要作当下中西医比较，龚天缘是一个难得的对手，要做日后的展望，天缘堂就是一个缩影。

不忍放弃的还有一份好奇心。什么是"病"？何姝第一次听天缘发问，感觉无知之极。只要是个医生，问病人的第一句话就是回答，你哪点不舒服？不舒服就是病。天缘也不客气，我听你这句话就不舒服。何姝照样不客气，你就有病。

后来听说天缘为求答案要出外游学，遍访天下名老中医。何姝愈发感觉好笑，真怀疑他脑子有病。当天缘从滇南传来消息，白家老人把"什么是病"视为惊天大问！自己细细一想才发觉好笑的是自己。不舒服时时发生又时时消除，总不能说病在时时发生又时时痊愈。这问题犹如人是哪来的。看似简单，却不能简单回答，人是妈生的。

"病"到底是什么？从那一刻起就牢牢拴住何姝的心，中医怎么看？西医怎么看？这正是中西医最大的分野之处，也是自己论文最有价值的地方。

　　由问题想到人，这个问题自己听天缘说起，为什么不是听杨靖说起？在作两种医药比较研究的同时，免不了将两位从医的男人作一番比较研究。杨靖在国外攻读精准医学，在基因的层面上研究疾病的成因和治疗，精细入微。相比之下，天缘的探讨更富诗意，含蓄稳重，路漫漫其修远兮，他在上下求索。在杨靖眼里鸡和蛋是一条不断进化的基因链，在天缘眼里鸡和蛋是一种循环往复，犹如春夏秋冬是一种轮回。何姝处在两个男人截然相反的作用力中，既感到撕裂又感到挤压。

　　这两位真有意思，何姝时常想起就笑。杨靖仿佛一根筋，朝看准的方向不管不顾撞过去，哪怕前面是一堵墙，也要用头破血流求取轰然倒塌。龚天缘好似一团乱麻，剪不断，理还乱，越乱越能干。遇事，杨靖高举还原论的利剑，擅长删繁就简，层层剥离分析，去往简单处寻找真理。给他一树花，攥在手上的永远是一根杆。龚天缘遇事枝蔓旁生，浮想联翩，给他一根线，他能织出一张网。

　　若论做事，她更愿与杨靖联手。杨靖的事做起来难但听起来明白，龚天缘的事做完了你还不明白。例如现在替他代管天缘堂，病人走了，无论是去了天堂还是去了厅堂，当主管的她只管办手续不管死活，实在弄不清死为什么死，活为什么活。过日子呢，何姝不止一次抱着布娃娃遐想，谁当爹来我当妈。与杨靖正正经经设想过今后的小日子，车子房子票子一概不谈，眼前一样没有，今后一样不重要。婚礼倒是设想了无数花样，西方的，中式的，古典的，现代的，旅游的，广场的……杨靖的回答永远停留在实验室状态，只关注结果，不在乎过程。与龚天缘的小日子尚在假设阶段，没有也无须和他求证。事情明摆着,车子房子票子同样不会谈,眼下一样不少,今后一样不重要。婚礼也不用设想,设想没有用,宗堂三拜,洞房花烛,神龛上的祖宗早定好了。

无论是做事还是过日子,何姝不能一个人说了算。过去和杨靖有过携手百年的约定,现在说算就算了?与天缘做过梦,梦想算还是不算?是时候该好好想想,天缘与自己的事,分手是算,不分手还是不是算?

认识天缘好几年了,至少算是朋友。当然与互称男友女友好像还差两步楼梯。天缘堂近二十号员工,个个离不开天缘。天缘也说天缘堂能有今天离不开个个员工。员工心里雪亮,真正离不开的员工只有三人,冯成、晓月,还有她何姝。

冯成是天缘堂内管家,收支一分一厘都得经过他的手。最大的功劳是他拟定了那份合同,这份合同如同天缘堂的护身符,驱邪避险。他是天缘堂的第一功臣。当初天缘不赞成设奖,把治病当成生意做有违医德。办贵族医院,高超的医术奉献给高贵的病人。天缘说不行,那不是他干的事。冯成算账给天缘听,你收治的都是大医院定了死期的人,已在大医院花了少则几万,多则上百万,接下去不知还要花多少。许多人只得含泪回去,最终换来一张死亡通知。按天缘堂合同算,住进来除食宿费外,各种检查费、手术费没有了,药费、护理费记账,奖金乍看高一点,一则自愿,二则痊愈后再给,无论病人还是家属都乐意。这相当于按揭房子车子,分期付款。不信你看,最愿来的恰恰是收入低的老百姓。为防别人效仿,冯成出主意设密码,那就是只收有缘人。自然,天缘辞退谁也不会辞退冯成。

晓月是护士长。在护理人员中,专业技术只能算中等,但能歌善舞算头等;模样算不上第一,但妖娆绝对第一。天缘说过,晓月是天缘堂的空调,冬暖夏凉,调节着天缘堂的气氛。有晓月在,就有欢乐。天缘对何姝说，当初，反对任用晓月最厉害的是冯成，太了解她，就孙悟空没打死的妖精中一个。从初恋算起，前后至少十余位男友与她牵过手，自始至终是男方主动，主动牵手，主动分手。无论是牵手还是分手，至今个个不后悔。碍于冯成的面子，天缘对晓月的任命稍微迟疑未公布。不料晓月竟挽着冯成来求情。令天缘惊讶的是冯成说情时的神态，坦然真诚，仿佛反对任用晓月的不是他是天缘。至今冯成还时不时当着晓月表功，事实证明，他举荐晓月没错。晓月当护士长令众多前男友感到吃惊，晓月真像变了一个人，妖娆还是妖娆，仿佛修成了正果。不错的工作，不错的收入，还有不错的名声。而今成为支撑天缘堂三大台柱之一，何姝的管理，冯成的合同，晓月的笑声。晓月颇有自知之明，自己几斤几两清楚，想方设法不断增加自己在天缘心里的重量。面对众多前男友要求重叙旧好，晓月秒变出淑女的矜持，半遮半掩回答，那得问天缘老板同意不。言外之意她已是老板的人了，让众位知难而退。冯成说那是以前的事，现在变了，晓月有说不尽的懊丧，明里暗里说老板出外游学后，早已把她忘得干干净净。

　　台柱排行榜传到天缘耳中，他在微信里对何姝说，台柱没那么多，只有一个，就你何姝。何姝揶揄他，我一个卧底的成了擎天柱，你真把自己当刘备，贤德呀！天缘撂下一句话，不信，你问别人去。这话信不信何姝隐在心里，自有人把证据送上门来。每当天缘犹豫天缘堂关不关门时，冯成总会及时来找何姝，说上一大堆被天缘退回来的恭维何姝的话，要何姝挺下去。何姝笑他哄小丫头吃糖，天缘说了不中用，你说了就中用？我照样不爱听。冯成不管那么多，只顾自个说，在他眼里，你就活到一百岁还是小丫头长大的，仍旧呱呱不停说下去，直到实在累了才住口。何姝暗暗掂量，自己像个中间商，货不能压在手上，总得抛出去，转身又把话传给天缘。天缘恰如一个愚蠢的下家，自己给什么他收什么，我成了大老板，他反倒成了二老板。听说天缘那边有位高人把自己比作天缘的干妈，有点意思，只是岔辈了。

何姝想，晓月来找自己了解情况，通常是了解天缘在外面干什么。说天缘老是不回她微信，实在是牵挂。自己没告诉她发微信要分时间，即使心血如潮涌，涨落也得有个间隔时间。明知晓月关心天缘在外面干什么是次要的，重在关心她自己在天缘心里算什么。别说晓月不知道，我也不知道自己在天缘心里算什么。我可是半个有夫之妇，婚姻只差政府一张批文。我每次为什么发微信给他，我清楚，是西医驻天缘堂代表。天缘为什么每次说听我的？只能问他去。即使那样，全当我是他干妈也无不妥。那边有位高人就这样认为的。

现在与杨靖分手，自己征求他意见去还是不去，他依然由我自己定，仿佛他从来没有意见。我需要他的意见，有意见才有态度，没有态度证明他心里没人。可是，没有我不一定没有别人。

还是那个柳梦，一个梦幻，一个精灵，缠住了天缘，困住了自己。对这个同龄女子，高矮胖瘦自己一无所知，仅凭天缘脸上眼里露出的痕迹猜测，很美。天缘是一位对美很挑剔的男人，经他面试的一群护理人员，换了服装可直接上民航客机值勤，却至今没一个让他心动。能让他心仪的女子容貌想必非神即仙。他又是一位极重才华的医者，把行医当作艺术追求，想必那位女子不是女神便是魔女。天缘还是一位说话如钉钉的男子汉，想必与那女子有什么生死承诺，才能十年守身如玉。天缘是一位……对那位没见面的女子，只能依照与天缘对等的优点描绘。

前不久，柳梦的叔叔加过微信后，再没有任何信息，微信回过去拉黑。仿佛与外星人联系，对天缘还是对自己不知是福是祸。有限的信息蕴含无限的想象，一个确定牵连出一连串不确定。那女子确定有病，病因病况不确定，天缘开办天缘堂以及游学与她生病有无关系更不确定。能确定的只有女子与天缘是大学相爱,何以分手?何以信守?

天缘收到微信,何姝告诉他,一个叫柳梦的叔叔要跟他通话,电话号码附后。天缘赶紧打电话过去,空号。再发微信给何姝,先问她为什么不去美国了,听说心已放开,天缘松了口气。再向何姝核实柳梦叔叔的电话,号码没错,销号了。天缘气冲冲责问,为什么是空号?话落地马上意识到责怪何姝没道理,忙道声对不起。对方却瞬间消失,发微信,再没人理。

柳梦,曾是天缘的诗和远方,而今与其说是天缘心上的恋人,不如说是他一块心病,每每触及,对什么是病的理解就加深一层。这个大学女同学,对于天缘来说,一夜夫妻,一生冤家。

2

天缘早慧,在太姑奶奶眼里,他就是为光宗耀祖而生,是龚家世医三十代祖先修来的阴德。天缘立志光宗耀祖的誓言是哭喊出来的,在宗堂祖宗牌位下,当着一家人哭喊出来的。那时,他刚上小学。

那是一个星期天,离父亲为中药房超规定范围经营被罚款没几天。政府的处罚,太姑奶奶斥责,加上父亲的自责,败坏祖祖辈辈积攒下的清白家风,搁谁身上也不好受。父亲心情坏透了,连一向强势的母亲走路都轻抬轻放。天缘人小不懂事,吃饭时露出缺牙向父亲说,我这有病了。

父亲没好气回答,不是病!

那什么是病?小天缘一如既往问到底。

人不舒服才是病。父亲明显不耐烦。

小天缘不识趣,又追问,我缺牙就不舒服,为什么不是病?

父亲终于爆发,一筷子头敲在小天缘额头上,顿时一道红印凸起,小天缘哇哇大声哭喊。母亲见父亲双眼红得吓人,不敢吭声,牵着孩子出门往太姑奶奶房里去。

不一会儿,爷爷赶到父亲房间里,将蒙头睡觉的父亲拽起来,少有的呵斥,走,到宗堂去。

宗堂,太姑奶奶正在点香,一缕青烟在祖宗牌位前弯腰鞠躬。那时的太姑奶奶身体远比现在硬朗,见家人到齐,转身面向祖宗牌位跪下,三炷香举齐眉高,朗朗通白,列祖列宗在上……

身后晚辈齐刷刷跪下,就连一向只鞠躬不磕头的天缘母亲,为制服她那耍横的丈夫,也拉着儿子破例跪在后面,听太姑奶奶向祖先通白:列祖列宗在上,我要告诉你们天大喜事,你们的子孙龚天缘立志了,小小年纪竟参悟家学大义,悟出不舒服不是病,离悟透已是不远。现禀告列祖列宗,龚氏门庭光大有望。

说到这,太姑奶奶起身将香烛插进香炉,回首朝小天缘点头,天缘,快来向祖先表白,祈求老祖宗保佑你。

小天缘没见过这阵势,一家老少跪下向从未见面的祖先磕头禀告,除了先前的委屈,又添几分惶恐。见太姑奶奶招他前去,本能往母亲身后躲。父亲气还未消,太姑奶奶的通白明显是斥责自己,凭空又添三分怒气。见天缘迟疑不肯前去,忍不住一声呵斥,还不滚前去!吓得小天缘又哇哇哭喊起来。

太姑奶奶亲自牵住小手,哄着他哭喊出誓言:列祖列宗,呜——孙儿龚天缘,呜——发誓……好容易宣誓完毕,天缘仍是哭闹,太姑奶奶安慰他,乖孙,话说完了,别哭,免得祖宗笑。听说祖宗见笑,天缘愈发哭闹得凶,母亲前来安抚,低头一看儿子脚下湿漉漉一片,抿住嘴唇没笑出声,赶紧牵他回房去换衣服。

宗堂上,太姑奶奶让全部人起身,找位子坐下,独独要天缘父亲继续跪着。你不服是吗?你丢尽祖宗十八代脸面嫌不够,还要葬送子孙后代的前程，你要祸害到什么样才满足？你书读进狗肚子了，连几岁的儿子都不如。亏你说得出，不舒服就是病，你妈生你时就不舒服，大不舒服，她也是有病才生的你……

自此，天缘幼小心灵里种下了振兴家学的种子。到上大学时，天缘已是十镇八乡闻名的中医先生，他的临床经验、阅历和传统中医药知识连大多数青年教师都自愧不如。遇上同学有个头痛脑热找上他，不用处方，随便扎几针，或揉揉，或指几样食物就解决问题。一个学霸已无法概括他，有人仿武侠小说无招胜有招的意思，送他一个外号"无方子"，意谓他医术高超，无须处方亦可治病。

几名老教授担心他有"恐高症"，受不了吹捧，有意无意敲打他。常用的办法就是开书单，他提一个问题老师就开一摞书单。要他知道天外有天，人外有人，用书山把这孙猴子圈禁在图书馆。

这一圈圈出了天缘无尽情缘，柳梦来了。

来图书馆读书借书多是研究生或准备读研的本科生，个个是班级翘楚。有两人例外，男生龚天缘，女生乔柳梦，借书不为考研。图书馆管理员从借阅的书目看出，这是两位不图功名的另类。天缘书单很乱，只因他东问西问，老师的书单也就东开西开，不乱才怪。柳梦干脆连书单也省了，遇上哪本读哪本，像游方神尼一切随缘。给图书管理员印象最深的，是两人读书神速。不做笔记，信手翻阅，从不读完。

有一天，天缘从书架的这一边抽出一本书。如约好似的，书架的那一边背靠着的书也抽身离去，露出狭窄一条缝，一束冷光穿过，寒透心肺。天缘打个激灵，一下怔住，他看见了摄人心魄的眼神，生平从未见过。对方一只眼慢慢移换成另一只眼，两道眼神如镊钳，牢牢夹住天缘心扉。这是双女人的眼睛，眉睫上有刘海伴随。天缘努力搜索词句来定义这双眼睛。妩媚？不是，没有上抛没有瞟闪，满满是书卷高雅的镜像，任何艳词无法沾边；是深邃？深度明显不够，远非深不可测，倒有一种空透清风袭来；算是清澈？似乎一眼洞穿的不仅是事物的表象，还有世事无常；纯洁！天缘差点确认，可细细一看，眼神里分明有情愫游离……

正为这魔一样的眼光出神，一个时常挂在嘴边的绰号适时蹦出来，"冷面魔女"！是她，书缝再仄也不会把她看扁。

但凡能在大学里博得名号的学生，绝非平庸之辈。尤其是女生，绰号也代表魅力。要么颜值高，天生丽质，属当下校园的西施貂蝉，常以花冠名，班花系花校花都是花；要么学业超群，门门功课优秀，保研保出国，以学霸著称；要么才艺出众，能歌善舞，以星辰象征；若是样样俱佳，不得了，"女"字旁边得缀一"神"或"魔"字。乔柳梦既是"魔女"，绝非浪得虚名，自然方方面面不是出众就是出奇，当得起一个"魔"字。论颜值，除了五官身材与"花"齐名，"魔"在性情清冷，活脱脱"灭绝师太"身形，轻飘飘万般看透的气度。纵使有欲火中烧的男生见了她也会不寒而栗。论学业，门门功课一次过关的同学不少，乔柳梦"魔"在每门课程的试卷从未答完过，得分卡在65分左右，仿佛多了委屈自己，少了委屈老师。本人贬称身心乏力，留下一个无力还是有心的谜让人猜，好坏任其评说。若论才艺，没人见过她歌舞身影，"魔"在一次冰雪天路滑，她一个趔趄，仅凭一只脚着地，手舞足蹈滑行十多米竟优雅停住。

两人曾多次坐到一起读书、听课，其间如戒律约束，谁也没搭理谁。这次，天缘被那双眼睛瞬时破戒，突然有了切磋切磋的意愿，"无方子"对"冷面魔女"。

你好！我可以坐这儿吗？无方子天缘觍着脸皮搭讪。

魔女柳梦点点头，眼睛没离开书本。

无方子坐下来紧盯着魔女，思索让她眼神离开书本的办法。

有人盯着不自在，你有事要说吗？魔女仍是盯着书本回话。

没有事，无方子赶紧回话。

想生事？魔女终于抬起头打量这个无事想生事的小子，看清是有名的无方子，嘴角一撇，又一个想多了。

我没事，你有病！无方子按想好的套路出牌，先惊吓她一身冷汗。

什么病？魔女语气平和，好像早就知道。

回话尚在脚本内，可口气出乎意料，好像她本来就有病，无须人提醒。

心病！无方子继续走台词，期盼魔女下一个为什么出来。

魔女微微一笑，说，又是中医口头禅，万病皆由心生，是不是？她抢先把谜底挑明。

戏演不下去了，无方子被掀了底牌。别自讨没趣，赶紧寻找台阶下。佯装气呼呼的样子站起来，砸下一句话，我好心提醒你，你身上阴气太重。

唔，似乎触到敏感处，魔女瞬间变回柳梦，眼神离开书本，抬手要他坐下来把话说完。

天缘心里一阵窃喜，竖起手指嘘了一声，朝四周努努嘴，手向外一伸，意思不要打搅别人读书，有话借一步说。想法简单，考考对方是不是真的想听。

见柳梦跟着出门，天缘第一个想法是带她去见自己的一位叫高鹏的室友。那位大款家的少爷曾在魔女处碰了一个大包，然后丢下一句狠话，谁若与魔女并肩行走百步，他请众人吃火锅。天缘前脚迈出图书馆后脚尚在馆内，突然改变了并肩行走百步的主意，他不想吃火锅而想吃下这位奇女子。

迫切的心情选择了紧迫的位置，图书馆外行人休息的条椅上。天缘和柳梦侧身相对，话从先前的书名说起，你一个医生不看药书看《葬经》，不救治活人去讨好死人，想靠土堆堆吃饭？

柳梦不答反问，语气略带轻蔑，祖坟风水好不好你懂吗？

天缘直说，我是医生，治病但凭良知，不信鬼神。见柳梦面露失望要起身离去，赶紧挽回一句，行医之人敢与阎王作对，还怕什么小鬼。

柳梦很认真，你是没有遇上。无方子毕竟是医生，不是道士。

你遇上了？天缘饶有兴趣。

柳梦略显迟疑，说，睁眼没有，闭眼可见。

天缘顿时笑出声来，看你一脸阴气笼罩，我当是什么了不起的大事，不就一个做噩梦失眠的小毛病，我保你夜夜梦香。

当晚，经女生宿舍管理员允许，众多女生围观天缘给柳梦扎针催眠。天缘要柳梦平躺床上，柳梦虽有些迟疑，终究躺下。待天缘取出银针，伸手去揭柳梦裙子，柳梦下意识按住，惊问，你要干什么？

我要扎针。天缘对柳梦的惊奇感到惊奇，同为医学院学生，扎银针没见过？

柳梦在护理系学习，鲜少见到中医。她学的是西医护理，与天缘的中医内科虽同为医学院学生，却学科不同。先前听天缘的话躺下时并未细想，待天缘伸手要撩裙子，柳梦姑娘家本能地护住，随即一个翻身坐起来，伸出双手说，扎这里。柳梦之前在学校医院扎过，医生都是在手上选穴。

天缘一脸尴尬，病人手上固然有安神的穴位，但大腿上的九里穴更重要。若病家真有不便也可考虑不扎。但柳梦的眼神告诉天缘，分明是把他当歹徒看了。天缘感到莫大羞辱，脸色阴沉下来，真想抬脚走人，给她一个背影回对。可仔细一想，现在走不得，姑娘的戒备心是本性使然，对这种戒备的厌恶才是男人的丑陋流露。此时离开，无疑告诉别人自己心虚，真不在乎你哪来的不舒服？别留下的是背影，旁人却当真面目看了。

自己又的确不舒服,凭啥把自己当坏人看?哪怕是嫌疑也不行。

天缘憋住怨气,病人手上的穴位扎后,蹲下身子说,把大腿露出来,我要扎九里穴。

柳梦见一个男生在面前一下矮了半截,再也矜持不了,红着脸将裙子朝上弄了弄,脸背过去……

那晚,柳梦睡得真香。第二天,室友故意问她,龚天缘什么时候离开的?她说一点不知道。再问做了什么梦?回答仍是不知道。一帮女生起了疑心,你说人走你不知道我们相信,大家亲眼见你睡了,有轻微鼾声证明。但你说做了什么梦也不知道,没人证明,纯属骗人。必须从实招来,梦里入了洞房没有?

天缘很是得意,回到寝室里,在众室友面前大肆炫耀一番,与魔女同行决不止百步,外加半个小时交谈、十多分钟的治疗和接下来一个通宵的好梦,高鹏的赌注得加倍兑现。室友们的起哄声中,那位高鹏倒很爽快,请客没问题,但有一个条件,天缘今晚不能失眠,入睡还不能做她的梦,明天醒来还得保证魔女的青睐不会消失。

这是在两头堵。清醒或昏睡天缘都做不到,他可以不做梦,压根睡不着,哪来的梦?没有了梦,柳梦也会趁着失眠找上他。仍是那眼神,突然由清冷变得火辣,仿佛一股火焰从眼里燃透心尖。

从小至今,天缘没缺过女伴,但从无现在的感觉。与街对面冯裁缝的女儿过家家,不知拜过多少次天地,乃至成年后双方父母还忘不了开玩笑,互称亲家。人前提起,天缘脸都没红过。进高中后,天缘结识一位外地姑娘,还没来得及谈婚论嫁,就被班主任通知双方家长摊牌,要么接回家去成亲,要么分开好好学习考大学。无论哪种选择,天缘表示坦然接受。无奈家长只认考大学。到了大学,所有约束没了,一下放开,婚姻反而失去了紧迫感。眼线编织的情网漫天撒开,终因心眼小网眼大,天大海宽,竟无一个鱼虾留存。

心眼小在哪？太姑奶奶的家传标准够苛刻了，天缘还有自己附加条件，得让自己心动，必须是百里挑一、千里挑一的奇女子。要说这条件不算多难，就他所在大学，每届招收的女生少说好几大千，任选一位都是千里挑一。关键看标准怎么定的。家传的择偶标准严是严，但明确无误，有章可循，合条件的不多，也不是绝无仅有。难在天缘自己的小心眼。心动，眼缘加情缘再加姻缘，没有量化，且不固定，含蓄如诗，飘浮如云，估计他自己都未必说得清楚。

千里姻缘一线牵，现在魔女来了，仿佛她早就等在那里。

与柳梦交往这是第一次，但魔女的奇特却早有传闻，尤其是听同寝室的高鹏诉说自己惨遇时，悲天悯地，令人动容。一位穷兮兮的乡下女生，竟叫开发商大款的少爷颜面扫地，直弄得他逢人便解释，越描越黑。天缘听了都发笑。初先以为有高鹏自嘲的成分，听完后才知是他受了天大屈辱的真情倾诉。

高鹏被柳梦戏弄，让一众室友听了很是解气，这小子也有今天！谁叫他走马灯似的换女友，就如到季换衣服样。眼见他撞墙后满脸沮丧，生无可恋的样子，又觉可怜。女生是否有点过分了？同学间谈恋爱，你情我愿，好聚好散，犯不着如此作弄人。站在同寝室男生角度，天缘顿生降服魔女的念头，正好高鹏许诺能与魔女同行百步者奖一顿火锅。天缘喉咙发痒了，才有主动搭讪的义举。

高鹏受辱，说来也是活该他倒霉，自讨的。明摆着他与柳梦人生词典不同，高鹏结识女友压根儿没奔婚姻去，他只当柳梦家穷渴望钱财，凭仗父母几个钱，以为会收放自如。殊不知钱多也碍事，这次吃亏就在钱上。

柳梦不喜交友，有个习惯爱发呆，经常一个人在校园僻静处，把路边长条椅当蒲团，一坐半个小时。这天，被高鹏路过撞见了。

小子见一位活生生的观音入定，哪能放过，厚起脸皮挨着坐下。殊不知小子钱多，一身铜臭味把柳梦熏醒，睁开眼见一位男生死死盯着自己，眉毛顿时竖起，目光似剑。高鹏竟兀自打了一个冷噤，抿了抿舌头，先开口献上奉承，说自己仰慕柳梦已久，苦于无人介绍，今天幸喜见面。抱歉得很，事出突然，没备什么礼物。听说你家居乡下，手头不宽裕，若有什么困难尽管开口，多的不敢说，十万八万还是办得到。

听他开口便是砸钱，柳梦眉头皱皱，自尊伤害也得及时止损。不等高鹏又一次张口，柳梦直截了当说，本人家境贫寒惯了，对钱过敏，听到钱浑身起鸡皮疙瘩。你若能在钱之外说几句，我可以听听，若做不到，你请一旁溜达去。

高鹏窃喜，不提钱多好！为自己节省。死要面子活受罪，就看你能绷多久。口里应允，这样好，提钱就俗气了。

接下来的事正如柳梦所料，钱就像与人有敌对情绪，越是刻意回避，越是处处撞面，恰如不是冤家不碰头。

高鹏开始介绍自己和自己家庭，从年级、专业、身高到家里公司投资规模，年收入，再到别墅，豪车的价位多少，内容详尽，语气自信。眼见柳梦眉毛越皱越紧，高鹏意识到自己说话过界了，赶紧刹车，嘿嘿干笑两声，说没把稳，又提到钱了。心里却在骂柳梦为难人，介绍家境不提钱提什么？

换个话题说，高鹏转而谈理想志向。高鹏说自己从小具有当大哥的潜质，不用钱就能在超市赊账拿走糖果；能把幼儿园的小朋友邀约一起，想揍谁就揍谁，想骂谁就骂谁；立志长大做大老板，挣最多的钱，管更多的人……幸亏柳梦及时阻止，不然钱会一贯接一贯出来。

都是在校大学生，还是说说学习吧。高鹏表白，自己本来想学金融，毕业后钱赚钱。后来父母不同意，主张学医好，再多的钱不如身体健康。后因高考分数不够录到中医药大学。自己早有打算，毕业后办一所私人医院赚大钱。事先申明，不是嫌弃中医，只是中医远不如西医赚钱，要办也只能办现代医院。当即表态，要不，我现在就转学西医……

柳梦笑他三句话不离钱，除了钱你真的找不到话说？

高鹏好一阵沉默，想不出身边还有不关钱的事。努力向远方扩展，暗想俄罗斯和乌克兰离自己远，要不谈谈俄罗斯收回克里米亚怎么样？等柳梦微笑点头后，高鹏清清喉嗓，说，这个我知道，明摆着的事，俄罗斯必败！乌克兰背后撑腰的国家全是有钱的……

柳梦实在坐不住，站起来说，你我到底贫富不同，我这两只穷耳朵，经不起你富得流油的话语浸泡。我看你也不用学医了，干脆回家帮你父母数钱去。转身离去，将一个满脑子黄金的高鹏傻乎乎留在长椅上。

这些话，是天缘与柳梦交往后听见的完整版本。天缘微笑回答柳梦，你也是遇上高鹏，若是我，换个离钱远远的话题，像蛇一样非得缠死你。

柳梦不以为然，换作你也好不到哪去。

天缘轻飘飘说，若是我，学中医就谈中医，方子、脉理都行，管叫你闻不到一点钱的气味。不信，你来试试。

柳梦笑笑，指指旁边的一本旧医案说，不用太费事，你就这书里随便拎个方子念念，若是没了钱字，证明你比姓高的强。

天缘依柳梦所言，随手翻开一页，开口边念：逍遥汤，当归，略微迟疑，随即念下去当归五片，柴胡一撮，甘草少许……不等他念完，柳梦接过书去，指着药后面的剂量单位质问，钱呢？钱到哪去了？

中药老方子计量单位是两、钱、分，现在是克。天缘拿的是老方子，念时把计量单位偷换成片、撮、少许，被柳梦逮住逼问，钱在哪去了？

　　天缘，钱在药里。

　　柳梦，药在哪里？

　　天缘，药？药被病人吃了。

十

1

　　自此后，天缘每周用真情换来柳梦夜夜安心。

　　两人就此踏上恋情之旅，本是同一届，不同专业，都不想考研，有点宝黛意味，不在乎功名利禄那劳什子。深入了解，两人愈发亲近，看破世俗，不图安乐。天缘欣赏柳梦超凡脱俗，气度优雅。柳梦喜欢天缘志存高远，心善挚诚。

　　伴随两人来往频繁，天缘喜爱加深，准备在爱情上用猛药，情书一封接一封砸过去。没想用力过猛，竟把对方吓蒙了，好长一段时间拒绝来往。

　　直到有一天柳梦闺蜜带信来，柳梦病了。在闺蜜新租的校外出租屋里，天缘坐在床前给她把脉。一旁的闺蜜调侃他，无方子，你得仔细点，是不是有喜了？

　　天缘暗想，有没有喜何须把脉，自己做没做还不知道？一搭手便觉郁气壅结，以为是自己那几封信害的。故作轻松回答闺蜜，我再傻也傻得规范，即使女友有喜我也不会说，那不是透露是交代。

引得柳梦扑哧一笑，神情为之一爽。天缘乘势又说，不过有句实话不得不说，有喜无喜不好确定，但此女子还是黄花大闺女无疑。两个女生同时笑了。闺蜜追问，你真有那本事？

天缘一本正经说，家传绝活。太姑奶奶传他把喜脉、看面相断女子生育能力等绝招，唯独没传他把脉断贞洁。不过后来天缘瞎捣鼓，竟悟出点道道来，十之八九说中，个中秘密说给太姑奶奶听，差点让老人笑岔气。

眼下两位女生不信，反正是逗乐，只说中一个不行，你再看看她。闺蜜大大方方坐好，伸出手腕。天缘把脉良久，微笑不语。两个女生不依，逼着，说呀！不要怕，说错了不怪罪你。

天缘貌似随口一句，我怕什么，反正不关我的事。

弄得闺蜜一脸通红。

天缘再不敢提婚姻家庭，生怕再给柳梦添堵添病。脚跑大一尺嫌慢，手缩短五分怕长，中规中矩寄希望于未来。只要今日拥有，何愁天长地久。

又是假期临近，柳梦突然提出，要去天缘老家古镇看看。天大喜讯。天缘打电话回去安排，叮嘱家里不要心急，别高兴昏了头。虽说是那么回事，但绝不能提那回事。女生脸薄，戳穿了就浅薄了，双方不好下台。

这事在天缘看来喜出望外，在柳梦则事在必然。

出生至今，柳梦听得最多、感受最深的是人们的叹息。在叹息声中出生，在叹息声中长大。瞧她那俊俏的模样，周围的人们总是摇摇头说，多好一位姑娘，可惜了！从小母亲教育柳梦，人的一切都有定数，好比你的文具盒今天不见了，明天又找着了，没有错的。自己努力领悟适应母亲说的没错，包括父母生下自己也没错，生在乔家没错，生就女儿身也没错，错的只有一个，就是那个姓柳的恶婆婆。而今遇上一位叫龚天缘的，也应该没错，全是命里该来的一定会来。

柳梦懂事后，该来的真来了，命运告诉她，是祸躲不过。

而今长大了，读书才知道，婴儿第一声啼哭，便是向死亡行进的哨声，至此方知人人都是向死而生。真正做到坦然接纳死亡，从古到今就是世间第一难题，早有除死无大事的说法。

直到离开古镇，没人提过那回事。白天，天缘陪柳梦四处游玩，晚上，柳梦主动要与太姑奶奶做伴，摆明是纯同学情谊。母亲悄悄对天缘说，这事太姑奶奶不同意，要儿子多去老人家那儿说说。天缘笑笑，到底谁不同意谁？谁也不知道。

回校后，海棠依旧，茂竹常绿。

2

听说天缘要离开，孙老叔把加工好的野山参给天缘送下来。望北老人留他叙旧，把朱斟、秦亦、白薇、钟清、启盛、启茂全叫来作陪。看过野山参，问了价格，望北老人沉默许久。问孙老叔，参王还好吗？听孙老叔回道还健旺。老人点点头，问天缘，听说你给了五十万他不卖？天缘回答是。孙老叔赶紧解释不是钱多钱少的事，祖训不可违。望北老人重新拿起参盒，端详里面四十年老山参，许久说，参是好参。突然问众人，你们说，参王比这参好多少？众人齐声说道不可比，两者天壤之别。老人微微一笑，依我看来，药性差不多，好也好不到哪去。众人满脸愕然。孙老师急促提醒老人，你可说过参王是无价之宝。老人意不在野山参，从旁引证，你们见过故宫里那些古窑密瓷碗盘，个个宝贝似的，身价动辄百万千万，若是用来喝粥比家里大土碗好多少？见无人应声，遂自问自答，我看差不多。众人回过神来，在笑声中齐说是这个理。老人的意思不像说笑，大家期待他说下去。

老人先对孙老叔说，参王千万不要卖，再多的钱也不卖，宝贝无价才珍贵，一卖就有价了，有价就不值价。朱斟急忙插话，市上已决定专项保护，款马上拨下来。老人感到很欣慰，说这样很好。

老人转向天缘，你舍得花大价买老山参，未必是做生意？听天缘说不是，是有病人等着用。老人松一口气，那就好，不然，你会亏大了，不亏钱就亏心，甚至又亏钱又亏心。

天缘解释，就是我给你说过的那个病人，只要有效，五十万我也愿买。

老人会心一笑，我既不赞成他卖，也不赞成你买。那姑娘的病依据你说的症状，我也没见过。这些日子仔细回忆，老一辈的病案中也没见过。你想用参王救她，学白娘子盗灵芝救心上人，不单是心切，还难得一番真情。

说到心里，天缘敬佩不已，小心问，不知可行不？

我没见过病人，不敢妄打保票，换作我也会试一试。我先前说了，你即使想用心去救治，也大可不必用参王，用你买的这几支老参药效足够。为安慰病人，就说是参王的王后，一样的珍贵见效。价码得说高点，或者干脆说没花钱，因为花钱买不到。找个写小说的编个故事也行，说不定效果更好。

众人再也忍不住，哈哈笑成一团。唯独白薇没笑，嘟起嘴儿扭过头去，这死老头，没个正经样，医生哪能信口开河乱说。

老人谈兴正浓。天缘这次离开后，还有没有下次见面难说，他得把该说的说透。老人抱歉对天缘说，你提的那个问题，什么是病，以前从未想过。当一辈子医生，连什么是病都说不清楚，自己都感到好笑。但仔细想来，真不好回答，恐怕不一定有中意的答案。中医与西医的答案肯定不同。现在许多机器查出来的毛病，在中医看来压根不是毛病，可在现实中它就还是病。有人得了绝症，在不知情的情况下照常活了几十年。病人为什么看医生？因为不舒服，不舒服是不是病？不一定，饿了不舒服算不算病？医生是治病的，是不是医生开药的就是病？不一定，不开药的也许是绝症，开药的也许是保胎。若是非要下个定论，我曾想过"事若反常必有妖"，异乎寻常情况，异乎寻常人的身心痛苦就是病？

天缘记住了，好像与字典上的定义大同小异。细想又不对，失口说出来，那，做贼心虚，惶惶不安，与病也挨不上啊。老人笑笑说，惶惶不安就是病，焦虑症。见天缘仍是迟疑，大度一笑，看来是我老了，你专程来我这儿，两个问题一个也答不上，让你白来了。

天缘赶紧赔礼，朱老千万别这样说，是晚辈不是，信口胡说，害你操心操劳。还请您别介意晚辈的荒唐。

望北老人没太介意，说后生可畏，中医药后继有人我自当高兴。不过，我也是瞎猜，你这两个问题会有人解决，说不定是同一个人，能回答什么是病的人，一定会治好那位姑娘的病。

话题由此转到天缘游学的下一站。朱尌问沪上吴家联系上没有，别像来这儿似的找好几天。天缘说已通过网上查明，吴家有位后人叫吴昊，上海中医药大学教授，业界大佬。朱尌一下笑了，难怪好找，不像我们朱家隐匿难寻。众人陪着一笑。听白薇说吴家老太太还在，一百零九岁，头脑清醒，行走不要人搀扶。吴昊比母亲小四十多岁，他妈老来得子，现退休返聘。他父亲那辈还有个叔在，近八十了，退休教授，身体健朗。天缘与老太太通过微信交流，老太太还记得私奔后回娘家的四川龚家小妹，夸她厉害，通鬼神。

启茂自觉对不住天缘白薇。平素时不好意思见面，这临走话别，实在推辞不过，不得不说几句应景话。两位晚辈要走了，我这个当长辈的慢待了你们，尤其在我那个医院实习时，学没学到什么，帮了大忙还被责怪，实在抱歉得很。

启茂带头，一屋人群起响应，约好了似的纷纷赔礼道歉，弄得天缘白薇手足无措。天缘赶紧把礼赔回去，同样歉意满满，说，这次来通辽市给各位添不少麻烦，承蒙长辈们不吝指教，受益匪浅……

接下来，天缘自老爷子起逐个汇报收获体会。先谢谢望北师爷精心指点，知道了"病"不是个筐，不能什么都往里装。知道了世上还有不需要医生治的病和医生治了也不算的病。如同瞎子走路，一根棍子左探一下，右探一下，知道了这不行那不行后就前进了一步。

感谢启盛、启茂两位师叔，精细安排老师帮带，长了不少见识。过去以为中医归中就是不用机器，不用西药，现在才知道不是那样简单。就以上次骨折病人为例，纯中医治疗，结果是脚治好了，省钱不省事，病家仍嫌钱花得冤，医家嫌钱收得少，双方都不满意。又说沈老师用猪胰脏治消渴症，这在一些人看来简直是胡闹。到底谁对谁错？事后想想，没有对错。我的一个学西医的朋友告诉我，糖尿病患者身上还得揣糖，防止低血糖危险。中西医理念不同，治病的方法自然不同。

感谢钟清老师手把手指点。钟清老师不靠机器，不用西药，仅凭精湛医术为中医药守摊，在业界享有很高声誉，深感敬佩！

还有孙老叔，默默无闻一辈子，守住祖训，守住中药根脉，令我们这些中医药世家的后人羞愧难言。

最后，天缘拿出一个U盘说，还有朱斟兄和秦亦姐，虽不是同行，却跨界为中医药复兴出大力，废寝忘食用电脑整理的望北老人的医案，按病症分类，作为临床借鉴，实在珍贵。今后若能将计算机用在中医药古籍整理，更是大功一件。

轮到白薇，说客气话是她的弱项，听天缘提到学西医的朋友，知道是说何姝，不怼几句心里过不去，还担心自己沉默，别人会视为表达困难，别因此去不了沪上吴家。稍作思考，说，客气话被天缘哥说完了，我说几句实在话。论收获我没天缘哥多，论差距我比天缘哥大。他向各位长辈学习，我向他学习。游学回去办中医院，他当院长，我争取当个正骨科医生，心眼不正的有天缘哥的研究生女朋友治，我就专治行走不端的。

3

机票载明，第二天清晨五点登机，当晚必须在机场附近住。按习俗男主外女主内，天缘负责挣钱，白薇负责花钱。天缘主张就在候机大楼待几个小时。白薇没依他的，出来又不是讨口，挣了钱不花干什么。在一家酒店开了一间房。

天缘一直在思考，这次到沪上吴家，游学的方式怎样才好？吴家几代在中医药大学上班，没私人诊馆接纳自己。跟定吴昊教授，他讲课就去听课，他去医院上班就去伺医？想想不妥，去听课可以，伺医也可以，但像吴教授这样的名人，大多数时间是在研究课题，头一个忌讳就是打扰。伺医效果只能是找感觉，一群研究生围得死死的，哪来多余的眼光照看你……

没想清楚两人就进了房间。关上门，扔下行李，白薇去洗澡。哗哗水声中天缘继续思考，住吴家更不可能，相比白朱两家，吴家与龚家要生疏许多，除了老太太夫妇和太姑奶奶有交往，其他后人估计不知四川龚家为何物，更谈不上情感牵连。太姑奶奶给的信物是几张发黄的照片，有老太太夫妇与太姑奶奶的合影。带了龚家老屋的视频，不知老太太还记得不？万一……

白薇穿好睡衣出来，见天缘仍在发呆。催促他去洗澡，想那么多干什么，车到山前必有路。

听说洗澡，天缘一百个不乐意，去去，洗什么澡？

白薇毫不迁就，哪来的废话，快去洗，一身汗津津的，谁跟你一起睡。

天缘蒙了，我跟谁一起睡？仔细一看，白薇一袭薄衫飘飘欲仙立在面前，火辣的性子依附在火辣的身子上。天缘顿时一愣，被火炙了似的，急问，你就要了一间房？

白薇回道，就几个小时，用不着花那冤枉钱。见天缘鼓起眼睛盯着，立即补一句，你可是同意了的。

天缘依稀记得是含糊应过，可那时心不在焉。立即起身要出门去再要一间房。白薇哭笑不得，你不去不闹热，去了全世界都知道。天缘重新坐下，抱怨即使一间也不该要单间，标准间才对。

白薇气不过他，多一架床和少一架床能说明什么？

天缘只得退缩，你睡床，我睡沙发。

白薇仍不松口，睡沙发你也得洗澡。记起闺蜜的叮嘱，宁愿相信鬼，也不相信男人那张嘴。

我不去。

今天就不迁就你，非得要你去，白薇边说边伸手去脱他衣服。

天缘急忙后退，别乱来，我自己洗……

4

第二天晨曦中准时登机。两人找到自己的位置，天缘靠窗的位置已被一位男子占了。天缘客气地请他回到自己的位子，那男子不动。白薇正要与他理论，天缘阻止，叫来空姐。空姐查验了机票，客气请男子回自己的位子去。男子叫屈，凭什么呀？我这机票花了一千多元，就是想在天上看看人间。

白薇感到这是什么理由，我们不都是花一千多元买的。

男子更加有理，对呀，一样多的钱，凭什么你能坐我不能坐？

这不胡闹吗？我们买得早。白薇争辩道。

你有我买得早吗？男子打开手机，显示购票信息，订票时间确实比白薇两人还早一天。

那你自己没选好座位呀。空姐说，你还得回自己位子去。

没有谁告诉我可以挑选。先来先坐，谁坐就是谁的位子，到哪儿都是这个理。男子振振有词，他把飞机当公交车了。

空姐要通知乘警，哪怕延误时间也要男子回自己位子去。天缘不愿为此耽误起飞，自己退让一步，问清男子的座位，自己主动去旁边坐。

飞机终于按时起飞，按时到达。临下飞机时，白薇尚未起身，男子要抢先出去，白薇就是不让，你不是要看风景吗，要你看个够。两人争吵起来，后来竟张打铁李打铁动了手，男子突然惊乍乍叫唤起来。乘警快速赶来，见男子一只胳膊吊起喊痛。白薇笑嘻嘻对天缘说出口处等我，随民警去了机场派出所。

吴家接机的人是吴昊的一位研究生，小伙子在出口处凭招牌与天缘见面。听说有位客人进派出所了，一边发微信给老师吴昊，一边和天缘寒暄等白薇出来。

白薇出来时已过饭点，看她喜笑颜开一副解气的样子，仿佛刚吃了一顿大餐。天缘问她，做什么这么久，派出所没为难你吧？白薇笑得痛快，没有，警察惩罚那渣男，要我的证词作记录。遇上这渣男猥琐难言，弄得我花半天才说明白。白薇说男子被行政拘留五天。看他哭兮兮狼狈的样子，又觉可怜，走到半路又回去把他的胳膊还原。真是可恶之人必有可怜之处，话让她说颠倒了。

天缘方才一看就知道是白薇干的，趁人不备给他弄脱臼了。但凡习武之人，必会治疗跌打损伤，反之亦然，能治跌打损伤的，多少都会点功夫。尤其白薇这样出生边塞军医之家，不用说会一招半式，对付一个普通男人应该没问题。

毕竟耽误了时间，让主人久等。第一次见面留下不好印象，为此白薇面露歉意。天缘免不了说白薇几句，医者仁心，该与人为善。你跟混蛋较真自己就成了混蛋。

白薇冲那位接客的男生笑笑，再次表示歉意。转脸对天缘抱怨，你就是心软，任何人在你面前都是病人，都值得同情宽容，有时我都替你感到窝囊。那个渣男作恶你看见的，他不是病人不值得你同情，就你忍得下。末了说，我若是没有仁心，我才不会半路转回去把他胳膊接好，任由几个民警费劲瞎折腾，痛死他。

坐进车里，天缘平心静气说，那人不算病人都算病态，犯不着在他身上浪费精力。就你有闲工夫和他纠缠。我刚才说医者仁心，还有一句没说，医者无敌。古往今来，从未听说过医生在哪逞强斗狠，或者说有什么人与医生过不去。

白薇笑他缺见识。此话对她说说可以，当着这位学识渊博的研究生不该说。你说医者无敌不对，头一位就是上帝不待见医生。上帝用疾病惩罚大众，医生却用药物去拯救病人，这不明摆着与上帝为敌。医者无敌，是中医遇上孔夫子圣明，没遇上上帝罢了。

天缘不想在外人面前过多说同伴，道声懒得理你，不知今后哪位倒霉蛋娶上你，不被打死都会被气死。

白薇不爱听，赌气说，你不娶总有人娶，有那不怕死的，风险投资，大难不死必有后福。

汽车微微一颠，表示认可。

十一

1

吴家老太太腿脚不太方便,午餐就在家里简约进行,接站的男同学叫宜兴,他把一切早已安排好。吴昊陪着两位客人,吴家小保姆挨着老太太,六个人就着热情叙旧。

天缘拿出老照片递过去。吴老太太捧在手里,泪眼模糊。保姆替她擦眼泪,她用衣袖擦照片。老太太问,你姑奶奶还在吗?

天缘点点头,是太姑奶奶,还在。拿出手机打开录制的视频,看见视频里的太姑奶奶行走自如,老太太说,也该上百岁了,她比我小两岁。难得身体还这样灵活。

天缘回话,百零七岁,身体健朗。

老太太听说竟哭起来,你们好啊,不打仗,人民政府保护中医药……

吴昊赶紧使眼色,保姆会意将老太太推回房间休息。天缘一脸歉意,自己一时疏忽,不该让老太太遭受大刺激,学医的人怎么能这样大意。

吴昊安慰天缘，没关系，老还小，看电视激动起来不哭就笑，过一会儿就好了。接着问天缘，你们来上海游学，具体打算是什么？

天缘从老规矩开始，滇南白家、关东朱家一路说完，然后叫一声吴教授，我们听你的。

吴昊原以为游学只是个由头，年轻人迫于长辈压力不得已的敷衍之举。客人来上海只因两家世交，受老人指派相互探望，叙叙旧，联络一下感情而已。没承想是正儿八经遵循祖训、秉承传统来探索中医药振兴之路。尽管自己从小学的，而今教的，往后伴随过日子的是中医药，了解中医药的传说、历史和现状，但面对两位年轻人风尘仆仆前来求道，敬意油然而生。虽说游学这方式，古老陈旧，颇有江湖传奇意味，不合时宜，甚至有点幼稚可笑。但转念一想，古往今来成大事业者，有几位是循规蹈矩踏上征途的？眼前两位年轻人出来一年多了，居然做到挣钱吃饭、拜师学艺两不误，实属难得。

吴昊进一步问两位，你们想学什么？留在心里的话没说出口，这可不是金庸小说里的行走武林，走投无路可以跳崖，崖下面必定有奇珍异宝等候。我这儿可没有什么绝招、秘籍、宝贝给你们。

见两位没有立即回答，宜兴同学及时提醒道，你们研究的方向是什么？两人从未想过，仍是迟疑，宜兴同学又提醒道，你们有些什么问题要请教吴教授？

天缘仍旧不明白，我又不要学位，关研究方向何事？倒是宜兴一句话点醒，是有问题要请教，终于说出来，我们想问，什么是病？

什么是病？宜兴同学感到好笑，不远千里来此，就为这个？才露牙齿，笑声尚未出口，忽见吴教授一脸严肃，仿佛遇上一个重大科研课题，吓得宜兴立即抿紧嘴唇，静听吴教授回答。

吴教授问，你可以查查词典，没看过联合国教科文组织关于健康的解释？

天缘点点头，从词典定义、联合国教科文组织的诠释，到龚家、白家、朱家的回答，将自己的疑惑一一道来，然后瞪大眼睛望着吴教授，静听定夺。宜兴心里咯噔一下，暗暗庆幸没抢先回答，这问题哪来半点幼稚可笑之处，可是与天地齐寿的洪荒大问。若做成一篇论文，别说硕士博士，就是评教授都够格了。幸好！幸好！嘲笑别人差点给自己弄出笑话。不过，这两位同龄人到底在想什么？

吴教授又问，你读过《近代中西医论争史》吗？

天缘点点头，读过两遍。

读过《医学衷中参西录》吗？

读过。

你还读过哪些书？

《医学的温度》《李可老中医重症疑难病经验专辑》《死亡如此多情》《中西医学比较》《中西医道——中西医比较面面观》《叙事心理治疗》《近代中西医论争史》《中西医比较——形上、形下、并重、互补》《慢性低血压病中医诊治与研究》《精准医疗——未来医疗新趋势》《国医薛培基》《西医学习中医简明手册——应读、应背、应知、应会》《何氏世医1000年》《医俗史》《还原论研究》《从DNA到中医》……天缘随口报出一连串书名作者，竟有几十部之多，不是吴教授摆手还打不住。让一旁的几位吃惊不小，看不出来，这乡下郎中深藏不露，菩萨不开口竟当傻子看了。

吴昊沉思良久，这一问题现成的答案有，自己即兴界定一个也行，明显对方不会满意，就是自己也会不满意。看来不能急于回答，对天缘白薇说，这不是一句话能说清楚的事，因时间、空间、个体、社会、生理、心理不同会有不同甚至相反的答案。我问你，你为什么提出这个问题？

宜兴暗暗敬佩导师机警老道，将球轻轻踢回去，踢得飘逸而不露声色。这本是一个漫无边际的问题，仁者见仁、智者见智，不可能有标准答案。就如什么是好人一样，医生、公安、法官、慈善机构各有各的标准，只能是有什么需求寻找什么答案。

白薇替天缘着急，面前个个是医坛骄子，我们觉得玄奥难解的问题，他们会当作小学低年级问题发笑，到时别问题没有解决，白让人小瞧一番。

天缘对此思索已久，想法很多，千头万绪扭成这个结。古人说，纸上得来终觉浅，绝知此事要躬行，游学就为解开这个结。为什么？往小处说，为了一个人一个病，稍大点说，为了龚氏中医世家的荣耀，再大点说，为了中医药的振兴，为了一个中医先生的职业尊严。担心这些话说出来不中听，表达的却是另一番心境，我就是好奇，也是一个医生的本分，弄不清什么是病，就弄不清有病无病，弄不清有病无病，就弄不清该治与不该治，治与不治弄不清，更弄不清怎么治，弄不清怎么治，那还叫医生吗？

白薇暗暗替天缘喝彩，得体、准确、尽情。无论对方如何回答，自己进退皆有回旋余地。

宜兴替导师捏把汗。有病无病，中西医立论不同，历来说不到一起。导师是汇通论者，主张中西医融会贯通，眼下要把百年争论不休的问题即刻下个定论，难！

吴昊教授踱了几步，说，若是一个具体的病案可以作具体的判断，若是中医西医各自下结论也行，若要有一个皆可认同的定论，现在为时尚早。我可以试试，在你们离开之前告诉你们。不过，有一句话我可以现在就告诉你们，医生给予病家的不一定是治愈，有可能是帮助，更多可能仅仅是安慰。这是一位国际医学大师的格言，它在包括中西医在内的业界中流行：医生看病"少数去治愈，多数去帮助，总是去安慰"。

几位听众表情不一，宜兴微笑，他早已听说过。白薇惊讶，医生不是专心治病，更多是在帮助和安慰，不可能吧？天缘静默，他知道这句话的意思，但不知道吴教授告诉自己这句话是什么意思。

桌上饭菜香味袭来，肚儿提醒嘴儿，饥饿久了不舒服，需要治愈、帮助和安慰。

2

依吴昊教授的安排，天缘和白薇去学校附属医院进修。相比在通辽市中医院的实习，天缘有了处方的机会，但同样没报酬。在钟清诊馆坐诊攒下点钱，由白薇把关开支，她说剩下不多了，若进修不管食宿，恐怕要饿肚皮。饿肚皮是个笑话，两人卡上有的是钱，足够游学开支。天缘要争硬气，自挣学费完成学业。白薇笑他是作茧自缚，那是心情好的时候，惹急了冲口一句，脱了裤子放屁，多此一举。

天缘坚持不改，想通过挣钱过程亲眼把业界情形看个真切，中医药在病家和医家之间到底境况如何？换句话说，这个空间能不能养活从业者，难度有多大？对白薇的劝告可以不理，但对白薇手里越来越少的钱不能不理。天缘望着白薇，你不是说我讨口你提篮子吗？我们就上街试试，看你说话算不算数。

白薇情知他要上街找私人药房联系坐诊，突然想起，你只顾去私人药房挣钱，吴教授安排的进修不去啦？

天缘早已想好，说，每周一到周五去附属医院进修，周六到周日寻个诊馆坐诊。

白薇问他，头三天你怎么打算的？那可是难熬的几天冷清。然后兀自笑笑,说,在我们白家老药房时,是我拉人来给你捧场,在关东朱家是借助钟清师叔的人脉,我看今天你能指望谁。

天缘神情坦然,这次谁也指望不上,就指望你提篮子上街乞讨。

白薇没逼他,自言自语,看来我这叫花子婆当稳了。

第二天星期六,天缘央那位叫宜兴的研究生带路,去附近私人中药房看看有没有需要坐堂医生的。宜兴还是单身,女博士中没心仪的,心仪的没有博士衔。白薇挽紧他当导游。宜兴事先说好,私人药房好找,别人要不要你们不敢担保。

去了几处大药房,气派,名医堂,专家坐诊。天缘连门都未进,赶紧离开。宜兴诧异,这儿不愁没有病家来,人家要不要你难说,怎么自己还先嫌弃了?白薇解释道,不是嫌弃,是不好相处。以他俩这般年龄的无名小辈来此坐诊,专家会嫌弃他们拉低了名气。

迁就天缘,最后来到一个小巷子里叫利康的私人药房。听天缘说明来意,姓陈的老板将天缘白薇上下打量一番,年轻、中医、客腔,再看自己药房,冷巷、私人、小店,凭此能增加药房效益?白薇心里十分踏实,这鬼地方,没了名师声望支撑,我赌你天缘十天不开张。宜兴直接劝天缘放弃,游学不一定非得在私人诊馆才行。在陈老板疑惑的眼光下,两人把天缘生拉活拽回了住处。

天缘出生中医世家,从来只知世间缺医生,没遇上缺病人的事,除非医生是庸医。出来方知见识短,整个中医缺病人,并非处处都是天缘堂。实话说,事过了才知后怕,若非在成都大医院旁边开天缘堂捡漏,果真毕业后在别处开私人诊馆谋生,恐怕也会寒气逼人。

可天缘不甘心,倔脾气上来非得试一试,不靠熟人介绍,不借名师声望,不沾大医院的光,就凭传统医术,偏要在这小巷子开张发市。天缘叫上白薇又急匆匆要去利康药房找姓陈的老板。白薇问他，这冷僻小巷，病人在哪？天缘指指胸脯，在这里，心诚则灵，自然有病人来。白薇怀疑他患了妄想症，卖个烧饼还吆喝几声，你当你是什么了，往这一坐，病人闻风而至。天缘不知哪来的信心满满，要白薇先别管那么多，有药房就有病人来，酒好不怕巷子深。

在利康药房，天缘对陈老板说，借你一块宝地谋口饭吃。先做义诊，来的病家免收初诊费。我不敢保证你增加收入，但可以保证你绝不减少收入。边说边拿出一张纸递过去。陈老板见上面写着一副对联，上联是，医术有限专治有缘人，下联是，疾病无情但求无恙方，横批：初诊免费。陈老板问什么意思？天缘解释，病家初次的诊费我免了，药费我垫支，吃药有效后由病家给我。这你总该放心了吧。

白薇替天缘担保。说人家星期一到星期五在中医大学附属医院上班，有事随时可以找到他，不会逃跑。

陈老板反复审查身份证、职业资格证书，思忖再三，最终要天缘立下字据，特别标明出了医疗事故与药房老板无关后，勉强答应试试看。

宜兴听说后替天缘担心，菩萨都不能包医百病，你这不是跟自己过不去。

白薇调侃天缘，钱少人傻胆大，安心要在上海滩闯出大名。

天缘睖她一眼，医不出名都会被你吵出名。

3

第一周星期六，天缘如约去了利康药房。陈老板添置了条桌、木椅，另有三只脚的脸盆架，搁一盆水，晾一条毛巾，算作陈老板的全部合作投资。天缘带来一个广告牌，"有效收费"四字套上红色，格外醒目。加上几句对"有效收费"的解释，摆在门外显眼处，仿佛长了倒钩，挂住来往行人的眼光和脚步。很快有人来打听，不乏好奇的、想占小便宜的挽起衣袖立即要试真假。

天缘来者不拒，搭手把脉先辨明有病无病。对闹着玩的打个拱手，老少爷们，恕我无礼，请高抬贵手，没事别处忙去。也真有小毛病想吃免费药的，天缘抱拳表示歉意，恕我直言，我俩无缘，请别处另寻高人。一上午，认真诊断处方抓药的仅仅一个人，一个叫江全的男子。他家老人患病多年，四处求医，误打误撞进了利康药房。依照承诺，由天缘垫支药费，记个金额走了。下午看闹热的少了，开处方垫支药钱的添了四位。

晚餐吃盒饭，白薇给天缘报账，五个病人诊断费一百元，一文没收，药费二百五十九元，垫支。天缘故作低沉，药费不吉利，二百五加上走（九）。宜兴佩服天缘心态好，明天没有早饭米也不愁。陈老板高兴，毕竟拉高了人气。分手时再三叮嘱，明天请早！

天缘怕打乱宜兴生活，若明天有事他可以不来，以免无端替两位客人担惊受怕。宜兴一定要来。他对天缘做法半信半疑，很想知道明天能不能收回一点现钱。白薇坚信天缘这次要亏，有可能亏得吐血，这五个欠药费的一个不会回来。明摆着，病好了不用再来，病没好再来也没用。

宜兴不信，就天天这样亏个十天半月，不过几千元，说为此吐血太夸张了。瞧眼前天缘貌不惊人，网上说他腰缠万贯，导师面前满腹经纶，女伴嘴里憨乎乎一傻蛋，自己看不透。宜兴只觉得天缘言行怪异，要么大智若愚，要么愚顽不化。无论如何，他不会为几千元钱上心，多半是姓白的女子矫情。

天缘内心五味杂陈，几千元钱真没放在眼里，就是几万、几十万他也不会皱皱眉头。古人讲不以物喜，不以己悲，他修为远没到那个境界，明天果真没人来偿还药钱，不说气得吐血，至少会惊出一身冷汗。这意味着什么？意味着天缘无法像先祖那样凭借个人医术行走天下。苛刻点说，天缘不能凭个人的医术养活自己，更别说传承家学，光耀门庭。尚在孩提时，怀抱针灸铜人玩耍，长辈用期许的眼光告诉他，中医药将与他融为一体，相伴到老。一家人不望他当多大的官，挣多少钱，心心念念的是中医龚氏世家出一位振兴家学的传人。

明天，命运之神会是关公还是包公？

星期天一早，宜兴径直来到利康药房，天缘和白薇早已到了一会。

天缘正打开笔记本电脑，再一次调看昨天的医案。根据何姝的建议，思考今天的对策。昨晚何姝微信里说，你在天缘堂医治那一套不能四处照搬。天缘堂收治的病人是大医院判了死刑的，你敢收治就赢得先机，求生欲望让病家个个求你。在上海不同，是你求病家。虽说也是见效后付费，可在四川不见效没人会责怪你，有大医院病危通知单替你挡着。在上海不同，每一个病人对于你都是初诊病人，你没有借鉴的地方，旁人评价没有参照，而且有效无效你是交由病家说了算，自己把后路断绝，小事变成难事。我得提醒你，你是中医先生，没有高科技，没有特效药，就你这架势，是把自己当菩萨了，安心要凭三根指头与病人共生死。钱损失小事，我担心你受不了打击，你的抱负和自信让你无法冷静对待挣不够吃饭钱的尴尬。别病人没治好，医生先气死。

天缘问，依你的，我现在该怎么办？

何姝，你问高人呀！我是学西医的。

天缘说，我是学中医的，我就是要听听西医的看法。

何姝说，依我之见，再等等看。若情况好则不说，若不好，我提几个主意供你选择。要么中止与利康合作，不再往来。或者继续合作，初诊在利康，复诊引到你进修的附属医院，有老师指导更安全。也可以考虑专治疑难杂症。无论好与不好，你都得讲究一个缘分，不要与西医争高低，尤其是一些小毛病，治好了不见能耐，治不好坏你名声……

说到后面，天缘实在听不下去，复诊病人引到附属医院去，这不废话。既是复诊，一定是初诊有效才来的，我还指望着收点诊费呢！干脆把手机放一边任其自说自话。救死扶伤为医者本分，疾病面前医者当尽心尽力而为，不以个人名利为重才对。老祖宗立下挣钱游学规矩，就是逼迫后人上进，不甘平庸，若投机取巧，何必出来游学自欺欺人。

陈老板见天缘心事重重，生怕他打退堂鼓，劝慰道，昨天抓药的那几位病人中，有两三个是我熟人，等一会我发微信问问情况，如是病情好转，早点把药钱送来。即使疗效不理想，我把你垫支的药钱退你，再想法向他讨要，不会亏你一个远方人。

天缘叫陈老板不要多心，自己说话算数，不要你退半文钱。若能联系上，请告知病家给个回信，即便疗效不好也请给个复诊机会，我再仔细斟酌调整药方。药钱可以不收，病一定尽力治好。

陈老板连连点头称是，我就怕你灰心，只要你有这信心我就放心。

天缘起身去药橱前，将昨天用过的药逐一找出查验，没察觉质量有什么问题。按留下的电话打过去，对方没接听，天缘心里一紧，难道出了意外？又过了一段时间再打过去，关机。以为又是粗心的老毛病犯了，记错了电话号码。白薇劝他别急，兴许正往药房赶来报喜。你忘了上次在钟清药房那位小女孩，还不是隔几天才来报喜的。

不怪天缘心里不踏实，昨天诊治的几位病人远比钟清药房的老病号严重许多，特意加大了药量。白薇见了还揶揄道，你不是说我老白家用药野蛮，你也不斯文点？说话那意味，好像重病用猛药是她白家独创的。

药房陆续有病人前来问诊,天缘加倍精细诊治。五六个病人送走已到饭点。三人去了昨天的小吃店,各自要了盒饭,闷声扒拉。白薇趋身问天缘,喝点酒不?我陪你。天缘摇摇头,下午还有病人来。宜兴说,喝酒伤身,不喝也好。干脆下午歇业,我带你们去近处景点逛逛。天缘仍是摇头,昨天效果不好,今天多看几位,总不会个个都贴钱。

正说着手机响了,陈老板来微信催回去,有几位病人候诊,其中一位是昨天上午叫江全的病人来续医。

终于来了!仿佛当年大学送入学通知的来了,白薇赶快买单走人。

还在街这头。三人就发现昨天来看病的老太婆稳坐椅子上,不再要人扶着,明显病情好转。要进门时,天缘独自停下来,稍做整理,待气息调匀才进去。压住内心狂喜,故作镇静问,病家在哪?

病人亲属迎上来,堆满笑意说,昨天的药钱已结清。陈老板赶紧点头认可,等会转给你。

白薇急迫打开手机问病家,你们的电话是不是这个?待对方点点头,白薇略带怨意说,那你们为什么关机不接电话。病人家属赶紧打开手机,密密麻麻一串红色,急忙解释,病人吃药后难得睡了,睡得很沉,大半天没翻过身。为了让她睡个安稳觉,事先把手机关了,不想让医生着急了,连连道歉对不起!

天缘坐下来,慢慢打开电脑,点出昨天的医案,仔细询问病情变化。知道好多了,在昨天的药方上加减几味药。双方留下微信,最后叮嘱道,这两服药服完,可以停药。若有什么意外,到中医大学附属医院找我。

另一位续医的是位中年男子,昨天下午服药,到半夜大便通了,想再吃服药巩固疗效。至药房关门时,昨天诊治的五位病人来了三位,新诊治病人十三人,比头天多了八人。白薇从陈老板手中接过一百二十元诊断费和垫支的一百五十元药费，叠好，放进手提包的最里层。与陈老板道声下周六见，三人屁颠屁颠离去。

4

欧教授是吴老爷子关门弟子，听说天缘是师娘推荐来进修，爽快答应。吴昊之所以将天缘推荐给欧教授，因欧教授长期干临床，经验丰富。吴昊自己搞医论，尤其以中西医比较研究见长，可天缘不是来搞学术的，欧教授更适合他。吴昊以母亲的名义引荐给师弟时，特地说了这孩子的志向和身世与平常学生不同，一身童子功，悟性极高，不可多得的中医后学。

欧教授回家上网搜索，这小子竟是网红。在四川弄得风生水起，出来游学也是一路传说，到这才两天，已风靡一条街。等见了本人，感觉挺老实的人，甚至有点木讷。与网传相去甚远，像极了刚从庄稼地里出来的农民工。

第一位病人进来，欧教授把脉后不言语，转让天缘把脉诊断。见天缘手一搭上病人脉搏，气质瞬间变了，活脱脱一个药王菩萨转世，神态专注，询问仔细，行所当行，止所当止。然后听他分析病理，条分缕析，简洁明快。所拟处方，欧教授稍加改动便签字通过。犹如一堂观摩课，让几位实习的研究生服服帖帖没挪动半步。欧教授指着天缘所写医案对几位研究生说，这就是样板，求学就得这样。

自此后，欧教授一直夸天缘，当着自己的学生夸，当着吴昊的面夸，去看望师娘时也是夸。天缘没觉得自己有哪点值得夸，从医以来一直这样做，医者该尽的本分，与别的同行没两样。白薇替自己同伴高兴，在宜兴面前一脸得意，仿佛夸的不是天缘是她自己。宜兴提醒白薇，请转告天缘要谨慎，导师夸奖除了欣赏还有期望。

千万别让导师失望,捧得越高跌得越重。白薇还以为是嫉妒,是人都有酸葡萄心理。

不料宜兴一语成谶,失望如期而至。在吴家老太太的面前,当着一帮小年轻,吴昊转达欧教授对天缘的失望。欧教授说过去没看出来,天缘木讷低调的外表下掩盖着狂傲自大的陋习。若是不改,要天缘另请高明。

天缘默默无语,真不知说什么才好。是有误会,又不好给欧教授解释,只怕越解释误会越深。天缘说来,真还不是他狂傲。经一段日子坐诊,天缘的名气越来越大,慕名来利康找天缘看病的人越来越多。天缘看病仔细,花的时间长,每天看不了几个人,与陈老板商定每天只看二十个人。一周两天,自然有一些人等不住,打听到天缘周一到周五在附属医院上班,宁可花二百元挂欧教授的专家号找天缘看病。这就出现一件怪事,时不时有病人拿着专家号闯进欧教授诊断室,东张西望,不找教授专找四川来的学生看病。弄得欧教授和天缘都尴尬难堪。

吴家老太太说,这有什么了不起的,小欧若为这小事计较,太小气,我要说他。

天缘说,开始欧教授没往心里去,对病人只是笑笑指着天缘,在那。然后天缘把脉处方,欧教授签字去药房抓药。

吴昊说,应该这样,欧教授没为这事责怪你。

天缘说没有,他真要责怪我也没法。我和这些病人素不相识,他们花再多的钱我得不到一毛。

吴昊打断话,欧教授生气不在这儿。

老太太也急了,那他生什么气?

吴昊神色严峻,天缘你自己说。

天缘继续说,怪只怪一位在上海生病的外地人,住在利康药房附近旅馆,性急,前几天刚在欧教授那儿看过,效果不大。路过利

197

康时，听人瞎吹四川医生如何神奇，特意挂专家号来找我。一报姓名前几天来过，欧教授笑着指指我，四川专家在那儿，弄得我看或不看都为难。

众人均摇头说，也是。

天缘说，医者眼里病人为重，我还是叫他进来坐下。看了脉象，在电脑里找出欧教授前几日的医案对照。我的诊断处方与欧教授相同。估计初诊效果不好的原因，一则病人性急，巴不得端起碗喝药，放下碗就痊愈；二则欧教授用药谨慎，药量轻了点。你们说，我该怎样办？

吴家老太太一锤定音，依你的，别将就谁。

天缘说，我想到了加大药量。以我这些日子的了解，欧教授生平谨慎，签字时仍然会减下来，这病会白看了。

那你怎么办？白薇比谁都着急。

天缘低下头，说，我自作主张，照欧教授前次方子抄下来，给欧教授签字。然后借方便随病人出去，悄悄对他说，这方子你不要去缴费抓药，我这另开一个处方用微信传给陈老板，你去利康药房交费拿药。是好是歹都不要再来这里，有事发微信给我。陈老板那儿有我的微信号码。

众人为他松了口气。白薇甚至还有点小庆幸，暗暗佩服天缘聪明。

吴昊脸色仍是严肃，你干这事以为欧教授不知道？他心里雪亮，不信你再去看看医案，欧教授压根没传药房。他本来想等你自己说出来，没想到事儿竟被你阴消了。他气你有话不明说，阳奉阴违，耍小聪明。

吴家老太太见儿子大声训斥，天缘的头快掉地下了，又是心疼又是责备，天缘，这就是你这娃娃玩小心眼的不是。别说是欧教授，就是任何医生，头服药不对，下服药肯定要找原因，不然要医案做什么？你该说出来，他不仅不会怪你，还会更加喜欢你。可你玩两面派，是谁也会厌恶。转而批评欧教授，不过，小孩子家不懂事，头一次，小欧不必太计较。

吴昊仍是生气，妈，这是其次，还有更气人的事。转身对天缘，你自己对老太太说。

众人眼光刷的一下盯住天缘，白薇更是满眼惶恐，你背着我干了什么？

天缘真还没有背着白薇干事。那天，欧教授诊室来了一位病人，五十多岁的大妈，目光呆滞，哭笑无常，总觉家里有不干净的东西在晃动，惶惶不可终日。四处延医无效，家人轮班守护，苦不堪言。

病情特殊，欧教授让几位年轻人都去把脉长见识。天缘把脉，觉六脉微细，两寸尤沉，尤弱，舌淡红少苔。各种机器检查结果正常。拟诊为"癔症"。

欧教授用升陷汤重加白术以敛肝缓急。

天缘在老家见过此病，还不止一例，太姑奶奶用祝由术治疗，效果奇佳。祝由科排中医十三科之末，在沪上这大地方被视为上不了台面的巫术，业内避之犹恐不及。天缘想试一下，又怕欧教授不准，悄悄记下地址，晚上和白薇宜兴去了病人家。

白薇长长哦了一声，原来说的是这件事，在我们乡镇上太正常不过，神药两解。

老太太笑开了，颇为欣赏，效果怎么样？

白薇抢着回话，好得很，当晚睡个好觉，醒来便是好人。

你怎么知道的？老太太天真地问儿子。

吴昊回道，宜兴回来当稀奇事跟我讲。我以为是欧教授同意的，一问，他也不知道。欧教授当场表示，这个学生他带不了，请另择高明。

老太太安慰天缘,我以为多大个事,等小欧来了我对他说。当年我就亲眼见过四川小妹用这方法治癔症,很神奇。转问天缘,你画符念咒语不?

天缘点点头,没有画符,叽叽咕咕念了几句。不胡念几句人家不相信。

你都做了些什么?说我听听。老人兴趣来了。

天缘说,没做什么,就在床脚上钉颗长铁钉。

那有什么讲究?非得钉床脚才行吗?

天缘低声回答,给病人一个心里暗示,所有脏东西全给钉死镇住了。城里不比乡下木房,门都是铁的,只有床脚是实木,钉得牢固才能稳定病人情绪。

吴昊很无奈,说,妈,你就不要夸了,这让人知道我们宣传巫术,人家会怎么看?

老太太满不在乎,人家怎么看不要紧,只要病家说好就行。

事过不久,欧教授被老太太约谈。当天晚餐由老太太举办家宴,主宾是欧教授和天缘白薇,请吴教授和他的学生宜兴作陪。

白薇安排在正骨科进修,宜兴去约她,说今晚欧教授要来。白薇以为是向欧教授赔礼,高低不去。天缘愿意赔礼是他的事,我又没错,不去。宜兴说天缘的事你不去,不怕他记恨你。白薇失口一句,他心里只有他干妈,哪还有我。宜兴打趣说,我们外人都看得出来,他半天不见你就六神无主,你还嫌不够?一个硬拽,一个半推半就来了。

吴昊举杯致辞,九十年前的今天,我们的先辈相聚沪上,携手奋起,共克时艰,成功抵制了南京政府取缔中医药的决定。九十年后的今天,我们以中医药的名义相聚,庆祝九十年前的抗争,缅怀先辈的业绩,为中医药的传承振兴贡献绵薄之力。我提议,为我们中医药事业的振兴干杯!

见白薇茫然，宜兴悄声与她细细解读，他的研究生论文就涉及这些。特意告诉白薇，四川龚家、你们白家、关东朱家、沪上吴家、中原史家……都出席了会议。

放下酒杯，老太太没动筷子，谁也不能动，个个静听她会说什么。老太太陷入过往的岁月中，说，那年我刚嫁到吴家，听说政府要禁中医药，祖祖辈辈传下来的宝贝说禁就禁了，今后人们找谁看病去？说来好笑，反对中医药最厉害的梁启超就在那一年患病没被西医救活，给主张废除中医药的人泼了一盆冷水。好在禁令终归没执行，不了了之。指指天缘白薇说，那次你们两家都派人来上海，还是我家的先生去码头迎接的。

老太太稍做停顿，吴昊赶紧劝大家吃菜，说老太太肚子里故事多，边吃边听。欧教授感叹道，老师生前提起这事常说，国运兴医运才兴。那时的国家四分五裂，医界内部也不团结，对中医药有主张废止的，有主张保存的，有主张融会贯通的。我们老师就是"汇通派"扛大旗的。

天缘问老太太，师太，我们龚家谁来的？

老太太略加回忆，你曾祖父来的，他身体不好。指白薇，你们白家的人是高个子，大家都说云南来了位高人。

天缘听说高人，扑哧笑出声来，引起大家诧异，不知这有什么好笑的，天缘担心老人多心，赶紧指着白薇说，她的外号也叫"高人"。

大家哈哈大笑，相差近百年的白家两代人竟有同一外号，好笑不？

白薇为了报复天缘，问老太太，师婆，他曾祖父有外号不？

老太太认真回道，不知道。我只知道龚家那位四川小妹厉害，会法术，通鬼神。

说到法术，让人想到天缘这次给人画符念咒语的事。欧教授明显在老太太那里受了责备，如同服了"清心舒气汤"，虽没完全消气，但语气已是平和许多。对天缘说，虽说医学起源于巫术，但经过几千年的进步后，我们若还是动辄放血、发汗、催吐、催泻，还是画符念咒语那一套舍不得丢掉，无论于病家还是医家都有害无益。

吴昊见状乘势催促天缘道歉认错。

天缘刚要起身，被老太太用手止住，对欧教授说，你这个小欧也是迂腐，你老师生前没给你说过，我们在四川可是亲眼见过的，龚家小妹就是用祝由术治癔病。你们老师生前常说，祝由术我不会，也不学，但不反对，得承认它是一味心药。有时心病还得心药治。

吴昊打圆场，偶尔用一下安慰安慰病人可以，不能拿它当绝招看，因为它太古老陈旧了。若是装神弄鬼骗钱更不应该，与中医药治病救人的初心相悖。

天缘默默无语。心想，烧烤就古老，北京现在还在卖烤鸭，与北京周口店古猿人的烧烤除了调料不同，我看相差不了多少。实在感到委屈。我没有装神弄鬼，太姑奶奶教我祝由术时就说与鬼神无关，那晚从头到尾就没提鬼神二字。

白薇不服气，指着宜兴要他做证，我们没有装神弄鬼。

老太太制止说，话已说明了，都不要再提。天缘今后要记住，祝由术毕竟不是正道。迫不得已要用时，也得与鬼神划清界限，别因小失大，让小方技坏了中医名声。好了！换句话说。

白薇冒出一句话来，两位教授在这儿，我请教一件事。见两位教授脸转过来向着她，认真说，听宜兴说中医过去比西医强过许多。还说西方人信奉上帝，上帝用疾病惩罚人，医生治病是与上帝作对。可后来西方传教士到中国推广西医，他们到底是在宣传上帝还是宣传科学？

老太太逗乐了,说,这女孩子说话有趣,恰像她曾祖父一样。当年她曾祖父也是吃饭时一句话,差点把人肠子笑断。

众人好奇,问,什么话?

老太太连笑带比画,他说,哈哈,他说西方有个尼采好可笑,说一觉醒来上帝死了。西医自吹那么厉害,怎么上帝的命都救不了?

上帝都出来了,欧教授还能再说什么?

十二

1

事过之后,天缘有些悔意,第一次跟大专家学习,竟留下一个装神弄鬼的荒唐印象,实属天大的冤屈。读大学时学校专家不少,那是给研究生准备的,本科生只有眼馋的份儿。据吴吴教授说,欧教授在学院是顶尖人物,若非吴家这层关系,要他带进修生万万不能。大好求学机会就这样搞砸了,天缘懊丧不已。当时也就好奇,想知道大城市的人信不信祝由术。信则灵。现在知道他们中还是有人信,也知道了欧教授不信,触碰了他的底线,实验结束,进修怕是也要结束。

当时,在酒席上准备好给欧老师道歉赔礼,没想老太太重情护短,直接给欧老师怼回去了。微信上问何姝怎么办,她有跟导师打交道的经验。何姝回话神叨叨的,女生对付导师那套,对你男生没用。

天缘问白薇,被干脆拒绝,问你干妈去。天缘说问过了,没办法。白薇诡秘地眨了眨眼睛,问你的男同胞去。天缘当真去问宜兴。宜兴也是疑惑，据他了解欧教授是很大度的人，殊不知这次小肚鸡肠。要问缓和与导师关系的办法，他没与导师闹僵过，也没经验。不过，请客送礼好像作用不大，你最好去问吴教授，也许他有好办法。末了叮嘱，千万别再去找老太太出面，那样事儿会更糟。

在找吴昊教授之前，天缘又去找了白薇。嘟着嘴全部吐出来，宜兴就说了这些，你看怎么办？白薇不好意思再推这那，认真想了想说，负荆请罪你资格不够，人家廉颇与蔺相如是平级，负荆请罪是高风亮节，哪是你与欧教授的关系能比。瞅瞅天缘突然发问，小时候犯错后家长不饶恕，你怎么办？天缘回答，小时候犯错多，家长不饶恕的事没有。白薇似乎对天缘平淡得只有快乐的童年颇为不屑。自豪地说，我有过，每次大人赶我走，我都扬言，你们不要我，总有人要我，转身就要离家出走，弄得父母反过来说好话，结果万事大吉。眼前也只有抬脚走人这一条路。直接找欧教授摊牌，错已错了，你原谅，我保证今后不再犯，不原谅，我改了也没用，回去继续画符念咒混饭吃。若是别人问哪学的？只说曾拜上海中医大学欧教授为师。画符念咒与他无关，是自个学走了样。怎么样？你不愿去说，我带你去说。

天缘一听，这不是此地无银三百两吗？哪是来上庙，分明是糟蹋老道，气得掉头离去。

白薇去没去找欧教授，天缘不知道。吴昊教授当晚把他叫了去，就欧教授的事谈了大半宿，真还提到了白薇。

白薇没睡，和宜兴在出租屋等着天缘回来。见面第一句话，我说的没错吧，是不是？天缘明知白薇不插手，欧教授不开口，吴教授也不会找他谈半宿。天缘看不惯她那得意的样子，故意拿捏她，你说呢？瞧天缘一脸镇静、宠辱不惊的神态，白薇沉不住气了，仿佛扔了个炸弹，自己捂着耳朵却听不见声响。失望之余好奇心来了，欧教授把你怎么啦？天缘纠正她，不是欧教授，是吴教授。啊！白薇以为完了，自己的小聪明惹了大祸……脸色瞬时如霜打僵了的菜叶皱成一团。天缘瞧她吓住了，有意放慢节奏说，吴教授向我转达欧教授的意思。白薇心里一紧，真还是自己闯了祸，惹欧教授生气要赶天缘走人，自己不好出面让吴教授来转达。不用说，明天一早，拜拜。白薇迫切想知道欧教授提没提到自己，别让天缘抓住把柄，埋怨自己瞎捣乱。急问都说了些什么。

瞧白薇猴急的样子，天缘着实好笑。她如知道欧教授的意思肯定会跳起来，今晚谁也别想睡安稳觉。别说白薇没想到，就是天缘自己也没想到，欧教授不仅没有责怪的意思，反而增加喜爱之情，一心想收天缘做徒弟。担心天缘不答应，托吴教授辗转表达已有些日子。白薇找上门气呼呼一通抱怨，竟让欧教授误以为是天缘拒绝的意思，发微信问吴教授怎么回事？吴教授也大吃一惊，赶紧找天缘交谈，才消除了误会。

听说欧教授要收天缘做徒弟，白薇拍着巴掌跳起来。白薇邀功说，该不该谢谢我？略施小计办成大事。天缘赶紧给她打躬作揖，难为你，今后这样的好事你还是少做为好。一惊一吓会出人命的。

宜兴的祝贺里充满羡慕，告诉天缘，通常教授只收学生不收徒弟。白薇认为一样的，都是拜师学艺。拜在硕导名下就是硕士，拜在博导名下就是博士。不用写论文搞答辩，比那些歪硕士孬博士强多啦。话完顿觉不妥，看宜兴脸色不好，赶紧挽回，我说的是社会上那些假研究生，配上两声嘿嘿傻笑。宜兴认真纠正，收学生是依据规定，多是素不相识的。收徒弟是依据个人感情，非得老师真心喜欢才行。历来没文凭的徒弟比有文凭的学生更受教授青睐。师父比老师更受弟子尊敬，一日为师，终身为父。

眼见宜兴羡慕到眼红，掏心掏肺地祝贺，白薇的喜悦戛然而止，莫名感到与天缘之间越来越模糊。过去，天缘作为伙伴，虽是浮云在头顶，深沉如浓雾，人影尚隐约可见。眼下看来，天缘仍是浮云却慢慢远去，浓雾渐散，人影难寻。爱极生恨，乐极生悲，白薇的话句瞬时变味，顺着宜兴的意思说，天缘，我祝贺你多了个爹！

宜兴看看白薇，愣住无语。

天缘不介意，对付小心眼唯有大度管用，平静说，多个父亲多个人心疼，好事！招呼宜兴，你继续说。

宜兴接着往下说，欧教授手上有许多绝招，据说他能从面相上看出女人的生育能力。

白薇打断话，讥讽道，真是绝招？别是计划生育的招数，或是媒婆那儿学来的。

天缘顺势圆场，等以后我学会了，一定露一手给你白薇看看，保你生个足球队捎带裁判。不等白薇开口，又催宜兴说下去。

宜兴说欧教授临床经验丰富，活人无数，尤其擅长治疗肿瘤，在他眼里没有癌症一说，只有气血壅结，经络堵塞。他从不与西医争高低，但凡西医收治过的病人坚决不收治。他的说法是自己不如西医，西医治不好的自己也治不好。

白薇一下抓住发挥，说天缘，这下好了，两师徒杠上了。一个专治西医没治好的，一个专治西医没治过的。这不像是师徒传承，倒像是冤家路窄，谁教谁呀？

宜兴也觉有意思。按说道不同不与为谋，怎么会意见相左的人成为师徒关系，衣钵传承岂不闹笑话。

天缘不这样认为。欧教授和自己的认识初看相反，实则相通。一个是在西医未曾染手前施展本事，一个是在西医放弃后施展本事，都是独自施治。只因中西医评判标准不同，中医看疗效，西医看指标。譬如癌症，西医以癌细胞消除为治愈标准，中医以病症消除脉象平稳算数。两者实在难统一，不独立施治不行。说不定，欧教授收自己为徒，看中的就是这点。

宜兴问他导师的看法。天缘转达吴教授的意思，天缘游学的目的不是学术研究，也不是个人逞强，是要回去办中医院光大中医药。欧教授丰富的临床经验尤其重要，千万不能错过拜师的机会。还说宜兴今后也要加强临床实践，积累经验。别忘了中医药就是一门经验医学……

等天缘说够了，宜兴问够了，自己小性子也使够了，白薇方才小心问，吴教授提到我没有？

天缘猛然记起，吴教授说过，西医中医各具优长，西医许多解决不了的疑难创伤还得靠中医担纲，譬如白家正骨术千万不能失传。

白薇不相信，说你天缘的好，是一大通，轮到我就这几句？见天缘点头，她起身出门，甩给两人一个哐当的关门声。

2

天缘自打听说欧教授要收他做徒弟，赶紧请吴家老太太催促欧教授过来，自己好磕头拜师。

那天在吴家，由老太太做证，按老规矩磕头行拜师礼。欧教授给他三本自己的医案集、一大摞手稿外加一个U盘，让他学习、整理。老太太当众宣布，此后，天缘便是吴氏中医第十九代传人。

从与天缘见面，老太太就萌生这个想法。物色吴氏中医传人，是老太太一块心病，常与儿子和徒弟议论，这晚辈中还有没合适的。自己的儿子搞医论，孙子吴琦去国外留学，子承父业，研究中西医发展研究，正撰写博士论文。老太太嫌孙子的学问中掺杂了西医，家学不纯正。欧教授的儿子太温顺，是个好的中医先生，大学毕业后去了旧金山，在一家私人中医馆当特聘专家。小欧先生勤奋，从小不淘气，是个听话的乖娃娃，尤其对父亲的话信在命里，说一不二。为这欧教授没少说儿子，你得有点独创质疑的问道精神，什么都听我的，一辈子跟在我的屁股后面没出息。小欧先生瞬时有了疑心，你这句话我听不听？父亲的回答不容置疑，当然要听！我会害你吗？唉！小欧先生一声叹，说半天，最终不还是要听你的。欧教授拿儿子没办法。

苦苦寻觅时，天缘出现了。

老人们看中的就是天缘不循常规、不畏风险、不跟风、独立思考的气质。吴教授对龚家与吴家的医术特点，和欧教授一起做了分析，各有专长。龚家长于临床，医论稍逊。吴教授则专注医论，不及欧师弟临床经验丰富。要天缘博采众家之长，兼收并蓄，将龚吴两家医术熔为一炉——白薇插话，还有白家。吴教授马上添补，对！还有白家、朱家以及你将去的其他家，为中医药发展开创一片新天地。

这恰恰是天缘游学的初衷，连连点头称是。

欧教授比当年他自己拜师还高兴。轮到他作为师父对徒弟讲规矩，说，师娘师兄做证，我在学院是出名的倔脾性，不喜逢迎，缺少变通，讨厌弟子曲意奉承。我的第一条规矩就是实话实说。以你的根基和天赋，我不担心你临床修为，只担心你眼光短浅，故步自封，不思进取，所以我的第二条规矩是，不囿师承，融会百家。医者仁心，要谨守医德，这第三条，也是最重要一条规矩，重德轻财。接下来说，鉴于你在上海不能久留，我做如此打算，此后，你半天坐诊，半天听讲座。坐诊我会给你机会专看疑难杂症，讲座我给你开单子，不要去听那些无用的。晚上看医案，有疑问随时发微信问我。为了你，我特地破戒，西医看过的你也可以看……

最后说，我没有文凭给你，没有绝招给你，有些独特体会绝不保留，吴氏传人这块牌子你不能砸。师门无财富，唯医德受用终生。

3

　　拜师后第一堂讲座，是吴教授的"中西医学百年交集"。听他讲座的人历来很多，宜兴领着天缘和白薇早早来抢占前排。阶梯教室里来的人没几个，书不少，一本书占一个座位，让后来的人屁股没搁处。白薇泄气要拉天缘往回走，天缘不愿放弃，指指过道，那儿也可以站人。天缘读大学时没少站过道，习惯了。白薇独个想回去，不愁没机会找吴教授单独请教。宜兴拉住她，拿出各自带来的书，朝有书无人的座位努努嘴，去，换一换。白薇会心一笑，过去将一排座位上的书齐成一摞，露出空位，再拣三个座位搁上自己带来的书，然后一旁等候鱼儿上钩。不一会来人了，拿起书没看只管搁在腿上坐好。三人走上去交涉，同学你坐错了，这个座位有人。对方不干，扬起书说，我先来。白薇优雅地请对方好好看看，这可是吴教授的新著。对方说，我也是呀。白薇请对方再看看，上面有吴教授的签名和我们三人的名字。这书原本是吴教授叫宜兴带来转交的，当然有签名，欺负对方不知情。对方打开果真是，一字不差，尽管莫名其妙，还是悻悻然起身让座。

　　白薇嘴碎，宜兴担心她课堂上管不住，给老师印象不好。有意拐个弯提醒她，我们老师讲课精彩，你千万不要激动，下来后再谈体会。

　　对宜兴的细心和文静，白薇总觉不舒服，两人并排一站，有点文臣武将的意味。自己雄起起气昂昂，毕竟不是女子该有的样子，又无法说出口。听宜兴叮嘱秩序，把自己当小丫头看了，心生不快。遂生作弄人的小心眼，故作轻松说，我没事，好歹就两三个小时。稍做停顿，朝天缘努努嘴，那老兄可不一定，讲得好他会站起来喝彩,讲不好他会打呼噜震响几间屋,你得提醒提醒。撺掇宜兴去天缘那里受气,她乐得一旁看笑话。

宜兴知道白薇说的反话,笑笑,你去说最合适,你是他身边的高人。

见宜兴不上当,白薇换个话题正经问,你们老师学问高,我听不懂怎么办?

宜兴老实回答,先记在心里,下来后我们商讨,还可直接问老师。

白薇若有所思,一只手翻过去,另一只手翻过来,自言自语说,一颗枣先囫囵吞下去,然后请先生开刀把核取出来,是这样吗?

偏偏宜兴听得清清楚楚,这不抬杠吗?分明嘲弄人。不愿深究,说,你胃口好,直接消化了也行。

白薇仍一脸懵懂,关键是我不知哪些是核,把老师讲课的核去了又不对?万一那核正是老师的精华怎么办?

宜兴真想给这兴风作怪的妖精一巴掌,可惜,他的巴掌没拍响,众人的巴掌声暴风雨般响起,讲座开始了。

吴教授在屏幕上打出一段古训,"物分本末,事有终始,知所先后,则近道矣",由此开始他的思维流淌:在中华五千年文明的源头上,耸立着诸子百家,其中,大家最为熟悉的莫过道家、儒家……说到同时代与其齐名的医家,历来被人忽视,我今天要讲的是……

宜兴一边听讲,一边偷看天缘神态,倒不是怕他弄出什么动静,是替老师收集讲课效果。

……天人观是中国传统文化的特征之一。有儒家的天人合一、天人感应,有道家的天道,代表自然科学的医家言"天气",构成中国特色的天人观,马克思称之为"自然的人化"。三家共同之处，都将人以外的自然称作"天"……

天缘的眼珠定在吴教授的嘴上，面对一泻千里的演讲，天缘神态时而如磐石屹立，时而如浪遏飞舟，直到结束始终没旁看一眼，没闲话一句。

……三者区别在对待"人"的认识不同：道家讲修心，重在对人的生命形态的关照；儒家讲修身，重在对人事系统的关注；医家则是将以上两家融会贯通的学说……

天缘一笑。笑什么？笑演讲有点王婆卖瓜的意味？

……道家的宗旨是"贵生""度人"，道家修炼的终极目标是得道成仙，与天齐寿，人与自然融合为一。儒家的宗旨重在人伦，崇尚"礼乐"和"仁义"，其训诫是修身、齐家、治国、平天下。朝闻道夕死可矣，体现"天不变道亦不变"的终极目标。医家则认为，人身小天地，能主动对自然进行调摄适应及改造……

白薇起身去厕所，她的小天地到了调摄适应的时候。

……阴阳观。《易经》说"一阴一阳之谓道"，《老子》说"万物负阴而抱阳"。但最完整准确的体现是《黄帝内经》，虽不是来自道家，但同出一源，并行不悖。道家扶阳抑阴，认为阳为正，阴为邪，视扶正祛邪为正道。医家主张阴阳平衡，阴平阳秘，动态平衡。"阴平阳秘，精神乃治，阴阳离决，精气乃绝……"

天缘心里一震，阴阳离决，精气乃绝，这不正好是"病"的解答，腰身一弓差点站立起来。

……五行学说。《尚书》讲"五德终始"，只讲相胜，一物消灭一物。医家讲相生相克，克是抑制，是补充，是平衡，不是消灭……

宜兴多次听老师讲过这些，唯有敬佩不已。难得有天缘如此丰富的表情回应，真是如痴如醉。

……医家的"心主神明"，就是将人体心身活动假设成一个小朝廷，心当皇帝，统帅五脏六腑。这种比附，提供了从生命现象来认识社会现象的良好途径。与政治的长治久安不同，医家追求生命的长寿久安……

一阵火爆的掌声中，讲课的人走下讲台，听课的人渐次离开教室散了。白薇起身叫天缘，天缘没反应。白薇不敢惊动，只有静等。宜兴送吴教授走后又回来，看天缘仍呆坐不动，连叫几声，仿佛泥雕木塑，眉头紧锁，不知何物仍把他缠在内心世界没出来。白薇脸色变了，赶紧带着哭腔发微信求救。

最先赶来的是欧教授，这才收徒弟没几天，千万别让药王菩萨拐走。还好，没坏事，接到微信再三打招呼，千万别乱动他，无论是什么姿势都请尊重，权把他当作一尊雕塑。

吴教授也赶来了，见欧教授正指挥众人将天缘抬出教室，依然坐姿，眉头紧锁，请神一样簇拥而去。吴教授问清缘由，说是无大碍，常人的走神而已。放心之余，忧心又生，事由自己的讲座引起，若有好歹，可要愧疚终生。至此，又生疑惑，天缘是位极有主见、个性倔强的人，不知是哪一句话竟把他引入迷途？

4

天缘子夜从虚拟世界醒来。阴阳交替之时，他感觉饿了，要吃的，点名要吃老家的心肺汤圆。白薇去夜店要了一碗肉汤圆，用热卤的肺片做臊子，撒上葱花，香喷喷端给他。大约那边世界缺少人间烟火味，或者压根没有七情六欲，饿得天缘前胸贴后背，眼下大口大口吞咽，叫人如看灾民进食，顿生怜悯。

两位教授闻讯赶来时，天缘又睡了。这次是真睡，不仅姿势像，而且有鼾声做证。两位教授吩咐不要打搅，让他好好休息。

第二天午时，又到阴阳交替时，天缘彻底醒了。不叫饿，不乏困，精气神如得胜归来，又如老家结婚第二天回门那样，脚轻手快，喜气洋洋。白薇揶揄道，你在那边莫非登了皇榜当了驸马不成，你还知你姓什么不？

天缘头一扬，本人姓龚名天缘，四川渠县人。

宜兴下瘪的嘴角欣然上翘，说，你差点把人吓死。两位教授嘴上说不碍事，手心替你捏一把汗，昨夜直到你翻了身才走，现在还不快发微信让他们放心才是。

白薇回话，微信早发了，这时怕是正往这儿赶。说天缘，你呀！真是不得了，打个瞌睡都惊天动地。今后若不做出丰功伟绩来，恐怕天地不容。

宜兴好奇问天缘，你快给我们说说，你都看到了什么？遇到了什么？

白薇咧嘴一笑，替他回答，看见了神，遇见了鬼。他分明为前排那几个小师妹迷了心窍，学贾宝玉装痴弄傻。说时还故作关心，说你有这心思就明说，托教授说媒就是。非要闹出这么大的架势，差点憋出心病，何苦呀！话完还喷喷咂几下嘴唇。

天缘一副无所谓的样子，好像是听别人的笑话。待白薇说完，他认真问道，你吓着没有？

白薇忍了忍，终于没忍住，眼泪哗的一下流出来，你要把人急死才好……

这时，两位教授脚赶脚来了，瞧天缘精气神，替他高兴。见白薇眼泪汪汪，转而劝她放心。吴教授说，没事了，只是思想开个小差，回过神来就没事了。欧教授开导白薇，天缘人年轻，经此思想激烈冲撞，不仅会思想跃升，身体也是一次凤凰涅槃，浴火重生，大有裨益。

白薇含着泪说，就担心他遇见什么了，说出来大家好替他排解。可他就是不说，非把人急死不可。

天缘辩解，真没遇见什么，你让我说什么好。

欧教授笑了，开导白薇，你问得不准确，要问你在想什么。吴教授转向天缘，你在想什么？荒原野马的，冥思苦想到不要命了。

天缘为自己钻牛角尖感到不好意思。见吴教授问起，不得不说，我听你讲到，中医理论的核心学说是藏象学说。象者，像物者也。是着眼于整体性自然和人生宏观对照与主观想象力的创造和发挥，是抽象与具象的统一。

吴教授听他一字不落背出来，确认不是假话，问，有什么质疑吗？

一旁的欧教授对天缘神游感到惊奇，这段话出自老子的道家思想，吴教授公开讲过多次，从未有人质疑，忍不住补充解释几句，道之为物，惟恍惟惚，恍兮惚兮，其中有象，恍兮惚兮，其中有物。藏象学说，正是以有形之象描述和表现脏器，以无形之象体现阴阳变化之道。中医这种具象与意象统一的特点，与艺术不谋而合。

天缘回道，这些道理我在书上读过，上大学听老师多次讲过，许多段落我甚至能背下来。这次听吴教授演讲又生许多新意，我怀疑自己到底弄懂了多少。

两位教授颔首称是，吴教授反问，你认为自己弄懂了多少？

天缘谦恭回道，古人说的和老师讲的大都是抽象的思想，是虚的。如果自己心中没有事物的具象与之对应，就没有自己的化解，那这种思想仍然是古人的，是老师的。所以……

欧教授听明白了，所以你一直在消化理解，把古人的老师的变为自己的。

天缘点点头，说自己愚笨，钻进去了没法钻出来，深陷其中还得老师同行拼力拖拽才钻出来，闹笑话了。话没说完自己先一脸歉意。

两位教授会心一笑，为中医药薪火相传，为师门光大有人暗自庆幸。白薇和宜兴愕然相视，世上竟有听讲着迷不能自拔的人。好听点说是全神贯注，不好听点就是憨痴，范进中举的现代版。

两位教授兴趣陡涨，吴教授问，你都想了些什么？说出来听听。

一旁的两位同行敬佩教授学识渊博，一语中的，不像自己傻乎乎问遇见了什么？看见了什么？白薇和宜兴闭上嘴，本分地听天缘往下讲述。

天缘从头至尾一一道来：老师讲课博大精妙，我边听边在想，不仅自己要弄懂，我的病家若是也能听懂这些道理，那该有多好！起码对中医药的信任会增加，疗效肯定会增加不少。老师每讲一句，我就寻找实证，再试着用老百姓听得懂的话在心里说一遍，说着说着就陷进去了。

欧教授鼓励他，具体点，举个例子说说。

天缘举例：吴教授提到中医整体性时说，人的整体性可以反映在脏腑之间，神形之间，气血津液理论及阴阳五行学说等各个方面，可以运用于生理、病理、诊断、治疗各个环节。

天啊！两个同行惊得吐舌头，他竟然一字不漏背得出来。两人催他，说呀，你怎么想的？

天缘说，我当时想起太姑奶奶教给我的口诀，见痰休治痰，见血休止血，无汗不发汗，有热莫攻热，喘生休耗气，精遗不堵泄，明得简中趣，方是医中杰。可这些话，老百姓不懂，也不会听。他们有自己的言语，遇上医术不高的医生，我们老家的人会嫌弃说，你就这点本事，只知道头痛医头，脚痛医脚。

白薇忍不住催问，你想怎么说？欧教授用手压压，示意不要打扰。白薇赶紧捂住嘴儿。

天缘说我想到了树，用树做比喻。一棵树干枯了，掉叶了，一位有经验的园艺师不会死盯着树叶，他会仔细分析是干旱缺水，还是病虫危害，还是根部腐烂……

我曾收治好些病人，听病人自述是慢性咽炎，四处求医，吃消炎药打抗生素无法断根，好了没几天又复发。经人介绍找到我，把脉诊断是胃气不舒。病人问，我是咽喉不舒服，怎么牵扯上胃？事大吗？我对他说，小事，一家人串错门了。病人不解，我援物类比。形象点说，人的体内有五脏六腑，好比一大家子住在一起，公公有公公的房间，儿媳妇有儿媳妇的房间，平素时相安无事。有一段时间，公公老是串错门，进了儿媳妇的房间，伤了老伴、儿子、儿媳妇的感情，一家人闹得不舒服。身体也是如此，胃酸搁在胃里没事，若是倒流到咽喉，势必引起灼伤，打嗝反酸，发痛发痒，整个身体不舒服。他听进去了，吃了两剂药，自己知道多运动，忌生冷，病很快就好了。

到这儿，天缘不好意思再往下说，一点小体会，让你们见笑了。

众人正兴头上，齐声鼓励他说下去。吴教授言辞恳切，你也启发了我，学以致用，不接地气的学院腔是得改一改。欧教授意犹未尽，催促天缘继续说。宜兴也劝再讲几段。天缘仍是推却，白薇看不惯了，气呼呼说，我从滇南到关东，再到沪上，路没少跑，气没少受，就指望跟着你带带我。你倒好，有点心得体会像顾命样窝在心里，生怕别人学了去，要抢你饭碗的样子。

宜兴跟着起哄，你防我们可以，你防两位教授没道理。别的不说，万一你理解有错，也好请教授给纠正一下，你就敢保证没有一点疏忽误解？

吴教授接住话连说，教学相长，教学相长。

天缘不好再推，只有继续说，吴教授提到天人合一时说，从中医天人合一的观点出发，认为自然界是人赖以生存的条件，自然界的变化可以影响人体，人体根据自然界的变化而产生反应，这种反应在一定范围内是生理反应，超过一定限度便成为病理反应。说

"道"老百姓不懂，说"天"老百姓知道，是他们家的老爷。天老爷，惹不得，惹犯了要火烧雷劈，要生疮害病……

天人合一，白薇至今仍认为玄而又玄。过去常听老一辈说用药的时辰有讲究，什么季节用什么样的药，什么地方的药有什么样的药性，总认为不科学。私下里也与天缘交谈过，难道吴教授一堂课让他醍醐灌顶，脑洞大开，有了什么惊天收获？白薇不眨眼，死盯住天缘，专看他又会变出什么新花样来。

天缘略带几分胆怯说，人进化到今天，少说也有几十万年时间，父母给予的每一个部件，该有的一件不缺，不该有的一件没有。中医讲究一个适应平衡，破坏了身体与自然的适应平衡也会受到惩罚，那就是生病。我当时首先想到高原反应。内地人到西藏会不适应高海拔缺氧的环境，高原反应就成为一种病，弄不好会死人的。西藏的人到平原，又会出现醉氧现象，严重的也是一种病。这是最好的例证。人们常说一方水土养一方人，同样，一方医生治一方病。不同的环境产生不同的医学医生，例如藏医、苗医、蒙医……

白薇戏谑道，韩国的叫韩医，中国的叫中医，龚家是賨人后裔，你们家就是賨医？

欧教授急忙开导，中医还有一种理解，《汉书·艺文志》载"有病不治，常得中医"，说的是小毛病靠自身调养，相当于一个中等水平的医生。即老百姓常说的"久病成良医"。

白薇赶紧捂住嘴儿，脸绯红。

天缘没介意，自个儿只顾往下说，我们龚家有教训，说来丢人。老家附近山上的人，祖祖辈辈患胃病，龚家祖祖辈辈治这种胃病，患病和治病的都盯在人和病上，压根没有往环境、生活习惯上查找过原因。还是人民政府发现了问题，组织专人调查，原因出在饮食习惯上。山里人祖祖辈辈爱将青菜煮熟后在水里泡酸了吃，正是这种发酸的青菜带来了山里人祖祖辈辈的胃病。作为中医世家的辈辈龚先生却没查出病因，一大家子至今惭愧不已。父亲常拿此事诟病家学，气得太姑奶奶差点吐血。

吴教授劝解，你一家私人药房不能同政府比，不是一个层面的事。

天缘仍是自责，现在体会到环境很重要，不仅自然环境，还有社会环境，甚至人的心态心境，都是医家治病时一点不能疏忽的。太姑奶奶常说天下没有无缘无故得病的，生病总会有生病的缘由，如同警察破案总是从犯罪动机分析着手，医生也得千方百计寻找致病的元凶。古人说，饱暖思淫欲，饥寒起盗心，很多时候病在身体，病因在心上，在所处的环境。从今往后，我看病再不能只看症状，得依病理寻病因，而病因不仅在身体上寻找，还得多在病家心上、所处环境上寻找。

欧教授不住点头，中医说，病由心生。仍不放心，怕他是一时心血来潮，并非真正领悟，问，你有过这方面的经验吗？

天缘回答，有，过去没在意。说时陷入沉思，我有一位大学的女同学，家族中女子很少活过三十岁，病前没一点征兆，无论是西医用机器还是中医把脉，一点生病迹象没有。二十五岁左右发病，说来就来，到头不是绝症就是自杀。这一家的姑娘别人不敢娶，自己不敢嫁。死后连坟头墓碑都不好留，只栽几株树，现在成了好大一片林子。

说到伤心处，天缘眼角湿了，白薇递给他一张纸巾，待他擦干后，接过来顺手将自己的泪水擦干。

宜兴惊恐问天缘，她也死了？

天缘摇头，说，也快了。据说人已瘦变了形，宁死不愿见我，就怕我伤心，毁了她在我心里的好模样。

白薇急了，抓紧给医治呀！不行找你太姑奶奶想办法呀。

天缘忍住泪说,带她见过太姑奶奶。那时病没发,脉象正常。太姑奶奶说她精气神不对,阴气重,恐怕寿延不高。在我们看来她没毛病,相比热情奔放的其他姑娘显得矜持稳重一些。太姑奶奶说她也看不出病因在哪,开了一服无忧方子,还不知回去服了没有,估计多半被扔了。她自己常说命中注定,吃药没用。

欧教授急问,现在人在哪?能不能带来我们给瞧瞧。

天缘一脸无奈,我也不知道。前段日子有人悄悄来过电话,想把她送到天缘堂来,现在这个电话也成了空号。

吴教授关切问,她是哪儿的人?听说是河南的,双手一拍,有办法了。你不是要去中原史家吗?像她这种怪病肯定去史家诊治过,史家一定有记载,发微信问一问就知道了。我这儿有史家微信,史家的光进老总去年还见过面。

天缘不得不道出苦衷,我现在去了也没用,天下闻名的中原史家都治不好,我恐怕也无法。

白薇急了,那你也得去看看,哪怕给她个安慰也好。

天缘泪水再次涌出,我不去她还有念想,希望治好了病以姣好的面容见我。若是现在见了面,我却束手无策,只会让她万念俱灰,催她早……天缘实在说不下去。

吴教授问,那,你打算怎么办?

天缘说,我想再等等,找人总比治病容易。你的讲座让我看到了治病方向,隐约感到病因就在附近,需要机缘和时间。到时有了治病良方再见面,我有了底气,她也有了希望,总比见面催她上路好。

白薇若有所思,这样很好。只是她等得住吗?话出口又觉不对,赶紧解释,我没有别的意思,担心她身体能挺得住不?不是说的婚姻。

是也没关系。现在她结没结婚都不知道,贸然前去还不知好不好。天缘似有担忧。

白薇迫不及待,你去了不就知道了?

是要去,不会很久的。天缘似乎很有信心,有两位教授指点,我再悟一悟,自己的医术应该有所突破后,那时再去。虽比不上菩萨罗汉,至少算个良医,总比现在去好。

5

吴教授给史光进去了微信,他是史家的老大。说到河南有个家族患疑难病症,他依稀记得有这么回事。还是老爷子在的时候,有一家姓什么不记得了,隔几年送一个病人来,清一色的女孩子,后来都死了,不是绝症就是自杀。是得了绝症才自杀,还是成天想自杀才得绝症,好像当时没搞清楚。是哪里的人?这么多年记不清了,听口音是洛阳那边乡下的。病因么?记不清了。当年老爷子倒是时常提起,说,哀莫大于心死。人若想死,神仙也救不活。还说人活着总得有个归宿,不仅是身躯,人的心灵也得有所皈依。那一大家子的女孩子,个个成天魂不守舍,寿延必定不高。用药的方子吗?要看医案才行。好的,等你来河南后,我一定找出来给你看……

吴教授将此告诉天缘,天缘晚上发微信告诉何姝,并就听课的体会也说了,想听听来自西医的看法。

何姝先说柳梦家再无微信来,上次那个微信早已拉黑了。然后感叹天缘到底是中医世家出身,一个恍惚就惊天动地,老子的天人合一都用上了。还不解地问,不就一堂课,至于吗?天缘深感内疚,说自己生就一根筋,没法改。我妈常说我倔脾气难迁就,将来谁嫁我谁倒霉。何姝说只怕是没有嫁先倒霉,成天絮絮叨叨没完没了烦死人。天缘脸厚也是天生的,竟劝何姝认命,遇上我这样的同

221

行是你前世修来的福，即使有点坎坷，也是天意难违。何姝微信里狠狠一呸，唬得天缘一愣。听何姝嘲讽，你还是把病床上那位救回来，不然，即使老子不找你，佛祖孔圣人都不会饶过你。提到柳梦，天缘一下老实，规规矩矩说，这次讲座让我有了感觉，好像病因就在附近，邂逅只在早迟。何姝还一句，你不快点撞运去，跟我磨蹭什么？天缘说，我这不正求你指点迷津，你眼尖，帮忙辨认辨认。

自打知道柳梦的事后，何姝一直在琢磨，从西医的角度反复思考，精密机器尚未发现的病因，单凭望闻问切那一套，绝无可能察觉。可听天缘说来，他似乎受到了某些启示，有所感悟，不妨叫他先说来听听。问天缘，吴教授给你传了什么真经，你说来也让我们替你高兴高兴。

天缘说，吴教授讲到天人合一，让我想到，几千年前，古人不靠机器，不搞实验，可说出来的话几千年后还管用，靠什么？

何姝冲口而出，靠思辨呀！

天缘仍是不解，靠思辨？什么叫思辨？

何姝说，我给你说一件事就知道。小时候爷爷带我去拜访前辈，他家养信鸽，我人小好奇，缠着主人领我去鸽笼玩赏。我看见好多的鸽子，有吃食的，有孵蛋的，有哺育小鸽子的，每个窝里两个小鸽子，毛茸茸的，其中一个明显大许多。我问主人，小鸽子大小差许多，难道大鸽子有偏心？主人说，不是，幼鸽中大的是公鸽，抢食凶，因此长势快。见有生人进来，胆小的大鸽子噗噗逃出鸽笼，窝里剩下幼鸽和鸽蛋。我发现多数窝里的蛋是两个，有的窝里只有一个蛋。主人见我疑惑，解释道，这是头蛋，第二枚蛋要间隔一天才生。先生的蛋先出壳，后生的蛋后出壳。不知怎么想的，我忽然问道，头蛋是公鸽还是母鸽？主人愣住了，说我养鸽这么多年从未想过这事，也从未有人提过这事。不过这事好办，将先出生的蛋做上记号，有个十天半月结果就出来了。爷爷略微想想，说，不用那么费事，现在就可以得出结果，先生的蛋一般出母鸽。面对主人的不解，爷爷不慌不忙讲解，假如先下的头蛋出公鸽，公鸽抢食凶，长势快，再加上它早出两天，优势更大。母鸽抢食弱，长势慢，又晚出两天，还能活下来吗？若要公母平衡，只能是长势弱的母鸽早出两天，等公鸽赶上时，母鸽已过了危险期。爷爷最后说，不信你试试看。后来主人告诉爷爷，真是你说的那样，头蛋出母鸽。

说到这里，何姝问天缘，这是不是思辨？

天缘回话，是思辨。可与柳梦的病有什么关系？

何姝说，过去你没想到就没有关系，现在想到了就有关系。生理上的变化机器可以检查出来，可心理的、环境的和社会引起的变化，机器不一定检查得出来。我感觉柳梦的病因单靠机器不行，还得靠脑子，在机器之外多动心思，这结果说不定就在不远的某个地方或心里某个想法中。

天缘这下不觉得玄了，现代医学也注重心理因素，早就有了专职的心理医生。两人的感觉似乎有些靠近，也许在别人或自己过去不认为是病的地方，能找到柳梦的病因。

何姝问，你读过弗洛伊德的书吗？他的精神分析理论值得好好琢磨。

天缘答，读过，体会不深。

何姝说，我过去有个错觉，认为弗洛伊德的精神分析法治疗精神分裂症很有用，现在看来不一定对，他里面缺少一种平衡的思想。中医是很讲究平衡的，任何事物离开平衡就不存在，而平衡离不开循环转换，有的称为轮回，其实一回事。我最近老是在想，现代医学讲了许多系统，就是许多循环平衡。我怀疑柳梦的病因是某种失衡，极有可能是心理失衡，导致生理失衡。

天缘含混回道，也许是吧！我现在很矛盾，急迫想见到她，又怕见到她。就怕见面后她受不了会有轻生的想法，又怕自己见面会失去理智，治病不成干出傻事来。

何姝怼他，你真要是傻就对了，就怕你不傻。

十三

1

天缘不再是进修生了,是徒弟,是欧教授的徒弟。一帮研究生娃娃虽对天缘内心敬佩,仍免不了羡慕嫉妒,半真半假地嚷嚷着要欧教授一碗水端平,同为弟子,欧老不能有偏心,我们也要当徒弟。

学院院长找来了,说欧老啊,教授收徒弟,怎么都讲不通,犹如西装当马褂套长袍,不伦不类。欧教授哈哈一笑,只要有偏见,看整个中医药都不顺眼,把脉当作摸骨,人参就是草根。院长素来敬重他,不好过分,说,欧老,我不与你争,知道你欧老喜欢这个宝贝徒弟,但得把你那几位研究生说服,可别忘了有教无类的古训。欧老仍旧哈哈一笑,这我知道,院长放心就是。

第二天上班,欧教授问几位研究生娃娃,你们都想跟天缘一样当徒弟?年轻人好起哄,全叫嚷要当徒弟得真传。欧教授笑呵呵指着天缘对众人说,好!跟他一样当徒弟,跟他一样待遇,不要学位,不跟工资挂钩,自己挣饭钱。众人一下哑了,闷闷散去。

这一下，天缘成了特殊学生。欧教授索性再给他一个特殊。欧教授多年有个规矩，凡是正在西医救治的病人自己不诊治，挂欧教授的专家号时，挂号室会明确告诉病家，现在改了，这样的病人可由徒弟龚天缘在他的指导下诊治。

局外人看来明显偏心，知情人了解个中缘由，不是偏心，是信任，是对天缘实力认可。其他几位研究生让他干还不敢干。做出这个改变，欧老也有一番纠结，两师徒你来我往斗了半天嘴。

天缘不理解师父为什么有这样的规矩，救死扶伤是医家天职本分，哪有病家来了拒之门外的。就算是找西医治疗过，那也不能成为中医拒医的理由，未免度量太小了。天缘反复掂量，西医没治好来找中医，多有脸面，怎么会去拒绝？

面对徒弟对自己的质疑，欧教授这样解释，我也知道拒收病人有损医德，可实在不敢弄险。什么危险？药物配伍危险。中医药自个配伍有十八反，如蜂蜜不与团葱见，代代相传。西医药物自个配伍禁忌，说明书上明明白白写着。唯独中药与西药的配伍禁忌至今没见有正式的规定。西药性烈，豆子大小几粒药片足以抵挡中药汤汁一大碗，贸然相遇，药性冲撞必然，相助固然好，相容也行，万一相冲甚至相反怎么办？人命关天，为师实在不敢拿病家性命弄险。

师父对徒弟的规矩倒是十分欣赏，虽说与自己的规矩恰好相反，西医没治过的不收治，专治西医治不了的绝症病人，长中医药的志气，好！想方设法收他为徒弟，看中的就是这份胆略。可毕竟年轻气盛，不知医道凶险，若不是绝症病人，仅凭你龚天缘"西医没治过的不收治"这一条，一年四季不干别的，单打官司你就忙不过来。

天缘认为不是理由，可以让病家将西药停了再服中药，不就安全了？

欧教授认为没那么简单,现在有些西药当饭吃,天天吃,顿顿吃,病人身体已适应,陡然停药,出了危险怎么办?

天缘默然,从未想过这么多,内心佩服师父思维缜密。

欧教授说,此外还有一层考虑,也许多余,想到总比没想到好。都知道中西医差异很大,各有优长,诊断用药虽各循其道,难免同一病人,中西医诊断用药迥异,病人信谁的?现在西医有一大优势,它的理论同学校传授的科学常识吻合,人们对西医的认同度自然高一些。心,西医说它是人生命的发动机,没人怀疑。若是中医说"万病由心生"的心,认同的人就不多了,未服药先失去三分信任,降低三分药效。

天缘深有同感,尤其现在的年轻人,从小长大,害病不吃西药的没有,但害病不吃中药的不是少数,白薇那帮闺蜜就是例子。除了嫌弃煎药麻烦,最大障碍是对中医药不理解。天缘不赞成师父的做法,年轻人本来不理解,再逼他们在中医西医中二选一,将病人推向西医,今后相信中医的人会愈发减少。天缘说,老师,无论中医还是西医,只要是医生就是病人的亲人,你要人家在两个亲人中只选一个,岂不为难病人,让本来疑惑中医的病人从此再不跟你来往?

欧教授不以为然,医生不是王婆卖瓜,自夸不起作用,靠医术吃饭,靠疗效吃饭。我就这规矩,几十年了,前来求医的人照样排队预约。

天缘说,那是您老的声望在那儿,换个人就不一样。

欧教授直接问,你在利康坐诊靠什么?还不是靠医术,靠疗效,吹得再好,医术不好也不行。

天缘本想说,我在利康照样打广告,酒好也怕巷子深。见师父动气,知趣不再吭声。

欧教授看得出来,天缘没服气。最终,欧教授让了一步,允许徒弟看病不受自己规矩约束，同西医在生死线上同台竞技。按理说，当师父的最恨莫过于坏规矩的徒弟，可规矩没人突破哪来发展？自己还不是破了师父当年的规矩才走到今天。师父当年视阴阳五行学说为中医药根本，立下规矩，宁断五指，不舍五行。后来师兄攻医论，自己攻临床，两人都对阴阳五行敬而远之，闭口不谈。乡下人讲，宁舍祖宗田，不舍祖宗言，若是老师九泉之下得知子弟如此不敬，该做何感想？天缘小小年纪不惧凶险，专治西医不治之症，主动迎战与消极避战相比，至少气势上天缘要强过自己许多。

天缘对师父的大度倍生敬畏。初生牛犊不畏虎，开天缘堂专治西医不治之症，实属无知无畏。经师父点拨，方知凶险所在，心服口不服，凭仗师父在旁看着，胆量不减反增。

这天，住院部来了一位疑难病人，请师父会诊，天缘被带上。众人随欧教授在病房一一把脉后，将自个的诊断埋在心里，去办公室听主治医生介绍。病人是在别的医院下了病危通知后转来的，那边的诊断是糖尿病并发症引起肾衰竭。家属已不存希望，带了一大背包未服的药品转院看中医，仅仅尽家属一份心意。

众人仔细翻看以前的药品，均是降压降糖，可品种数量之多令人咋舌。请众人谈看法，众人要么静默，要么摇摇头，表示无力回天。主治医生拿眼神求助欧教授，知道这有违欧老的规矩，事已至此，还得欧老破戒拿主意。

欧老皱皱眉头，看看一大背包的药品，不知病人身上还残留多少？一剂中药下去会有什么反应？转脸看天缘脸色，若无其事，是事不关己？还是成竹在胸？欧老问他，你的看法呢？

众人只听说欧老收了一位得意门生，还未曾见识过，见欧老征求他的意见，格外在意，全拿眼神锁住天缘。

正如欧老所想，天缘真没当回事，一则他抱着长见识来的，根本没准备发言；二则这样的事他在天缘堂遇见过，人没法治了，家属随便找一个医院尽尽心意，医治效果不抱多大期望，难度越大风险越小。先前他已把过脉，病危险，估计医院会拒绝。有师父在场，自己没再往下想。现在师父问到他了，为慎重，他又一次去病房把脉，回来说，这样的病人与我无缘，我是不敢用药的。

此话一出，均在众人意料之中，明知无望，再让病家花冤枉钱的确不值。有人附和，当时就不该收治。不过见死不救有违医德，放弃医治的话直说出来还真不容易。

欧老不信天缘会说出放弃医治的话，这不符合天缘一贯救人救到底的性格，就算是受自己中西医药物相冲的说法影响，改变也不会这样快。不放心，重问一遍，你的意思没救了？用不着再用药？

天缘见大家误会了，赶紧解释不是那个意思，自己的意思是不知用什么药好。这样的病人在老家遇上过，病急乱投医，见药就吃，造成过度治疗。直白点就是药物中毒，气血虚亏。不用药怕延误治疗，用药又怕身体承受不了。

一席话让众人惊讶，顿时议论纷纷。有深以为是的，有不以为然的。有人说排毒也得用药，有人提醒主任，不用药万一出事，延误医治的责任可担不起。住院部主任心神不定，每个人说的似乎都有道理，又似乎都没有道理，直勾勾盯住欧老。

欧老心里为天缘的胆识叫好！瞧那一大背包西药，有医院开的，更多是在街上药店买的，若全吃下去，好人也会吃出病来。越是喜欢这小子有胆有识，越是对他担心，仿佛一条崎岖险峻的小路，眼看着他越走越艰险，越来越远，与希望一起增加的是担忧。住院部主任曾是他带的研究生，做事稳妥，当住院部主任多年没出过一点差错，危难时总是找欧老把关。眼下面对求助的眼光，欧老一言定乾坤，停药！中药西药都不要吃，此时最要紧的是排毒，稍稍缓过来后，再滋补气血，待元气恢复再对症下药。虽说停药有风险，但贸然用药风险更大。问住院部主任，你打算安排谁收治？

住院部主任向手下几位医生征求意见，个个只管摆手不言语。没话可说意味无法接手，主任转而恳求欧老。欧老一句话，这个病人就由龚医生收治。

天缘有些犹豫，毕竟自己年轻且不在编制，回道，这样好吗？

欧老回答干脆，你放心去治疗，院长那里我去说。

天缘知道这是信任，是考验，还是机会。过去多在门诊行医，还没在大医院的住院部独自干过。来住院部的病人虽少，但疑难病人居多，要提高医术是难得的锻炼机会，机不可失。天缘点点头，我试试看。

连续好几天，天缘像位月嫂伺候产妇样，时时关注，不敢稍有疏忽怠慢。病人带来的药全部收进护士站严加保管，不防贼偷，只防病人偷吃。一栋住院大楼，一位医生单独负责一位病人，还没见医生空闲过，不是扎针，就是按摩，要不就是守着家属聊天，边给病人弄饮食，边了解病情。

第一天过去，病情没什么变化，不好也不坏。第二天，第三天过去，病人开始烦躁不安，脉象洪浮。病人直接问天缘，我这病是不是治不好了？

天缘若无其事问，想吃药是吗？

病人很无奈，谁想吃那苦玩意儿，只是你不开药吃这病能好吗？

闻言天缘笑出了声，那么坦然、自信。见病人一脸茫然，索性坐下来与病人好好聊一聊，你有没有吃饭吃撑了的时候？见病人没反应过来，启发他，就是吃得太饱，走路都不敢迈大步那种。

病人点点头，谁都有过这事。听天缘问他，到那时，你还继续吃不？病人不假思索，谁还敢再吃，饿两顿就好了。

天缘将就这话贴上去，一个道理，你就是药吃多了，得停几天才行。

病人不认可，我可是真有病，不吃药怎么行。

天缘不急不忙开导，这好比家里炒菜，头一道菜起锅了，是不是要把锅清洗干净，再下第二道菜的料。不然，会串味的。炒菜串了味可以撂了就是，人吃药串了味，人不能撂了就是，对不？你放心，今天过去，明天我就开药治病。

一个月后，病人出院，医案跟着出院，被当作典型病例进入课堂。天缘该回门诊了，经不住住院部主任再三挽留，加之欧教授也想他多方面进修，较之门诊，住院部的病人容易跟踪治疗效果，对提高医术更有好处。

天缘名出去了，人留了下来。

2

自吴教授爱人去国外看儿子后，家里就吴教授陪伴老太太，时时处处小心，生怕老人生气急坏了身子，毕竟老人已是百岁高龄，二十年前还得过癌症。当时不敢动手术，一直用中药调养，今天走明天走说不定。吴老太太老来得子，生产时差点丢命。吴老爷子生前常笑母子俩是共过生死的难兄难弟。因为便照顾老太太，吴教授在家里指导学生的时候多，有那特乖巧听话的年轻人讨老太太喜欢，老太太便时刻惦记在心，像关心自己家人样操心冷暖。每一届学生都这样，直到新的宝贝来了，才会把旧宝贝忘记。这一届的宝贝是宜兴，最近加上天缘，老人每天打听两个人在干什么，干得怎样。

天缘眼瞅着快完成学业，吴老太太着急起来，催促儿子要抓紧办，别误了大事。吴教授认为管闲事，虽不情不愿，还得听从安排，把天缘白薇叫来聊聊。没请宜兴，只说是老太太有事要单独问天缘。那天保姆放假，白薇沏好茶后，主动进厨房料理。

事情源自老太太，理应由老太太亲自出面，吴教授借口做事回书房。老太太问天缘近来学习怎么样。天缘回答收获大，由门诊转到住院部上班了。问师父待你好不好，不好的话要不要我出面打招呼？天缘说师父待我好得很，这次全靠师父撑腰，不然哪会这么顺利。

学习问了，轮到生活。问上海话听得懂不？天缘不好意思笑笑，开始不行，上海话软，我耳根子硬，格格不入，现在能知晓个大致不差。问上海菜好吃不？天缘点点头，现在吃惯了。

慢慢转入主题，问天缘，今年多大了？天缘没多想，只当是老人记忆不好，说过多次又忘了。反正陪老太太闲聊，随便问随便答，快进三十了。老人突兀一句，孩子多大了？让天缘一愣，还未出声，厨房里白薇先扑哧笑出声，老婆还不知在哪，哪来的孩子。老人被笑声提醒，自个笑了，瞧我这记性，忘了天缘还没有女朋友这事。随即问心里有人没有？天缘想说已经有了，又怕老人家误以为是白薇，便摇摇头，没有。

老人悄声问，随你来那位白姑娘多好，中意不？要不要我去给你说说？

天缘一下感到为难，断然说不，恐怕伤害了白薇自尊。除了找不到感觉，真还找不到白薇的不是。愣了一会儿，低声说，白薇是女中豪杰，侠肝义胆，看不上我这假斯文的中药先生。

老人热心肠显现，说若是不知白姑娘心意，我把她叫出来问问。

此时白薇出来掺茶水，一脸羞赧把茶水映红，师婆，说点别的好不？人家眼高，一心只望着仙女下凡，他若是凡间有中意的，孩子都会打酱油了。话完，瞪了天缘一眼，转身回了厨房。老人突然醒悟，是急了点，急忙将话题往回挽，问天缘，你要找个什么样的人？天缘此时略显尴尬，心里嘀咕，一旦说明自己所期盼的条件，既怕白薇怨恨自己，又怕她顺着杆子往上爬。略微思量，天缘抬出太姑奶奶，说龚家有祖训在太姑奶奶那儿亮着，自己不敢擅自做主。龚家娶媳妇的条件有三，第一，中医世家，最好十代以上，起码也得五代；第二，医者仁心，五代之内没有出过作奸犯科之人；第三，心思敏捷，动作灵巧，眼耳鼻舌身感觉敏锐，尤其双手的触感，搭上病家手腕能感觉到汗毛纹理最好。这一条特重要，直接关系下一代龚家传人把脉质量。暗想，就你白薇毛手毛脚，单凭这一条，足够断你念想。

客厅在说，厨房在听，白薇暗暗逐条对照。第一条没问题，命里早就知道有今天，拣中医世家投的胎；第二条也没问题，自家世世代代良民，再增加十代也没作奸犯科之人；第三条说不清，自以为还算得上心灵手巧，只不知是怎样测试。想到此，她洗净手上油腻，围裙上擦干，提上茶壶又来客厅续水。先到天缘面前，左手两根指头夹住茶盖翻转一边，右手水壶微倾，随即一道激流喷射茶碗，再上下轻轻几点，水流如旋律有了起伏，有了节奏，突然壶嘴高傲一扬，旋律戛然而止，不滴不溅，左手还原茶盖。一番操作干净利落。白薇脸上平淡，仿佛刚刚展示的不是茶艺，而是一种修为。嘴角流露一丝得意，让天缘感受一种诘问，这手感，这巧劲，满意不？

天缘没动声色，他不比老太太年老眼花，一切全在眼里，从激流到茶壶再到续水的人一样没漏下。这茶艺堪比专业水准，一个学医的大个子女生有此身手岂止心灵手巧，说是仙术神授也无人反对。只是术业有专攻，斟茶与把脉的手感各是一回事。也是年轻气盛，竟忘了礼节和先前的忌讳，起身向白薇伸出右手要握手祝贺，口里连说佩服。白薇脸色泛红，放下茶壶，伸出右手让天缘握住，羞涩地看了对方一眼，说声让你见笑了。

老太太以为成了，连忙呼叫儿子出来，扶她进屋休息回避。天缘赶紧用话拦住，师婆你别走，我与白薇玩个游戏，还得请你做个裁判。吴教授闻声出来，听说是游戏，随即来了兴趣，说裁判也算

233

我一个。

　　天缘拉住白薇右手不放，让她静下心来，好好感受自己掌纹，好了说一声，再用笔画出来。待白薇微微点头应允，吴教授立即去书房取来纸和笔，先勾勒出手掌轮廓，分放两人面前备用。

　　不一会儿，天缘见白薇眉头紧锁，忙劝她慢慢来，不着急，你说好了再松手。又过了一会儿，白薇点点头，两人松开手。吴教授指指茶几上的纸和笔，白薇开始描绘天缘右手掌纹。天缘没动笔，静静等候，待白薇停下笔，他屈身看了看，比照着也画了六条，不多一条不少一条。

　　经两位裁判认真比对实物，两人详尽程度一致，但白薇错了两条，天缘是断掌，白薇给画短了。天缘所画白薇的掌纹则是走向清晰，长短起止不差。老太太宣布结果，两人不分胜负，白薇略嫌慢一点。

　　白薇回了厨房，她清楚差了多少，自己那六条全是蒙的，对方只画六条那是给台阶，真凭本事，他不知会画出多少条来。他就是要告诉自己的手感不行，离他龚家要求差得远。细细一想，这世上除了他龚家，恐怕再没有人能做到。单凭这一条，就活该他打光棍。

　　外面的老太太有些不解，按照你这几条，白姑娘样样合适，你家老太太肯定满意。

　　天缘心想，可不是，若是他们见了，非逼着立马拜堂不可。就为这没让她去见太姑奶奶。嘴里胡乱应道，太姑奶奶还不知道她。

　　老太太说，白姑娘也不错，既然老人满意，你就顺从老人的意愿娶了得了。

　　厨房内白薇着急，这老太太真老了，擅自做主，女方求男方，好丢人！忘了婚姻主角是谁。

　　吴教授掺言，婚姻大事，得自己做主。

白薇心里一丝宽慰，这么差不多，还是导师有学问。

老太太仍旧没转过弯来，依你龚家条件不好找。就你刚刚那手感要求，难得遇上合适的，千万别错过了。

白薇心中暗暗抱怨，这小老太太，死脑筋转不过来。

天缘笑笑，说难也不难，只要天赋不太差，稍加训练，一年内完全办得到。

白薇笑意顿时出现，这坏小子，有意作弄人，就你家那苛刻要求，一辈子也没人做得到。

老太太终于醒悟过来，赶紧附和，对，这样说白薇最合适。

白薇心说，三条中除第三条约略逊色，明摆着再合适不过。

终于听见吴教授开口了，白薇一阵暗喜，总算有位不跑题的人在场。

吴教授语重心长，说天缘，知道你有放不下的人，感情上难以割舍，可她身患绝症，与你断绝联系已久，表明她生无可恋，心死已久。为事业计，你身边也有姑娘不比她差，尤其是白薇，从专业的角度看有助于你事业发展。古往今来，成大事者最忌儿女情长，优柔寡断。

老太太连声赞叹，白薇好！模样、性情、医术样样好！

白薇心里怦怦响，左手端半碗汤丸，右手攥紧汤勺，屏声静气听天缘发声。

天缘略为沉默，撇开白薇说，柳梦断绝联系，不是她心死，是她想让我死心。现在她人未死，我心也未死。四处游学，图的是救人救心，救她也就是救自己。我爱她，也爱中医药，若没有了她，我就只剩下中医药。爱情、事业我都想要，若命中只许有一样，我就只有认命中医药。

哐当一声从厨房传出，天缘起身奔过去，地下一片狼藉，肉丸、藕片、青菜叶、西蓝花遍地，白薇指头含在嘴里正嗞嗞吮吸。

天缘关切问，烫着没有？白薇噙着眼泪摇摇头，用另一只手取来笤帚，边打扫边轰天缘出去，一会儿就好了。

天缘来夺笤帚要帮忙。白薇恨他一眼，一边去，别硌着你那嫩手儿，留着这份心意，给你那梦妹儿聊梦去。

天缘一脸没趣退出来，在客厅重新坐下，没人搭讪，自个找台阶下，说，今天好闷热，我出去买个西瓜回来。吴教授知道他想出去散散心，化解化解，顺势给他搭个台阶，说，就在楼下有个超市，快去快回。天缘刚要起身，白薇不声不响出来，将一盘打理好的水果搁茶几上，有意朝天缘面前挪了挪，那意思是看好了，西瓜苹果香蕉都有，别想开小差，难受也得老实待着。

天缘无奈坐下来，低头瞅着脚尖，为先前的表白懊丧。有时老实就是背叛，不经意就出卖了内心。对白薇，他实在不想伤害，也从没向她表露过心迹，做出过承诺。不是看不看得上的事，对任何一位姑娘，可以不娶但不可以伤害。他伸手狠狠掐了一下自己嘴，仿佛所有的事就坏在这两张皮上。

看天缘闷起，吴教授用话解围，你游学回去有什么打算？天缘回说没想好，开始恐怕还离不开天缘堂，虽说那地方小了点，但位置好，挨着大医院，显眼，收治病人容易。问到天缘堂还有多少病人，天缘默算过，离开时有四十多个人，死的加出院的只剩三十多个人，后来滇南去了几个，关东去了几个，前不久这边也去了一些，应该超过四十个了。回去以后稍加扩充，搞到二百个床位没问题，再多就难了。吴教授说开始可以慢慢来，但眼光不能短浅，为长远计，临床与研究要兼顾，要有规模，有长远规划，必要时另择地方，哪怕是离城远点也行。现在交通方便，医术好再远病人都会来。远有远的好处，环境好，清净。切忌被利益蒙蔽，只要有利中医药发展，公办私办都行。

天缘频频点头，好一阵思索，说，资金、地点，甚至医生都好说，关键是自己心里没底。若论游学初衷，原本抱着个人学本事长见识来的，就是现在回天缘堂去，也不枉游学一行。只是游学到此，于自己医术之外有了新想法，仅是个人学好医术治病救人不够，还有一口气要争。作为中医世家传人，看见中医日渐式微，总有一股抹不去的羞辱感时刻在心头。我与老师交过心，他也憋着这口气，有机会就想发泄出来。外人看我与老师收治病人截然相反，他是吃西药就不吃他开的中药，我呢是没吃过西药的就吃我的中药，其实都是不服气。与老师的大气、硬气相比，我那一套有点小气，利用后发优势取巧。经老师教诲，我游学后再去天缘堂弄那一套，自己都不好意思。要向老师学习，在初诊病人身上，在常见病多发病尤其是老年病的治疗上面，老老实实狠下苦功夫。要有中医世家的门风，病家来者不拒，再不设门禁，借口缘分有无，这不治那不治，说起都丢人。

进入立业的话题，没人再说成家的事，似乎就为办中医院才来吃今天这顿饭的，竟把提亲这回事落下了。白薇弄好饭菜也不端出去，直等到老太太肚子饿了才想起问饭好没有。白薇懒懒回话，好了，心里嘀咕，正事不办，就知道吃。

3

利康名气越来越大，逢双休日，排队挂号的人站满人行道，号少人多，好几次招来警察维持。陈老板高兴之余生出一丝担忧，有一天龚天缘走了怎么办？成天打主意留住天缘。听说天缘未婚，四处网罗姑娘来相亲，一人相亲，来一家人把关，弄得本已拥挤的小药房更加人气火爆。

无奈天缘没兴趣。姑娘来得再多，哪怕七仙女下凡，在天缘眼里仍是病人，望的是气色，摸的是脉搏，让陈老板和女方的亲朋好友频频失望,落得一片抱怨声。陈老板好生懊恼,只恨自己没生女儿,金宝贝似的好女婿没福气招纳。转而求其次,探寻白薇口风,极力挽留白薇留下来,拿上海户口作诱惑,若是他们两人愿意留下来,户口的事包在自己身上,特意加重语气,不需花费一毛钱。

白薇听了哭笑不得,天缘能否留下来,你给我说有什么用?白天白说,黑夜瞎说,空费心思。上海户口在别人眼里贵重,在天缘眼里压根没当回事,他要施展本事岂是一个户口本能挡住的?就是自己,上海户口也算不了什么。从滇南到关东到沪上,自己为什么?只为儿时学医的梦想,只要天缘愿意自己做伴,随他浪迹天涯又何妨。这个陈老板也真是的,太小看了人,天缘即使留在上海,也绝不会在利康,要他去做研究做临床的地方多的是。

白薇与天缘相处的时间越久,对天缘越发陌生。像一个下海的人,初始,阳光沙滩映衬下的海水,清澈纯净温顺可人。越往深处,海水越发厚重深邃叛逆,变得令人生疏,心生恐惧。白薇不得不回首以往,怎么随一个陌生的天缘从滇南一步一步来到沪上?在滇南,天缘是一个好的男友选项,大气,天生聪慧,有担当,可以托付终身,于是,不管不顾随他游学天下。到了关东,天缘露出菩萨面目,做他的女友远不如做他的病人幸运。他对病人嘘寒问暖,有问必答,对自己除了中医便无话说,自己成了他的书童,呼来唤去,指不定哪天会甩掉了事。到了沪上,这小子暴露无遗,正如父亲所料,原本不是个安心过小日子的人,野心大了去,爱江山不爱美人的主。在他心里,除了中医药没留多少地方给女人。

事儿到这一步,惊醒也罢,看透也罢,白薇方知与天缘不是一路人,应该有个了结,就此别过,各奔东西。可感情这事,说不清道不明,真到分手时却开不了口,总存有那么一丝念想,天下既顾事业又顾家的男人虽少但并不是没有,万一他就是其中一个。自己生就女儿身男儿心,从小脾性刚直,快人快语,缺少女人的细心温柔，有心找一个上得战场、下得厨房的好男子，难啊！

眼下的白薇处境尴尬，在骨科上班，白家正骨术显不出多大优势，来这儿就医的没小病，大病没人愿让一位无名女子试手。几次催促天缘离开上海，天缘总说过段日子再说。他在欧教授身边正红火，专门留他在住院部，遇上疑难病症少不了让他参加会诊长见识。他还隔三岔五去听讲座，成天忙个不停，快把这儿当成天缘堂了，只差没把户口搬来，早忘了是游学不是就业。

白薇将心事告诉吴教授，要他提醒天缘别乐不思蜀。吴教授口里答应提醒天缘，就是不见动静。无奈，径直告诉吴老太太，长此下去，会误了四川天缘堂的事，那里还有几十个病人需天缘回去治疗。心里还有一丝隐忧，担心久了，天缘的魂魄会被一位叫柳梦的姑娘拴牢，天下从此少了一位中医先生。

吴老太太答应出面，敦促吴教授和欧教授劝导天缘，学无止境，回到四川有的是学习机会，边干边学也可以。吴教授很想天缘趁年轻多学些东西，回去事务缠身，很难静下心来学习思考。但老太太开口了，只得听从，转弯抹角告诉欧教授。欧教授对自己的弟子十分满意，论情感，天缘一辈子留在身边才好，若论医术，今天就可以出师。不过毕竟不是学校培养，开场毕业典礼了事，师徒一场，分手得有个分手的样子，必要的出师礼仪还得讲。

天缘虽是中医世家传人，医术家传，家里所有长辈都是他老师。但授业恩师必须响亮明确，日后江湖行走才通畅无碍。拜师出师均为大事，历来马虎不得。天缘知道龚家规矩，出师要请同行到齐，由老师讲行规、门规、期待、嘱托，再引荐给众位同行，请给予关照担待。最后授予衣钵，即吃饭的家私，通常是一个出诊用的布袋，里面有药书、老师的医案、银针和救急的药丸。仪式讲究庄严，不在乎排场大小。天缘不怕花钱，只是各地规矩不一，每个老师的规矩不同。欧老师的规矩是什么？欧老师说没那么多讲究，天缘也不好细问,没有规矩,随意就是规矩。

4

为明天的分别,有太多的话要讲,不是出师仪式上几句话能说清的。师徒俩头晚上谈了通宵。从中医药的根本说起,欧教授太多感叹。天缘啊,西医就是从上海上岸进入中国的。开始没人信,传教士们用免费医疗吸引人。短短百多年,主客移位,中医成了补充医学。你说说,原因在哪?

天缘不假思索,人心散了,越来越多的人不信中医。

是啊!人心散了。可人心为什么散了?天缘摇摇头,确实没认真想过。

欧教授不待回话,自问自答道,说法很多。有人说疗效不如西医。病人只看疗效,谁好相信谁。

天缘接过话去,这话没错。比如你这儿,挂专家号得预约。在关东朱家那儿,一所医院里,每天中医诊治的病人中,沈老师一个人要占一半。

这能说明什么?欧教授不满意天缘的答复,一部分中医先生行,一部分中医先生不太行。西医医生不也是如此?是人的问题,不是中医的问题。

那,你说中医问题在哪?天缘问。

有人说,中医没有发展,还是几千年前老一套。欧教授另起一个话题。这也不全对,中医也在进步。三国时华佗给关羽刮骨疗伤,没有麻醉,靠病人意志忍耐。据说他发明了麻沸散,不知为何没用。六十年前,针灸麻醉做腹腔大手术,那可是全世界都知道的事。进步不算小吧?可至今,全国开展针灸麻醉做大手术的有几家?这与白家正骨术一样,还有你的把喜脉……许多中医绝招不是失传，也不是失效，只是没人用。

欧教授不再问天缘，按自己思绪只顾说去，中医理论太玄了，金木水火土五行，营卫气血表里虚实八柱，病家不懂，自然不信。我看也不尽然。西医的外文说明书看不懂的人多，因此不吃那药的人少。基因检查，有几个人真懂？不照样排队体检？查出几十种癌变可能，不懂，他也信。

天缘问，依你看，是对还是错？

我看，欧教授说，都对，都不全对。

天缘一脸困惑看着他，对或不对难道安有滑轮？滑来滑去，游移不定。

欧教授细细说来，病人看重疗效没错，中医西医离不开疗效也没错。但除了疗效，病家还另有选择。同是治疗失眠，西医用安眠药，简单实用。中医治失眠得分清原因，是脾虚还是肾虚，选用不同的药物同样有效。若你是病家，你看西医还是看中医？

天缘认真回道，安眠药吃多了，有副作用。中医治疗失眠，副作用小。

欧教授回答出人意料，我会选择安眠药，便捷。我又不天天吃，只图睡个好觉，费那么多事干吗？病家不也会这样想吗？

天缘一愣，真还是这个理。

欧教授又说，中医是经验医学，医生的水平提高，全靠临床经验积累。年轻医生缺少临床机会，水平怎么提高？说我们中医千年老一套，值得我们深思。你学针灸，辨识穴位从哪开始？

铜人那里呀。天缘回答理所当然。用蜡封住铜人穴位眼孔，注满水，学徒开始睁着眼，后来蒙着眼在铜人身上扎，水滴出来了，就说明穴位找对了。学中医针灸的代代不都是这样么？

欧教授叹口气，难道不能改一改？你想过没有，比如用乳胶娃娃代替铜人，用声光显示代替水，质感、结构、比例，效果岂不更好？

天缘笑了，回答师父，我在滇南白家已有尝试，效果奇佳。

欧教授点点头，表示赞许。接着往下说，要注意中医文化普及，要用援物类比的方法让病家理解，理解了才会配合。比如五行，金木水火土，不能让人理解为五种物质，要让人理解这是物质变化的五种形态，五种象征，是动态的，是可以调控的。你可以说，金性收敛，所以秋天要早睡早起；木性条达，所以春天要郊游；火性炎上，所以夏天要游泳；土性稼穑，所以长夏要收获；水性润下，所以冬天要多喝水。

听到这里，天缘会心一笑。他想到网上的一段视频，北京中医药大学一位教授在春天给葡萄剪枝，剪后发现不断往外滴水。花工看见了，赶紧劝止，说那不是水，是营养，是葡萄的血液。教授不理解，你们不也修枝吗？花工说，我们修枝是在冬天，那时葡萄水分往下行。现在是春天，水和营养往上行，不一样。教授突然眼前一亮，这不就是五行中的木行吗！

说完，师徒二人会心一笑。

5

仍是吴家，仍是几位熟人，利康陈老板要来都被白薇一口拒绝。吴老太太坐在轮椅上指挥，摆了鲜花，设置香炉，把吴老先生的画像请出来挂在当中。白薇逼着天缘换上正装，说不比上班，衣服随意有白大褂罩着，今天要见祖师爷，衣冠不整有辱师门。

欧教授到场一双空手，没有布袋，没有书籍银针，只有一张大脸笑意满满。吴教授笑他太俭省了，好歹也得给徒弟留个纪念才好。欧教授回以微笑，怀里掏出一个U盘，再指指脑袋，说，都在里面，等会儿全给他。

等白薇宜兴来到，人算到齐了，吴教授主持，仪式开始。

吴老太太端坐上首，随着吴教授一声呼喊，叩拜师爷师太！欧教授领着天缘跪下，朝上叩拜师爷画像和师太本人。

众人三叩首，起身，欧教授坐好。吴教授喊声叩拜师父。天缘转身朝向师父，三叩首，感谢师父传道授业解惑。起身坐下。

吴教授呼喊，师父授业！

欧教授掏出一个U盘递给天缘，说，这是我的医案荟萃，里面有我自己的解释，供你日后参考。

吴教授接着一声喊，弟子聆听师父教诲！

欧教授说，为师有八个字给你，"中医归中，求异存同"。继而细说，中西医相争百年，中医药苦苦撑持至今很不容易，既说明中医药生命顽强，又说明中医药处境艰难。为了生存，我们期望中西医结合，求同存异。但不能丢掉中医药的根本。若没一点坚守，长此以往，中医药会丧失病家信任，日子越发艰难。这就是为师不收治西医治过的病人的原因。

吴教授抽空插话，你心心念念的大问，什么是病。我与你师父经数次商议，认为字典的解释"生理心理上发生的不正常状态"确需完善，至少应加上"不能自行消除"的限制词，不然，醉酒也会成为病，晕车也会找医生。只是这样一来，吴教授稍做停顿，自问自答，世人会诘问，无疾而终与吃五谷生百病，谁正常……

在上海游学，天缘最大的收获是中西医的比较和论争。百年中西医纷争中，中医始终处于下风，有取缔中医药的废止论，有存药弃医的弃医论，有将中西医融会贯通的汇通论，最多的是中西医结合的结合论。无论哪种观点，中医药的核心思想不能丢。中西医结合时，首要想到的中西医药的区别在哪，中医药特点在哪。不是简单的一方对另一方补充，如同治相同的病，开不同的处方。而是各取所长，相辅相成，形成有特色的中医药。

眼下，老师再次告诫自己，中医归中，求异存同，意味着天缘堂要改弦更张，病人来者不拒，不能挑不能选，有病就有缘，有缘就得治。想到此，天缘重新起身离座，后退几步，向老师，向吴教授，向吴老太太叩头，表示自此后，终身以振兴中医药为业，谨记师训，不辱师门。

见天缘表白，白薇坐不住了，竟不问与她有何关系，不管不顾，坦然起身挨着天缘跪下，向三位长辈叩头，声称愿随天缘行医天下，振兴中医药，延续中医世家文脉，代代相传。

宜兴本在一旁傻看，见白薇起身后年轻人就剩下他，赶紧起身表态，要跟着他们去各地收集医案，做些中西药配伍禁忌研究。吴教授知道他正撰写《中西药临床配伍调查》，听他说过要随天缘出去走走，点点头表示同意。

十四

1

洛阳市机场,中原史家老大派来一辆宾利车接客,将天缘一行送至名叫天成的四星级酒店。接待的人再三请天缘原谅,实在找不出更好的住处,就这一家酒店好一点。说话的是位美女,史家综合医院办公室主任,身体和语言给人一种别样韵味。她在酒店转达史家老大的意见,先住下,下午去史家综合医院参观了解,晚上史家老大来酒店接见大家,有什么想法当面说。

吃过午饭,稍事休息。天缘、白薇和宜兴由另一位俊俏的小姑娘带领参观。先去史家老药房,在市内老街上,现在已成市级文物保护单位,也是旅游景点,游人不绝。门面不大,匾额不小,"史家药房"四个字沧桑斑驳,房屋木结构,药柜药杵药碾,称药的戥子,捆药的麻线团还在,一式老物件见证史氏中医世家的传承。后面是药材加工储存的房间,原主人生活读书的住所,客厅四壁是史家历代御医肖像、简介和族谱。

同是中医世家,眼前一切,天缘白薇从小见惯,参观纯属走走过场。宜兴兴致盎然,不停地问这问那。枪也有卡壳的时候,一个专业的看客帅哥把一个业余的接待美女弄得面红耳赤。白薇不得不出面解围,有什么你回去问我,别为难人家小姑娘。俨然大师姐口气,让看客和陪客脸上都挂不住。

医院与老药房仅隔几条街,却仿佛相隔几个世代,较之老药房古色古香,医院现代气息逼人。大门气派,四根高大的圆柱将大门一分为三,两边步行道一进一出,中间两车道供车辆专用,正中"史家中医院"六个大字高悬。十几栋大楼,地下三层停车场,无不彰显家族事业发展的辉煌气派。轮到宜兴没兴趣,天缘白薇来劲了,尤其听说是政府按公家医院同等对待的私人医院,白薇眼睛放光,问题像蚂蚁搬家样一个接一个不断线出来,面积、床位、投资、接诊人数……接待的小姑娘估计接待介绍多了,烂熟于心,随口应答。天缘亦是惊讶不已,医疗设备一样不少,科室设置同其他医院一般无二,口里一言不发,心里在问,这还是中医院?

当天晚上,史家老大为表示尊重,特地邀请了分管卫生的唐副市长接见天缘一行。礼仪性敬了一杯酒,算是欢迎。老大史光进,五十出头的人,论辈分应该天缘白薇叫世叔。他能在史家称老大,靠的不是辈分也不是医术,而是他的能耐。把一家老药房弄成今天模样,在史家,他不出头称老大,谁也不敢。要在中医药界立足,离不开吴教授欧教授这样的专家认可,因此对两人推荐的客人来访不敢怠慢。只当是来参观学习,三杯过后主人问客人,今天的感受如何?有不足之处请多多指教。

三人差点同时出声,没想到!

宜兴感慨说,没想到世上真有千年中医世家,过去只是听说,今天算是长见识了,史家是当之无愧天下中医药泰斗。

白薇举杯敬主人,我们虽说同是中医世家,眼前景象却是天壤之别,史总为天下中医药传人作了表率,敬佩!举杯一饮而尽。

轮到天缘,真不知说什么好。实话实说吧,眼前景象实在不敢恭维,史总充其量算一位成功的企业家,中不中西不西的,照此下去,中医药别说发展,做配角都难。他的确没想到赫赫有名的千年中医药世家竟变成了现代医院。其实应该想到,眼前的景象正是两位教授所担忧的求同存异的结果。自己来这儿是来寻根问道,违心的话不愿说就不说,客客气气举起杯道,受我家太姑奶奶派遣,这次来洛阳专程拜访史家在世的老前辈,一则代老太太向史家长辈问好,二则赓续中医世家世交情义,向中原史家学习,以图家学传承不致中断。冒昧问史总,我家带来的旧物给史家哪位长辈是好?

至此,史家老大方才明白客人来意。外人如何称谓不管,史光进自己不敢僭越,若依史家"济世昌达,铭玄光辉,清泰成祥"的族谱,他前面尚有铭字辈的多位老人们健在。有住处近的就离这儿不远,白天还在医院坐诊。若依医术,玄字辈光字辈甚至辉字辈清字辈中比自己强的人不少,这些才是真正的史家老大。史光进只得放低身段问天缘,不知你家老太太可曾提起我家哪位长辈?

天缘取出一叠文稿,这是历代史家先辈去龚家游学的医案,太姑奶奶每代精选一部分,既是归还又作见面礼。其中最近的一代叫史铭章。史光进看过,重又递还天缘,说铭章公还健在,只是现在太晚,等到明天你当面交给他老人家。转脸交代办公室女主任,接待游学的事请铭章公安排办理。

三位客人察觉史总脸色稍有变化,一腔热情半途锐减,如吃饭突然倒了胃口。待主人离去,三人反复回忆,不知哪儿有失误得罪之处。天缘说不要瞎猜测,明天见了铭章老人就清楚了。白薇说还是要有心理准备。宜兴问什么意思?白薇说,依照史总的个性和财力,若是顺心,肯定会将明天的吃住行安排妥帖,不会轻飘飘一句话,请铭章公安排。多半是我们哪里说漏了嘴,惹得史总不高兴了。天缘不在乎,我们是来游学不是来参观医院的,不能只看史家

247

传人脸色，不管自己心情。依三人行前分工，天缘管学习，宜兴管接洽，白薇管收入开销。白薇担心史总误会游学是短期交流，费用大包大揽，反而弄得自己不好意思，手脚无措。索性打个微信问问总服务台，趁早把账结了，明天另想办法。

宜兴打电话过去，总服务台说今晚的食宿已结清。宜兴立即打招呼，此后所有开支均自理。总服务台回复，前面结账的人也是这样说的。

第二天，见面安排在史家老药房甲子号诊室。史铭章老人执意在此，酒店的会议室和医院的接待室他都不去，只有在老药房坐在他原先的位置上，说话才利索。好在诊断室陈设原本就少，空地多，添几把椅子就行。游客看见有人在开会，有人摄像，个个诧异，还以为是有意摆拍，不是电影就是宣传片。导游说是全国各地的同行慕名前来求学的，更让游客张开嘴儿竖起拇指称赞不已。

从带来的视频里看见龚家老药房，那从右到左书写的匾额，看见药杵、药碾、屋梁下悬挂的麻线团……铭章老人激动得手发抖。天缘再没敢将换宝文书拿出来，急忙递过水杯，侍候老人喝几口平平心情，缓下来后好慢慢叙事。老人见视频里多数人不认识，当年的顺妙小朋友而今已是白发老人。龚家姑姑还健在，铭章公很是意外，去四川游学时自己还是毛头小伙子，龚家姑姑已近中年。而今他入鲐背之年，姑姑还在，老人连呼，不得了。听说天缘几位游学至此，老人顿生感叹，对陪同的医院办公室主任说，回去转告你们那位老总，这才像中医世家的样子，好好学学人家，不是房子修得多修得好就不得了。

天缘这才明白，老人对他这位老总晚辈有一肚子气，估计若是人在面前，少不了一顿呵斥。办公室主任也不想久待，赶紧转达史老总的意思，这是两个中医世家的私下交往，医院不便插手，拜托铭章公代表史家接待安排，有什么要求，医院照办就是。铭章老人挥挥手打发走办公室主任,让跟他来的小伙子到面前,说,去发微信通知史家同行,今晚就在老药房喝茶。医院上班的愿来就来,不愿来的不勉强。

那夜,来了二十多个人,多数史家子弟,也有不少外姓徒弟。就后院天井里摆几张桌子,众人围绕铭章公散座。史家在洛阳是个望族,世代从医的不少,若是来齐了天井坐不下。铭章公环视四周,把几个头面人物请到前面来,然后是开场白:今天招大家来老药房商议一件事,四川龚家滇南白家沪上吴家来人了,专程来游学……挨个介绍天缘三人后,说,接下来关东朱家也要来人。上岁数的人清楚,这些都是中医名家、世家,与史家属世交。今天,来拜访我们史家,是代代相传的情谊,也是我们史家的荣耀。依老规矩,该老药房尽地主之谊,负责接待安排。老药房是光进在管,他把事儿推给我,我把大家找来商议,看看这事该怎么办。

下面议论纷纷,说什么的都有。有人站起来说,若是讲方便,由光进医院安排在玄奉那儿最合适,铭章公这把年纪不用操这份心。有人附和,接待的事医院里有人有地方好安排,还是把光进叫来,这事他不能躲。

我不同意,人称铭文公的中年人大声说,人家千里迢迢来这儿,不是来参观,也不是来实习,是依照祖上规矩来游学。我们理当依照祖上规矩接待,安排最好的老师,最好的药房,教学相长。你叫他去光进医院,向谁学?学什么?学照光照片?学打麻药动手术?祖宗的手艺全没见了,你叫人家学什么?

铭章老人颔首称是,借势问他,依你看怎么办合适?

铭文说,依我的,由你老哥指定人接待,吃住学习给予方便,费用依老规矩客人自理,有了疑难再请你老哥出面解决。

既然是老规矩,众人无话可说。铭章老人乾纲独断,手掌在桌上一按,说,按理这个情该我还,我现在是有心无力,只得依靠年轻人代劳。论医术，年轻人中非玄奉莫属，只是他在光进手下干事，自己当不了家。依我安排，事儿就交给你铭文老弟，地点就在你那药房诊馆，一切按规矩办。我把话说在明处，你得尽全力接待，有什么难处就在这儿说出来。

铭文虽与铭章老人依排行称兄道弟，年龄却相差三十来岁。相较铭章老人，他还在年轻人之列。铭章老人点他的将合情合理。可铭文犹豫了，现在纯正中医药房诊馆红火的难找，自己那小药房小诊馆，平日里冷冷清清，哪敢与光进的大医院相比。他有点后悔刚才一时冲动，竟惹下麻烦事，只怕到时候客人失望不说，还丢了千年中医史家的脸面。急忙申明，自己刚才嘴快了，论本事自己不如玄奉，还是去医院好，虽是玄奉当不了家，但光进那里只需铭章兄一句话，是不是？

说是年轻人，玄奉也已四十出头。若论医术，他死去的父亲更厉害，在铭字辈中除了铭章老人就算他了。可惜铭章老人的子弟中没冒尖的，个个在玄奉面前说不起硬话。光进先前将接待安排推给铭章老人，就为老人看不惯他打着史家千年中医世家招牌，办所医院中不中西不西的，从来没拿正眼瞧过。光进这次借机会拿捏一下，逼老人服软，等的就是一句认可的话，哪怕说个"行"字也可。

当年铭章老人的父亲达宏公去上海结盟，回来对子弟说起中西医对垒，特别告诫子弟们，中医要生存发展，一定要守住自己的根本，不能上什么去医保药、什么兼收并蓄的当。不料百年后史家出了光进这块料，竟把祖辈担忧变成现实。铭章老人提起这事就痛心疾首，怎么会为区区一件接待安排的事放弃百年坚守。

玄奉对此放得开，只要是给人治病，不在乎中医西医。他来赴会是光进安排的，要他相机促成铭章老人改变眼光。眼下见铭文老叔畏难撒手，铭章老人面露难色，玄奉觉得该自己开口了。放下茶碗，叫声铭章叔，光进对你老人家恭敬佩服，说过多次，只要你老人家愿意，他马上请你做院长主持大计。今天这事，不需你开口，点个头就行，我去找他办理，保证让你老人家满意，绝不丢千年史家的脸。

铭章老人咬紧牙关不松口，一生坚持，老来退却不可能。环顾众人，希望有人出头。眼光所到之处皆是回避，自己嫡传弟子也没一人敢正视一眼。

沉默，空气仿佛凝固，尴尬、难堪考验每个人的忍耐力。

天缘实在不愿老人为难，忍不住站起来说道，各位前辈、同行，实在对不起，为我们游学的事给你们添麻烦了。出来游学原本依循家学传承，历练学艺，为此，沪上吴老前辈特地与史总联系过，请他多加关照。这次能当面聆听史老前辈教诲不胜荣幸。史老前辈和史总对我们很热情，要为我们游学给予方便，不胜感激。为不辜负主人情义，根据我们游学愿望和个人能力，提个想法供大家考虑。

铭章老人正为难，一听正好，连忙催促，你大胆说，不要客气，有什么想法尽管说。

天缘说，能不能这样，我呢，去铭文前辈那儿伺医，白薇去史家综合医院骨科学习，宜兴研究中西药比较，去药房考察中西药配伍情况，完成他的毕业论文。所有吃宿开支按老规矩我们自己负责。先前史总当面说过，一切由铭章公安排确定，现在恳请老前辈定夺。

下面顿时交头接耳，都觉这样好。不贴一毛钱，面子上还过得去，谁都能接受，再好不过了。

铭章老人总觉去医院耽误了客人，坏了史家名头。可不如此又无更好办法，只得点点头表示应允。玄奉见老人点头，也算变相对医院的认可，回去足可向史总交账。于是，高声应和，史总那儿我

251

去说，没有问题，吃住医院都可解决。

散会后铭文没急着回家，随客人去了铭章家里。他要弄清楚，这事怎样做才算办得好。费用上没多考虑，人家不要你贴钱。真要是贴钱还好办，自己有困难大家帮补一下就是。人家是来历练游学，自己拿什么给人家练？药房清静快到圣人境界。世无病、药生尘，说说可以，真没有病家上门，医家会哭笑不得。何况自己的医术仅仅中偏上，纵然人家愿学，自己拿什么教人家？光进办不到的事自己同样办不到。

铭章告诉他，天缘能到你那儿去，算是给了天大的面子，别再把人往光进那儿推。医术嘛，还有我在，你怕什么。

2

宜兴谢绝玄奉食宿安排，自己在史家综合医院附近找住处。附近旅馆客栈不少，住满了病人和家属，其中，有因医院床位紧张一时不能入院的，有病人入院家属住在外面的。看了好几家，不是嘈杂就是价高，竟没有合适的。后来依白薇的主意，租了一套四居室的民房。天缘住一间，白薇宜兴各住一间，留一间给关东朱斟秦亦夫妇。天缘已联系好，他们夫妇过来考察医院的电脑自动管理系统，就这两天到。

从史家老药房回来，白薇情绪差点失控，史家推三阻四的不爽快，全然没有世交情义，若非宜兴暗里死死拉住，依白薇脾性当场就要拂袖而去。回到住处还在埋怨宜兴多事，就该给史家人回以颜色。宜兴劝她多向天缘学习，胸怀宽广点，小不忍则乱大谋。白薇仍不消气，别提他，你不是不知道，他是来这儿找人，为了他那个病西施，再大的羞辱他也受得了。宜兴又以自己为例，不同样稳稳坐在那儿没吭声。白薇一句话怼过去，以为我不知道，你在他面前是教书先生，自然是一副斯斯文文的样子，洪水滔天也不急。宜兴见她满口胡言，也怼她一句，你倒是真英雄、女汉子。算我这次拦错了，下次你就跟人打起来也不会管你，反正天塌下来你也不在乎。

生气归生气，第二天还得依照安排行事，白薇去医院骨科，宜兴去了医院药房，天缘来到铭文药房。

铭文药房离史家综合医院不远，步行不到十分钟路程，离出租屋更近，打几个长一点的喷嚏就到了。铭文很热情，安排很周到，特地布置一间诊断室，虽是布帘，总归比陈老板那儿大堂上搁一张木桌好多了。铭文把自己的医案和家传的偏方单方验方装在一个木箱里，直接搁在另一张木桌上。让天缘明白，这儿空闲时间多，没有病人看就看医案，眼睛不会歇空的。

一个上午来了三位病人，其中一位还嫌弃天缘年轻，手都不要他摸。半天，天缘仅开出两张药方。天缘弄不明白，药房的位置不错，附近旅店住满病人，怎么会缺病人看病？铭文说，坏就坏在这位置上，离大医院太近，病人冲着大医院来的，看不起小诊馆。偶尔来我这儿看病的，实属无奈。要么医院不收治，来我这吃服安慰药，要么医院排号太远，来我这儿吃服药试一下，聊胜于无。更令人头痛的是，我与综合医院的中医先生同属史家一脉，有他们在那儿坐诊，没人会把我这小诊馆打上眼。

天缘出自中医世家，深知眼下中医药处境艰辛。游学以来，对滇南白家、关东朱家、沪上吴家的了解更是刻骨铭心。铭文眼下的心情，天缘感同身受。这次游学目的就是寻求中医药突围，光有激情不行，还得动脑子，更需要脚踏实地。在滇南白家算是尝试，在关东钟清药房算是小有所得，在沪上陈老板的药房出了一个险招。走过之后，回看脚迹，天缘顿觉背脊发凉，当初若是稍有闪失，闹出一件医患纠纷，对白家，对钟清老师，对陈老板会带来什么？想想竟有点后怕。

　　天缘这次来铭文药房，不敢走打广告的老路，也没有退路，史家医院的同行盯着的。除了铭章老人，指望不上别人帮什么。先从自己做起，走出诊馆，去旅馆客栈寻病人做义诊，不分初诊复诊，只要是病人就治。"望闻问切"，在问字上多下功夫。

　　走进最近的悦来旅馆，先去服务台打听清楚，问清病人房间，再挨个拜访。

　　有一位叫易基的中年男子，由妻子搀扶着，忧心忡忡主动问上门来。前段日子单位组织年终体检，据说是最新检测技术，一管饿血换来三份基因检测报告。随即拿出报告给天缘看，上面分别标明：套餐1：肿瘤全面18项，红色标明需重点关注的风险项目9项，血液肿瘤——慢性淋巴细胞白血病、血液肿瘤慢性髓性白血病、多发性骨髓瘤……尿路上皮癌、脑胶质瘤、喉癌、口腔癌、胆囊癌；套餐2：肿瘤烟酒21项，红色标明需重点关注的风险项目5项，肺鳞癌、鼻咽癌、大肠癌、甲状腺癌；套餐3：心脑血管21项……据陪护的爱人说，先前身体壮实如牛，拿着三张检测报告，犹如死亡判决书，本人不服，家人不服，可身体折服，几天就垮下来了，现在走路都离不开人搀扶。这次来史家医院复查，如同上诉，正等结果。

　　天缘将检测报告还给他，亮出行医资格证，微笑着安慰他，你大可不必紧张，这无非是医生一个提醒，要你注意一下，并非铁板钉钉。还说道，这样的提醒到处都是，有水的地方竖一块牌子，水深危险！进电梯有报警电话，严禁老人小孩单独乘坐；老年人吃饭，你会叮嘱一句慢一点，小心噎着……就这回事，你不是没见过。

　　照你说来，这报告是假的？说来玩的？病人一把抓住天缘，仿佛遇见了菩萨，一句真言能起死回生。

天缘用手轻轻按住他的手,将话荡开,这样说吧,好比一个小孩生下来,来了一屋子的客人。有一位客人临走时再三叮嘱,说这孩子得小心看护才能活下来,要提防晚上睡觉大人翻身把他压死,吃奶把他呛死,被盖掉床下把他冻死,大人没抱紧掉地下摔死……你说这客人的话是真话还是假话?

那……我该信谁的?夫妻俩眼巴巴望着天缘。

天缘松开手,扶病人坐下,说,我是中医先生,你让我把把脉,看看到底病在哪。病人听天缘说话轻松,中听受用,当即伸手出来。天缘搭手只觉脉象略微沉滑,并无大碍。两只手看后问病人,你哪儿不舒服?

病人有气无力回答,头晕,手脚无力,心里堵得慌,怕是十四种癌症一起发了。医生,你可要救救我!

没那么严重。天缘语气坚定,又问,这些毛病,是检测前就有还是检测后才发现的?

不待病人开口,他爱人一口接过去,活蹦乱跳一个人,他怎么知道一个人会得这么多癌症,全是检测出来的,要不是机器,只怕是死了也不会知道。

天缘有些不解,既是活蹦乱跳一个人,为什么要去检测?

唉!他爱人长长地叹一口气,还不是为贪图那几个钱的小便宜……

依他爱人所说,那天,是自己病了,易基陪着去医院看病。医院门口遇上一位熟人气急败坏往外走,一问才知,单位一位同事要转大医院,分别时随手将一叠表格塞给易基,托他帮忙扔进垃圾桶。易基接过一看是检测表,缴费单,打电话问丢了不可惜了。熟人回话,正是转院这位老兄的,钱交了还没去抽血,现在到大医院去也用不着了。你要觉得可惜,可以送给人免费检测,凭缴费二维码取报告。就这样,易基闹着玩似的冒名顶替抽了血送去检测,一毛钱没花检测出十四项癌症。

天缘听了哭笑不得，世上还有捡这种便宜的？对病家说，依脉象，病情不是你想的那么严重，若是信得过我，吃几服药试试？

他爱人有些戒备，问上门的医生就怕是骗子，到时失财不说还会耽误医治。天缘朝着窗户指对面，说，我就在街对面济生药房坐诊，出了事跑不了。今天尽义务过来看看，不收诊费。病家一想，等复查报告还有一段时间，不妨试试看。接下来，天缘仔细询问病况，问得很细，在家里早餐吃什么？中午吃什么？晚上吃什么？职业、爱好、两口子最近感情如何……让人怀疑他不是医生，像是街道居委会大妈派来搞家庭调查的。问完了，再一次把脉，笑笑说，在我看来问题不大，吃一服药试试？到对面济生药房抓药，信得过你把那几十元药费给了，信不过就欠着，有效再给钱。

听天缘口气病人似乎压根没病，这一服药爱吃不吃。这话病人爱听，没病多好！求之不得。一服药几十元钱，马上就能见效。病人家属半信半疑去铭文的济生药房抓药。

这里的病人个个本来焦虑异常，水淹急了稻草也抓一把，听说看病不要钱，挨着请天缘把脉，处方。天缘仍是那话，吃不吃药随便，见效了付款。药方开出去二十多张，真去抓药的没几个人，拿钱的一个没有。因事先讲好，铭文见方抓药，药费一律记账。看见一个个病家手提药包没了身影，铭文心里七上八下，担心没影子的病人无诚信，病好了也不给钱。还有天缘医术到底如何？单凭药方看不出什么，害怕真有个什么，和尚是游方和尚，自己这庙可是本地的土地庙，到时出事可是要挨腿拐子的。

3

当晚，天缘一身疲劳回到出租屋，三个人一碰面，两位同行的反应出乎天缘意料，期待的慰问犒劳不见影子，两位中医先生在客厅对坐，静如古井，波纹不生。天缘顿时心生不平，自己厚着脸皮，像个游方艺人去旅馆客栈卖艺，挣钱供三人花销，竟无人道一声辛苦，这未免太理直气壮了！不待天缘诉苦，终于有了动静，白薇抢先发作，半空中响炮，明天不去了！全是西医那一套，中医接骨斗榫的基本动作都不会，不知中医世家的牌子怎么挂上去的？宜兴脸色也不佳，口气略显委婉，真服了这些中医先生，张张方子离不了西药，像是入赘西医，自己姓什么都不知道了。

天缘这才知道，相较他的疲劳，两位的憋气更显悲壮。自己这点辛苦实在算不了什么，再累是自找的，那两位的烦恼可是自己分派给他们的，眼前再大的气自己也得忍受。天缘忘记了疲劳，硬生出张笑脸来，把心里期盼的话语忍痛割爱转送他俩，辛苦了，初到一处不习惯正常，多过几天就对了。

开场白后，是分头开导。对白薇说，你要求太急了，世人都有你那水平，白家正骨术就不算绝技了。看白薇眉头放松，赶紧喂上宽心鸡汤，若是嫌人家牌子不实在，我有个主意，等会找家文印社把白家老牌子复印一张，我帮你挂在背上。我保证，佛祖在此，诸神回避。白薇睒他一眼，嘴角一咧，嗔怒道，你以为我贪图虚名，小看人了！我是看不顺眼，挂羊头卖狗肉。我说你不信？指指宜兴，你去问问你信得过的大先生，他受得了受不了？

天缘转向宜兴，我还真不相信你会受不了。你专门研究中西医比较，还有什么你不知道的？不就中医先生开西药，让你去那里就是去学习人家怎么做的，看看做的效果，对的是经验，错的是教训，无论如何犯不着生气。

宜兴也就说说而已，听了轻松一笑，我才没有见气，不值得。

白薇不依了，嘿，宜兴先生！怨气可是你最先冒的，现在你成了绅士，我倒成了怨妇，好人没有你这样当的。见天缘眼盯着，声音小了，仍是嘀咕，放火救火都是你，转眼一个心思，当心被人识破了没人嫁给你，打一辈子光棍活该。

宜兴索性大度到底，拍拍屁股进了房间，啪的一声关上门。白薇去了另一个房间，照样啪的来一声。犹如啪啪两个耳光，天缘被打晕了，喊道，不弄晚饭啦？

两间房门吱的一声开了，各伸出一个脑袋，相互看看，又同时缩回去，啪啪两声，两间房门再关上。天缘左看看，右看看，想说谁几句，竟没弄清到底该谁先谁后，一气之下，大吼一声，出去吃！

吱的一声，两扇房门同时开了。

晚饭后，三人不愿回到先前的话题，只有回到各自的房间，通过微信寻找各自的怨气受众。

天缘找到何姝，仗着几分酒性，噼里啪啦一阵倾泻，好像申冤遇上清官大老爷，讨债遇上了躲避多年的债主，从史家综合医院到旅馆里的病家，连带白薇宜兴一个不少数落遍。

一切与自己无关，何姝还得认真听下去，哪怕假装也行，就如先前自己失恋找天缘哭诉一样。好容易等他发泄累了，何姝哄小弟弟样安慰天缘，中医药走到今天实属不易，有些不尽如人意的地方很正常，冒火生气犯不着。你还年轻，今后的路还长，中医不行早该转学西医……

不等何姝说完，天缘刚减弱的无名火呼啦一声死灰复燃，你想看笑话不是？告诉你，这笑话你还看不成。要我改换门庭，休想！我跟你说清楚，我不仅不改换门庭，还要大兴土木盖最好最大的中医院，就是要凭三根指头诊断天下疾病，就是要凭祖宗手艺把她治好……

何姝开始还耐着性子听他絮叨，见他说到"她"的病上，知道指的是柳梦，神色淡然，将手机轻轻放在枕头上，自己坐在一旁，静静地祈祷，为柳梦，为天缘，为天缘堂，为自己……

天缘堂新近又出院两位，其中一位还来自上海。这下名声捂都捂不住，几家保险公司打破在私人诊馆治疗不理赔的禁锢，争先恐后来联系业务。天缘堂收治病人不多，按理工作量不大，但挡不住要进来的病人太多，天缘又打死不松口，弄得何姝成天为收治病人的事痛苦且快乐着。天缘为经费拮据曾一度打算关掉天缘堂，只因病人死活不愿离开，天缘实在无法，亲自把关从外地收治一批病人进天缘堂，境况方才好转。在何姝看来，把天缘堂维持下去就很不容易，天缘出去游学不就是自觉经营困难，力不从心的举动。游学以来，很少听到天缘的抱怨，尤其是今晚这样的絮叨。两年多来离乡背井，颠沛流离，寄人篱下的日子想来也苦。原以为他累了，想急流勇退，本想安慰一番，不料招来误解，他居然说出要办大医院的计划。

何姝细细品味，他当着自己说要办大医院，这与自己的关联在哪？

何姝扪心自问，为赌一口气，鬼使神差来到天缘堂，一干就快四个年头，自己究竟图什么？与男朋友杨靖分手后，自己想过离开。到底是失恋的人心底脆弱，被天缘几句宽心的话挽留下来，想的是替他照看几天，以后另寻出路就是。毕业后曾去几家大医院应聘，却迟迟没去报到上班，自己也不知为什么没走。最后这次天缘没挽留自己，用他的话说，人往高处走，私人诊馆哪能跟国家大医院比。为此，天缘专门安排他父母来省城管理天缘堂，甚至太姑奶奶也亲自出动来把医疗关。龚家老药房扔给他爷爷奶奶，还说实在不行老药房停业都行。

何姝最终没有离开天缘堂，自己也说不清为什么。在移交时，古镇来的几位坐堂先生从未管理过这么多的护士病人，单是几十号人的吃喝拉撒就让龚家几位老的手忙脚乱，漏洞百出。严了，护士纷纷辞职不干，宽了，病人投诉不断。对天缘安排病人参加的文娱活动更觉不可理喻，认定是胡闹。从来医院讲究安静，哪有把医院办成戏园子的。何姝离开没几天，冯成和晓月天天发微信找天缘闹，逼着他把何姝请回来，并说好再协助几天后，绝不强留，何姝随时可以走人。

结果何姝没走，几位老人走了，重回古镇，又是她一人协助到现在。

何姝总有一种被骗的感觉。骗子不是前男友，不是胖子表叔，更不是天缘，是自己。当初诱使自己深入天缘堂探宝的是自己，后来答应替人管理天缘堂的是自己，移交后又自愿回来的还是自己。一个学西医的研究生在一个学中医的本科生面前怎么就没了定力，一次又一次把持不住自己。这诱惑来自金钱？是，好像又不是，天缘堂年薪十八万不算低，但二十万年薪的大医院聘请，自己不知为什么又回到天缘堂。是中医药的神奇？是，好像又不是，正是瞧不起中医药才学西医，可到头来替人管理中医诊馆还兴致满满。是龚天缘的个人魅力？是，好像又不是，论颜值、收入和事业前途，杨靖丝毫不比龚天缘差，但梦中出现更多的仍是那个混蛋天缘……不知天缘心里有没有她何姝？有一点是肯定的，天缘心里已有两个情人，一个叫柳梦，一个叫中医药。

天缘要回来办大医院了，纯粹的特色中医院。去或留，成了何姝又一次人生选择。前一次是出不出国。这一次她得弄清楚天缘到底要干什么，想清楚自己到底会得到什么，别一失足成千古恨。想到这，她拿起枕头上的手机，给天缘回过去，你真要办大医院？回答确定无疑，要办大的纯的特色中医院。纯到什么程度？纯到药汤里要有百草味，纯到把脉搏当丝弦弹奏天下安康曲，纯到只靠眼光不靠X光，只有死脉没有绝症。

何姝惊愕，心说勇气可嘉，不可能做到。全世界传统医学在同现代医学较量中纷纷败北，仅剩中医药勉力支撑。现在要同西医切割，纯属梦境。何姝提醒天缘，我是学西医的，说话你可能不爱听，我还没有听说过传统医学取代现代医学的例子。你若是想撵我走缺由头，尽可直说无妨，用不着转弯抹角说瞎话费力气。

天缘气昂昂回话，知道你不会相信，我不会让你走，留下来睁大眼睛盯着，我会做给你看！不用西医一颗药，不用西医一个人、一台机器，中医归中，照样治病救人。

何姝听他硬邦邦的豪言壮语，胎里带来的倔强劲一下上涌，也是豪气冲天，我原本等你回来就离开，听你这样一说，我还不走了，一步不离盯住你，专看药王菩萨显灵，天缘堂平地幻化成龚家中医院。

天缘又逼一句，输了怎么说？

何姝心想怎么会输，回道，我若输了，无论你要怎么样，我样样依你。你输了怎么说？

天缘同样一句话，样样依你！

手机上不能拉钩击掌，视频里，两人均竖直手掌向上表示虔诚。天源头上是盏莲花灯，何姝头上是盏吸顶灯，宛如和尚天灵盖上的光环，光彩夺目。

4

时隔两个月，易基从史家综合医院出来，被人搀扶着，一步一挪来铭文药房找天缘看病。见面后，吓了天缘一跳，易基像被人重新组装后的半成品，骨骼安装到位，血肉填充才开始，精气神还没考虑。天缘让他对面坐下，伸手去把脉，易基摇头表示不忙。易基的亲属说，他无论如何要来见四川医生，定要当面问明白，当初你说是个小病，为什么机器查出来是个绝症？你说生命无忧，人家说活着无望,到底谁是真话?

天缘心里一阵酸楚,这话问得揪心。任何人都得讲诚信,谁也不愿讲假话。可医生这职业,有时还不得不说假话安慰病人。瞧眼前病人的精气神,病得不轻,情绪狂躁,十有八九是知道了病情严重,来找自己寻求生的希望。天缘记得当初诊断病情并不严重,翻看医案记录,证实记忆没错。瞧眼下情形,十四项癌变可能,也许坐实了几项?当时说在等化验结果,估计结果凶险,精神压力陡增,一番化疗放疗下来,再精壮的身体也会变形。

想到病人需要安慰,天缘脸上迅速有了笑容,很自然的那种医生笑,和蔼回话,医生怎么会说假话呢,都是真话。易基脸上掠过一丝惶恐,你的意思是,那边医院的医生说的是真的,我最多只有几个月活头?天缘暗自一惊,他不相信医生会对病人说这样的话,仍保持笑容,肯定是你听错了。转脸将话递给家属,医生到底说了什么?家属牙齿咬得紧紧的,说了多少遍,医生不是那样说的,检验单都给他看了,已经好了,回去将息几天再来复查。他就相信几岁娃娃的话,咬定是医生说的。出院后一定要来你这里讨个准信。

天缘笑笑,要病人伸出手来,把把脉我就知道了。左右手把过,再细细问医院治疗的情况,然后故作轻松问,我的话你信不信?病人点点头,家属在一旁使眼色阻止。天缘不看病人家属眼色,兀自说自己的,你信我就说,病是有点严重,但没你说的那么凶。别说几个月,治好了再活二十年也不成问题。招手让铭文过来,不信再叫这位老师看看,保证跟我说的一样。

铭文过来,认真把脉后,说的果然一样,请病家大放宽心,这样的病见得多,多吃几服药就好了。

易基露出笑意,我说是吧,这位四川医生医术高,上次他一服药立马见效,人一下轻松许多。医生你开药吧。天缘开好处方,使个眼色递给铭文。铭文看了看处方,故作为难地对天缘说,你这方子里有两味药，我这没有。易基一把接过去，你把处方给我们去别家抓。家属懂事，说哪有这个药房开处方到别处抓药的，医生自然有办法解决。铭文说，这样吧，你们回去，两个小时后派个人来拿药。

病人走了，两位中医先生避开人商议。铭文问天缘有几成把握？天缘回了两个字，难说。铭文说，只有请铭章公来才行。

铭章老人微信音频里听得不明不白，心知必是急重危难的事，迅疾带两位徒弟赶过来。自天缘来后，铭章老人不时光顾铭文药房，瞧天缘一举一动颇有乃祖上风范，心里赞赏不已。眼见病家越来越多，四川医生的名头越来越响，老人渐渐放心。今天这样临时催促老人救急还是第一次。不等坐踏实，老人要两位抓紧说事。

铭文先说了病人脉象，凶险无比。综合医院那边，动手术的是外面请来的主治医生。中医吃玄奉的药，眼见回天无力，动员病人出院。

天缘说了自己的顾虑。病人自述病前无症状，体检查出十多种癌变可能，来综合医院复查。两个月前吃过自己的药，那时脉象还大体平稳，有些沉滑，考虑等化验结果心情必然焦虑，我当时以安神开胃药方主之，服后病人自述精神好转，食欲增加。两服药后住院动手术，放疗化疗兼有，伤了元气，脉象微弱。医院给了几个月的预后期，不幸被小娃娃漏嘴给病人，病情愈加凶猛。事情牵涉史家综合医院，尤其是玄奉老师收治过，稍有不慎，顿起风波。不敢贸然处方，特请铭章公前来主持。

铭章老人沉吟许久，问铭文，你有几成把握？

回答，毫无把握。

再问天缘，你有几成把握？

回答，难说。

老人动气了，说实话！

铭文摇头，没有希望。天缘说，若是几个月前，不敢说治愈，稳住病情不恶化的希望还是有。今天，致多三成。可是我不合适。

铭文说，病家指名找你，你不合适谁合适？

天缘说，医者仁心，为医者不能见死不救。若是在四川，谁也拦不住我。在这儿我的确为难。天缘看众人眼神，绝不会放过他，索性直说，病人在综合医院那边被西医定为绝症，下了病危通知书。而后，医院里中医名家玄奉老师亲自把脉处方，已是尽心尽力，仍未见效。现换成我，仍会是那些方子，无论治好治不好，我都难逃骂名。见众人不解，再细说下去，治不好，受病家抱怨自不待言，医院的医生尤其是玄奉老师笑我自不量力，这都是小事，自己技不如人活该挨骂。可万一遇缘治好了，哪怕稍有起色，多活一年两年，麻烦来了。别说社会上怎么看，单是附近旅馆求诊的病家会怎么看？想想就头皮发麻。好话固然是好话，我当然听起顺耳，可整个医院姓史的医生，包括医院外姓史的医生会怎么看？在洛阳别说再待几个月，恐怕一天也待不下去。

老人凝视窗外，自顾自说，人命关天啦！突然转过身来，对天缘说，还是你来处方，有事我来承担。

天缘深情叫一声铭章公，您老人家出面自然再好不过。等会病人来了，您老亲自把把脉，亲自审查处方，签您老的名字，天下太平。

老人不愿贪人之功，推辞再三，经不住众人说好，只得说，就依你们，把病人请来吧。

病人早在外面等，听说史家掌门亲自把脉，大喜过望，赶紧过来。铭章老人仔细把脉，详尽询问病情，然后请病人外面休息。

诊室内，众人看过天缘的处方，平平常常养心排毒汤，没病都可以喝两碗。都以为是宽慰病家的，问铭文真吃的药方在哪？铭文手一指药方，就是它。众人一愣，表示怀疑，再没人言语，静听铭章老人发话。

铭章老人眼里见众人疑惑，反倒对天缘有赞许之意，说，看不出来，年纪轻轻如此老到。然后对众人说，他这是对的，但凡从别处诊治无效的病人，身体内多少存有过去的药性，尤其是西药，残留的药性不排除，必与新药发生作用，作用是好是坏说不清楚。老到的医生用药之前，要对原先的药性清除一番。笑问天缘，谁教你的？

沪上欧教授教的。他老人家还有讲究，凡到他那儿吃中药的必须停西药，不能停西药的，他请你别处就医。

一番话让众人叹服不已。铭文赶紧给病人抓药，吃了这服药后，记住明天来换方子。

病人走后，铭章老人问天缘，下一步怎么打算？

天缘从抽屉里取出早已拟好的医案，恭恭敬敬送到老人面前。老人见上面工工整整书写着：

……气喘痰壅，胸部憋胀，面色灰滞，自述二便闭结，溲如浓茶，口臭熏人，苔黄厚腻，中根黑燥，六脉沉滑数实，辩证属痰毒弥漫三焦，毒入血分，阻塞气机。拟攻癌解毒，涤痰通腑，软坚散结为治。

脉理清晰，诊断准确，铭章公暗暗赞许。天缘又递上一药方，铭章老人看看微微一笑，龚家治癌症的秘方用上了？天缘回道，正是家传治胃病的药方，在天缘堂用于癌症效果不错，原名逍遥汤。

老人先是点头后又摇头，说你家逍遥汤我知道，与这方子差别不小，到底哪来的？天缘知道老人心里存放的是老方子，忙解释改动缘由。在滇南白家游学，学到治重症用猛药，对其中几味主药加大了分量。在关东朱家见识了人参妙用，增加一味野山参。在沪上吴家，经欧教授指点，对其中几味药用新法炮制，变成了现在这样，所以与老方子略有不同。临床试用效果明显增加，我给改名攻癌延寿汤。

老人将药方还给天缘，嘱咐别在外面说。

天缘接过方子，小心放好。再回话，依常理，手术后病人元气大伤，应以固本培元汤调理为主。我看了病人带来的药方，玄奉老师就先用的固本培元汤，临床效果不佳，然后改换药方，与逍遥汤大致相同，只是主药用蛇毒替换了蜈蚣，依药理疗效应该更好，不知为什么效果不佳。我想先用药排毒，然后用玄奉老师的固本培元汤调养，再用我家攻癌延寿汤疗治。

老人微微点头，又问，现在病人体弱，说话费力，这方子他承受得了吗？

一旁众人纷纷点头，表示都有这个担忧。

见老人还有担忧，天缘继续说，我问过病家，以前没患过病，这次是体检发现后来复查。身体一直壮实，说话少是他不愿说，听得出来尚有底气。为防万一，我准备了解救药，下服药我亲自煎熬，并随床观察。

老人沉思再三，虽有风险，施治方案也算稳妥。晚辈千里求学到此，我代他签字承担风险理所应当。叫声铭文，把处方拿来我签字。铭文拿过养心排毒汤、固本培元汤和攻癌延寿汤的药方，老人签上名字，对众人说，你们都记住，方子是我同意开的，责任我负，与龚天缘无关。

天缘向四周拱手致礼，各位，还有一点相求，若是遇缘病家好转，千万记住不能改口，方子出自铭章公，尤其是玄奉老师那儿不能漏了口风，拜托！拜托！

第二天换了药方。晚上，天缘和白薇、宜兴三人熬了个通夜，亲自在出租屋煎熬药汤，再去旅馆伺候病人服下。一刻钟后，病人突觉满腹上下翻腾，五脏如焚，欲吐不得，欲泄不能，烦躁欲死，旋即昏厥。白薇宜兴惊恐万分，生怕出事，劝天缘赶紧送医院抢救。天缘告诉两位同伴和病人亲属,这是药病相争,正胜邪之佳兆。《内经》有"药不瞑眩,厥疾弗瘳"的记载。天缘立即施以针灸按摩,帮助病人抗争病魔,直到病家出一身臭黏汗,吐出胶黏痰涎半痰盂,排泄极臭极热污泥样大便,胸膈顿觉宽敞,唯觉困乏。天缘诊脉和匀,长长舒一口气。白薇用毛巾擦干他前胸后背的汗水,宜兴递上菊花茶水解乏。

家属给病人端来一碗热粥,此时三人才感到自己也饿了。

十五

1

病人易基离开旅馆是一个月后的事。服药五天后二便顺畅,去大黄,加野山参。野山参是十年老参,天缘专门发微信给关东朱家,让孙老叔快递过来的。三剂药后,改用固本培元汤。又三剂药后换攻癌延寿汤,足足十剂后,病人已能独自行走,面色渐显红润。私下悄悄去复查,肿瘤竟无明显恶化,仿佛一个急刹,肿瘤吱的一声停止了膨胀扩散。

天缘听了病人报喜,欣喜之余反生几分忧虑,对病家说,这儿住旅馆开销太大,我劝你挪个地方。病家也有此心意,说想请医生多开几帖药方,回家调养。天缘摆手,你这病的起因尚未查清,眼下只是稍有好转,回老家万一病源未除,重新引发,会更加费事。

易基问,龚医生你说去哪儿合适?

天缘初步诊断病人起因是过度焦虑,担心回去自寻烦恼,无益康复。建议去四川天缘堂诊馆,那儿费用不高,医保和保险都可报销,而且那儿气氛好,有专门的文化娱乐活动寻开心。易基家里实在没钱了,想开几服药回家疗养。天缘想的恰恰相反,你担心的是开支的钱多,我担心的是开罪的人多。这儿你是不能再待了,走得越快越远越好。要你去天缘堂,一则担心病有反复,二则留在天缘堂好观察新改动的药方疗效。为了易基放心,天缘索性包了,除了保险能报销的,再不要病家交一毛钱。

病人易基走了,老总光进来了。

光进直接把铭文叫往一旁,仔细了解病人易基治疗过程。对铭文留天缘坐诊颇有微词,直言,他不是来拜师学艺,明显是来踢场子。我这次丢脸可是丢的史家的脸,千年中医世家被一个毛头娃娃给羞辱了,包括你铭文公在内,史家人个个脸上无光。

铭文竭尽全力解释,把脉诊断的是铭章公,龚天缘执笔是当徒弟伺医的本分。不信你看,每张处方都有老人家的签名。铭章公出面替你圆场,无论辈分、医术、规矩、医德均不伤大雅,说不上史家丢脸不丢脸的事。

光进不由分说,质问铭文,你敢担保这处方没有替换,张张都是铭章公亲口所授?

铭文拍着胸脯担保,绝无虚言,每次都是我亲手抓的药,我说的还会有假?

光进一听铭文这话,更是怒火万丈,若不因铭文是长辈,早动粗了,铆足劲喊,好啊!这吃里爬外使阴招的原来是你!这些年我在哪儿得罪了你?你要坏我名声多好办,尽管去揭发检举我卖假药,找市长,找卫监局费事,直接找公安局抓人也可以,明着来呀!用不着做这些杀人不见血的勾当……

铭文越听越糊涂,不知哪儿伤着他了,我什么时候说过你卖假药?你拿出证据来呀!

你还不承认,明摆着的事你还不承认,你当我是傻子呀……

正闹得不可开交,铭章公闻讯赶来,厉声喝住光进,你在干什么?坐下来,好好说话。

在中医世家掌门面前,光进的老总算不得什么,规规矩矩坐下。铭文盼来了救星,一肚子冤屈倾泻而出,喊声铭章兄,你得主持公道。就为我药房收治了一位光进医院放弃的病人,现在光进打上门来问罪。我再三说这事铭章兄知情,他打死不信,还凭空诬我设计陷害他。

铭章老人板着脸,眼神像剑样刺向光进,历来厌恶他打着中医世家的招牌,用经商那一套办中医院,将一方净土弄得污秽不堪。医界同业之间若因收治病人产生纠纷,千古不变的规矩,病家第一,同业之间互相尊重第二。眼下这浑小子竟不讲医德,依仗财大气粗,没脸没皮上门胡闹,欺负铭文私人小药房,想当医霸不成?心里不得不服龚天缘有远见,早料到有风波,先有安排不假,不过是预防,哪来的设计陷害。

光进见铭章老人脸色冷峻,料定铭文背后是他在撑腰。素日里对铭章老人敬畏三分,是怕老人不认可他是史家正宗,史家综合医院的牌子挂不稳。若论这些年自己对史氏家学传承的贡献,自以为十个铭章公也难比。史家后辈但凡有志习医者,从资助学费到安排就业,由他史光进一手包揽,史家对内对外的公益开销一律在医院列支,除了辈分和医术逊色,论在家族中的影响、活动能力和医界人脉,自己远比老人强。眼前的医院就是明证,白手起家,现在已是全市历年评比最好的医院。更重要的,今天这事我史光进在理。我今天就是要得理不饶人,看你铭章公如何收场。

铭章老人开口了,光进,我问你,铭文药房哪点做错了,你说出来我们听听。若是在理,国有国法,家有家规,照章处罚,我替你执行。

光进立起身子,面对一众史家同行侃侃而谈,姓易的病人在我那医院治疗无效,转求铭文药房,医缘巧合,转危为安,这事天经地义，无可厚非。

原以为他会替自己医术不精辩解，听他这样说，大出众人所料，个个心里在问，既是天经地义，你来闹什么？

光进话锋一转，剑指铭文，令人不解的是同为史家后裔，铭文长辈却勾结外人，蒙蔽铭章公，设计陷阱，借机发难……

实在听不下去，铭章老人打断话，光进，你停一下，说话别含沙射影，直接说坑害你什么了？怎么坑害的？

也行！光进说，依铭章公的，我就直截了当问铭文前辈，你药房所用培本固元汤与医院玄奉叔所用培本固元汤是不是一个方子？

铭文毫无戒备，如实回答，一脉所传，当然是一个方子。

是不是用在同一个病人身上？

回答，是。

我问你，为什么疗效不同？一个好得不得了，一个差得不得了，为什么？

突兀而来的问题顿时让所有人哑口无言。铭章老人一时转不过弯，是啊，为什么会不同呢？

光进颇为得意，说，懂门的人一眼观尽，只有两种可能，一种可能是药材质量不一样，另一种可能本来不是一个方子，却偏偏说成是一个方子。铭文长辈四处散布是一个方子，言外之意，药效不同是药材质量不一样，就是告诉病家和社会上所有人，我们史家综合医院用的是假药。铭文公，你是不是这个意思？

铭文一下被问住，支支吾吾答不上来，这，这，不是这个意思。

光进抓住不放，肆意发挥，说，寸有所长，尺有所短，综合医院没治好的病人在你药房给治好了，证明你医术高明，我们无话可说，只有学习的份。可你不该故意把不同的方子说成是同一张方子，逼得人们来怀疑我们医院在用假药，你这不是坑害人是什么？

铭文有苦说不出，只得向铭章公求救，铭章兄知道的，确实是同一张方子。

铭章老人知道铭文说的真话，可光进说的也有道理，一时找不出反驳的理由。

光进依然穷追不舍，你还想害人，拉铭章公做挡箭牌，敢做不敢当。

正在这时，一个声音从门外传来，确实是一张方子，没有人想害谁！天缘随着声音跨进门。天缘早该到药房坐诊，在路上接铭章老人微信，叫他不要去药房，光进正在那儿闹事，回避一下好。天缘岂是怕事的人，照常赶往铭文药房，见里面吵闹非凡，没进门，在外面旁听。越听越不叫话，发觉光进有预谋，意图不是要个说法那样简单，是要逼秘方现身，通过验证让龚家秘方失秘。天缘带着秘方出来，本来就是为了交流，通过交流完善秘方，即使光进不闹，这交流最终也会有。可眼前光进做法有失光明正大，不知受何人撺掇，竟借故为难两位老好人，实在忍不住，挺身而出，挡在前面。

光进见天缘终于现身，一阵欣喜，要的就是你出面。说声你是客人，照理不该惊动你，可眼前这事你最清楚，铭文不愿说，你来说最好。你说药房和医院用的是同一张方子，为何用在同一个病人身上会有不同的效果，这不是在暗示医院药材有假又是什么？

天缘接过铭文送上的茶水，抿一口，不慌不忙说，铭文药房和综合医院用的是同一张固本培元的药方不错，连后来的去痈散结的药方也与玄奉老师用药大致相同，但因此说病人吃的一样的药就不一定了。

此话一出，众人皆惊。铭章老人和铭文暗暗叫苦，甩不掉的祸事你却一把揽在怀里，担心下面怎么收场。

光进更是喜出望外，紧紧扣住不松手，高声叫喊，大家都听清楚了，方子一样，效果不一样，是因为病人吃下的药不一样，摆明说是医院的药有假。事关史家综合医院的声誉，你今天别怪我史光进不客气，不说清楚，你出不了这个门。

铭章老人见光进使横，厉声呵斥，史光进，你想干什么？

天缘赶紧劝住老人，铭章公息怒，且听我说。转脸对光进，药说不清楚，钱说得清楚。病人在铭文公这里总共花了不到六千元药钱，在你们那儿花了十多万，单是药钱就近五万，说明了什么？

光进一下急了，药不一样，我们这边有西药，当然要贵些。

天缘要的就是这句话，你承认了药不一样！六千元的药与五万元的药效果当然不同。至于效果不如人意的事，谁都可能遇上，只能怨自己不能怨别人。

话如晴天霹雳，众人惊醒，不由自主拍掌称好。花钱多疗效差，原本瞒都瞒不住的事被自己硬要撞破，光进嘴儿顿时被铁水凝住，再没半句话出来。还是同来的人识趣，拉着他狼狈出门。

2

史家综合医院会议室，一群人围着史光进分担他带回来的懊恼。

办公室主任讲述了在铭文老药房尴尬的经过，一群听众整整齐齐痛心疾首，精心布局的一盘好棋，竟出人意料地翻盘。事先都认为，中药加上西药的治疗效果必然是一加一等于二，甚至可能一加一大于二，现在让人上了一课，一加一也有可能小于零。

主意是玄奉出的，他后悔的地方比别人多出太多。病人易基病急乱投医找上铭文药房，他当时压根没在意，谅一家私人小药房掀不起多大波浪，却忘了对方有四川来的中医世家传人。直到病人易基病情好转到公园散步，才引起惊奇重视，傻乎乎地从药渣里寻找答案。后来发现同一药方却疗效悬殊的蹊跷，认准对方用了秘方，冥思苦想出自诬的苦肉计，想逼秘方现身泄密。不料棋输一着，叫史总出丑。伤害性不大，侮辱性极强。看史总的气势，这个面子必须找回，真担心他用力过猛伤了自己。

史总史光进此时七窍冒烟，喊一声办公室主任，记一下，来游学的几位外地人即日起清出医院。拟一份信函发往这几个人原单位，告之他们狂妄自大的表现。通知各科室，自此后，凡在铭文药房就诊过的病人，一律拒绝收治。

办公室主任不敢迟疑，出门去起草文件。急坏了一旁的科室主任，无论是中医还是西医，相互交换眼色，这样做不得。

玄奉因是本家，又是史总仰仗的中医台柱，历来说话中用，慢条斯理说，史总，我冒昧问一句，那四川来的龚姓年轻人我们还打交道不？

再不与他往来，一旦发现他在本地有行为不端的事，即行举报，叫他高高兴兴来，灰溜溜地走。

那，玄奉故意停顿一下，他身上的秘方我们还要不要？

要呀！史总还有少许清醒，他能给你吗？

能不能给得看他愿不愿意。玄奉劝导，也得看我们是真要还是假要。看史总在注意听，继续说，真要，就不要把事做绝，凡事留有余地。史总这次遭遇尴尬，已经有损脸面，再用你前面的办法，一家堂堂大医院去同一个游方郎中较劲，不仅不能挽回脸面，反而更丢人。

依你的，史总终于冷静下来，该怎么办？

玄奉反问，你知道老百姓形容一个人忍辱负重，是怎么说的吗？

旁边有人补话，口水吐到脸上擦了就是。

玄奉点头，这是老百姓的说法。古人说得更好，唾面自干，擦都不用擦。干大事者切忌任性妄为，小不忍则乱大谋。

这几句话史总听进去了。平素时最敬畏的人，除了铭章公就是他玄奉叔，两人医术高明，心思缜密。两相比较，史总对铭章公敬少畏多，对玄奉叔敬多畏少。史总能有今天，离不开玄奉的鼎力相助。马上表态，听你的，你说怎么做就怎么做。

若依我的，玄奉将想法铺开说，史总你得亲自恭请铭章公出面，宴请外来游学的几位同行，诚恳道歉，重金聘请龚天缘为医院名誉院长，住在医院指导。至于秘方，人来了就好说，我这有他想要的宝贝，到时不愁秘方换不到手。

史光进仍是迟疑，上铭文药房闹事也是玄奉的主意，也是为了秘方，结果秘方没见着，反灰头土脸憋一肚子气回来。史光进环顾四周，看看其他人的脸色变化。

骨科主任用灰暗脸色作最先响应，说，其他几位游学的怎么样我不了解，我那儿那位姓白的高个子女孩子不得了，用地道的中医手法治好了一位粉碎性骨折，已痊愈出院。我跟史总你汇报过，要想法把她留下来。是，你是同意了，我们正说服她，她正犹豫。若是你这通知一发，她再不会犹豫，抬脚走人。

药房的头儿脸色变化不大，仍是标准的黄种人，语气略显惊讶，我们那儿那位研究生，成天在电脑上忙个不停，我好奇看过，全是中药和西药混用的方子。问这有什么用，他说写论文用。我看没那么简单，医院用过的药方值得那么费尽心思研究，肯定有大作用。在没弄清楚前，最好想法留住人，真有用处我们也可以分享。

办公室主任拿着拟好的文件回来签发。听几位一说，触发同感，附和说，我们那儿新来的姓朱的夫妇，说是中医世家之后，却不像行医的，倒像两位电子专家，成天敲打电脑。我找内行看过，在录我们的医案。我问懂行的这有什么用，人家说用处大得很，以后遇上疑难病症，打开电脑进入医案库，瞬间就显示出相同病症的不同医案，如同把从古到今的名家请来会诊，你说作用大不大？

史光进问，录了多少？

办公室主任回答，我们的不多，主要是外面的，听说已有好几万例。

史光进说，不行，没经允许，这侵犯了我们的权利。告诉他们，要么给钱，要么删掉。

史总，主任一声柔软呼叫，这事你签字同意了的，侵权说不上。我们医案虽多，选上的至今不过几十例，若是收费还会减少。在他们那儿属于可有可无，人家答应给我们留一份，这可是份大礼，千万别错过了。

史总陷入沉默。好一会儿，将文件草稿推回，吩咐，发请帖，选个好酒店给他们赔礼道歉。

3

天缘本以为史光进会把他们驱逐出境，几个人正商议去留，请帖来了。

白薇笑天缘小家子气，低看了人家。昨天科室主任还执意留她常住下来，工资同他一样开。白薇问是谁的意思？主任说她提出来的，史总满口答应。不仅是我，所有游学的都请留下来，尤其是你天缘，人家留你肯定有大用。这不，请帖都来了。宜兴不相信，你那是一厢情愿，留你有可能，你那一双手能挣钱。留天缘不一定，虽然也能挣钱，但人家不放心。除非他眼瞎看不出来，天缘岂能久居人下。一山不容二虎，留他弊多利少。至于我和朱兄夫妇，客气留你多住几天，不客气随便一个由头就可赶你走。朱斟夫妇晚来一些日子，事儿干完不用赶自己也会走，说史光进会留他俩，只能当笑话听听。

天缘笑白薇才是小看了人家。从古到今，但凡出来游学的人，脚尚未迈出门，心里已在计算归期，这一点史光进不会不知道。即使不知道，我们与他的观念不合是明摆着的，留下来只会给他添堵。宴请我们也许是看在铭章公面上要缓和关系。当然，也许史光进本来就大度。不管怎样，人家宴请表示尊重，我们不得有一点轻慢，先得给人家赔礼道歉才是。说到这，天缘话头一转，问宜兴，看见柳梦的医案没有？

宜兴回话，还是没有，问天缘，她有其他名字没有？

天缘摇头，不知道。你发现相同病情的病案没有？据说他们家族代代有人发病，肯定会有类似病例出现，你细心点查，肯定会有。

朱斟听天缘过问柳梦的事，心里过意不去，这事天缘也曾拜托他留意查找。朱斟睁大眼睛破案，无奈电脑上没看见柳梦两个字，因此没法给天缘回话。眼前听天缘催问宜兴，插话，我那儿倒是有几例，可都是几服药后再无音讯，属治疗无效的病案，因此没录入电脑。若你需要，我明天给你找出来。

天缘说，你这方法不妥，只要是疑难病症，治疗有效无效都要录进去。治疗有效是经验固然好，无效是教训也可借鉴。明天开始，把漏了的补上。你说的那几例，明天务必找出来给我。

朱斟的爱人秦亦见天缘着急，提供一个线索，我听人说，每次遇上此类疑难病人，都是玄奉老师那儿收治，问问他也许知道。朱斟说，我早就问过，他说查查看，至今没有回话。

天缘一听更急，他没说治疗的效果如何？

朱斟夫妇一起摇头，他一会说记不清，一会说忘了。

那柳梦的地址呢？天缘想有了地址也好。

夫妇俩约好了要气他似的，不知道。

4

宴席设在洛阳市天成酒店，定了三大桌，每桌几大千。当中主桌，铭章公端坐首位，光进和天缘分坐两旁。铭文、白薇、宜兴和朱斟夫妇由玄奉、办公室主任等陪坐四周。

待大家落座，菜上齐，酒斟满，铭章老人由天缘光进两边扶着起身致祝酒词。铭章公环顾四周，皆是或辈分或年龄比他小的史家子弟，却没有一个能像天缘样撑得起场面的，发一声感慨，唉！史家后继乏人啊！四川龚家和我们史家都是中医世家，千百年的世交。旁边有人提醒，还有白家、朱家、吴家。老人忙补上，还有白家、朱家、吴家。你们看看，人家都是年纪轻轻出来游学闯天下，我们史家有吗？猛然瞧见邻桌有几位小年轻，是近年光进医院里新招的几位本家子弟，转而说，我们也有几位年轻的中医先生，看片比看脉在行，能与人家比吗？人家游学是不准出门带钱的，凭一双手挣钱吃饭养家，你们行吗？

旁边的史光进脸红一阵白一阵，屁股不住挪动。

老人继续说，当然，也不全怪他们，学中医从来就难。小时候老人们告诉我，晚清皇帝北洋军阀都曾下令取消中医药，我不信。等我懂事时，南京政府发令取缔中医药我看见了，可中医药取缔了吗？没有！我们不还在把脉行医？全靠人民政府大力扶持，每个县都有中医院，可我们不争气，中医不中，没把祖宗传下来的医术当回事，弄得年轻人不信中医，不学中医。这次铭文药房借助客人争了口气，靠老祖宗传下的方子治好了医院放弃的病人。这本是好事，不料想，反弄得药房和医院闹矛盾。转脸见光进脸色不对，记起自己劝和的责任，话转个弯说，好在光进度量大，事情说明就放开了。今天他专门请客人来，就是要当着大家的面，向客人赔个不是，恭恭敬敬向客人学习。

老人忘了提议干杯，一屁股坐下，大家方才想起鼓掌，噼噼啪啪，热烈中夹杂无奈。还是光进变通灵活，举起酒杯站起来，侃侃而言，游学的客人来洛阳已三个多月，在铭文药房和史家综合医院游学，像老一辈一样，相互学习，切磋医术，感情融洽。因铭文药房和综合医院少于沟通，难免产生一些误会，牵连到四川的客人。我和客人请铭章公出面，已在一起把话说开。今天把大家请来，就是见证双方冰释前嫌，重归旧好，为中医药的振兴效力。我提议，为双方和好干杯！

众人起立，一阵碰杯声后，大家坐下。

此后是光进正式致歉。光进的话比老人流畅多了，说，今天，我们和来自远方的同行以中医药的名义相聚，实在可喜可贺！百年前，我们的先辈相聚上海，为抵制南京政府取缔中医药共谋大计，提出了许多振兴中医药的举措，其中最有名的是主张融会贯通中医西医的汇通论。百年后，我中原史家秉承此理念，创立了洛阳史家综合医院，为弘扬家学，振兴中医药做出了应有的贡献。金无足赤，人无完人，行医路上邂逅来自川东龚家、滇南白家、关东朱家、沪上吴家的同道高手，于医术上指点帮衬，实属史家弟子幸事。无奈沟通不畅，双方心生芥蒂，错在当地史家主人待客不周，错在我史光进目中无人。在此，我代表史家向来自远方的客人赔礼道歉！话毕，旁边服务员手持托盘前来，光进取过酒杯高喊，自罚三杯，然后连干三杯。

轮到天缘表态，他略显踌躇。事先只以为双方礼节性谦恭几句，握过手，对饮两杯，诸事皆了。没想到铭章公心性直爽，竟把平日里对光进的厌恶当面和盘托出。原本双方求和的事，一方尴尬势必另一方也尴尬。光进的发言一半是道歉示好，一半是针对铭章公的指责进行辩解。天缘绕不开也躲不过，无论附和谁，都会伤害另一方。偏偏天缘不喜乖巧，违心逢迎的话说不出口，让其他几位说，个个推辞，天缘只得站起来，搜肠刮肚学说乖巧话：

我们几位年轻人深感才疏学浅，秉持家传来贵地游学，幸得史家医院铭文药房接纳，尤其是铭章公言传身教，光进老总各方面给予方便照顾，感激之余，深深感受到中医世家之间千百年凝结成的情谊。适才听铭章公说到老规矩，夸我们游学挣钱吃饭不易，我们实在羞愧难当。本来游学应以学艺为主，全部去医院才对。一则医院规矩得尊重，食宿自理；二则祖训难违，所学医术必须得病家验证。若医生自身不能养活，奢谈什么悬壶济世岂不笑话。因此，为挣饭钱，我没去医院。感谢铭文药房碗中拨食，帮助我们挣几个学费钱。受此厚爱，我们自当回报，哪敢偷懒取巧。面对每一位病人，不敢畏难避险，一心只顾治疗，难免说话处事不周伤了同行。这次药房医院产生隔阂，我难辞其咎，道歉的该是我。话完，向白薇示意。白薇马上招呼服务员端来酒盘，天缘连饮三杯。

放下酒杯，天缘话锋一转，说：

光进老总适才一番话发人深省，当年前辈为捍卫中医药生存权沪上结盟，纷纷为中医药发扬光大出谋划策。除了光进老总提到的汇通论，尚有主张中西医和衷共济的衷中参西论、平行发展的平行论、发挥中医药特色的特色论……经百年时间检验，有得有失。光进老总深得汇通论精髓，事业有成，为我辈楷模。正是敬佩，我们才慕名而来。几个月学习后，大开眼界，收获满满，深感差距太大，难以效仿。我们私下议论，若有机会创办医院，当在特色上用心用力，中医归中，有所为有所不为，务使中医药几千年的传承不致中断，各自家学均有凸显。对西医的借鉴当然会有，但借鉴不是统一，不做融为一体的设想，中医姓中，可独立存在，绝不有名无实……

在座的都是内行，天缘的话都懂，可表情不一。有的津津有味，有的不是滋味。玄奉生怕天缘与光进说僵，赌气不应聘，赶紧站起来圆场。玄奉举起酒杯来到天缘身边，为表示敬重，有意模糊辈分，叫声龚先生好，难得千年世交，今生幸会。聆听先生一番话，胜读十年书。铭章公在此，我们医院光进老总今天宴请诸位，除了表达歉意，还有一层敬意，想聘请龚先生为医院特邀专家，屈尊医院坐诊指导，我们也好就近请教，还请龚先生应允为好。话完，一声请，玄奉先干为敬！

突兀而来的好事，不仅天缘几人感到意外，除了医院那帮人，就是铭章公、铭文公也惊掉下巴，不知玄奉演的哪出戏？背后肯定是光进的主意，他绝不做赔本的生意，一定想干什么。

铭文沉不住气，自家药房这几个月好不容易火起来，随着账户上收入增长，自己的医术也日渐增进，对天缘的诊断用药奉为神明，老方子略加增减便显神效。眼下光进挖人如同挖肉，失去的不仅是收入，还有医术增进的机会。铭文倏地站起来，对玄奉说，你这不是有意为难人？明知客人与你们的主张不同，硬要拉去给你撑门面，到时听你的还是听客人的？

玄奉说，都是中医世家，能有多大的不同，听谁的还不一样。你呀，只顾自己那点收入，话得说在明处，光进不会让你吃亏。

这话有点刁钻，铭文若说没占客人便宜，会抹杀天缘帮衬的情分，若说有好处，那反对就显得自私，人家打的可是史家的招牌。铭文仗着高一辈，撇开自家不谈，指着玄奉鼻子，不是我说你娃娃不懂事，既是尊敬龚先生，就该尊重龚先生的主张。龚先生刚刚说过你就忘了，中医归中。龚先生做不来你那一套，中药里夹西药，不伦不类的，想请他到你那儿去，别把龚先生的时间耽误了。

眼见光进要冒火，玄奉用眼色压住他。自己借铭文的话说下去，正是看见了我们与龚先生的差距，才来恭请龚先生移步医院指教。你身为长辈，应有长者风范，不能为一己私利误了史家子弟请教名家的机会。

铭文眼看抵挡不住,忙往铭章老人身后闪躲,铭章公在这儿,你代表不了史家子弟。当初龚先生去我那里,可是铭章公指派的,现在你要请客人走,也得问问铭章公同意不。

提到当初客人的安排,玄奉更觉腰杆硬气,医院从未拒绝过客人,反倒是你铭文犹豫勉强。随即接过话说,如果我没记错的话,当初你铭文叔可是羞羞答答半天不敢答应。铭章公当时没安排龚先生来医院,是光进老总不在场,担心我说话算不了数。今天不同,光进老总就在这,就是他决定邀请龚先生去医院指导。铭章公信不过我还信不过光进老总?

光进赶紧解释,那次确实有事来不了,事先当着客人的面说好了,一切由铭章公安排,医院照办就是。后来安排到铭文公药房,我们虽有意见也只有顺从。还望铭章公不计前嫌,今天就此重新安排,史家综合医院可是代表史家老药房的。

铭章老人一时难以决断。玄奉说得不错,医院从未拒绝,是自己没安排客人去医院。铭文那时确也有过犹豫,是自己半哄半劝方才答应下的。现在依了铭文的,光进这边会说公私不分,毕竟光进代表史家老药房,虽说路子有些不对,但也正好由客人出面给以纠正。可依了光进,总觉得对不起铭文。这些年,为史家医术纯正不失传承,铭文始终与自己站在一起。这次为客人赢取声誉担惊受怕,刚刚有所收获。现在要自己一句话给他剥夺,这话自己无论如何说不出口。细想当时如何定下来的?记起来了,当时是客人因挣生活费选择铭文药房的,这次仍由客人自主选择为好。铭章公放下酒杯,说,我年轻时游学去过四川,游学的规矩还记得,客随主便。按理说来,光进代表史家老药房,该听他安排才对。可他那里是新医院新规矩,客人食宿无法自理,与老规矩不合,觉得在铭文那里不动才对。我想了想,不妨改下规矩,主随客便,当初由客人选择，今天仍听客人的，由客人自己确定如何？

几句话有理有据，众人不好争执。光进说了一句，客人愿来，医院也依老规矩办，五位老师同医院职工一样按劳计酬。

天缘没急着发言，遵循老规矩应是客随主便。太姑奶奶再三叮嘱出门不可任性，游学本是历练，讲条件最好别出门。上次是看铭章公安排为难才自作主张去了铭文药房，这次又是铭章公为难推给自己。选择不难，难的是选择的理由得服人。究其内心，天缘愿在铭文药房待下去直到离开，可光进的医院无论自己怎样看不惯，仍有充足理由不得不去。要想把天缘堂诊馆幻变成大医院，梦想来自这家医院，日后行走还得去这家医院寻找路径。天缘环顾四周，大家仿佛等着他的回答下饭，自己得识相点，不能拂了大家情面。低声向铭章公求情，有些话酒桌上说不方便，等下来后我给大家一个满意的回答。

缓一缓是客人的选择，同样值得尊重。众多业界同行只得将期待放在酒后。

下午，酒杯终于换成了茶杯，天缘有了时间梳理思路。在茶座上，天缘从离家游学说起，开始自己的表白：感谢各位高看，我确实才疏学浅，做了这么多年的医生，说来不怕你们笑话，从未弄明白过什么是病。四方游学只为寻求答案，至今仍未有确切答案。以病人易基为例，初次把脉时，病人感觉不出哪有病，作为医生我也没诊断出哪有病，可机器确诊他有病而且严重。后来动手术化疗放疗直到病危，病人感觉周身是病，这才转到铭文药房就诊。我把脉感觉气血枯竭，可机器检查说手术化疗放疗都很成功，癌细胞已摘除干净。这说明什么？若说机器诊断很灵，易基确实有病，说明机器发现得早。若说我的诊断和病人的感觉是错的，后来转危为安，病人现在还活着，似乎也说不过去。我举这个例子，不是想分个高低对错，恰恰相反，没有对错，只是对病的认识不一。现在光进老总邀请我去他医院学习，对我来讲求之不得。可我去了无法看病，我若说无病，机器说有病，我总不能成天为什么是病与机器争吵。

天缘的话很明白，道不同，不与为谋。铭章公和铭文一班人只差没有鼓掌。

玄奉明知天缘是推辞，出于礼节，还不能反驳。易基的案例摆在那，辩解只会越描越黑。何况自己也是中医，犯不着背叛师门多费口舌，想法拉天缘来医院坐诊才是正道。对天缘说，有病无病，中西医各有各的诊断方法和标准。我们是中医，自然依中医的标准，扎针、艾灸、推拿、汤药、散剂、膏药，怎么有效你怎么来。请大放宽心，没人会来干涉。

天缘仍是犹豫，他放心不下铭文和他的药房。小药房紧挨大医院，大树之下寸草难生。这些日子，两人抱团取暖。眼见自己尽心尽力帮他，铭文也是尽其所有，倾囊而出，给自己不小的回馈。史家百年医案精选，铭文抱了厚厚三十卷出来，让天缘大开眼界，夜夜研读，茅塞顿开。铭文厚道，医术全靠一点一滴积攒，欠缺点悟性，对老祖宗留下的宝贝疙瘩没用心化开。经与天缘这些日子相互切磋，多方辩难，双方收获很大，但离悟透尚有时日。此时分手，天缘于心不忍，总想帮帮他。想到此，天缘说，既是这样，我去医院可以，但我开的药方全部在铭文药房抓药。

天缘本是帮铭文增加收入的一番好心，玄奉却误认为是药方保密之计。以前有过例子，双方预先约好，处方上少开几味药，由抓药的当药引添上，外人无法知道真实药方。玄奉当然不会答应，使出最后一招，说这样恐怕不好，会让人真以为医院药材质量不好。若是担心铭文叔那儿有损失，医院会考虑给些补偿，大可不必让病家东跑西跑。

见天缘仍在犹豫，玄奉此时话锋一转，有些话怪我没及时向天缘老师说清楚，光进老总有个挚友的妹妹，身患怪病多年。说时向光进看去，光进会意点头，急忙补话道，莫名消瘦，现在就剩一张皮了，她四处求医查不出病因。听说龚先生医术高明，托我求龚先生救治，唯恐龚先生不便，故请龚先生屈就综合医院施救。

这理由牵强，天缘感觉不是实话，说，你们便是菩萨，何须别处去烧香。

光进说，实不相瞒，我们已尽全力，无奈力不从心。请龚先生移步施救，既是病家恳求，也是我们作为医家的愿望，不知龚先生方便不？

天缘更是不解，这是什么话，治病救人哪有什么方便不方便的。她来铭文药房或我去她家里出诊都可以。

光进无语。玄奉赶紧圆场，病人是未婚的女大学生，不愿人看见她变形的病态，更不愿去私人诊馆碰运气，多年前已躲避乡下。她哥哥也是出于无奈，坚持要龚先生来医院屈就。

事儿越说越玄，白薇禁不住插话，没见过这样讳疾忌医的，稀奇得很。

玄奉说，你是没见过，她哥哥曾给龚先生的诊馆去过微信求救，保不定见过。

天缘向玄奉打听柳梦时曾给他提起过。闻言天缘心里咯噔一下，难道是……急问，病人叫什么名字？

玄奉慢吞吞回话，病人的名字记不全了，只记得姓名最后一个字是做梦的梦字。

啊！几位外来客人同时惊讶，迫不及待问，人在哪？

玄奉说，只要龚先生去医院上班，光进老总马上通知他朋友与你见面。

天缘随即一句话，我答应你们！

十六

1

　　天缘去了史家综合医院，看了无数的病人，开了无数的方子，玄奉竟没从中发现两张完全相同的药方，哪怕是相同的病，不同的病人处方也不同。不知哪张是秘方？仿佛张张都是秘方，因为张张见效。

　　有一天，玄奉忍不住去了铭章公家里，做贼样掏出张药方，问老人，这张药方你知道不？老人接过看后，问哪来的。玄奉说用史家芒针通脉术绝技同龚天缘换的，他说这是他家秘方。老人有些不快，问，你想说什么？玄奉说，我怀疑是假的，这方子我们史家用了少说六十年以上，效果开初不错，后来渐渐不是很好，而今怎么就成了龚家的秘方？

　　你们立文书没有？老人问道。

　　玄奉回道，龚天缘说不用立了，七十年前早已立过，也是芒针通脉术换秘方，上面有你盖的手印，所以来问你。

　　老人毫不犹豫说，有这事。七十年前我在四川龚家老药房立的文书。绝技都是真绝技，到了对方手里都有改进，早不是原来的样子了。

玄奉满脸疑惑，你别也是上了当不好说。

老人睃他一眼，继续说，过去我曾怀疑这药方会水土不服，从南方到了北方不灵。临床一试，治胃病很灵，特别是治胃癌很有效。跟你父亲琢磨其中药理，是以毒攻毒。还是你父亲的主意，将主药由蜈蚣换作毒蛇。担心毒蛇毒性太大不好掌握，须得有解药才行。我俩想到菜花蛇。菜花蛇无毒，可它不怕毒蛇咬，专吃毒蛇，用它作解药再合适不过。这就是我们现在治癌的方子逍遥汤。你知道的，当年可是名震一方，史家成了治癌名家。可这些年疗效下降，正琢磨原因。听说四川龚家也是用这药方治癌，在成都效果好得很。开初不信，这次亲眼所见不得不信。你正好问起这事，哪天找龚天缘来交流交流才行。

玄奉似有所悟。天缘的药方包括治疗易基的方子在内，玄奉虽觉平常，自己试着用过，效果还不错，但总不如在天缘手里效果好。难道正如古人所说，运用之妙，存乎一心。对老人提出的找天缘切磋的事满口答应。

铭章老人第二天叫天缘单独过去，对他与玄奉的事佯作不知，问天缘，你家老太太对史家医术有何赐教？天缘老实回答，太姑奶奶再三叮嘱，中原史家金针独步天下。史家铭章公曾传授绝技于龚家，爷爷经苦练方才习得。但到父亲那里不愿学，以为学了无用，中断已久。爷爷现在年老也久不使用，怕是早已荒废。这次要我请史家前辈多加指点，务必学成回去。

铭章老人放下茶杯起身长叹，今非昔比，史家已非当年史家。天缘啊，不怕你笑话，当年用芒针通脉换你家治胃病秘方，各有所得。而今我们自家都很少使用芒针通脉，没人愿学，快要失传了。不知你家以前用得如何？

天缘老实回答，老一辈已多年没用了，有心无力。父亲不愿学，怕担风险，嫌不适用。自己前几年开始习练，尚未入门，渴望史家前辈亲自指点。

既然提起，我也直说，只要你不嫌弃，我当尽力相传，还不知你愿意不？

天缘赶紧起身，铭章公，承蒙你看重，求之不得的大好事，我哪有不愿意的道理。铭章公若对我有什么要求，但说无妨，晚辈件件依从就是。

听铭章老人说要亲自指点芒针通脉秘技，天缘大喜之余，实在不敢相信史家众多子弟竟无一人愿学，会将传人头衔拱手给予外人。待老人细说之后方知确属无奈之举。若是自己不应允，失传必是早迟的事。玄奉父亲在世时曾同铭章公多次商讨传承的事，终无结果。先是众多后人纷争，唯恐落后。选来选去总觉无可传之人。要么悟性不够，除了生搬硬套，依样画葫芦，不懂运用之妙、存乎一心的道理；要么没担当，生怕出事，眼里无可治病人，学了等于没学。比如玄奉，学了二十多年，至今没用一次，只怕到死也不会用。到而今，竟无愿学之人。芒针通脉，风险极大，过去是要与病人签生死文书，一切听命于天。眼下医患纠纷让人闻之色变，既没人愿冒风险求用芒针通脉医治，更没医生愿担风险用芒针通脉救人。只因四尺长芒针通入体内，单凭听说就令人毛骨悚然，一旦出事，想说自己不是谋杀都没人相信。加之掌握此项绝技还需吃苦，仅凭手腕指头发力，一股巧劲非得苦练获得。个中滋味不是常人能理解。即使铭章公也因年老精力不济，已有十多年没把脉治病，更别说展示芒针通脉的绝技。

自见着天缘那天起，铭章公就暗中观察，无论是悟性还是担当，医德还是天资，天缘都是绝佳人选，只不知他愿意不？

殊不知天缘早盼着这一天。过去仅凭长辈口口相传，寥寥几句口诀，哪及大师耳提面命，除了担心学不会，再无半点犹豫。当即表示，承蒙前辈厚爱，晚辈当倾全力学习，绝不辜负史家重托，定使绝学发扬光大。

按铭章老人所言，研习此项绝技须过三关。先是经络穴位烂熟于心。天缘自小拿针灸铜人当玩具，练就童子功，即使蒙上眼睛也不会扎错穴位。其次，指感须天生敏锐灵巧，刺、提、捻、顿方能自然流畅。这与龚家把脉要求吻合，正是天缘优长所在。三是苦思苦练，匠心独运。天缘听了铭章老人一番讲解，心领神会，老人说，精气循经络周天运行，如江河大海绵绵不绝……天缘经吴、欧两位教授点拨自得体会，视经络如电路，穴位如开关，精气运行畅通，全仗穴位开关自如。医生犹如高级技师，凭一根银针调控经络，保障气血通畅……

接下来，铭章老人与天缘说到治癌秘方。天缘请教铭章公，听老人们说，过去没有这么多癌症，即便有也可能当慢性病治了，要死也得好几年。而今不知哪来这么多癌，一发现就动手术，放疗化疗全上，死人也快，常常几个月人就殁了，好像非死不可。中医过去的秘方也不灵了，一连几服药吃了一点起色没有。玄奉老师问到我，我说不知道，他还不信，怪我不真诚。铭章公你说说，这到底是什么原因？

铭章公笑笑，听说你在四川专治疑难杂症，网上红火，你说不知道他当然不信。连我也不信。

天缘喊屈，网上的声音就像菜市场吵闹声，你老人家千万别把吆喝当真经诵读，我真有那本事就不会出来游学。开诊馆七八年时间，就治好了十来个病人，死了一百多，提起我都无脸见人。

铭章公心里欣赏天缘直率，嘴里仍是追问，无风不起浪，那网上"治癌圣手"怎么来的？

天缘像被蛇咬一口，气得站起来申辩，全是好事者瞎吹……

据天缘说，天缘堂干的就是大医院临终关怀那一套。唯一不同的，临终关怀以安慰为主，放弃医治，奉行消除恐惧、减轻痛苦、尊重人格的护理原则。天缘堂利用中医药独特优势，尽力医治，给病人生存希望。哪怕十之八九会失望，也没人愿放弃余下的十分之一，自然来求医的人多。这可以红火一时，时间长了不行。我每次接收病人小心翼翼，心惊胆战，若同古玩市场淘宝，生怕一不留神收了一个不该收的，整个诊馆一下砸在手里。收治的标准说是医缘，实则是医生在暗中掂量自己医术，有几成把握？能不能收治？就说它是运气也行。

铭章公追问，听说许多人学你全亏了，这又是为什么？

他们只盯住钱，来者不拒，成天算计合同几时到期结账收款，不拿护理和治疗当回事，兑现不了合同，哪有不亏的。

铭章公又问，先不说护理，单说治疗，同样的药方，玄奉使用与你使用为什么疗效不同？

天缘喊声铭章公咂，连你也怀疑我在药方上使假，我就无话可说了。易基的医疗从头到尾你知道的，是他们中西药齐上，把药用多了。我那诊馆不是中西医结合医院，与人家有专门研究不同，不敢中药西药一起上。

铭章公颔首认可，天缘从不过度医疗背后是医德在起作用。天缘无论在四川还是在洛阳，想的是病人，没想别的，自知没有中西医结合的经验，自然不会中药西药一起上，哪来的过度医疗。夸他，你做得好！

天缘见老人认可，赶紧请老人给玄奉老师解释解释。我可是嘴皮说破，玄奉老师就是不信，总以为有秘方瞒着他。

铭章公点头答应，忽然又问，你说说看，现在还有中医秘方不？

天缘端端正正看着老人，老老实实回答，前些年，全国中医同行为振兴中医药，搞了一次捐献秘方秘籍的活动，献出成百上千的药方。我家也是倾其所有，再没秘方秘籍。别人有没有不知道。

老人自嘲道，中医药失落到眼下境地，若有秘方早已用尽。中医药要想翻身，不能指望老祖宗留下的秘方，要靠自己守正创新，一味守是守不住的。见天缘眼睛睁大，耳朵张圆，期待下文，老人放下茶碗，眼神移向远处群山，仿佛他刚从那里回来，有话语要捎带给天缘：年轻学医时师父告诉我，医生是个憋屈的职业，初衷是帮助病人战胜疾病，结局是与病人一起死于疾病。帮助别人延年益寿，自己却英年早逝的不乏其人。可从医者还是薪火相传，绵延不绝，履行天职，治病救人。当年我师父说，天道循环，周而复始，医生是殉道者，得时刻谨记三知，知足、知止、知常……

天缘听得如痴、如醉、如梦……

当天夜饭后，天缘迫不及待把几位年轻的同行者找来，像取了真经回来急需布施，或是进货回来的商贩迫切批发出售，开口便是，你们知道不，今天铭章公对我说了什么？

众人齐声说，绝招？瞧你兴奋的样子，除了中医绝招，实在找不出别的事物值得你这样高兴，不马上说出来肚子会憋破。

天缘说没有秘方，比秘方更宝贵，他告诉我什么是天人合一！

众人顿时泄气。白薇不以为然，不就是把天当作人，把人比作天。天黄有雨，人黄有病，我三岁时父亲就教我了。

宜兴揶揄道，人家捡了个金元宝回来，你不让他显摆显摆，会憋出毛病的。

天缘实在憋不住，宠辱不惊，从医生是个憋屈的职业说起，话语如黄河之水天上来，奔流出口不停留，大有诗仙李白的风范。听得出来，多数是他的体悟，少数是老人的点拨，如同酿酒勾兑，母酒虽少，融进去就有那个味。只见他张牙舞爪道：古人说，人法地，地法天，天法道，道法自然。过去世人只知人尊重人，现在知道了尊重自然，知道环境保护，不乱砍滥伐，不污染环境。过去以为自然就只有山,只有水,殊不知一叶一世界,大如天体小到病毒都是自然,都得敬畏三分。老话常说,出门看天色,进屋看脸色……

可不少的医生不知足、不知止、不知常,要消灭这消灭那。病,你能消灭?除非人死了病才会断根。衰老,你能消灭?长生不老只有骗子那里有。疫情来了,最好的办法是避让,学会与病毒共存,这就是敬畏。西医也讲保守疗法,医院也设重症监护室。我与学西医的何姝多次交流过,西医要求也严,绝不能不讲医德,只要生病了,动辄划一刀,直接换零件……

说到最后,天缘发出一声感叹,与君一席话,胜读十年书。白薇打趣他,摇头晃脑说,我看这还不准确,你应该是,与君一席话,从此不读书。

自那以后的日子里,天缘算是上了战场,没日没夜练,但凡有空就在乳胶娃娃身上下功夫。芒针通脉说来一句话,一根银针从颈后大椎穴进,自尾椎长强穴出,打通督脉上身柱、神道、灵台、中枢、命门、腰俞等几十个穴位。好在智能乳胶娃娃设计精巧,神经、血管皆有告警提示,但有偏离触碰即红灯闪烁。史家前辈没想到世上竟有这等精巧玩意,指点天缘右手把针用力,左手拇指食指隔着乳胶皮肤护住针头导引,一丝一丝打通督脉这条生命通道。

开初一段时间,天缘手法生疏,右手使不上劲,左手护不住针头,不是碰着神经,便是碰着血管,一路红灯忽闪,如救火车出动。一次操作下来,天缘大汗淋漓,仿佛水中捞出来样,人如同抬了一天大石头,瘫坐椅子上。

数月后,经铭章公精心指点,凭借人工智能乳胶娃娃独特设计,天缘手法日益娴熟,警示灯如春风吹拂,一片嫩绿。

几位史家前辈验证认可,天缘成为芒针通脉的外姓传人。铭章老人取出当年御赐的龙凤金针复制品,当即要送天缘做凭证。天缘死活不收。名还是史家的,搁史家老药房保存。技艺我学,师出洛阳史家,永不更改。

在几位史家前辈见证下,铭章公将史家师训传授给天缘。天缘随老人诵读,用心记住:中医重守中,持中方持衡。天持衡无灾,人持衡无病。命由天数定,天分四时行。生老死难免,唯病由心生。名利乱心智,长寿亦是名。心善得静气,身心自持衡。万物相生克,气血通五行。医者怀仁慈,针草自然灵。病体守丹田,医家守中门。

2

自天缘来后,医院弥漫一股异香,病人闻香而来。一向冷清的中医内科接连爆出冷门,好几位在肿瘤科定为有期的被改为无期,其中玄奉亲手收治有两例,弄得西医主治医生遇上类似情形再不好定期限,改为建议,说最好去看看中医再说。中医科就诊人数陡增,每天得预约排队。尤其天缘诊室更是爆满,不得不安排专人叫号维持秩序。玄奉和众多中医同行脸上阳光明媚,多次受到光进老总的赞赏。

光进自然脸上光彩,赞赏带来了舒畅,少不了也会有那么一点点麻烦。

唐副市长家的老爷子病犯了,肺胀,一口气上不来,脸憋成猪肝色。老爷子信中医,一直是玄奉上门问诊。这次不知哪听来的消息,咬定要四川来的医生把脉处方,一剂断根,从此不再犯。一件小事,家人没通知唐副市长,直接找了光进院长,要他安排一下。

安排医生出诊,的确是一件小事,若是依旧请玄奉出诊,或者是普通病家,去或不去就光进院长一句话。可唐老爷子非寻常人家，尊敬副市长就不能慢待他爸，往小点说，事关光进院长事业兴衰，往大点说，副市长他爸的病情会影响副市长的情绪，弄不好会影响全市卫生医疗工作进展。

在此以前，的确是一件小事，玄奉出诊就是。可老爷子这次偏偏指定的不是玄奉，是四川来的龚先生。人家是客人，上班时病人排队候诊，下班已经很累，将他呼来唤去，谁也不好意思开口。院长与副市长要分上下，医生与病家可得平等，凭什么病家不来医院，非得医生去家里？对玄奉可以什么不说，对天缘什么都得说明白，单因他是副市长的爸这个理由太单薄，对龚天缘既不能吸引又不能吓阻。尤其是老爷子的家人骨子里那份优越感令人犯怵，每次看病都得要医生体现出对副市长的尊敬，除了出诊，你还得有其他可圈可点的表现。若是别的医生好说，婉言拒绝出诊就一句话，病家必须来医院，因为机器不好搬。到了医院更好办，安排最好的医生、最好的机器、进口的药品、最高档的房间、最好的护理人员……

可这些都与中医不沾边，医院和家里一样把脉问诊，中医无法将病人分出高低贵贱三六九等。可是一视同仁无法凸显敬重，会给他的家人造成副市长白当了的印象。

出乎意料，天缘听说请他出诊，满口应承，甚至没问病人是谁，只问以前请谁看过。听说是玄奉的老病家，生怕产生误会，赶紧找玄奉了解病情讨个态度。玄奉告诉天缘病人是唐副市长的老爷子，尽管去，他绝不多心。那神情轻松快乐，没丝毫嫉妒惋惜，倒像是乐见其成。天缘要来过去的医案，询问病情渊源。玄奉说是老年肺胀，病不难治人难伺候。

那这么些年你是怎么走过来的？

玄奉有他凸显尊贵的一套。止咳离不了贝母，他会说，老爷子，给你用的贝母与别人不同，是四川的川贝。川贝还不是一般的川贝,是川贝中的珍品萼贝。是四川万源花萼山独有的,别处贝母论斤卖,此处萼贝论颗卖。还特意降低声音告诉老爷子,医院每年购进不到一百颗,其中人工栽培居多,野生的更少,不知药房还有不?只要库存有,你找院长去,肯定会特批给你……

天缘不像玄奉那样做,没有马上丢下医院病人不管去唐家,也没断然拒绝出诊,心态平和,下班后拎上古老的药袋跟病家的人去了唐家。

玄奉那些话,唐老爷子的家人在车上变换口气讲给天缘听,意思是前面的医生是如何尊重他家老爷子,要天缘学着点,不要把他家老爷子当一般人看待。天缘对病人本持一颗仁慈心,出诊也不是什么难事,可要他趋炎附势,一样病人两样对待,实在做不到。仍持医者一颗平常心,眼里只有病人没有市长。

正如玄奉所言,老爷子的病属老毛病、常见病、多发病,病情不复杂,人复杂。把脉确信无大碍,处方后天缘本想转身离开,让他家第二天自己来医院拿药。转眼看病人气喘吁吁的难受样,心又软了。先是几枚银针扎下去,缓解缓解,等病人出气稍许均匀,收回先前药方,重新把脉问诊。

下笔处方时,天缘犹豫了。他不愿曲意逢迎,自然不会胡诌什么川贝萼贝。可给病人摆出一副爱吃不吃的态度,也不是中医先生应有的样子。略加思索,药方交病家时,意味深长说,老人家的病是慢性病,吃中药是不错的选择。中医讲病由心生,三分在药,七分在养。首要一条得与唐副市长撇开,方才能心平气和。副市长是年轻人事业为重,你是老年人养生为主。你不能跟着他操心,喜怒哀乐不能与他一样,他能坐过山车,你可受不了。

天缘走了,唐副市长回到家里,家人拿药方给他看,说,与玄奉的药方差不多,只少了萼贝那味珍贵药,能行吗?唐副市长看了两人的药方,说,别为难中医先生,即使他自己的父亲患这病,医

295

生也只能这样开处方。

3

　　一段日子过去，玄奉想看的都看了，天缘想看的却没有看见。那天说光进老总的什么挚友，纯属子虚乌有。玄奉口里那点消息，是光进收看吴教授微信后转告他的，目的是向他打听消息。据玄奉回忆，多年前是有个乡下来的女大学生找他诊治过。好像姓乔，吃了两服药，再没来过。眼下为难了，你想看的人家给你看了，人家想看的到哪去找？

　　好在住哪里有个大致方位。玄奉托人打听后很快有了回信，在洛阳北边三百里的偏远乡下有个乔家村，是有这么一家人，姓乔，也有这么一个女大学生，学什么的不知道，前几年生病了，现在不知在哪。这话不好据实转告，挚友的妹妹怎么会去向不明？再怎么的也该有个确切住址。谎话说大容易，说圆满不容易，光进只有说挚友出国去了，妹妹也许去了，也许没有去。经玄奉润色加工，辗转到达天缘耳朵里的话，是乔家人出去求医了，什么时间回来不好说，也许很久，也许明天。玄奉保证，一旦有了消息第一个告诉天缘。

　　以前天缘对柳梦的念想憋在心里，没有东南西北的实处，思念如人宅居，眼下总算有了搁置的地方。陌生的乔家村因了爱的滋润瞬间春色满园，梦里总在前往的路上。音讯时断时续，盼望如天边浮云缥缈不定。

　　终于有一天，从乔家村来了一位病人找天缘就诊。细问起来，病人还是柳梦隔房叔叔。天缘差点忘了谁是病人，将玄奉隐瞒的柳梦情形掏根掏底问个明明白白。病人暗自庆幸遇上侄女的男友把脉，痊愈是板上钉钉的事，但凡与柳梦沾边的事统统说了，包括现在不知在哪、临走时没留下地址等。天缘说要去乔家村看看。乔姓叔叔满口欢迎，只要龚医生方便，什么时候去乔家村做客都行。柳梦没在家，姓乔的都是他的家人，再三请龚医生不要因此见外。

　　天缘由此有了出诊的想法，很快产生出诊的行动。出城向北，柏油路换水泥路，高速路到村村通，到早霞变夕阳时，小车停在柳林外。乔家的院落露出一角，寂静斑驳。三十年前一位叫柳梦的姑娘诞生在此。三十年后天缘来此，只为姑娘的叔叔有病，需要医生上门就诊，这就是天缘说给玄奉的理由。

　　同去的还有游学的其他四位外乡人。明知那位叔叔的病已痊愈，要看的柳梦又没在家，天缘仍执意要去当地看看，四人只好做伴。"乡下"，两个散发古铜色光泽的汉字，时时处处萌发希望。天缘希望无中生有，柳梦不在，她的族人在，她的足迹在，这足迹也许能昭示家族的病史。中医讲究天人合一五行学说，这方水土也许会暗示天缘，乔家院落里蕴藏有通天达地的秘密通道，出口即是柳梦的病因。

　　晚饭后，听说城里来了专家医生，周围院落在家的人全聚在柳梦叔叔家，有病看病，没病看热闹，比开会还来得齐整。当叔叔的早早打了招呼，客人中有柳梦的男朋友，是乔家未来的姑爷，个个别忘了尊重客人的礼节。天缘给病人看病，病人也在看乔家的姑爷。好事者的手机钉子样盯住天缘，生怕漏了什么，似乎在与天缘较量，看是天缘认真还是录视频的更认真。

　　那夜，天缘住柳梦叔叔家，梦特别深沉。一开始柳梦就在梦的入口处等着。梦中乡下住宅特别规范齐整，柳梦家跟她叔叔家一样。一排平房，摆设也一样，正面神龛上供奉的都是天地君亲师。柳梦还是原样，应该是瘦多了。见面略显羞涩，手也没伸，轻轻一声娇嗔，当初说好的，有事我自会联系你，没事你来做什么？自己说你乔家发财了，我来沾沾财气。柳梦撇撇嘴，我家的运气再好，哪及你医术好,你那天缘堂才是发大财了,赚病人的钱,你亏不亏心?自己急了,还不是为了治你的病,东奔西跑寻良方。突然想起,你的病怎么样了,快伸出手来,让我把把脉,天啦,死脉!再看柳梦,人急速消瘦,只剩一张皮了,说着说着人竟站立不稳往下倒,自己赶紧去扶,没扶住,两人一同倒下……

天缘从梦魇中出来,早饭已上桌,香气氤氲中,主人问天缘今天的安排。天缘的打算全在柳梦那里,有关她的生活环境要人领去看,有关她的故事要人说与听。明白了就好办,先去看她家老房子,再请一帮老人讲她的故事。

柳梦老家的门早已打开,很干净,可能提前打扫过。房子样式都大致差不多,屋内家私稀少,更别说电器,据说都搬到城里她哥哥家去了。当中一张小方桌,四周小矮凳。正面墙壁神龛还在,天地君亲师五个字囊括所有神圣。叔叔领进门,宜兴和朱斝秦亦夫妇随天缘眼光闲逛。白薇懒得进门,站在外面与人闲聊。

天缘如同进入侦破现场,亢奋专注。角落里一个柳条提篮吸引了他,里面有纳了一半的袜垫,针还在上面,线脱落在地下。天缘弯腰捡起线头搁回篮内。目测袜垫大小,应是成年男子的。突然觉得眼熟,在哪见过?记起来了,那年带柳梦去龚家药房,听说把脉全靠指尖触感,龚家人选媳妇特别在意手指触觉。回来后,天缘发现柳梦悄悄纳袜垫,与别人用针不同,她用最小的绣花针穿丝线,细得不能再细。据闺蜜说,柳梦到后来下针不用眼看仅凭手感,上下翻飞,针脚细密工整。天缘有过一双,柳梦两字绣的是拼音字母,至今舍不得穿。

天缘屋前屋后转了几圈,毫无头绪。回到乔姓叔叔家,问,柳梦离开老家有几年了?乔姓叔叔回话,有许多年了。大学毕业回来没过多久就患病,随即出去医治,再没有回过老家。天缘又问,她患的这病真是祖上传下来的?

乔姓叔叔迟疑许久，慢慢回道，这病到柳梦这儿也不过四五代人……为了准确起见，乔家叔叔去附近请来位老人，据说是乔姓在家辈分最高、年龄最大的。待老人气喘均匀后，天缘问他柳梦的病因，是否果真祖上遗传。老人长长地叹口气，孽债啊！

说来话长，那还是柳梦爷爷的爷爷造的孽。老人说，柳梦爷爷的爷爷我该叫大爷，我很小的时候见过他，一个白胡子老头。大爷年轻的时候皇帝还在，大爷照常入私塾博取功名。后来皇帝没了，开办新学，大爷又去读新学，是乔家子弟中最有出息的一个。提亲的人很多，大爷家里大人看中了柳家村柳老爷的姑娘，知书识礼，家教甚严，一双小脚。无论相貌家业都很般配，双方遂定下亲事，只等大爷学成归来完婚。哪知后来大爷毁约，从外面带回一个姓殷的新式女子，怀着孩子急着拜堂。这下柳家不依，给多少钱也不干，要说法，要完婚。退一步可以，要做正房，姓殷的只能做偏房。可这样做殷姑娘坚决不干。乔柳两家争执不下。谁也没想到，大爷与殷姑娘结婚当天，柳家女子一身嫁衣投井身亡。这下乔家再无话说，丧事喜事一起办，柳家女子葬在乔家坟林。据说选择坟地时柳家用了心，花大钱从远方请来高师，一定要替女儿出口气。乔家知道后悄悄找高师言明，柳家给多少钱乔家给多少，千万不能败了乔家的香火和财运。高师的确是高师，得人钱财与人消灾。两边得了，两边都得兼顾。选了一处阳盛阴衰、财多生怨的坟地。从此后，殷姑娘再没笑过，郁郁寡欢，不到三十岁，留下一儿一女撒手人寰。此后，大爷后人中的姑娘即柳梦的太姑奶奶、姑奶奶、姑姑，都没活过三十岁。除太姑奶奶外，柳梦的姑奶奶、姑姑都没出嫁，女方不愿嫁，男方不敢娶。

问话时，白薇、宜兴和朱斟夫妇饶有兴致围着听。按老人说的意思，柳梦的病好像一直在那等着，有了合适的病名就出来了。原本是调查柳梦病因，几人把老人的话只当是传奇，谁的家史中没几段哄孩子睡觉的传说？唯独天缘认真，追问老人，她们的病也一样吗？

老人回答，一模一样的病。柳梦太姑奶奶患病时，我小记不清了，柳梦的姑奶奶和她姑姑的症状我记得清清楚楚，先是莫名其妙地消瘦，然后是痛，痛得死去活来，她姑姑就是痛不过吊死的。

乔家叔叔插话，柳梦也是一样，大学毕业回来好好的，无缘无故开始消瘦，后来就喊这里那里不舒服，再后来躺在床上动弹不得，一样的。

稍做停顿，老人补充道，不仅病状一样，连做的梦都一样。小女孩稍稍懂事后，都说梦见了柳老婆婆，招手叫她去。你说相隔几代人，做一样的梦，患一样的病，不是那风水先生使坏是什么？

秦亦、宜兴一脸愕然，频频点头。朱斟问，没请医生看看？

老人感慨，请啦，不中用。

天缘问，都用些什么药？你能说说吗？

乔家叔叔代老人回答，他年纪大了说不清楚，我去柳梦家里找找，没吃完的药应该还在，有的话拿来你瞧瞧。说罢出门，没一会儿拎一包西药回来，许多没开封用过，也有的是空瓶，说明书全撕了，留下空白让人猜……

天缘问，有没有中药处方？

乔家叔叔又去跑一趟，好一阵才回来，说找遍了，就这两张，不知有用不。

天缘接过来看，是洛阳史家玄奉的处方，安神理气、培元固本。应该还有一张，天缘像是自言自语。乔家叔叔不容置疑说，没有了，我都翻遍找了。天缘仍是不信，不，应该还有一张，毛笔写的。那是当年太姑奶奶给柳梦把脉后开的，当初病没发可能没吃，但绝不会扔掉，有病后会想起来的。乔家叔叔经这提醒，一下想起来，是有一张在我身上，过两天还要去洛阳抓药。随即掏出来给天缘。天缘看后似觉有点不对，药是这些药，方子不是原方子，不是毛笔是圆珠笔，毛笔写的那张呢？乔家叔叔说，我这张是誊抄的，我替她去镇上抓过好多次药。那张毛笔写的处方，柳梦怕丢了，舍不得给人，肯定是她带走了。

　　天缘正沉思，老人大约从乔家叔叔处得知天缘身份，见天缘皱起眉头犯愁，代柳梦向天缘求情，你这位先生一看就是菩萨转世，大慈大悲，你得发发善心，千万要救救柳梦这孩子。你若是治好了她这病，就是我们整个乔家的恩人，我在这给你叩头了。说着就离座向天缘行礼，急得天缘赶紧扶住，再三表白，但凡有一丝希望，他都会尽全部心力救治。这次来就是查找病因，若是老人知道柳梦现在哪里，最好告诉一声，见了病人才好把脉问诊。

　　老人回头望望乔家叔叔，没见回应，只得摇头说自己年纪大了，年轻人有话也不对他说，柳梦在哪不知道，我只知道你就是她的救命恩人。

　　送走老人，天缘转问乔家叔叔，你告诉我，柳梦为什么躲着我？乔家叔叔惨淡一笑，你们同学多年，她怎么想你会不知道？天缘心里透亮，柳梦就为死后在他心里留一个美好形象，不做噩梦。自己呢，不也是怕见她，怕见了面束手无策，眼睁睁看她消失，害怕治不了病反因刺激强烈加重病情。眼下再不能犹豫，几年游学长了功力，不敢说包治，至少很有希望。若真是先前老人所说那样，心病更得心药治，说不定柳梦所缺的正是自己这味心药。

　　天缘问乔家叔叔，你能告诉我，怎样才能见到柳梦？

　　乔家叔叔为难到流泪，她现在的样子，小孩见了都会吓哭，视频都没有发给我，更别说见面了。

　　我来这里她知道吗？

　　知道。我到洛阳找你看病就是她安排的。

我知道，那天一把脉就知道你没多大的病，犯不着多花钱，大老远来看专家号。你一说是她叔叔，我就知道是她叫你来的。你把我的情况告诉她，就说我现在能治好她的病了。

　　你的情况早给她说了，你来的视频也发给她了，她现在谁也不信，认定必死无疑。若不是每天看你的视频，她早寻短见了。

　　天缘急了，事情得图个解决，总不能这样耗下去。

　　宜兴附和，真是的，没见过这样讳疾忌医的，到头来还不是害了自己。

　　白薇为柳梦动情了，劝导天缘，你也要理解她，她把给你的印象看得比命还重，就如演林黛玉的陈晓旭顾惜自己形象，宁死不动手术一样。

　　秦亦说，是非先搁一边，想法给人家看病要紧。

　　天缘两手一摊，她连面都不见，你叫我怎么给她看病？

　　白薇突然脑洞大开，冒出个主意，过去大户人家的千金病了，请人瞧病，放下帐帷幕，只伸出手来，还不照样看病。

　　天缘问乔家叔叔，这样行不？

　　乔家叔叔说问问看，不一会儿，那边回微信，不行，只要是天缘来，她就不见。

　　天缘表示他可以不去，宜兴与白薇去，该行了吧。

　　可天缘不去，谁有本事治她的病？几位来客在一起商量。

　　又是白薇的主意，不是要遮蔽吗？来个彻底的，用厚实布帘遮个严严实实，双方想看也看不了。我们三人都去，由我和秦亦两位女的问诊，天缘把脉处方，管保无事。乔叔叔，你看如何？

　　柳梦并没有走远，就在来说孽债的老人家里，事情挑明，连夜又搬回去了。为满足柳梦的要求，家里用一整块的布帘将病床围得密不透风，露出顶部通气。三人由乔家叔叔引领进屋，白薇和秦亦分别给里面的病人打过招呼，天缘紧闭嘴唇挨着床沿坐下。乔家叔叔将帘子往上撩开一条缝，从里面牵出一条干枯的手来，放下帘子，果真严严实实。天缘看厚重的帘子压在病人胳膊上，急忙摆手表示要不得。白薇会意，瞧外面有一小凳子，火急端进来搁床沿上，手从凳子下伸出来，再用帘子捂严实。

天缘瞧眼前的干柴棍，哪有过去圆润如玉的感觉，心里一阵酸楚。将手搭上，脉象微弱，尤其心脉沉闷。换手把脉后，示意白薇、秦亦问诊。两人照常例询问，无非有哪不舒服？胃口怎样？睡眠情况，大小便情况……天缘直皱眉头，无奈自己不能发声，只能递眼色适时打住，由两位按约定再说一些不着边际的安慰话后离开。

在隔壁房间，柳梦的婶迫不及待过来打探病情，见天缘长长叹了一口气，眼角湿润，以为大事不好，差点失声大哭。幸好旁边乔家叔叔反应及时，一手抱住人，一手捂住嘴，悄声说，祖宗，哭不得，姑娘听见不得了。

这一抱一捂，让白薇秦亦露出惊诧眼色。乔家叔叔顿觉尴尬，迫于无奈，急忙摊明，我就是柳梦的父亲，她就是柳梦的母亲，前日来的老人是柳梦的爷爷，我们就这一个女儿，这就是柳梦的家。你们昨晚住的是柳梦叔叔的家，为了瞒住你们，他们去了城里。柳梦让我们瞒住你们。说时，当母亲的不停扯老伴衣袖，阻止他再说。两人对天缘露出愧疚，小伙子，你是好人，我们家柳梦没这福分，我们只能说声对不住了。话没完眼圈已红了。

天缘带着哭声叫声叔叔阿姨，柳梦还有救，我流泪是看她病成这样心痛。你把那张药方给我。听说有救，叔叔赶紧拿出药方，毛笔写的。柳梦父亲问，还是用这方子？满眼疑惑，吃了这么多年不见效，还要用？

天缘接过药方，说，若非这张方子维持，柳梦早已不在了。她这是心病，不能只靠药物，心病还得心药治。招呼白薇过来，你来抄药方，我的字她认得。用笔划掉两味药，添上野山参、忘忧草、酸枣仁，粳米加大了用量，然后交秦亦誊抄后给两位老人。

临走时，天缘拿出一个锦盒，里面是从关东孙家买来的那支老山参，原以为见不着柳梦，准备作为礼品托乔叔转交，现在正好用上。天缘打开锦盒，取出人参，从头到尾细细抚摸，家传几十代的宝物似的舍不得易手。言语之间，突出老山参正宗、珍贵、来之不易，仿佛这老山参就为治柳梦的病才来到人间。疗效不言而喻，肯定如同白娘子的灵芝草救许仙一样，药到病除。唯恐乔叔夫妇不信，搬出朱斟夫妇做证，连发票都出示给乔叔看。不是钱的事，是要柳梦珍惜，一定要喝下去，别糟践了宝贝。

朱斟知道，天缘意在增强病人信心，顺着话夸了一番人参神奇。

柳梦的父亲心知天缘的情意，暗暗为女儿庆幸，竟连付钱的事也忘了说。当母亲的直接把天缘看作药王菩萨，嘴里不住唠叨，都是乔家先辈造的子孙孽，菩萨啊！早点收了那个柳老婆婆，免得她一代接一代地害人。

白薇历来不信邪，军人后裔只相信勇敢和力量，不信鬼神。对老人解释，怪只怪你们乔家一代接一代讲这事，孩子吓怕了，不做噩梦才怪。我们几个外乡人听了都浑身起鸡皮疙瘩，说不定今天晚上睡觉也会梦见，你信不信？

天缘深以为然，人有生老三千疾，唯有相思不可医。心结不解，病根难除。

老人走了。白薇不解，问天缘，既然心病还得心药治，你还开什么处方用什么药？

天缘瞪了她一眼，不开药，会让她误以为无药可治了。哀莫大于心死，最可怕的是病人生无可恋。药肯定会起一些作用，尤其是这几味药少不得，用笔在处方签上随手写下，爱情、事业、家庭、孩子、亲情、童心……

眼下柳梦的心结在哪？

天缘提到了成语故事"杯弓蛇影"。古人的朋友因杯中的弓影似蛇患病，古人复原弓影让朋友释怀，由此除掉病根。

宜兴不认可，杯弓蛇影可以复原，话说明了疑惑自然消除。可这柳老婆婆是上百年的幽灵存在，怎么复原？怎么消除？

妖怪总有个来路，天缘说，心诚自有佛指点。

十七

1

入夜,天缘开始他的上苍一问。凭借一部智能手机,发微信犹如念咒语,逐个呼唤中医长老现身。最先出来的是白家老先生。自白薇走后,白术夫妇由女儿带进微信群,天天守在群里,生怕女儿在天缘那里受委屈。群里发言最多的除了白薇,就是何姝,俨然成了游学团的新闻发言人。从言语中看得出来,女儿一天天成熟,脸上欢乐,脚步轻快。父母将悬起的心放下来。老人取个网名滇白,潜水深处,极力避免在群里引发动静。有过一次教训,那是白薇第一次在大医院治愈粉碎性骨折,发在网上,好评如潮。老父亲跟着凑热闹,又是鞭炮又是鲜花,阵仗大不说,帮衬女儿的同时没忘了吹嘘白家先辈替朝廷戍守边疆的功绩。说到艰辛处,连带走私贩卖鸦片一起漏出来,被当群主的女儿一脚踢出去。等到网名换成滇白再现,再不敢造次冒险,老老实实观棋不语。

通过语音私聊,天缘将柳梦的情形讲了,问白老先生有何高招。白老先生连说没见过,病人心情再糟糕也影响不了胳膊腿,我只管接骨复位，没见过你说的病。

同样在视频上找到朱老爷子。他已听朱斟说过，病人气血双亏，说用老山参就对了。夸天缘诊断也对，五脏六腑心为主，首要的是解心结，把那个柳老婆婆从病人心里清除才能去掉病根。说病人生无可恋、一心求死不对，真是那样活不了这么多年。她活着一定有她活着的理由，哪怕是命悬一线，这根线就是解开病人心结的头绪。我看过你的方子，只要病人不拒绝服药，病情会有缓解，你要抓住机会祛除病人心里邪念，当心时间长了邪念会滋生蔓延。

轮到老师欧教授，欣赏徒弟的施治方案，同样认为药物治疗为辅，心理开导为主。乡下人肯定找过巫师道士施法，没效果才拖至今日。这种病通常适合中医祝由科干，当老师的常年居住大城市，没这方面经验。说到祝由科，你们龚家太姑奶奶就是高手，你师祖母常夸四川小妹通鬼神，她没教过你？

天缘老实回答，化九龙水，扎催眠针，拨回光灯，写半句偈语……凡是她会的都教了，可这次全用不上，病人不跟你见面。

欧教授冲口而出，快请老人家来呀！话完顿觉失言，忘了老人家已过百岁高龄，不能长途跋涉。你可微信上请教她呀，问问她有什么办法。

天缘早已找过老人家。老人家说当初只觉柳梦姑娘阴气重，没想几年过来闹到这个样子。现在她又不能出门远行，除非病人送到四川古镇老家，由她亲自动手，此外别无二法。

天缘思忖再三后找了铭章公，有旧药方做证，乔家过去找史家先生诊治过，铭章公也许还有印象。铭章老人使劲回忆，是有那么回事，开初均是心神不安，噩梦不断，用安神定心方子效果不佳。后来听说瘫了，再后来就不知道了。若是瘫了，得打通经脉，必要时非芒针通脉不可。

微信上问玄奉，时间久了他竟没多大印象，只记得是有这么一个病人，当时的诊断处方全忘了，更别说疗效怎样，早忘得一干二净。

天缘四处碰壁，想找何姝诉诉苦，让她从西医的角度指点下，也许会得到启发。微信方才接通，未听天缘诉说，何姝先叹一口气，前世欠你的，大师解决不了的事儿，你偏要拿来为难我这外人。说吧，你那位冤家又惹你什么烦恼了？她好像什么都知道，却又装作什么都不知道。

还是我那大学女友生病的事，现在只剩一口气了，要找你救命。天缘坦白说。

找你师父师爷呀！何姝实在不知天缘怎么想的，放着大慈大悲的活菩萨不拜，倒掉过来找我这样的土地婆寻开心。

找了，没有用。天缘有些沮丧。

何姝更觉奇怪，问，是他们说了没用，还是你听了没用？

天缘回答，差不多吧！

什么叫差不多？你说明白点，他们到底怎样说的。

天缘逐一学给她听。白老爷子说这不关骨科的事。

何姝直呼正确，若与骨科有关，白薇早出手相助，轮不到你开口。

天缘说朱老爷子认可是心病，不认可柳梦已生无可恋，要自己找出命悬一线的那根线。

何姝赞同，你是当局者迷，这根线就是你，是破解柳梦怪病的钥匙。你继续说。

欧教授要请太姑奶奶出马，担保马到成功。可太姑奶奶不能长途跋涉，远水解不了近渴。天缘说自己想解决，可柳梦死活不同意见面。

何姝问，你想怎么解决？

用祝由术啊，太姑奶奶就用这治心病。天缘不假思索道。

你傻呀！何姝提醒道，柳梦这病在乡下叫冤魂缠身。不用问，肯定巫师道士全请过了，若灵验早好了。

天缘一想也是，我也是急得没法想了。

找史家老先生呀。他们是本地人，乔家人的病他们肯定医治过，问问就知道了。

天缘回道，找过了。据他回忆，是有几位乔姓姑娘断断续续来求医，听说后来不死即瘫，没成功过。我把柳梦的情形说给他听，老人说，但凡卧床不起的病人，多在督脉不通。打通督脉让病人站起来至关重要。可病人始终不愿见面。

所以你想到了我，想把我榨干解渴？何姝责怪天缘，你呀，问题都在你身上。先辈们说得何等清楚，心病还得心药医，你就是那心药，你却浑然不知。总说柳梦不愿见你，个中缘由你又不说，不知是你心中明白口里不说，还是压根没想明白说不出来。

天缘觉得天大委屈，明摆着的事，柳梦自觉丑陋不堪难以见人，怕坏了她在人们中心的印象。

何姝不依不饶，不会是那样简单，我问你，柳梦介意她的父母不？

天缘认为何姝明知故问，父母是她的亲人，天下哪有戒备亲人的。

何姝要天缘扪心自问，你把柳梦当作亲人了吗？

天缘下意识捂住胸脯，我敢发誓，我把她当作亲人看待，无时无刻不在想着她。

何姝笑声传来，还亲人呢，有亲人患病数年不去看望的？

天缘急了，我是医生，知道治病最怕的就是病人绝望。她知道我游学就是为了救她，我不去她就心存希望，我若去了却束手无策，瞬间绝望，无疑是致人于死地。有话埋在心里没说，她的情况一点不知道，病了？嫁了？全然不知，贸然去见，是福是祸？实在不敢打赌。

何姝呛他，你到底还是医生，她在你心中也就一病人，没有不顾一切生死相见的情感，正常吗？那柳梦呢，她把你当亲人吗？

没有。天缘说这话时，很有些无奈气短，若把我当亲人就不会躲着我。不过，她很在乎我。

何姝深情地说，我也是个女人，同样是在爱情上不如意的单身女人，我知道柳梦在想什么，你愿意听吗？

天缘应声回话，找你，就是想听你说，你说吧。口里说想听，心里却有些不舒服，你知道什么，你又不是柳梦，我也不是你那个杨靖，你们那是办家家，我们才是生死之恋。

何姝大约早就想好，兀自说去，柳梦爱你，正是因为爱你才怕失去你，怕她的病态吓跑你。她需要你一句让她放心的话，给她一副可以依靠的肩膀，免受性命之忧、恋情之忧交替折磨。可你却以医术不精为由无所作为。你让人怎么想？她对你没有死心，是爱得太深，至今不愿见你，是你的态度她捉摸不定……

天缘默然许久，只许女方找男方，不许男方找女方，是他和柳梦分手时的约定。你和白薇见天将我的行踪发朋友圈，自己知道了没阻止，就是告诉暗中的柳梦，自己在努力，她有痊愈希望。天缘对何姝说，见面其实不难，现在眼前马上都能实现，她不愿意可强行见面，难在见面后怎样才能解除她的心结。

何姝听天缘口气转变，索性再逼一逼，你这人好没道理，一会儿见面难，一会儿见面其实不难，一会儿见了面就有办法，一会儿见了面也没办法。想好了再说，别让人猜谜语。

天缘有些生气，都是你逼得人晕头转向。先前说见面难，是柳梦不愿意，我顾虑多不能硬来；现在说不难，因为你说用不着顾虑，不见面就是我的问题，可以硬来；过去说见了面就有办法，是相信老祖宗的祝由术，你又说乡下人早试过了，符咒禁禳不灵，弄得我真没法了。

何姝亮开了说，必须尽快见面，方法你自己去想，平稳最好。至于治病，我这有一个新方法，没试过，还不知你们学中医的能不能接受。

天缘大喜过望，你说来听听，有道理不妨试试。

何姝介绍，国外刚兴起，国内正试点，叫叙事医学。

很新奇的名称，医学什么时候攀上了文学？天缘饶有兴致听何姝讲下去。

何姝认为，天缘是个顽固的传统派，西医新事物不一定听得进。得从医学史讲起，让他知道医学现在发展到了哪一步，不然老是一部《黄帝内经》抱住不放。

你知道的，何姝娓娓道来，医学从巫术开始，然后是传统医学即经验医学，再发展到以解剖学为基础的实验医学，以细胞学说为基础的生物医学，再到眼下的生物心理社会医学……说着说着不见天缘的回应，何姝突然意识到天缘本科毕业，听这些他肯定乏味，赶紧刹车。这都是西医的，你不感兴趣，你最好去问问宜兴，也可以问高人，反正你信服他们那两服药。说完挂了。

天缘的确没兴趣听她娓娓道来，手机搁一边，人在另一边想文学与医学在哪儿相上亲。微信里没声才知道人家早挂了。

正如何姝所言，他想找那两服药，估计睡了，只得发微信过去。高人白薇的回复与她父亲一样，直截了当不知道。找着宜兴，算找对人了，他的论文涉及对传统医学的反思和回归，其中就绕不开叙事医学的兴起由来。宜兴素来尊崇天缘，见天缘深夜发微信请教，说受宠若惊夸张了，喜出望外十分贴切。翻身起床，找出资料，生怕被天缘小看了，正儿八经从概念定义讲起：

叙事医学是由叙事能力所实践的医学。而叙事能力是认识、吸收、解释并被疾病的故事所感动的能力。三焦点，人与人之间的关联性；人与人之间的共情；人类的情感，特别是负面情感。三要素，是关注、再现和归属，即关注人，倾听患者的故事；再现第一步中所接收到的信息，为之赋予合适的意义；因此形成归属感，建立积极的关系。两工具，细读和反思性写作。细读来源于文学研究，指关注文本，重视语境，把握文本的形式特征，从而得出文本意义。此处文本在广义上包括病人在内的认知对象……

天缘越听越纳闷，这也算最新发展？似乎与中医师父的要求差不多。及时打断教书先生，难为你了，我的好先生！你能不能俗讲，少点专业术语，多点具体事例。

这样说吧，宜兴实在不愿放弃这难得的表现机会，举例就举例，一般来讲，大多数病人面对医生诉说病情，通常不超过四十五秒。不少的医生没给病人留足时间，因此，没有抓住可能被忽视的病证，以及其他病因，如家庭背景和生活细节……

天缘越听越乏味，不就是望闻问切细致一点，精心一点，龚家祖祖辈辈都这样要求。我看一个病人至少十多二十分钟，怎么忽然成了国外引进的新玩意……

宜兴这位先生同干妈一样被天缘放了鸽子，发现微信里没了回应，只得悻悻说句，我也说不很清楚，你直接问我老师吴教授得了。

天缘自然不怕问吴教授，白天不怕，夜半三更也不怕。半夜被打搅，吴教授先以为是儿子从国外发来的微信，算时差那边正是上班时间。当听清是天缘请教，又惊又喜，有这样的传人，中医振兴有望。

天缘不管不顾和盘托出，说了何姝的举荐，说了宜兴的高深，当然少不了自己的疑惑，一个叙事医学到底奇妙在哪？真能治病？

吴教授略加思索后说，你的感觉不错，叙事医学是近似于中医先生起码的医德医风，不过换了个说法。差别还是有。这样说，以古人的"杯弓蛇影"为例,病人怀疑杯中有蛇因此患病,主人通过观察找到原因,然后向病人说明,病人一下释怀痊愈。这事放在眼下,类似心理治疗。换作另一位中医先生,耐心听了病人讲述,去了现场隐约找到原因,不说破,只说壁上弯弓系凶器犯煞,去掉后蛇影没了,病自然好了,这就是祝由术。如果有人听了病人讲述,也不知道蛇影就是弓影,顺着病人思路把结局导往开阔处,圆满处,犹如乡下人圆梦一样,往吉祥处下结论,说,就算真有一条蛇被你吞下,是你吞它不是它吞你,受伤的是蛇不是人。再把蛇比作龙,阳光更灿烂,女性吞下则意味怀上龙种,男性吞下则是飞黄腾达的征兆。这就是叙事医学。

天缘仍是看不到新奇在哪,不就是每位医生常用的安慰?有何美妙可言?

吴教授开导,它妙就妙在与小说叙事结缘,许多医科大学还专门请小说家讲课。

哦!天缘不可理解,写小说的教人写处方?

吴教授虽是看不见,凭想象估计天缘一脸愕然。微微一笑,听见天缘应声,知道他迫切想听,不紧不慢往下说,有文学常识的都知道,小说叙事不叫写作叫创作,最忌讳千篇一律,这跟我们中医处方相通,同一病人不同医生开的处方不一样。可眼下不少医院是一种病,一个标准,一台机器,一样方案,一种药,格式化医治,有时候病治好了,人治死了。中医先辈们爱用援物类比的方法,用小说叙事类比医生治病,细细想来很有道理。先前已说了,符合中医辩证治疗的原理。更妙的是把病人当文本看。你想想,作家写小说时,人物、故事、情感全在心里,全部心思融于书里。听说外国有作家写人物中毒,搁下笔后,嘴里感觉有股砒霜味。若是我们医生也如作家一样,把心思融于病人、病况、病人情感中,把每一次治疗当成一部作品来用心对待,疗效和医患关系将会是多么理想。

说来是件新鲜事，其实是中医的老传统。过去的中医先生大多是文人，不为良相即为良医，作医之前先会作文，叙事、观察、体验的能力本来不错，理解起来不是难事。

天缘顿时心里敞亮，那柳梦的病也可用古人做文章的办法……

对！两人同时说出口，解梦！

2

别看何姝教天缘解梦说得头头是道，轮到自己做梦，何姝也似醒非醒。

一天，何姝接到电话，大学时的班长打来的，说有位老同学回来了，大家聚一聚。地点选在盐市口药膳堂的"当归"雅间。问是谁，班长说你见面就知道了。何姝明知这帮男生素喜胡闹，可很长一段时间没见面怪想的，回声行，末了警告，若是装怪相，谨防打断狗腿炖蹄花吃。

何姝进"当归"雅间时，蹄花已端上桌，谁也没动手。等她驾到，主宾迅疾起立，动作稍大点，引起一圈椅子响应，噼噼啪啪声中，男男女女起身迎接。何姝一愣，定神一看，全明白了。脸色一沉，转身要走。挨门的男生赶紧拦住，还是学校那张嬉皮脸，这可不是当年的女寝室，由你想来就来，想走就走。旁边的女同学急忙上前挽住，半劝半拽将何姝按在座椅上。

身子按下了，何姝的火气没按下，斥责班长骗人。一个薄情寡义的负心汉，有什么值得同学尊重的。召集大家来听他炫耀显摆，是祝贺他道德沦丧成功，还是嫌弃我受伤害不够，还要伤口上撒盐，非得当众羞辱才让他高兴……

主宾正是杨靖，几次含泪想站起来辩解。刚开口，喉咙发硬说不出来，脸急得发青。挨着的同学急忙抚摩劝慰。

班长终于说话了，何姝同学，能听我说几句吗？

也许是说累了，何姝声音减弱，近乎嗫嚅。

班长劝道，你和杨靖的是非曲直我们都清楚，但最清楚的还是你们自己。杨靖好容易从国外回来，同学们聚一聚，既是尽地主之谊，也是想让你们当着同学的面谈谈，化解化解，能冰释前嫌更好。事先问过杨靖，他说正是他的心愿，只要你愿意，他做好了挨你几耳光的准备。你说他这态度是炫耀还是显摆？见何姝嘴儿凝固，班长迅即将话荡开，听你语气激烈，全然没有给他解释的机会，既然如此，我们不能强人之难。语气一转，我这里说好，大家叙旧言情谁也不要再提此事，谁犯了罚酒。好！请举杯，为同学情谊干杯！

何姝板着脸纹丝不动，酒杯生根如铁铸。

一旁的嬉皮脸凑过去说，我替你出口气，行不？见何姝不置可否，权当默认。收起笑脸，先给自己斟满，端起酒杯站起来表示郑重，说，班长只准叙旧，我就暴露一个读大学时的秘密。你们不知道（心想鬼才知道）我日思夜想的梦中情人是谁。见众位聚精会神的神态，他有意抿一口酒，才缓缓道出，何姝！随即弯下腰问何姝，你没想到吧？然后挺直腰满含深情说，我可是什么都在梦中想好了，包括婚礼要办一千桌，从幼儿班、小学、初中、高中，直到大学、研究生，所有的同学都请到，要让所有的男同学都羡慕，所有的女同学都后悔。

众人哄然大笑。嬉皮脸故意拿捏，你们笑话我就不说了。同学聚会原本图个热闹，哪能容他就此住口，齐声起哄，继续说！

嬉皮脸再次弯下腰对何姝说，还有你没想到的。再挺直身板宣布，我那时寄希望我与何姝的子女当世界冠军，生一个夺单打冠军，生两个夺双打冠军，生一儿一女，夺混合双打冠军，生五个夺篮球冠军，生十一个夺足球冠军。说到这儿，弯下腰给何姝道歉，杨靖随后补充，财产全部给她，我只身回国，上海那边已联系好，学校专款建实验室。

还是精准医疗？何姝关切地问。

杨靖点点头，只是要同中医经络结合。见何姝身子往前靠，感觉她有兴趣。可眼下酒才醒，不是说的时候，只得往后推，明天要去上海讲课，题目就是《精准医疗的另一条途径——中医经络》。要不，你明天与我一路去？

我这里一时离不开，怕杨靖失望，何姝说，也快了，过一段日子龚天缘游学结束后，我随你一起去上海搞研究，再不分开。

舍得吗？

嗯！何姝只管点头。

十八

1

上海中医药大学演讲厅，上次天缘走火入魔的地方，杨靖的讲座如期召开。正中大屏幕上标题醒目，经络——精准医疗的又一条途径。

天缘没见过杨靖，更别说白薇、宜兴、朱斟夫妇，恐怕连姓氏名字也未必知道。天缘也只听说此人学识渊博，今日相见才知颜值也看得，离才貌双全相差不远。因他抛弃何姝娶洋妞，众人心里定位是洋奴才，厌恶反感如同蛆虫，再白再嫩也恶心。这次听说回来求何姝原谅，发誓要把颠倒了的形象再颠倒回来。几位还没来得及统一评审意见，何姝竟答应了。无奈，众人只得把蛆虫还原成春蚕，恶心换成平和。眼前瞧他台上端坐，经大红标题辉映，竟有了几分养眼的感觉。

吴教授和欧教授坐在前排。当他们听说有位西医专家要回国学中医，研究精准医学的，想借重中医经络开辟新的研究途径，当即建言学校邀请来校讲课。为此，特地把天缘、宜兴、白薇、朱斟等人通知回上海听课，开阔眼界。

他山之石可以攻玉，吴教授说，你们仔细听听，站在现代医学前沿的专家眸凝中医药的洞见。

几位年轻人笑笑，眼前这位姓杨的专家与天缘有隙，跟中医药有宿怨，何姝的前男友，而今浪子回头，婚姻和事业捆绑一起转向中方。

台上，杨靖微笑中开始他的讲课：……从现代医学角度向中医药致敬，我不是第一人，《经络——一张没有织工的大网》的作者比我做得更早更好。不过我比他幸运，说时他举起左手，我是中国人，对气，对经络，对天人合一，对阴阳平衡的理解没有障碍；再举起右手，在国外师从精准医学的大师，知道精准医学当下的成就和困惑……

台下，白薇偏向左边对天缘说，没忘祖宗，还不糊涂。偏向右边对宜兴说，也算精明，中西通吃，实在难得。

台上杨靖徐徐道来，1986年，一位叫雷纳托·杜尔贝的科学家提出，想要了解肿瘤，必须关注细胞的基因组。1990年，人类提出基因组计划，历时十三年完成人类二十三对染色体，两万五千个基因，三十亿个碱基因配对的测序，"生命天书"首次露出全貌。依据还原论的观点，越微观，离真理越近。精准医学由此应运而生，人类为此欢欣鼓舞，仿佛依靠基因的诊断治疗能解决所有疾病，从打喷嚏到癌症……

台下，宜兴嫌杨靖啰唆，无缘无故替何姝担忧，摊上这么个婆婆妈妈的老公，今后日子难得清静，十之八九会度日如年。

台上杨靖演讲渐渐入题，此后二十年过去，精准治疗取得令人鼓舞的成就，同时也遇上了让人沮丧的困惑，人们发现基因与病变不是一一对应，有一个基因引起多种病变，也有一种病变由多个基因引起。基因突变有的是先天遗传，有的是后天受环境影响，包括心理和生理的诱导所致。精准治疗，任重道远……

台下，朱斟应和，这不奇怪，如同刑事案件，有团伙作案，也有个人作案，犯罪动机肯定也是多种多样。

台上，杨靖说到，本人经先天综合征相关基因的研究率先发现，许多综合征同中医所描述的经络路径存在惊人的对应关系，进一步研究又提示这种对应关系具有系统性。此外，也能从大量的综合征中找到中医藏象学说的证据……

台下，天缘下意识向前趋趋身子，朦胧中感觉中西医学从各自的源头慢慢汇合而来……当即溜出会场同何姝联系，杨靖一定要留住！最好留在成都，你就不用离开天缘堂了。

何姝说，他走不了，回国是确定的。不过，眼下他还得去国外一次，待离婚判决生效后处理财产。

天缘不得不提醒，不要计较那几个美元，别又节外生枝，一去不复回。

何姝很自信，说好的，等他回来后我们再商量，是去上海还是留成都。

2

服药之后，柳梦一天中清醒的时间日渐增多，血肉渐长，先是掩盖了骨骼，慢慢掩盖病态。精气神较之前好转，有力气指挥父母做这做那。木然的眼光忽然有了喜与悲的区别，整间屋子平添不少生气。这天，见父亲正在拆快递，问谁的。听说是他给自己的，眼里添了光彩，问，他走了吗？一旁的母亲忙补话，其他人都走了，只有他留下等你见面。柳梦有了力气大不同，一口气叹出很长很长。气长命就长，当母亲的话中带怨，你不妨见他一面，有话当面说好。柳梦一下闭嘴，当母亲的顿时后悔，仿佛难得的病情好转会在沉默里中断，忙说，不想见就不见，晚一些日子也可以。

父亲把拆封后的信件亮给她看。她忽然想独自坐起来，试了试不行。母亲见状赶紧过来，轻轻扶起，由父亲忙脚慌手用棉被围住固定，再将信捧在她面前。熟悉的笔迹，签字笔写出毛笔字的韵味。信很短，半似偈语半似谜语，只有两句：崇给你不要，命托我不肯。落款，无方子。

父亲母亲相互交换眼神，茫然对茫然，信上内容不知，怨意明显。看柳梦，喜悲交织，头往后仰，父母亲赶紧扶她睡下。父亲朝母亲努努嘴，母亲会意问女儿，他说的是什么意思？

柳梦没搭理，大睁双眼，眼里噙满泪花，分不清喜与悲，神情凝结如熬高汤，文火慢热，好似一层薄膜封住，内心高温沸腾。父亲母亲见状不敢打扰，轻手轻脚出去，带上门。既是小伙子写来，自有分寸，是祸是福，听天由命。

为了这一刻，柳梦朝思暮想又东躲西藏，对天缘爱不是恨不是。自小那位柳老婆婆就刻在心里，为巴结讨好冤魂，名字里特含一个柳字，期望冤魂看在柳字分上手下留情。谁知冤孽太重，梦里总有柳老婆婆的影子。家里为此弄了不少药，悄悄找了不知多少神汉巫婆，总是赶不走柳老婆婆的身影。乡下人信服神药两解，干脆让她读医学院，拜在药王菩萨名下，借以躲过劫难。随着传说的劫难日子越来越近，柳老婆婆的阴影越来越浓。柳梦哪有心思学习，成天去图书馆打发光阴。自邂逅天缘，姓柳的老婆婆一度不见了踪影，梦里全是两位年轻人卿卿我我，仿佛鬼魂也知趣避嫌。

也是当初犹豫，对天缘的表白次次止于口头，每当话到嘴边，柳老婆婆总是及时浮现，提醒自己不能白头到老。想想乔家几位女前辈的婚姻，最终害了丈夫，苦了孩子，拖累了家庭。每每想起，总是不寒而栗。毕业前夕，两人在闺蜜的出租屋，情感终于突破堤防。缠绵后，柳梦涨红脸对天缘约定，此后一年，若是我没犯病，一定来四川古镇找你。若是病发，注定缘分不到，各自祝福对方，再不往来，以免思念之苦。这次若有孩子，无论大人缘分如何，我在孩子在，我不在定会把孩子给你送来，还望你抚养成人。天缘只当胡话在听，为表尊重诚信，承诺一切听柳梦的。若是柳梦犯病，他当用毕生精力探寻良方救治，要柳梦一定等他。果真不能如愿，他会终身不娶，与中医药相伴到老。

眼下天缘来兑现诺言，想必有了救治的良方。天缘这些年矢志中医药，医术日益精进的情形，柳梦比谁都关注在心。柳梦谎称到天缘堂求医，骗何姝加了微信，从创办天缘堂到游学至今，朋友圈里，柳梦没漏过天缘一个脚印一句话音。天缘身边女子的姓名、婚否、高低胖瘦、与天缘关系、外号叫干妈还是高人，柳梦样样烂熟于心。可现在，自己病入膏肓，命在旦夕，恐怕谁来也无回天之力。世人都愿梦想成真，唯有柳梦天天做梦，天天惊恐，唯恐梦想成真。天缘和柳姓妖婆轮番出现，柳梦被美梦噩梦不断折磨几近麻木，有梦却无梦想。现在美梦噩梦齐显，真假难分，柳梦不知该信谁的，甚至不知谁骗了谁。

分手以来，自己信守诺言，犯病后再没惊动天缘，时时独自承受疾病煎熬，天天盼望天缘到来。随着疾病加重，形神枯萎，盼望慢慢发酵变得苦涩，自觉爱便是害。死无能力，生无依恋，怀疑当初承诺就是童话。渐渐地，天缘行踪已是飘忽的云朵，哪怕梦里柳梦也得仰视。对天缘的迫切求见拒之千里，只在保留记忆美好，留一份尊重在生前。

天缘的信件来了，十个字如十块巨石砸进水面，不只是打破了平静，还唤醒未婚姑娘昏睡已久的傲慢。"崽给你不要"？谁给你承诺播种必有收获，不讲季节，只怨土壤，亏你还是中医世家。"命托我不肯"？生命何等宝贵，岂能随便放弃自主。命托付与你，是救命还是夺命？救命你何不早来？夺命何须你来？

人争一口气，佛争一炷香。天缘信中流露的怨艾让柳梦激怒，宁死也得弄明白，到底谁负了谁？

当母亲端药进来，柳梦一股怨气上涌，睁大眼睛吩咐，去，叫父亲传信去，我要与他当面了结。

父母赶紧忙去请天缘，权当药里还差这位药引子。

3

天缘来了，身负一米多长的芒针，如持倚天神剑，单枪匹马，去鬼门关前同病魔生死一搏，为一条生命、一段情缘、一句承诺、一门家学义无反顾。

老人将前日用过的帘子照旧挂上，按女儿吩咐，留下两人，再把门虚掩上。为防里面不时之需，老人隔着房门在堂屋静候。

里面传来两人对话，声音很小，特别是女儿的声音，原本体弱，此时几乎感觉不到声息，只能从天缘说话间隔长短来判断柳梦说了没有。天缘的声音也不大，时高时低，老人听来总是含混不清。情绪可以感受出来，哽咽着说话大不同。再后来没了声息。老人有些紧张，从虚掩的门缝窥探，天缘不见了，衣服一件接一件从帘子里面扔到外面椅子上。当母亲的一下紧张起来，当即要冲进去，被老伴死死抓住，小声提醒，人家是医生，正在治病，不要去打搅。那万一有个什么？当母亲的放心不下，要亲眼看着才行。当父亲的瞪她一眼，人家千里迢迢来这里会谋害她？你傻呀！当母亲的心想也是，真有危险女儿会喊叫，再没力气救命还是喊得出来的。

屋内的情形出乎屋外的人所料，看病不谈病。

开始，天缘欠起身子要将头伸进布帘内，里面柳梦用手死死抓住布帘不放进。天缘不敢对病人用力，发急道，松手，说好见面的。里面声音不大决心大,把话说清楚了再见面。对方是病人不敢用强,无奈,天缘头缩回来,坐在外面椅子上,气呼呼问,你要我说清楚什么?

你信上写的什么意思?谁不要崽?柳梦细小的声音里有莫大的冤屈。

除了你还有谁?天缘气壮劲不壮。

你不分季节播种该怪谁?天缘知道她说的是出租屋那次相见。

你约的日子,是不是播种季节都是你有意选的,不怪你怪谁?天缘认定柳梦是有意的,医学本科生不会连受孕期都不知道。

我那次约你来本是话别,你猴急的样子,依了你倒成了你怪罪人的理由。

天缘一时愣住,话不能那样说,谁也没有逼迫谁。的确是自己主动要求的,但你没拒绝呀。转念又觉不对,你后来不是说有了孩子会如何如何,这话你能乱说?天缘真怀疑是她把孩子做掉了,而今人不对赖季节不宜。

我怎么知道大姨妈没几天又来了。柳梦算过,应该是受孕期,没料大姨妈乱来,那时她的月信已不正常。

你的大姨妈你会不知道?天缘不信。

你把脉不是也没看出来吗?柳梦反问。

天缘无语。他曾吹嘘凭面色脉象能看出女方信期,只是那次竟没顾上看……懊恼之下只得认了,这事算我说错了,给你道歉。

柳梦不干,还有后面那句,命托我不肯。

那句没错!我是医生,你是病人,看病就是病人把生命托付给医生。可你拒绝见面,这就是不肯。

柳梦说,我也想把命托付你,担心你承受不起,不见面是不想连累你。

天缘不信这话,你别是瞧不起我的医术,不然怎么会担心一位病人害了一位医生？

柳梦面露苦涩，不是我瞧不起你，是你没有自信，不然你早会来了。

天缘急了，申辩道，不是我不愿来，是在为你寻找药方。而你却一直躲着不愿见我。眼下我就在你面前，药方也有了，你同样不愿见我。

依你说的话，你现在见我，一定是寻到了药方才来的。柳梦逼问，不要骗我，说实话！是不是？

天缘赶紧回答，是的，你吃了药不是好多了吗？

柳梦嘴角微动，你还是没学会说假话。如那方子真灵验，轮不到你今天再来这一套。唉！你不给我说实话我也不想逼你，你自己得想清楚到底要做什么？话完，手松开了布帘。

天缘赶紧钻进去，四目凝视，两人的泪珠在柳梦的脸颊上紧紧抱作一团，好久才拉长身影相拥跌落。天缘眨眨泪眼，我得先帮你站起来。话完将大号芒针取出给柳梦看，让柳梦明白，除了汤药我还有这宝贝。柳梦翕动嘴唇，就如初次，话如烟似雾轻轻飘出，你来吧，都依你。

天缘放下特大号芒针，取来两本书间隔摆放，上面垫上枕头，让柳梦俯躺着，口鼻埋在两本书的空隙处。天缘依传统用火灼烧银针，再用带来的酒精喷洒皮肤消毒。下针时，天缘略微犹豫。督脉总任一身之阳，俗话，脸朝黄土背朝天，背朝天属阳。阳虚则阴气重，多年前太姑奶奶就看出来了，积存至今已成壅塞状。一脉不通周身不遂，要想柳梦站起来，打通督脉势在必行。按常理，他应依经络行气路线从长强穴入针，从大椎穴出针，贯通督脉二十余穴位。但柳梦此病不同，她是心气郁结，须将邪浊之气驱除，若朝上行针，邪气上冲，恐伤及大脑。铭章公传艺时告诉他，凡事皆有例外，需辨证施治，切忌死板，疑难之处自当变通。既是驱邪为主，不仅行针方向要变，且行针不仅要靠医生之力，还得借助病人意念催动，以意化瘀，以清消浊。

天缘主意拿定，果断选择逆向行针。银针从大椎穴刺入，右手用力捻进，左手拇指与食指护住针头，像送经书护国宝，小心翼翼却又不敢丝毫停歇，经陶道穴沿督脉向下行进。手上边操作口里边同柳梦交流，以期配合。问，胀不胀？

柳梦一声短促回音，胀！

胀成什么样？天缘问。

两股气流拥挤，相互冲撞，互不退让。柳梦回道。

冷还是热？

一时冷一时热。

麻不麻？天缘问。

麻！柳梦答。

什么滋味？天缘问。

木的，没滋味，柳梦回话。

你看得见针头不？天缘明知针头在皮下，谁也看不见，故意问。

柳梦闭住眼说，什么都看不见，漆黑一片。

银针过了身柱穴进入神道穴，天缘问，什么感觉？

柳梦回话，还是挤胀，有些松动，开始向下面推动。

热的退了？还是冷的退了？天缘语气关切，知道推动的是银针，希望病人感觉是冷的减弱就好。

好像是冷的。柳梦似乎不确定。

还麻不？天缘问。

麻，像烫过一样。柳梦想了想才回话。

天缘心里一喜，终于有了变化。又问看见了什么？

还是朦朦胧胧一片，淡了一些，有点灰白。柳梦的语气平缓许多。

银针进入命门穴，天缘额头沁出汗珠，问，胀不？

柳梦语气舒缓多了，回道，像刚吃了早餐样，软饱软饱，有点暖意。

天缘脸露喜色，问，还麻不？

麻，酸麻酸麻的。柳梦话里没了苦涩味。

好征兆！天缘又是一喜，赶紧问，现在的景象是什么？

白乎乎如早上的雾一样，柳梦说。

银针缓缓地蠕动，终于来到长强穴，针头在天缘两只手前呼后拥推动下，从皮肤下探出头，随着天缘躬身一起，长长的银针嗖的一声抽出。柳梦深深地呼出一口气，人竟一下翻身坐起来，不待天缘发问，兀自说个不休，不胀了！不麻了！眼前热乎乎的一片光亮……

仿佛一场大考终于结束，里面传来天缘的声音，叔叔，打盆热水来。

两位老人争抢着去了厨房，不一会儿，当母亲的端水，当父亲的拿毛巾和香皂，相跟着进屋。当母亲的让老头托起帘子，自己猫着腰端水进去，搁在床头柜上。老头拿着毛巾和香皂正要跟着进去，被当母亲的转身夺过毛巾香皂，照额头一巴掌，出去！

4

柳梦能下床站起来那是几个月后的事。最早发布这类消息的离不了白薇，据她说是传统医学的神奇力量，当然少不得要说游学小团队的辉煌过往，不能给人以瞎猫遇上死耗子的错觉。附有视频，柳梦略显憔悴，骨感隐约，嘴唇血色微显，举手投足终于有了自主权。依然人见人心动，不同的是惋惜代替了艳慕，同以前那个叫柳梦的姑娘截然两样。眼下多了庆幸，少了惊悚。

天缘再三说离治愈还早，心理阴影消失，生理阴影还在。好在精气神有了。有个兆头柳梦不好意思说，憋不住终于告诉天缘，昨晚大姨妈来了。自柳梦病后多年没有的事，今天说来就来了。问母亲要女性用品，弄得老人半夜去四处讨要。

天缘心里一紧，若真是大姨妈来了自然是好事，可眼下身体复原远没到那一步。若是体内出血，便是凶兆。赶紧把脉，脉象浮涩，不敢惊吓病人，笑笑说，好事，争取以后生个双胞胎。随即调整药方，对症下药，细心观察效果。

外人不知内情，只当是另一个起死回生的奇迹四处传播。何姝为此发微信来专门核实，问是不是叙事医学的妙用。天缘说实话，我真没弄懂你那叙事医学的三要素、三焦点，宜兴也没教会我用什么两工具。还是吴教授指点我，就是好好给病人圆梦。过去是噩梦缠身，现在开始好梦成真，全靠圆梦。天缘说得越是平淡，何姝越是刨根问底，总想弄个明白，中医西医到底谁起的作用大。天缘好无奈，问何姝到底想听什么。何姝说，最想知道你如何把柳老婆婆从病人心里赶跑的。

天缘为此费尽心机。柳梦心里的柳老婆婆那真是难缠，天天梦见，活灵活现祸害人，祖上几代女前辈命运凄惨就是证明，心结难解无疑。照以往经验，用科学原理破解，最好是"杯弓蛇影"那样解开谜底。可对柳梦不起作用，无法让病人相信姓柳的妖婆不存在。信则灵，柳梦就是相信代代相传的孽缘。用祝由术禁禳符咒或请巫婆神汉驱邪，事实已证明不行，无论花费多少心思，只要柳老婆婆在梦中出现，病人就认定你法术不行，斗不过妖魔。

不能说何姝宜兴的话一点不起作用，至少让天缘知道要尊重病人的想法，不能简单说病人的想法是错的，医生说的才是对的，你必须照医生的说法去想。可这一切得病人相信，否则，哪怕医生说自己就是大仙诸神附身也不灵。如同作家的作品无论如何高深，要将读者吸引了才起作用。

天缘对何姝唏嘘不已,幸亏吴教授指点,贵在圆梦。何姝扭住不放,就算圆梦,你也讲讲如何把噩梦圆成美梦的。天缘只得一一道来:那天,听柳梦声泪俱下诉说柳老婆婆如何如何祸害她,我问她,柳老婆婆为什么要报复你们乔家后辈姑娘?柳梦愧疚说,只因乔家先祖悔婚,让柳家颜面尽失,所以来祸害乔家姑娘,要乔家代代吃尽有女嫁不出的苦楚。我表示认同,换作我也咽不下这口气,看来这姓柳的婆婆是个恩怨分明的狠角色。但过了这么多代人,她真的还天天来找你?柳梦点点头。我说不信,难道一天也没放过?柳梦有些不好意思,说来奇怪,就读大学与你在一起的那些日子没来过。

何姝说这没什么奇怪的,热恋中的人哪有心思想鬼神的事。尽是些无聊的话,有用不?

太有用了,天缘说,她见我相信她的话,自然就会相信我的话。这就是常说的以心换心,也是你说的叙事医学的共情不是。

何姝看不出用处在哪,要他往下说。

天缘继续问柳梦,只要我俩在一起的时候,柳老婆婆就不来找你麻烦,你知道为什么?柳梦摇头,我一个大活人,怎么知道鬼魂的想法。我顺势说,不是恩怨分明吗?祸害你是为了报复,不来找你就是不想报复。为什么?因为你是我的人了,我可不是负心郎呀!

何姝说这也不是长久之计,你在她身边可以,你不在怎么办?

天缘说,开始我也有这个担心。有次我回洛阳去了,回来后听她母亲讲,昨天晚上才厉害,柳梦不知与谁吵了一晚上。我问柳梦,她说那个妖婆又来了,你听,改称妖婆了。她们吵到梦醒,柳梦说不怕你,阎王来了也得讲道理,似你这样的妖孽我家天缘见多了。

何姝终于认可,还是你天缘年轻气盛,一个小脚柳老太婆哪是你的对手。

十九

1

听说又是一个奇特案例,卧床多年,竟起死回生。铭章老人约了天缘在史家老药房喝茶交流。玄奉早早带人去打理,秘方有了,寻找运用秘诀的念头始终没忘,想方设法要从天缘那里挖出来。天缘每次双手一摊,两手空空,说,柳梦离痊愈还早,刚刚才从黄泉路上转过身来。所有处方你都反复看过,秘方也给了,没有秘诀。若还不信,把柳梦接到洛阳来,我开方你抓药,守着她喝下去,可以不?玄奉仍不死心,这才请出铭章公开座谈会,用世交情谊试试,也许能问出点什么来。

谁知事情临时变化,医院开座谈会的主旨变了,提升到振兴中医药的高度,唐副市长要参加,光进老总主持,地点换在市政府小会议室。

天缘浑然不知,光进这次花了不少心思,特意从上海请来吴教授、欧教授给医院员工讲课,然后留下来座谈。天缘心想两位教授来了就好,有没有秘诀他们清楚。他们说话总有人信,自己省了许多口舌。玄奉也感觉动作大了点，一张药方竟惊动市上领导，不免有些夸张。待座谈开始玄奉才知想多了，会议压根没提秘诀两个字，议题涉及千家万户，要大家为振兴中医药出谋划策。

光进老总几句奉承话后，由唐副市长强调，这次大力振兴中医药，既是上面的要求，更是打响史氏中医大家品牌、提高洛阳市美誉度的机遇。完成任务的关键在于史氏综合医院做大做强，不仅设施设备硬件要上新台阶，而且在延聘名医名家上也要有新的突破。为此，市政府特聘请吴教授欧教授为振兴中医药顾问，聘请龚天缘为医院副院长、专家组长，特聘白薇为……

天缘一愣，这事昨天才听医院办公室主任说起，当时只当玩笑话，没置可否，没想今天竟当众宣布。这事答应不得，自己还有一大摊子事要办，哪会留在洛阳当专家。不好当面推辞，心想散会后再说不迟。

欧教授发言，唐副市长做大做强史氏综合医院是件大好事，好事要办好。完善设施设备和人才引进很重要，但转变观念、真正达到特色中医的要求更重要。我的孩子在国外指导华人开中医馆，我问孩子，你们那中医馆买不买机器？孩子感到莫名其妙，买什么机器？我说照光的照片的啊。孩子笑话我少见多怪，国外的医院里好机器好设备多的是，你跟人家比设备，岂不是跟龙王爷赛宝。病人到中医馆来，就是冲着你的特色来的，就是冲其他医院没有只有你这里独有才来的。老祖宗的东西若被人瞧不起，设施设备再好也与振兴中医药无关。话到这里，欧教授借吴教授的儿子的名义说，吴琦告诉我，美国的人均GDP是我们的六倍，我们的人口是他们的四倍多，医药设施设备更是我们无法比，可两国的人均寿命相差不多，他们79.3，我们是78.1，这里面中医药起了多大作用？没人研究过……

吴教授瞧唐副市长一脸懵懂，估计没听懂欧教授的话，接过话筒细说，欧教授的意思是，振兴中医药重在传承发扬中医药的好观念好传统。中医药文化博大精深，有时一句话就是一个好药方，如"饭后百步走，能活九十九"，又如"冬吃萝卜夏吃姜，不用医生开药方"。办好中医院重在观念不在设施设备。担心太笼统听不懂，举例说明，世人形容一些医生爱用一句话，头痛医头、脚痛医脚。这句话用在学西医的医生头上很正常，人家听得进去，不生气。若用在中医先生头上就是一句骂人的话，是嫌弃人家医术不精，没有中医的整体观念。见唐副市长似乎懂了，为加深记忆，又举例说，西医诊断出疾病后的治疗，很少去问疾病形成原因，是癌症就动手术，是细菌感染就用抗生素。说来也对，见了老鼠就消灭，用不着问老鼠的父亲母亲是谁。中医讲究标本兼治，是因为中医认为，同一种病，不同的病人身上成因不同，因而要标本兼治，用不同的药方辨证施治。若无视这些优良传统，发展特色中医药就是一句空话。

铭章公深表赞同，说洛阳史家就是将这些好东西代代相传，才有洛阳出名医的赞誉，扬名四海。远的不说，玄奉父亲在世时，多次被飞机接到北京给外国人看病。到了我们这一辈，早些年经常受政府委托给远来的客人看病。到了玄奉这一代人，这种事不说没有，已是稀少了。原因在哪？原因就在找中医看病的人少了。玄奉算得上本地的名家，每天接诊多则三四十人，少则一二十人。一般的中医先生每天有几个人光顾就不错了，如此状况何来的经验积累？再不改变只会一代不如一代。说着突然发现天缘在座，忙改口说，外地来游学的客人不同，指着天缘说，这位天缘先生才来不久，每天求诊的人要排队，可像他这样的中医先生太少了。

玄奉被铭章公点名，不得不说几句，铭章公所言不假，我就是一个败坏史家名声的不肖子孙。夜深人静，扪心自问，我史玄奉不是一个懒惰的人，从小随父学医，我说自己勤奋不算自夸，我父亲管教之严大家有目共睹。禀赋算不上天才,至少不算愚笨,到自己手上祖业怎么就衰败了?不用别人责怪,自己常常问自己过错在哪。两位教授和铭章公都说中医观念好,我也说好,别人怎样敬奉我不管,我可从来没有违背过,还不照样不如人意?恕我直言,中医好也在观念上,不好也在观念上。前辈行医时,病家普遍缺文化,大多数是文盲,先生说什么,病家信什么。医生说病人肝上有火,病人就感到肝上热乎乎的,先生说病人胃上有寒,病人就感到胃里冷飕飕的,现在行吗?病人都受过高等教育,中医说肝上有火,西医说肝上有炎症,你说他相信谁的?

铭章公被激怒了,你这是人不对怪屋基。你看看人家龚天缘,同样中医世家,年龄比你小,同在一层楼看病,人家诊室的病人得预约挂号,你那诊室稀稀疏疏几个人,难道病人到他那儿就成了文盲,到你这儿就成了高级知识分子?

玄奉被怼得一时语塞。他实在佩服天缘,拿他与自己比,自然错的是自己。一句话不说也过不去,回话道,天缘老师的勤奋和天赋摆在那儿的,到哪儿都无人可比,我们只有学习的份。虽说同是中医世家,同是家学嫡传,人家绝技秘诀在身,我们有什么?只有一句话,师父领进门,修行在个人。玄奉坚信天缘有秘诀,不惜贬低自己以求抛砖引出秘籍口诀。

听玄奉一番话,虽是有些自贬,宜兴仍觉不中听,抢先发话,玄奉老师说到年轻人不信中医,是认为中医理论玄奥晦涩,病人无法理解。医生与病人之间缺乏沟通,不仅中医存在,西医也存在。我是学医论的,搞过社会调查,80%的受访者看不懂体检表上的外文,65%的受访者不知表上指标的含义,85%相信体检无病的结论,可95%的受访者相信体检有病的结论。好笑的是,这与受访者对算命结果的反应相近,说自己无事只有83%的人相信,说自己会出事却是95%的人相信。

铭文实在受不了玄奉的说辞，自己学艺不专，却怪师父传授不真。说玄奉，我也是学艺不精的人，可我没怨这怨那，只怨自己努力不够。别的不说，天缘老师治姓易的病人这事，从头到尾我一清二楚，哪来的绝招秘方？用排毒方子那天晚上，五位客人是通夜没合眼守在病床前，你什么时候这样对待过病人的？悬壶济世，靠的不是秘方，是医者仁心。你总说前辈没教你绝招，史家的芒针通脉教你没有？你父亲亲传，你用过吗？一次也没有。这次天缘才学会不久，就用芒针把病人从床上扶起来。你说说，该怪谁？

欧教授适时出声，笑着为徒弟挡风，别把天缘说神了，他也不过比旁人勤奋一些。中医学本是一门经验医学，全靠临床积累，运用之妙，存乎一心，舍此别无二法。若说他真有些绝招，全是自己勤学苦练磨出来的。例如把喜脉，那是他从小无意间练出来的，现在有了测孕棒，这绝招作用不大。别看他正骨术不错，是跟滇南白家学的，为了练手感，乳胶人练坏几个。芒针通脉需要练指力，他起早贪黑在乳胶人上练，现在能三根指头将芒针在督脉上一口气通个来回……中医这项职业偷懒不行，全靠勤奋努力，多学多练。日积月累才行。

白薇连忙补充，我可以做证，天缘哥吃得苦，天天晚上练，现在手上的功夫比我们白家人不差丝毫。差一点说出我俩还为此闹过误会。

天缘不表态不行了，端端正正站起来，颇有些无奈，说，谢谢各位抬爱，我是诚惶诚恐，消受不起。我这点能耐，还是古时候卖油郎说那话，手熟而已。中医学是传统医学，传统医学每个国家自古就有，只是到了现在就剩下中医药了。西医是过去的习惯叫法，准确点该叫现代医学。这些都是从吴教授那儿学的，吴教授用这些话告诉我，传统医学与现代医学既是有着显著区别的两种医学，又是医学发展的两个方面，啥意思？你们去问吴教授。

大家用眼睛望向吴教授，希望答案露出来。吴教授笑笑，朝天缘努努嘴，还是你说好些。

天缘只得继续说，出来游学前，自己心里憋一口气，发奋要用中医药取代西医药，办一所中医药大医院，小病如感冒，大病如癌症，效果不说超过，至少不输于西医，或者说能够取代西医。经游学才知道，中西医已相争一百多年，谁也消灭不了谁。全世界绝大多数传统医学消失，唯独中医药一枝独秀，就在于它有辨证施治、整体平衡、万病心生等理念支撑。西医东渐，日益兴盛，则依靠现代科学技术支撑。两种医学虽有了主次之分，仍是各有千秋。

天缘喝了一口茶水，用眼神向吴教授求救，意思是下面的道理我还不太明白，只有吴教授你才能讲。

吴教授无法推辞，接过话讲，治病与救人原本密不可分，在有的医生那里成了两回事，常常是病医好了，人医死了。经过思索，人们认为现代医学忽视了人文精神，忽视了人的社会性。现在提出生物社会心理医学的主张，这恰恰是中医药的核心精华所在，中医药由此迎来了振兴发展的机遇期，各级政府的举措接踵而来，也正是天缘这些年轻人大展宏图的好时机。

欧教授插话，我与天缘认识不久，他问我什么是病的问题，那时我就觉得现在的年轻人不得了，有抱负有追求。不像我们当年目光短浅，能跳出农门，有个稳定职业就满足……话到这里发觉说远了，及时打住，抬手向着天缘说，还是你们年轻人来说。

天缘望向小伙伴，个个摇头，只得自个说下去，游学到今天，我才知道过去的想法幼稚，中医药不要期望战胜谁，只能中医归中，保持自己的特点，走特色发展的道路。

唐副市长不住点头，心里默默在修改自己的方案。光进越听越觉得天缘必须留住，人才远比秘诀重要。顾不得礼节，插话道，龚老师的设想正好是市上的要求，你就留下来，在综合医院大干一场。转脸看向唐副市长。唐副市长会意，马上表态，你留下来，是党员你做医院书记，不是，你做院长光进做书记。资金、土地、人员你表态算数，市政府全力支持。

天缘出于礼貌，不能断然拒绝，推口说，我还得跟他们商量商量。唐副市长抓住不放，都在这里，个个表态。

白薇看了看天缘，明确说，我听天缘的。宜兴尚未毕业，用人单位主动邀请自然不会放过，说声谢谢，愿意随天缘一起干，待学位拿到后即来报到。朱斟夫妇已有工作，说天缘若留下来干，他们愿意留下来再干一段时间，帮着完善一下智能管理系统。

天缘好作难，自己游学的初衷本与名利不沾边，单凭中医世家的名望和自己的医术，别说衣食无忧，就是世人羡慕的车子房子票子也是唾手可得。眼下有人用名利刺激自己，好笑之外多少有点被轻视的感觉。只要自己愿意留下来，倒贴钱都干。游学不就是贴钱赚吃喝，我愿意。可留下来同光进合伙办医院，我不愿意，再多的钱我也不愿意。天缘不再遮掩，索性明说，我想办的医院与你们想的不一样。

不就是中医院，到处都有，会差多远？光进心想，只要巾上满意，一切都好办，随即表态，一切听你的。

天缘笑笑，你不会听我的，你也不会信我的。

唐副市长从旁保证，他敢不听话，随时收拾他。

天缘说，你们真的做不到。我要办一所地道的有特色的中医院，面向平民百姓……突然想到话多了没用，直截了当，就拿综合医院为例，除了涉及中医药的其他科室，全部要去掉，你能答应？

光进顿时傻了，这肯定不行，别的不说，离了机器设备手术，医生工资都可能发不起。

唐副市长也是一愣，这样干，离做大做强相反，只会做小做弱。做小做弱还用得着外聘人才？

两个人不好再坚持。光进递眼色给办公室主任，叫人把一摞聘书撤下去，转身说，下来再商量。

2

史家综合医院的提升改造方案后来依然提出、通过、实施。中医部分搬进了一栋大楼，门诊和住院部一起，独栋特立，史家综合医院的招牌仍竖在楼顶正中。铭章公做了名誉院长，换来光进中医归中的承诺。说是出山实际出个名号，医院简介里添了一段：本院特聘史氏中医世家当代掌门人，曾赴京给外国政要治病的中医名家史铭章先生为荣誉院长……欺老先生有病不大出门，来个先斩后奏。网上面向全国招聘中医专家，白薇获得当面邀请，做骨科主任，将两层楼做施展拳脚的领地，打滇南白氏骨科招牌。白薇以游学未结束，她要随天缘同行为由拒绝。同样理由同样有效，宜兴也用了一遍，应天缘邀请他要去四川天缘堂。

玄奉仍是挽留天缘，认定天缘可以帮他们，只要把秘诀交出来就行。天缘对玄奉已解释过多次，玄奉不信。一天趁铭章公在，天缘请他做证，真没什么秘诀，换来换去就一张方子，攻癌延寿汤。这方子你们史家早就有了，走的都是以毒攻毒的路子。不同的是所用毒物不同，我们龚家过去用蜈蚣，后来用毒蝎，你们史家用毒蛇。铭章公说过，你玄奉老师的父亲是用蛇的高手，一张方子中用两种蛇，有毒蛇治病，无毒蛇消解有毒蛇的毒性。离家时太姑奶奶再三叮嘱我，要把史家用蛇的本领学到手。我曾专门请教铭章公和你，只说焙干磨粉用，关键是两种蛇粉的配方比例不是固定不变，因病因人而异，其中要领全凭医生临床经验掌握分寸。我相信不会是假话，因为龚家用药也是这样，没有固定不变配方。我在天缘堂接触癌症病人多了，用此方子多了些变化，效果相对好一些。说不上绝招，至今仍是摸索试探中。

天缘唯恐玄奉不信，说，我自认为还是一个中医学徒，连什么是病都没搞清楚。字典上的定义是："病，是人生理上或心理上发生的不正常状态。"小时候质疑不舒服就是病，结果挨了父亲一筷子头，被太姑奶奶请到祖宗牌位前发誓，大了一定要弄懂什么是病，力争当个好的中医先生。在关东专门请教望北先生，朱斟夫妇就在这儿，不信你问他们，望北先生说，事出寻常必有妖，这妖就是病。区别在哪？在上海，两位教授说，要有范围限制，能自行恢复的不正常状态不是病。到了洛阳问铭章公，铭章公说史家有师训，天持衡无灾，人持衡无病，意思很明白，失衡就是病。这些都是前辈的，我有一些体会，对不对还在琢磨，离你们期望尚远。

这件事传到上海，深得欧教授赞许。世上本无包治百病的灵丹妙方，中医全靠辨证施治。运用之妙，存乎一心。欧教授几次拿起电话想告诉天缘，不必向人解释什么，若是我，搭理都是多余的。几次拿起，几次放下，最终觉得打电话都是多余的。

3

夜里，五位游子聚一起，就史家综合医院的提升改造方案做点评，为医院的前景把脉算卦。朱斟夫妇看好前景，毕竟中医和西医有了明确区分，治病疗效无论好坏可以比较，给病人选择的机会，不再是中药西药一口吞，效果责任分不清。秦亦仍有些疑惑，光进这回如此豁达，背后肯定有人指点，才会让他一下转过弯来。朱斟认为明摆着的事，唐副市长下的命令呗！秦亦不信，听说私人办的医院私人做主。朱斟不以为然，无论公办私办，都得按政府规矩办。宜兴不看好，笑朱斟夫妇内行说外行话，现在社会诉病医院以药养医，说的就是西医西药，全靠机器检测费、新药研制费发工资。中医不用机器,研制点中成药收入不多,中医归中好说不好办。白薇附和,也是,中医凭三根指头把脉,收不了高价,中药处方哪怕你张张创新,成本就一张纸钱,发财难。朱勘恍然大悟,这才明白天缘为什么不与光进合伙。天缘淡然一笑,中医归中不是说一句话那么容易,你们看看中医的私人诊馆,个个中医归中,有哪个日子好过的。白薇想想自家药房,游学所看见的钟清、陈老板、铭文药房的处境,不由得感叹,时下没有几家像天缘堂那样日子好过。话到此又生出疑问,既然如此,唐副市长说大力发展特色中医药岂不是一句空话?几双眼睛盯向宜兴,搞文论的,好像主意就是他出的。宜兴只得半生不熟说几句,先申明,我这是道听途说来的,我姑妄说之,你们姑妄听之。说时朝前倾倾身子,压低调门,弄得几位也挪挪位置,偏起耳朵听。

宜兴说,现在世界上出了一件怪事,凡是医疗福利水平好的国家,医疗技术越是发达,社会不满呼声越高,这事够怪的。说话的神态,仿佛他刚刚才发现的研究成果。宜兴在众人疑惑的眼光鼓励下,津津有味说下去,西医药与中医药不同,中医药是经验医学,药是自然的,处方是老祖宗传下的,不分贫富贵贱,感冒了都是柴胡汤,胃不舒服都吃藿香正气液,医生想送人情也无法。西医药是实验医学,机器和药是实验室研究出来的,研制成本高,一分一厘最终都得病人出。

众人不解,看病付钱,天经地义,没什么奇怪的呀?

宜兴往下说,自然,新技术新药与旧技术旧药势必有价差,价差有时惊人。无情的高价面前,贫富贵贱的差距暴露无遗,有钱才能享受新技术新药,贫富成了新技术新药推广应用的天然考量;若是政府资助项目,社会公平问题来了,谁先用谁后用?见众人眼睛亮度不够,遂以癌症为例,中医看病最多依病人体质、病因、病情不同处方。在西医那里,用什么设备?什么药?用进口的还是用国产的？一百二十万一剂的针药上不上？都得与钱挂钩。

哦！众人大彻大悟，原来社会心理生物医学是这样来的。

天缘笑宜兴说的不对，天缘堂也是看人收费，有钱的人治好了捐的钱就高些。

宜兴说你那是均贫富，自愿捐赠的不算。不过，你也不会免俗，在关东买的野山参是高价，说不得要看人下处方了。

白薇见不得人说天缘不好，一句话挡回去，天缘不是那种人。转向天缘说，游学回去你也办一所医院，肯定比他们的好，我来给你当骨科医生。

其余三人热烈赞同，好像天缘不做这事大逆不道。天缘略微掂量，斟酌一会才说，我原来的想法也是回去办所医院，专治疑难杂症，名字都想好了，叫针草堂。白薇一口否定，不好听，还是叫天缘堂好！天缘不与理会，自个说道，过去想得简单，就照现在的模式，搞一个大号天缘堂，再请你们来撑场子。

几人及时响应，没说的，打声招呼就来。

天缘笑道，现在想法有些不同，真的那样做，是不是有点那个了？

有点哪个了？众人想不出有什么不妥。

天缘说，从古到今，谁听说过当医生发财的？就是华佗、扁鹊、孙思邈、张仲景这些大家圣手，只听说他们医术如何高明，没听说过他们家产如何富足。为什么？医者仁心，病人已够惨的，再去打他们的主意于心不忍。

那你打算做什么？

天缘说，我没想好，只是觉得眼睛不能盯在钱上。我们这点吃饭的手艺是祖宗留下的，总该想想给后人留点什么。医院要办好，天缘堂有些规矩要改，譬如不收初诊病人这一条得改，不说像欧老师那样专治初诊病人，至少不能拒绝。还有中西医结合不能少，何妹说她来做，其他什么我一时没有想好……

白薇不愿为难天缘，用话岔开，柳梦最近怎么样？

天缘回话，脸上开始长肉，精神好多了，能下床走走。最新的病变没敢说，就怕传到柳梦那里坏事。

朱戬夫妇关心问道，你们几时结婚？

天缘脑袋一下耷拉胸前，回话柳梦不愿意。朱戬夫妇识趣没追问。宜兴颇生疑惑，我就搞不懂，前不久，我在微信上还打趣柳梦，几时请我们吃糖，她笑得好甜，说老家太姑奶奶催得紧，要天缘快点结束游学，带人回去完婚。昨天突然一下口气变了，绝口不提婚事，这中间总觉哪儿有些不对劲。

白薇在天缘脸上找答案，是不是你那干妈说了什么？

提到何姝，天缘脸色立即沉闷，先是微微点头，后又赶紧摆手，给人感觉与何姝有关，又与何姝无关。

天缘心里不愿人前提到何姝，提到何姝必然牵涉杨靖。只因到了杨靖该回来的日子，人没回来，三个月后噩耗传来，在离婚判决生效那天，杨靖和那位洋妞，双双死在客厅，左轮枪在女人手上，血火中一切恩爱情仇化为灰烬。出国的那天一早，天缘等人特意陪何姝送杨靖去浦东机场，再三邀请他，一定回来加盟天缘的中医院。杨靖答应好好的，没想一别竟成永远。

天缘也是刚从何姝处得知这事，何姝不让他转告别人，自己酿的苦酒自己咽下，权当他又一次负心背叛去了远方。她之所以告诉天缘，是要告诉他，杨靖回不来了，他的承诺自己来兑现。眼下，天缘见白薇怪罪何姝，心里一阵酸楚，不好将杨靖的死讯说出，实在坐不住，兀自起身回房间睡去。

天缘离开，大家不欢而散，各自回房间找答案。白薇担心先问柳梦有点冒失，怕话来陡了柳梦受不了，她毕竟还在病中。先发微信给何姝，十之八九是她惹的祸，先气冲冲斥责何姝，吵到手机发烫，后哭兮兮给宜兴诉苦到天亮。第二天没起床，害得几位来探望，以为她也病了，还病得不轻，将人们的同情感慨轻轻松松从柳梦那儿硬拽到她身上。

朱斟夫妇一再追问缘由，白薇回以抽泣哽咽。宜兴替她说，柳梦她，话噎在喉咙，眼圈先红了。柳梦怎么啦？宜兴吞吞吐吐说，她病复发了。

一声叹息后，朱斟问，天缘也没办法？

提到天缘，白薇止住抽泣，说，天缘还是有信心，禁不住柳梦就信那机器拍的片子，不愿跟天缘去四川。

哀莫大于心死，再好的医生也治不了生无可恋的人。秦亦感叹，难怪白薇伤心，心心念念一对，才从绝望中看到一丝光亮，瞬间又熄灭了，任凭是谁听后也受不了。要不跟天缘说说，我们都去乡下劝劝柳梦。

白薇说，天缘不愿外人插手，怕人们说不好反添麻烦。他正在想办法。

朱斟说，问问何姝有什么好办法？天缘最信她的。

别说她了，白薇提起何姝牙痒痒的，坏就坏在她那张嘴上。瞧她气呼呼的样子，问出来的会全是气话。朱斟不愿自讨没趣，转问宜兴，到底怎么了？听宜兴解释，才知事情真与何姝有关。三年游学期将满，天缘原有打算，在四川天缘堂与大家商议好今后的去路后，独自带柳梦回老家古镇。经不住众人起哄要去古镇龚家老药房学习，顺便看望太姑奶奶，并说好大家一起去。天缘同柳梦商量，借此机会把婚事办了，了却老人们一桩心事。柳梦也是答应好的，对各位的祝福打趣欣然接受。那段时间，柳梦被人搀扶着走路都哼着小调。轮到何姝发微信来祝贺，柳梦多问了几句，何姝不经意回答，哪知事情由此颠倒陡转，柳梦马上找天缘退信，不去四川了，态度坚决只差咬碎牙齿。何姝说错了什么？何姝至今不明白，将对话原原本本学给天缘听，天缘也弄不明白。

据何姝回忆，自己发微信给柳梦，是安排柳梦来天缘堂养病的事。说了正事后，自己祝愿柳梦身体早日康复，与天缘早结连理。柳梦突然发问，癌症能治好吗？何姝回道，能！天缘堂就治愈了好多个，那个叫易基的前不久就出院了。你又不是癌症，照现在这样好转，肯定比他好得快。柳梦又问，癌症治疗是不是癌细胞没有了才叫痊愈？自己回答是的。又问宫颈癌治好了能生孩子吗？自己据实回道，一般不能。就这几句话，哪儿有错了？

天缘不怪何姝，她不知道最近柳梦因出血久久不干净，悄悄去医院查出宫颈癌，中晚期。过去柳梦不愿去检查，横竖一个死，何况查也查不出病因。这次父母瞒她是早期，相信天缘有办法治好。善意的谎言被无心的何姝给捅破，何姝也错不到哪去。

白薇不一样，认定正是这几句话害了柳梦。她在微信里指责何姝，亏你还是医学研究生毕业，对病人起码的安慰不知道？卧床几年的重症病人经不起吓唬，问你癌症能否治好，你就说声"能"不行吗？何姝申辩自己是那样说的，白薇不认账，你说得不干脆等于没说。你说天缘堂几年只治好了几个人，什么意思？直接说去天缘堂就是送死得了……何姝辩解总共就十来个治好了的，那是事实。白薇不听，存活期超过五年、十年的不算吗？非得个个活百岁才算数……

白薇后来发微信给宜兴，口气变了，气愤消减许多，换作伤悲泛滥，一口哭腔说才同柳梦通了微信，要宜兴去救救柳梦，好像生死关头急需人拉她一把。还说事关天缘，别让柳梦的情绪坏了天缘的事业……

宜兴照办，赶紧发微信给柳梦。相对白薇而言，柳梦显得淡定一些，说到回四川天缘老家，柳梦直言自己同去不合适。老人们翘首盼望的是天缘带媳妇拜见公婆，自己眼下这状态去了摆明是自讨没趣，老人们选谁也不会选中我柳梦。选白薇、何姝都行，唯独我柳梦不行。自己也该知趣，一个危重病人应把活命放在首位。柳梦的变化很明显，再不是欣然接受祝贺，没有一丝喜悦露出。宜兴劝慰道，老人们的态度怎么样不重要，关键是天缘喜欢你，你也喜欢天缘，有了困难，正需要你两人齐心合力去克服，哪能半途撒手不干，你把天缘放在哪儿？这不要了他的命！提到天缘，柳梦哇的一声哭出来，再不说什么……弄得宜兴浑身不自在，赶紧劝说几句后关了微信。

宜兴猜想，柳梦的想法不复杂，比一加一更简单。柳梦过去说过，爱如阳光表达，有直射，有折射，有散射，所以无处不在。若是直射，她当与天缘共生死。可眼下的她是一个痊愈希望不大的病人，要求与前程似锦的天缘共患难同生死，除了自私毫无爱的意味。她只能选择折射，让爱曲折投送，远远地祝福，给心爱的人容纳幸福的空间。只希望天缘的爱情、事业不因自己的病苦变得虚幻渺茫，千年中医世家传承不因自己中断。犹如命运的苦海中挣扎的两人，无望的她应该松手，让心爱的人丢掉累赘到达成功的彼岸。所以柳梦哭到最后强忍住抽泣，拜托宜兴转告几位女友，无论今后是谁作龚家媳妇，请体谅柳梦苦命，替她照顾好天缘，传承家学，光耀门庭。

那夜，微信空荡荡的，梦很饱满，泪水横流，悲情泛滥。

二十

1

何姝听说柳梦因自己无意间的几句话病回原样，自责愧疚之余，感叹命运作弄人，作弄自己，作弄柳梦，也作弄天缘。发微信去道歉，柳梦说分手与她无关，只因不公平。她与天缘的恋情中天缘付出太多，而她带给天缘的除了失望便是拖累，再继续下去，她成不了天缘的爱人反成罪人。何姝劝导柳梦说，爱情不是非得讲公平，讲公平是交易不是爱情。爱情本是一种失衡，是情感失衡，是心态失衡，是利益倾斜，是争相付出，是离开对方便要独自承担的风险。连上天也有不公平发癫疯的时候，感情上哪有四平八稳的平等公正？可她嘴儿说起白沫，柳梦一句没听进去，只当她絮叨病发了。

等到天缘结束游学离开洛阳前夕，柳梦脚钉在老家不愿挪步。天缘请白薇宜兴去劝说，裹挟也好，哄骗也罢，一定要把柳梦弄回四川去治疗，也给何姝冰释前嫌的机会。两人去了乡下邀请，柳梦不领情，当着白薇的面说，她压根不怨任何人，怨的只有自己命不好，不想拖累天缘。越是想到天缘对自己的好，越是心里不安，越是要独自走完人生路。

宜兴将何姝的爱情学说用通俗话语学给柳梦听，爱情这事儿真还不能讲公平对等。从古到今，人们传颂的爱情故事没有一个公平对等的。牛郎与织女，一个人，一个仙，哪来公平？哪来对等？织女因牛郎吃了多少苦，牛郎自责过吗？放弃了吗？《红楼梦》里的黛玉跟你一样病秧子，她自责了、放弃了吗？爱情没法衡量，无法讲究半斤八两。

柳梦对宜兴拿牛郎织女比喻自己和天缘，不以为然，哄小孩睡觉的故事也只有小孩信。自觉与黛玉和宝玉倒有得一比。大学时在图书馆相识，就因两人不图"功名"，随意翻阅，为解惑而读的洒脱让两人走到一起，这与宝黛不图功名那事儿有点相通。可书里说的宝黛相爱那可是几百年前的事，老皇历翻不得。即使林黛玉活到今天，她也会知趣识大体，不会拖累宝玉考大学，更不会用弱不禁风去毁掉宝玉的远大前程。遂对宜兴说，我一个凡人不与仙女比。至于黛玉可以做个假设，若是林黛玉不放弃、不自责，肯定会拖着病体去婚礼上大闹一场，然后躺在宝玉怀中喷一口鲜血，微笑着合上眼。你说说，曹雪芹会这样写吗？

宜兴一下愣住。白薇见状赶紧帮衬，说，爱情原本是说不清道不明的事，有爱就有伤害，只要两情相悦，别去计较谁对谁不公平。你还是听天缘的话，去四川治病结缘才好。

柳梦无力抬起头，有力说出话，就依你的两情相悦，天缘带我这样一个病秧子回去，今天办喜事，明天办丧事，他和他的家人会愉悦吗？你这里说好白头到老，说好子孙满堂，说好光耀门庭，结果我一样办不到，像个骗子样骗财骗色骗情，我一定愉悦吗？

白薇气一下上涌，软的不行来硬的，俯下身子说，你信不信我把你扛到四川去。

柳梦轻轻一笑，我不仅信还要感谢你的成全，只要你动手，我两眼一闭万事皆了。至于天缘会怎么想，我可管不了。

　　哄骗不行，裹挟不行，白薇叹一口气，我也是为你好。你执意不去四川，别人会去，到时肠子悔青没药治。

　　柳梦正色回答，我也说句真话，谁去都比我强，尤其是你白薇妹去我更要祝福。只要我不去祸害天缘，庆幸还来不及，怎么会后悔。

　　白薇实在拿柳梦没法，扔下一句话，还是让天缘本人来，谁惹的祸谁了。揣一肚子无奈，同宜兴回洛阳复命。

2

　　全仗火车站广场大笨钟迟钝，慢吞吞地等天缘陪柳梦一行人赶来。刚一露面，送行的和同行的全迎上去，竟把柳梦和父母晾在一边。还是宜兴细心，转身奔过去，搀扶着柳梦进站。

　　正走着，柳梦突然停下，要宜兴去把白薇叫来。白薇以为宜兴偷懒，边往前去边说宜兴，你真是个先生，搀扶这一点路就累着了。宜兴不见气，乐得清闲，说，人家指名要你去，大约要给你办移交或给你祝福什么的，还不快跑几步。白薇怕柳梦站不得久的，当真跑起来，脚后跟踢回来一句话，真有那号事，恐怕会笑死你。

　　从柳梦父母手中接过柳梦，白薇心里暗生一丝不快，昨天死活不去四川，全是假话，到底舍不得，一见天缘就乖乖跟来了。叫声柳梦姐，我们进站去，不等那些说假话的。柳梦信以为真，笑笑说，你又没听见，怎么知道是假话？白薇大大咧咧道，客套话谁没听过？嘴里留客人多待两天才好，心里想的早走早得安宁。当面一套背后一套的人见得多。柳梦这才明白影射自己说假话，同样话里含话回道，不知你说假话不？说假话心里会不好受。紧接着冒出一句，我说天缘已答应不提婚事了，你信不信？白薇哪会相信，摆明是假话。要不就是天缘说假话，牵肠挂肚近十年，到了洞房门口还有转身的？鬼才相信。口里应道，柳梦姐的话句句是真，我信。柳梦说信不信由你，若是天缘说假话，你也要小心才是。

白薇不愿再往下说，转向柳梦的父母，用话岔开，叔叔阿姨去过四川没有？

老爷子回道，我前些年送柳梦读书去过，她妈还是头一次。

四川好！尤其成都好，世界宜居城市，去了就不想走。

老太婆心思在女儿身上，说只要柳梦病好，在哪都行。

广场的人终于说完假话真的分手了，送行的人离开，同行的人赶上来。天缘大步走到老人身边，双手去接行李，老人心安理得松手，天缘理所当然接手，没有客套。这一切被白薇看在眼里，努力同前年离开滇南的情景比对，当时她虽在暗处却看得明白，父亲想去提行李天缘不肯，两人客气半天，终于一人一件。眼前天缘的身影渐渐模糊，柳梦那句话渐渐清晰，天缘若是说假话，谁都要小心才是。

3

两间软卧车厢，柳梦一家和秦亦一间，其他人一间。柳梦深知秦亦是安排来照顾他们的，其他人好放心议事。到四川既是游学结束，又是这帮年轻人施展手脚干一番事业的开始。柳梦明知秦亦心不在此，主动请她过去商量，这边有父母照看，何况一壁相隔，有事喊一声也来得及。秦亦想来在理，依他们去了隔壁，走时再三交代，有事敲敲壁板就行。

门拉上，柳梦依偎在下铺，开始给父母打招呼，昨天因天缘一直在身边不好说，这次去四川千万千万要弄清楚，是去治病不是去相亲。你们看见的,天缘怕我治病走后你们担心,连你们一并请去四川。我们要知足,不能报答他已是愧疚万分,再去拖累人家于情于理说不过去。

当母亲的默默无言给女儿递上一杯水,当父亲的坐在对面却心存忧郁,劝说女儿,离开天缘你去哪找这样好人家?有病,我们没有隐瞒谁,何况他就是医生,想瞒也瞒不住,你情我愿,不存在对不对得住谁的事。话到这儿,瞧女儿眼神不对,索性不看她,埋下头自个说,话带三分无奈七分心疼,我看天缘也是一片真心,医术又好,他既不嫌弃,肯定有治好的把握,我们顺从他的意愿也没有什么不妥。

柳梦为父亲不明事理很是生气,叫声爸,你常教育我为人不能太贪,今天你却有点不知足。天缘八年坚持到今天,千里追寻至洛阳,不是为了当好人做善事,为的是娶妻生子。你看看女儿这样子,能当好妻子,生下孩子吗?我问过姓何的研究生,她说的话和医院一样,癌症中晚期,能活到今天已是奇迹,死是分分钟钟的事。

当父亲的更是不解,抬起头问,既是这样,龚天缘何必苦苦求你去四川,若无把握不是自找麻烦?当母亲的另有不明白处,女儿啊,这么多年你怎么过来的?不就是相信天缘能救你,躺在床上哪怕不能动弹你都没死心,现在能下床行走了,忽然不相信他,柳梦,你不是又被柳妖婆迷住了吧?

妈,我相信天缘一定会来救我,相信他有没有能力救我都会来,没死就是希望再看他一眼。

对呀!当父亲的接过话说,自你俩见面后,你不但没死反而好多了。那天跟你治病时,我和你妈都在场,证明他知道自己有能力才来的。

提到那天治病的事,柳梦不想再瞒下去,不然嘴皮说破父亲母亲也不会相信。叫声妈,那天的情形你看见的,你进来时我是赤身裸体对不?你知道天缘做了什么?当母亲的看看当父亲的,朝外努努嘴。当父亲的识趣起身出去,没忘随手拉上门。柳梦兀自说下去,衣服都是天缘给脱光的。

母亲说,知道,你自个没力气。

柳梦说,妈,我没力气阻止,只是问他要干什么?他说要看看。我心想他是医生,看看也正常,回了一句,一副骨架了,有什么好看的?他说就是要看看你骨子里藏有什么。说时公尺长的银针从颈后面扎进去,再用小银针扎其他处,私处羞处都扎上,边扎边按摩边说,我那年播的种到哪去了?不行,等你好了选个时间再播种一次。

母亲听不下去,打断话,你跟母亲说这些有什么用?母亲不想听。

柳梦说,我就是要告诉母亲,天缘心里有我的同时有他想要的孩子,他龚家的血脉,三十代中医世家不能在他这儿断了传承。

母亲觉得天缘想法太正常,等你身体好了,十个八个给他生就是。

柳梦神色一下暗淡下来,眼角泪花忽闪,我眼下性命都难保,哪来孩子可言。

车厢门拉开,当父亲的进来,他一直在外面偷听,说,既是如此,你还答应去四川做什么?回去,把房子卖了到医院做手术去。

柳梦凄然一笑,乡下随处是空闲的房子,谁要你那老瓦房?

母亲安慰她,钱你不用管,还有合作医疗,乡政府不会见死不救的。

柳梦直摇头,仿佛在害她一样,回去找西医动手术,一刀切掉,再也不能生孩子……话没完竟捂住嘴呜呜哭起来。

母亲仍是安慰,不能生就不生,只要天缘喜欢就成。

父亲劝道，先别说孩子，动手术保命要紧。

柳梦回话，我打听过，做手术也活不久。天缘说他有张祖传方子以毒攻毒，能散痈化结。过去用蜈蚣效果不是很理想，后来他改用蝎子提高了疗效，现在他向史家学习改用毒蛇，而且是两种蛇，有希望也有危险。他自己已做过毒性实验，疗效应该可以，但最终还需要病人与他配合共担风险。我不来谁来？

两位老人默然，难怪先不同意，后来一下同意了。那，万一真有三长两短怎么办？

所以把你们带到一路去，真出了事，绝不能找天缘麻烦，他会给你们养老送终的。

那婚事？老人仍是念念不忘。

给你们再三说，无论治疗效果如何，绝不能提婚姻二字。柳梦加重了语气。

两位老人回过神来，你的意思是病没治好前暂不提婚事，这理所当然。

哎！柳梦为父母的迟钝叹口气，若是治个十年八年，人家不也得等你十年八年？

老人茫然，那……怎么才算对？

柳梦坦然说，我治我的病，他结他的婚才对。

哦！老人似乎懂了，治病与结婚原本不是一回事。

4

隔壁车厢，几个年轻人正指点江山、激扬文字、荒原跑马。

朱斟打开笔记本电脑，指指点点介绍光进的医院改革方案。宜兴一看，还是大号现代医院，科室设置基本一致，只是将原来的中医部分作了扩充、净化、改革。朱斟不同意宜兴看法，变化还是不小，引进了智能管理系统，建立首个中医名家病案库，不仅效率增加，对提高医疗质量肯定有好处。白薇对别人的事不感兴趣，问宜兴，你说我们今后的医院该设哪些科室？

宜兴说，历来的说法，中医十三科，祝由最后搁。元代十三科是：大方脉、杂医、小方脉、风、产、眼、口齿、咽喉、正骨、金疮肿、针灸、禁、祝由。明代十三科：大方脉、小方脉、妇人、疮疡、眼、口齿、咽喉、伤寒、接骨、金镞、按摩、祝由。后来改为十一科，增设了痘疹科，改疮疡为外科，接骨改称正骨，去金镞、按摩和祝由。

朱斠要她说细点。

宜兴分开说：大方脉，专门治成人的病。白薇说，不就是内科。

宜兴说，小方脉，专门治小儿疾病。白薇翻译，不就是儿科。

宜兴说，正骨……白薇打断，这个不用说，治跌打损伤的。

宜兴为避免白薇打扰，几科串一起说，口齿科、产科、眼科、咽喉科、针灸科、按摩科，怕白薇插话，宜兴干脆用"好理解"三个字带过。接着说，杂医科，专治各科管不了的病；金疮肿科，治各类战伤；禁科，自唐代便有，清中叶改设九科时取消，专以咒禁、画符、祝由等方式治病，与祝由科大致相同。

白薇说，光进综合医院设内科、儿科、外科、妇科、五官科、理疗科，没有错呀，不用改进都行。

宜兴说，他那儿分得太细，内科里面还分神经内科、心内科、呼吸科、血液科、消化科、内分泌科……辅助科室更多，照光的、照片的、化验的、化疗的……而中医部分又太笼统，就分内科、外科、理疗三个科。

白薇摇头，难怪有人说，西医是精英医学，中医是平民医学。老百姓到他那儿看病，怕是找不着该进哪道门。

秦亦注意到天缘没说话，提醒朱斠，你不问问天缘是什么想法。朱尌用手势压住白薇宜兴,真的,我们听听天缘的想法。

天缘沉默好一会儿,说最不能少的是未病科,负责咨询,讲预防,讲调理,提高自愈能力。还有文化科,负责宣传,普及中医药文化。还有一个科,是研发科,专门研究中医的理法方药,改进培训方法,借助人工智能,开发新的如乳胶娃娃之类的器材。在老一辈人那里,中医药是一种神圣存在,是一种日常生活方式,不识字都会几句顺口溜:若要皮肤好,煮粥加红枣;冬吃萝卜夏吃姜,不用先生开药方;绿豆南瓜汤,再热心不慌……

不过,天缘话题突发西山,你们说什么是病?

众人知道自游学以来,天缘始终没忘思考此事,走一路问一路,游学快结束了,这事也该有个定论。看样子天缘已经有了,期待他说出来了却一桩心事,大家好为他高兴。

天缘仰天长出一口气,本本害死人。据天缘说来,字典上"病"的定义是西医的说法,中医用起来碍手。中医对病的理解亦是辩证变化的,多了人文精神。中医将医分为上中下三种,对"病"的理解也不同。上医治未病,中医治欲病,下医治已病。这儿的"病"就是病人的头痛脑热等自觉症状,直白说就是不舒服。上医治未病,是指高明的中医先生在病人没有感到不舒服时,即未病先防,通过调理身体,使之保持健康,减少发病的机会;中医治欲病,是指病人将要出现不舒服的症状时,中医辨证治疗,去除病因,提高病人自愈能力,使病人恢复健康;下医治已病,是指当病人出现明显的症状时,中医通过药物治疗等手段,解决病人的问题。这儿的"病"是人生途中不正常的不舒服状态,如妇女生小孩,不舒服,但很正常,不是病。老人耳聋眼花不舒服,但很正常,不是病。

白薇不认可,这不又回到游学前的说法,不舒服就是病。岂不白出来一回?

天缘笑了，大不一样。你可以把医学当作艺术看，初看，山是山，水是水。细看，山不是山，水不是水。再看，山还是山，水还是水。

宜兴插话，仍是一个"不正常就是病人"，中西医没区别！

大有区别。天缘说，中医以病人为主。中医先生把脉不正常，病人没有感到不舒服，称为"未病"，即不叫病。同样情况，哪怕病人没有感到不舒服，只要西医诊断指标不正常，就称为病。

一阵掌声过后，话题从西边飘回东边，天缘说，我与你们想的不一样，与我当初想的也不一样，办中医院困难大，首先难在……

白薇恍然大悟一般，抢先说出口，钱！办大医院要大本钱。

众人如梦方醒，怎么会忘了这事呢？要达到光进的规模，得上亿的资金投入。这钱还不知在哪，一个个就规划起科室设置来，好比做饭米还不知在哪，就忙着安排请哪些客，座次怎么安排，吃干饭还是吃八宝粥，自觉好笑。

天缘不觉好笑，因为他从来不把钱当回事。他的几根指头从小学的是把脉，没学数钱。祖祖辈辈传下来的职业神圣，只要有人就会生病，生病就得找医生，病人有药治，医生就有饭吃。三年游学，让他见识了中医药处境艰辛，行医者言行尴尬，中医不能归中原因复杂，不是中医西医孰优孰劣那样简单。在中医私人诊馆坐诊的经历，使他真切感受到病家对中医的误解，医者生存不易。

面对众人误解，天缘摇头说，其实办中医院花不了多少钱，拿光进的综合医院来说，单是中医那部分花钱不多。

不是钱，又是什么让你犯愁？众人越发不解。

天缘近段日子一直在想，全世界的传统医学纷纷消失，独有中医药顽强生存下来，除了独特的理论、独特的疗效，隐约感到还有更重要的原因。天缘没直接回答，转问宜兴，中医药中"本草"做何解释？

宜兴微微一愣,这个天缘心闲得好,还有心思问闲话,回道,通常指中药或中药学专著,《蜀本草》作者韩保升说,按药有玉石、草木、虫兽,而直云本草者,为诸药中草类最多也。

有没有其他说法？天缘问。

宜兴想了想,说,也有字典把"本"作根讲,本草就是指中药多是根根草草。

根根草草,草草根根,天缘大悟,这就对了,中药是草根,老百姓也是草根,草连着根,根连着草。难怪有人说,西医是精英医学,中医是草根医学,中医能顽强生存,全仗老百姓这块土壤深厚。代代传说御医厉害,哪位御医不是来自底层？还是何姝说的有道理,你把百姓当皇帝,你就是百姓的御医。

众人疑惑,这,哪跟哪？

天缘说,我们要办中医院不是,怎么办？

就等你拿主意呀？众人反问,天缘堂不是办得很好吗？你有经验呀！

天缘说,你们想得好,把天缘堂换个地方,轻车熟路,扩大规模,做成特大号。我请你们今后再别提天缘堂,提起我背心冒冷汗。我干的事我知道,这条路走不远。直白说,天缘堂干的就是大医院临终关怀那一套,消除恐惧、减轻痛苦、尊重人格,唯一不同的,临终关怀以安慰为主,放弃医治。天缘堂利用中药独特优势医治,给病人生存希望,哪怕十之八九会失望,也没人愿放弃余下的十分之一,自然来求医的人多。可以红火一时,不能红火一世。我每次接收病人小心翼翼,心惊胆战,如同古玩市场淘宝,生怕一不留神收了一个不该收的,整个诊馆一下砸在手里。收治的标准说是医缘,实则是考医生医术,说它是运气也行。把一个诊馆或者一个医院的命运全押宝在一个人身上,虽说别人不能复制,自己也不敢办久了。

朱斟夫妇默然，天缘堂原来是一座围城，外人看似红火，里面的人却似煎熬。

宜兴不信，再艰辛，你不也过来了。现在你本事大多了，只会越办越红火，还担心什么？

天缘深有感触说，过去是无知者无畏，现在想来真有点后怕。天缘堂开办七八年了，收治病人不过两三百人，每年仅几十号人，痊愈出院的总共就十来个人。那是对面大医院没在意，任由你挑挑拣拣，名利双收。若是大医院哪天把你打上眼了，只需稍加用心，病人预后存活期准确一点，甚至有意延长三年五年，立马把你打回原形。别说扩大，维持都难。

白薇嘴儿翘起，依你这样说，无须去四川，我们就在这儿跳车自尽算了。柳梦一家人你也劝他们回去，就说姓龚的原来是个古玩贩子投胎，只会捡漏，全凭运气治病。亏你还是中医世家嫡传子弟，别把祖宗的脸给丢尽了。

天缘没动气，我说的不中听，依你的，该怎么办？

白薇仍未消气，我若知道怎么办还跟你四处转悠？我只知道中医药不能去，办不了医院办诊馆，办不了诊馆当游方郎中也行，我给你背药囊，就是不能打退堂鼓。说着竟红着眼圈有了哭声，半途而废，你叫我回去怎么给父亲母亲说……

谁打退堂鼓了？天缘感到莫名其妙。

白薇真哭了，光进那样的大医院你嫌中不中西不西的瞧不起，自己好好的天缘堂你说过时了，你不是打退堂鼓是什么？

天缘哭笑不得，你急什么，我还没说完。

听天缘说还有下回，白薇破涕为笑，你说嘛！

秦亦扑哧一笑，真是急惊风遇上慢郎中。大家还是听天缘说。

天缘认真说，天缘堂不仅要办，而且要办得更好，更大。要有所为有所不为。不能幻想用中医取代西医，也不能幻想在中西医之外创造出新的医学。第一件要做的事就是铲平门槛,大医院治过没治过的都要收,再不能把那些没钱动大手术的郝伯、柳梦一样的老百姓挡在门外,也要让他们享受老祖宗留下的福荫,把中医院办成草根医院、百姓医院……

称谓也得改,西医的临终关怀科听了瘆得慌。人生原本一场旅途,医院是不时要来光顾的站点,犹如古时的长亭,旅途中话别、挽留、休息和迎送的地方。李白有诗句:"何处是归程?长亭更短亭。"说得再清楚不过。李叔同的《送别》:"长亭外,古道边,芳草碧连天。晚风拂柳笛声残,夕阳山外山。"更是家喻户晓。我看天缘堂不如改称长亭医馆,贴切,温馨,有文采,更有感情。

……

秦亦忽然想起隔壁有病人,不知要帮忙不?马上起身,将门哗啦推开,发现门外一群旅客在聚精会神旁听。见里面有人出来,旁听的人笑嘻嘻散去,意犹未尽的人还觍着脸问,你们医院办在哪?

5

四川龚家老药房,太姑奶奶一早到前院,把侄孙子广泉夫妇叫起来,再一次核实天缘回来的事,是不是今夜到家?同行的有哪些人?男的还是女的?结婚没有?其中有没有天缘的女朋友……

广泉再一次从头至尾说一遍,重申这些事有我们在办,你老人家不用操心。侄孙媳妇任佳丽叫声老祖宗,知道你关心天缘的婚事,天缘说了这次一准给你带回来,让你瞧个够。又说老祖宗吔,这次可得说好,无论天缘带一个什么样的姑娘回来,我们都得说好,千万别把你那三条五条搬出来吓人,真给搅黄了,下一次不知是猴年马月了。现在的年轻人不喜欢老人管他婚事,能带回来让你瞧瞧就知足,管不了最好不要管,求你了。

太姑奶奶听不得这话，自信满满说，我家天缘自小孝顺，这么多年不谈婚事，就是要找个太姑奶奶满意的回来。绝不像他父亲那样找个王母娘娘，一辈子做奴才弯着腰说话。

这些话听惯了，广泉夫妇没见气，只在心里说别夸早了，多好一个孝顺的天缘，不知道会带一个什么样的曾孙媳妇回来，是仙女还是妖精说不定。嘴里却说，唯愿天缘超过他父亲，找一个太姑奶奶称心如意的药王仙女回来。

当爷爷奶奶的过来了，笑嘻嘻说，天缘的眼光不会错，他满意的肯定太姑奶奶也满意。

太姑奶奶看侄儿顺妙夫妇笑得灿烂，以为当爷爷奶奶的知道内情，当下就逼两人说出来听听，看看到底合不合太姑奶奶心意。

龚顺妙夫妇虽七老八十，在太姑奶奶面前永远长不大，尤其是女儿魏老太太在母亲面前更是贴心，生怕她急坏了身子，将同行的客人一一介绍给太姑奶奶听。除了天缘回家的时间是新的，多数信息都是三年来积攒下来的旧闻，说的人不厌其烦再说一遍，听的人乐得再听一遍。终归不是当事人，信息零碎，不新鲜。众人以生活安排需要为由，要任佳丽发微信给天缘索取最新情况，尤其女客人的信息务必要详尽准确。

天缘一行刚上车，收到微信微微一笑，尽可能详尽回复：九个人（包括本人），其中男性四人，女性五人，夫妇两对（一对年轻夫妇，一对老年夫妇），未婚女性三人，其中一位是病人，系老年夫妇的女儿。另一位从成都回古镇。按说够详尽了，只缺身份证号，满足生活安排所需绰绰有余。没等天缘搁稳手机，微信又来了，任佳丽代表接待方表示，情况介绍太简单，点明要补充三位未婚女客人的信息，姓名、年龄、学历、职业、性格、爱好、口味、生活讲究、高矮胖瘦……天缘摇摇头，这是要抓间谍的架势，用得着吗？可那是一群祖宗，得罪不起，无可奈何，只得按要求再发微信视频交差。没过几分钟,任佳丽又来微信批评儿子办事啰唆,恍兮惚兮的坏习惯什么时候能改掉。问后才知道,老人们最关心的问题给忘了,哪位姑娘跟太姑奶奶住一个房间?天缘烦了,回信过去,列车发车了,不准开手机,有事你们自己确定。任佳丽蒙了,只听说飞机上不准开手机,什么时候火车也不准开手机了?

自己定就自己定,几位老人早饭也不顾了,将三位姑娘拎出来量尺寸,看谁更符合龚家媳妇标准,今晚就安排谁陪太姑奶奶,让她老人家考察决定。

任佳丽最早提出看法,依她的眼光,叫何姝的姑娘最合适,就不知姑娘愿意不?理由是正规医学院毕业,学历高,模样端庄,性情温和,举止温文尔雅,身体明显强过病号。那位白姑娘身材模样不错,外号高人,江湖习气,风风火火的性格与龚家要求不合,动拳脚是把好手,指望她用三根指头传承家学难。

广泉不赞成妻子看法,给儿子选媳妇,重要的看对儿子的感情如何。不信你问天缘,他肯定要那位叫柳梦的乔姑娘。别忘了,当年天缘读大学时那次失恋,就是因这位姑娘差点出大事。毕业后,两人坚守到今天,要天缘放弃另选他人,难!这次她父母一同前来,只怕是两人已说好,待双方父母见面后择期办婚礼了。只是……无奈顿时上脸,只是这姑娘的身体太差,即使这次病好后也很难与天缘白头到老。

当奶奶的魏老太太鼓足勇气冒一句,广泉不要乱说,论感情还是白姑娘对天缘最诚恳,好好的工作不要,随天缘游学三年,还要怎么才算好。论条件就白姑娘最合适,中医世家,心思敏捷,动作灵巧,医者仁心,样样占齐。还有一条没说,大家心知肚明,就是沾亲带戚,亲上加亲。

任佳丽盯着丈夫高大身材,笑笑说,再来一个蛮子,子孙打架不吃亏。

太姑奶奶将半眯的眼睛转向侄儿顺妙，想听这位当爷爷的看法。

顺妙老人心想什么年代了，还能像当年姑姑对自己一样包办？随口回应，娶谁都行，只要天缘满意。再看大家表情盯住他不转眼，看来不确定一个不行，慢条斯理说，依我看，何姑娘更合适一点，中医世家、医学研究生、心眼好，这几年帮天缘打理诊馆很不错。

该太姑奶奶了，她用一句话结束，等人回来我看了再说。任佳丽搀扶她回后院，听她一路嘀咕，这人老眼花，看了也是白看。

任佳丽安慰她，天缘会听你的。

真的吗？老人不信，见任佳丽点点头，她开心地笑了，萌萌的，像个小孩一样。

入夜，一轮弯月翘首，几缕云丝散尽，月光如水银泻地，受人间真情滋养，大地一片湿润，草尖一滴露珠上，星光灿烂。

后　记

　　文学与医学同为人学，两者的交集往往是文学从医学中获取素材和灵感，少有文学在医学实践中运用。这一境况在二十年前有了改变，叙事医学兴起，作家和医生有了具备叙事能力的共同要求，受众虽有读者或病家之分，但达到情感共鸣的追求是一样的。注重病家的心理调节正是中医的优良传统，尤其是当下技术至上、重机器不重人文的风气中，呈现和思考这样的生活景象格外具有诱惑力，由此有了这篇小说的创作动因。

　　事情缘起一次闲谈，说到中医，有研究生学历的子女流露出不屑的眼神，伸出手腕，做把脉状，问我，寸长一段动脉血管，这根指头按下去是心，那根指头按下去是肝，再一根指头按下去是肺，凭什么？荒唐与神奇之间，我一时语塞。由此我有了一个念头，为无数次给我消除疾苦的中医药说句公道话。此时离创作冲动尚有距离，只觉得这个问题有趣有益，也许我终生得不出结论，但对小说而言，提出问题足够了。

　　于是，我有病无病去看中医先生，去大医院，去私人诊所，去老家，去下乡的知青点，去记忆中寻觅中医药的痕迹，在路边蹲下来端详车前草。我看见了中医药处境尴尬,看见了中医私人诊所的艰辛,看见了中医与平民百姓的脐带联系。

诟病中医药的声音,百年来从未停止过。晚清政府、北洋政府、南京政府取缔中医药的禁令,禁不住老百姓看中医吃中药,而传统文化教育的缺失,却让年轻一代与中医药日渐隔绝。应该有人出来讲讲古老的传说,应该有更多的年轻人奋起传承神奇,我有了请这样的年轻人进入小说的想法。

西医一直顺风顺水,从实验医学高歌猛进到生物医学,现在要踏进生物社会心理医学,接下来将在基因层面完成精准医疗,脚步逼近顶峰。物极必反。三十年河西三十年河东,机遇默默向东偏移,西医开始向中医致敬,市面竟有了《西医学习中医简明手册——应读、应背、应知、应会》问世。

诟病眼下医患关系紧张,国民对医疗福利不满,成了世界性话题。是病家不满情绪发酵后的气息散发,是砂子硌得眼痛不得已的叫喊。一时间全世界克服弊端的新招迭出,有规定最低诊断时间不低于十五分钟的,有要求声情并茂书写平行医案的,有严禁抗生素滥用和输液泛滥的……不能说这些措施不好,而是这些原本是中医先生的平常要求,何以成了稀缺物质?

现在的小说创作仿佛上了高速通道,一不小心便会撞车,应做的功课不能少,必须看看别人都写了什么。有关中医题材的文学作品从古至今,铺天盖地,围绕中医药的神奇、中医先生的医德、行医者的个人命运,演绎出令人眼花缭乱的作品。这些作品的冲突矛盾大都在同一种医学内部,以良医与庸医、官医与民医配对产生、发展、解决。眼下我面临的是两种截然不同的医学配对,所有的是是非非经百年争辩尚无定论。中西医之间不是简单的对与错,更不是谁战胜谁,而是一张传承与发展、传统与现代交织的网,是相辅相成的哲学存在,迫使我要有不一样的呈现和思考,否则读者的脸色难看。

奉献神奇是获取阅读快感的不错选择。中西医的神奇是互证的，神奇验证神奇。一个小说作者去妄论高低，除了好笑便是无知。伟大要人懂。西医的神奇哪怕是基因修复，世人凭科学常识容易接受。相对而言，世人对中医的天人合一、辨证施治难以理解，哪怕是把脉这样常见的诊断方式，要年轻人接受也很勉强。

中医又的确神奇。呈现神奇，我拒绝用梦幻、神授、秘籍去顶撞科学常识。立足中医药学的经验医学本质，用勤奋、积累、传承来铺垫人物成长之路。遇上科学常识一时无法解释的，我选用古人援物类比的方法，如以笛子演奏类比把脉，同样是管道，同样凭指头感受，笛子能获得丰富多彩的旋律，把脉也能感知复杂多变的病情。以此俗说之法化深奥为浅显，化抽象为形象，企望获得读者认可。

中医西医都讲医德，以往作品所触及大多是某个医生对某个病人的私德。就一种医学来讲要有公德，精英医学有精英医学的公德，平民医学有平民医学的公德，无所谓正确与否。一样的病享受样的医疗服务，这是平民医学的平等观。费用与医疗服务对等，这是精英医学的原则。所以，对等不一定平等。医生对病人的治疗过程中，如何做到私德与公德吻合，中医先生与西医医生的内心纠结有很大差异，状写出这种差异，我得格外留意。

关注个人命运是长篇小说题中应有之义。不知什么时候起小说人物命运必须多舛，衣服不能齐整，三顿要有短缺，父母不能齐全。自古英雄出炼狱，我一直没有感觉这有什么不妥。这次写中医先生，千百年来最稳定的从业者，尤其是21世纪中医院校毕业的年轻人，阳光明媚的环境能不能造就英雄或者说而今的年轻人有没有家国情怀？我的回答是肯定的，能！由家到国，由家学私授到院校培养，我让笔下的人物一步步走来，由平凡走向神圣，自然踏实。

书写专业性强的中医药，本人时刻牢记文学的本分，谨守"真实"底线，书中所涉及人和事，要么来自生活原型，要么来自正规出版物，虽经裁剪，终是有根有据，既不敢天马行空，同时也不敢原样照搬，生怕误导读者，模仿出麻烦来。

给书稿打上最后一个句号，空出脑子遐想，谁来看我这本书？应该有年轻人，与书中人物同时代的90后，英雄情怀，儿女情长；有退休的老年人，他们是中医药兴衰的见证者，过来人容易产生共鸣，特别是见了似曾相识的人和事后；有饱受疾病折磨的病友，床榻旁搁这么一本，从中获取些许安慰……何以这样说？因为在我的书桌对面始终有这样一群人影晃动，紧盯着我写下每一个字。

2023年11月16日第五稿于成都红枫居

参考书目

《医学的温度》，韩启德，商务印书馆，2020年10月第一版。

《李可老中医重症疑难病经验专辑》，李可，山西科学技术出版社，2021年10月第二版。

《死亡如此多情》，中国医学论坛报社，中信出版集团股份有限公司，2019年10月第二版。

《中西医学比较》，冯泽永，科学出版社，2001年8月第一版。

《中西医道——中西医比较面面观》，郑洪，科学技术文献出版社，2012年4月第一版。

《叙事心理治疗》，李明，商务印书馆，2016年5月第一版。

《近代中西医论争史》，赵洪钧，学苑出版社，2019年10月第一版。

《中西医比较——形上、形下、并重、互补》，李致重，山西科学技术出版社，2019年4月第一版。

《慢性低血压病中医诊治与研究》，谢英彪、何富乐，中国科学技术出版社，2021年5月第一版。

《精准医疗——未来医疗新趋势》，李健等，机械工业出版社、中国纺织出版社，2019年7月第一版。

《国医薛培基》，薛钜夫，中国友谊出版公司，2016年9月第一版。

《西医学习中医简明手册——应读、应背、应知、应会》，赵建平、贾文魁，人民卫生出版社，2018年8月第一版。

《三部六病初级教程》，马文辉、丁庆学、刘爱霞，山西科学技术出版社，2018年1月第一版。

《何氏世医1000年》，何成志口述，上海市青浦区赵巷镇文体中心、上海市青浦区图书馆、上海市青浦区中医医院编，上海人民出版社，2018年2月第一版。

《医俗史》，陈乐平，上海文艺出版社，1997年11月第一版。

《还原论研究》，刘明海著，中国社会科学出版社，2012年11月第一版。

《从DNA到中医》，李岭著，科学出版社，2012年1月第一版。